Delete Me

1. Auflage 2020

ISBN 978-3-7641-7098-1

Übereinstimmungen und Ähnlichkeiten mit lebenden Personen oder Familien sind rein zufällig und nicht beabsichtigt.

Zitat auf S. 5: KIDS

Text und Musik: Jakob Amr, Felix Eicke, Jan-Phillip Neumann, Djamin Izadi-Kooshki, Lennart Peter Eicke

Verlag: Wintrup Musikverlag aus dem Album „Again" von Leoniden

Abdruck mit freundlicher Genehmigung Wintrup Musikverlag, Detmold

Lektorat: Emily Huggins
Umschlaggestaltung: Suse Kopp
Druck und Bindung: CPI books GmbH
Gedruckt auf Papier aus geprüfter nachhaltiger Forstwirtschaft.
www.ueberreuter.de

Hansjörg Nessensohn

DELETE ME

Deine Geheimnisse leben weiter

ueberreuter

I never sleep cause sleep is the cousin of death
There is no tomorrow brother
I'm trapped in a cycle of yesterdays
Why do I always forget what I'm about to say?

Kids, LEONIDEN

Prolog

Tage, an denen etwas besonders Tolles oder furchtbar Schreckliches passiert, beginnen ja meistens ganz normal. So normal, manche sagen auch langweilig, wie die 100 Tage davor begonnen haben. Und so normal, wie wahrscheinlich auch die 100 Tage danach beginnen würden, würde es dieses besonders tolle oder furchtbar schreckliche Ereignis nicht geben. Ein Ereignis, das völlig unerwartet kommt und das alles sein kann, wirklich alles. Das diesen Tag nur so speziell macht, so herausragend speziell, dass wir uns sogar an den normalen Beginn des Tages erinnern können, an Gefühle und Gespräche, die üblicherweise im Wust der vergessenen Emotionen untergehen. Warum das so ist? Vielleicht weil plötzlich alles, auch das Normale, in einem anderen Licht erscheint. Vielleicht auch weil wir als Gegensatz zu dem Speziellen die Normalität brauchen, um das Spezielle einordnen zu können. Oder vielleicht, und das ist das wahrscheinlichste Vielleicht, weil wir uns einfach zur Normalität zurücksehnen, wenn um uns herum das Chaos ausbricht.

TEIL 1

November

1.

TOR BROWSER /// CHAT INT. /// 06/11/20 /// 03:04:26**

Room: Castle – III user online

03:04:26	[khal@xxp]	E5 MU55 AUFHÖREN!
03:04:35	[winston84]	wir haben doch noch gar nicht richtig angefangen ☺
03:04:37	[khal@xxp]	Darum jetzt. Bevor e5 zu 5pät i5t.
03:04:44	[winston84]	schiss?
03:04:50	[khal@xxp]	We lo5t control. Da5 i5t e5.
03:04:53	[winston84]	quatsch / wir sind die ersten / und das bedeutet viel geld für uns
03:04:55	[khal@xxp]	Da5 war nie un5er Ziel!
03:05:00	[winston84]	jetzt schon / zumindest meins / außerdem wären wir ohne ihr geld nie so weit gekommen
03:05:02	[khal@xxp]	Ich werde da5 nicht zula55en!
03:05:05	[winston84]	mimimi / was willst du machen / nachher ist der erste externe test unserer beta-version / wenn der nicht stattfindet werden die ungemütlich
03:05:10	[khal@xxp]	Wir5t schon 5ehen. Auf dich kann ich al5o nicht zählen?

03:05:13	[winston84]	FORGET IT! / das ist das beste was ich je erschaffen habe / mach das doch nicht selbst kaputt / sie hatten echt recht …
03:05:16	[khal@xxp]	Womit?
03:05:20	[winston84]	mit dir!
03:05:23	[khal@xxp]	Wa5 5oll da5 hei55en?
03:05:25	[winston84]	dass sie dir nicht trauen / haben sie noch nie
03:05:27	[khal@xxp]	Weil ich ein Gewi55en habe. Im Gegen5atz zu ihnen. Und zu dir.
03:05:35	[winston84]	einen scheiss hast du / wir verändern die welt und du ziehst den schwanz ein
03:05:40	[khal@xxp]	Weil die5e Veränderung alle5 kaputt macht. WANN HA5T DU ÜBERHAUPT MIT IHNEN GEREDET OHNE MICH?
03:05:42	[winston84]	ich sitze hier in berlin ganz in ihrer nähe falls du das vergessen hast / denen war schon lang klar dass dir nicht zu trauen ist / die wollten dich nur noch im team behalten bis es läuft
03:05:44	[khal@xxp]	Und du wu55te5t davon? Wa5 für ein 5chwein bi5t du?
03:05:45	[obrian@93]	Hey, shut up!!!!
03:05:48	[khal@xxp]	Obrian, was sag5t du dazu?

5toppen? Weitermachen? Wir haben e5 noch in der Hand. Noch!

03:05:50 [winston84] f*ck, was soll das? / es wird kein stop geben / sieben jahre arbeit umsonst / NEVER

03:05:53 [khal@xxp] La55 Obrian antworten.

03:05:58 [obrian@93] Es ist too late. Sie wissen, was sie bekommen. Und geben es nicht mehr auf. Sie haben uns in der Hand. Wenn wir nicht liefern, landen wir im Knast.

03:06:01 [khal@xxp] Aber kapiert ihr nicht? Wenn e5 läuft, hauen 5ie un5 alle rau5. Und 5ie werden Mind-Hack mi55brauchen. Für ihre Zwecke. Und wir haben keinen Einflu55 mehr, wa5 damit pa55iert.

03:06:05 [winston84] ich hör mir diesen mist nicht mehr länger an / wenn du aussteigen willst dann steig aus / aber lass uns unsere arbeit machen

03:06:10 [khal@xxp] Ich werde au55teigen. Aber vorher werde ich e5 5toppen. Da kann5t du Gift drauf nehmen.

03:06:12 [winston84] f*ck off!

[khal@xxp] hat den Chat verlassen

BERLIN FRIEDRICHSHAIN, 06:58 (MEZ), HOSTEL BE®LIN

Finn wachte vor den anderen auf. Es war noch dunkel draußen. Berliner Herbstregen prasselte gegen das dünne Hostel-Fenster.

Im Flur machten sich die Privatschulidioten aus Liverpool lautstark zur Abreise fertig. Und im Bett unter ihm schnarchte sein bester Freund Jakob, als ginge es in seinem Traum ums Überleben. Vier Stunden Schlaf verbunden mit einem echt fiesen Aufwachen, und trotzdem musste Finn lächeln. Denn für ihn war es der beste Morgen aller Zeiten. Nach dem schönsten Abend seines Lebens. Auf der allercoolsten Klassenfahrt der Welt.

Ob Lea ihm heute Nacht noch geschrieben hatte? Der Gedanke kam plötzlich und ließ ihn nicht mehr los. Ihm war zwar klar, dass sie sich erst vor wenigen Stunden mit einem Kuss verabschiedet hatten – mit einem Kuss! –, und ihm war auch klar, dass sie sich spätestens um acht beim Frühstück wiedersehen würden. Aber trotzdem wollte er sichergehen. Schließlich hatte der gestrige Abend alles verändert.

Finn fuhr sich durch seine verstrubbelten Haare und überlegte kurz, ob er sein Handy, das neben der Zimmertür an einer Steckdose baumelte, auch erreichen könnte, ohne das warme Bett zu verlassen. Doch er verwarf den Gedanken sofort wieder. Mit wenig Rücksicht auf Jakob, Gregor und Tarek, die im Stockbett gegenüber schliefen, machte er einen lauten Satz auf den kalten Linoleumboden, hechtete zur Tür, stöpselte sein Handy ab, kletterte das quietschende Bett hoch und lag in weniger als sieben Sekunden wieder unter seiner Decke. Nur Jakob schien das Wackeln der abgenutzten Stahlrohre bemerkt zu haben. Er wälzte sich auf die andere Seite, um nach einem kurzen Atemaussetzer in doppelter Lautstärke einfach weiterzuschnarchen.

Finn machte sein Handy an. Und war sofort enttäuscht. Lea hatte ihm natürlich nicht geschrieben. Dafür seine Mutter vor ein paar Minuten, was er nur ungern als Ersatz gelten ließ. Seit er vor drei Tagen hier in Berlin angekommen war, hatte er von ihr so viele Nachrichten und Fotos erhalten wie sein ganzes Leben vorher nicht.

›Pass auf dich auf!‹ ›Wie geht's dir? Was macht ihr?‹ ›Finger weg vom Alkohol.‹ ›Bleib anständig.‹ Echt nervig. Und trotzdem musste er grinsen, als das aktuelle Foto geladen war: Seine Mutter fröhlich in die Kamera winkend, neben ihr ihr Freund Marc und dessen Sohn Paul, die von dem erzwungenen Frühstücks-Selfie sichtbar wenig begeistert waren.

Happy Birthday, Kleiner.
Alles Liebe zum 16. Geburtstag.
Auch von Marc und Paul. Vermissen dich!
Mama
06:53

Seine neue Familie seit vier Monaten, wobei das Wort Mitbewohner besser zuträfe. Zwar kannte er Marc schon, seit seine Mutter aus der Affäre vor über einem Jahr eine Beziehung gemacht hatte, von Marcs 18-jährigem Sohn Paul wusste Finn aber nichts. Bis der kurz nach Marc ebenfalls bei ihnen eingezogen war. Seither lebten sie beide als Fremde unter einem Dach. Alle Versuche ihrer Eltern, Brüder aus ihnen zu machen, waren bis jetzt gescheitert. Und daran würde wohl auch die n-te Lüge in ›Vermissen dich‹ nichts ändern.

Um seiner Mutter ein gutes Gefühl zu geben, schickte Finn ein allgemeingültiges Herz-Emoji zurück, legte das Handy zur

Seite und rief sich mit geschlossenen Augen noch mal den Kuss mit Lea in Erinnerung. Den Kuss, der seinen 16. Geburtstag zu etwas ganz Besonderem machte. Den Kuss, der unvergesslicher war, als er es sich jemals erträumt hatte. Und er hatte viel davon geträumt und er konnte es auch weiterhin nicht abstellen. Wie es wohl wäre, wenn Lea jetzt neben ihm liegen würde? Wenn sie den ganzen Tag gemeinsam hier im Bett verbringen könnten? Es wäre wunderschön, weil Lea schön war. Und lustig. Und anders als die anderen. Und ein unglaublich sexy Muttermal unter ihrem linken Auge hatte. Das er, weil er sich gestern nicht getraut hatte, heute gerne berühren würde.

Ein lautes Grunzgeräusch von Jakob holte Finn in die Realität des muffigen Vierbettzimmers zurück. Ohne zu zielen, schleuderte er sein Kissen einen Stock tiefer, um seinen besten Freund zum Schweigen zu bringen. Doch der perfekte Treffer verfehlte seine Wirkung. Denn Jakob schreckte völlig panisch hoch und knallte mit dem Kopf an die Unterseite des Stockbetts. »Fuck, Mann, was war das?«

Finn musste sich ein Lachen verkneifen, als er zu Jakob nach unten linste, der sich verschlafen seine Stirn massierte.

»Warst du das, Pisser? Ich mach dich fertig, echt!«

»Sorry, Bro. Aber dein Geschnarche macht mich wahnsinnig.« Finn streckte Jakob seine Hand zum entschuldigenden Einschlagen nach unten, aber der schleuderte nur das Kissen dagegen.

»Ich hab 'ne Gehirnerschütterung, verdammt. Und voll den Kater. Der Wodka von Tarek gestern Abend war scheiße. Wusste ich schon beim ersten Schluck.«

Wie aufs Stichwort meldete sich Tarek vom gegenüberliegenden Bett zu Wort: »Hey, ihr Schwachköpfe, könnt ihr mal eure Fresse halten? Es ist mitten in der Nacht.«

»Selber Fresse, Yilmaz. Wegen dir geht's mir voll beschissen.« Jakob schleuderte Finns Kissen in Richtung Tarek, verfehlte ihn aber um Längen. Tarek zeigte Jakob als Antwort nur seinen Mittelfinger und verschwand anschließend wieder vollständig unter seiner Decke.

»Und mein Kissen, Mann?«

»Hol's dir selber.« Während Jakob, kaum dass er das letzte Wort ausgesprochen hatte, schon wieder zu schnarchen begann, kletterte Finn erneut aus seinem Bett. Doch statt sich noch mal hinzulegen, setzte er sich nachdenklich auf Jakobs Bettkante.

Der lugte durch einen millimeterbreiten Spalt seiner zugeschwollenen Augen und reagierte genervt: »Alter, was denn noch? Wir können doch sicher noch 'ne Stunde pennen, oder?«

»Ja, ist erst kurz nach sieben.«

»Und? Was? Sag jetzt nicht, du willst dich neben mich legen. Kannste vergessen.«

»Bin ja nicht lebensmüde.« Finn musste über den verknautschten Jakob lachen, weil er, egal wo sie die letzten sechs Jahre irgendwann mal gemeinsam aufgewacht waren – unterwegs mit ihrem Hockeyteam oder beim jeweils anderen zu Hause nach einer durchgezockten Nacht – immer gleich schlecht gelaunt war. Sogar in der Schule hatten ihn die Lehrer in Ruhe gelassen, wenn er sein Gesicht bis zur großen Pause hinter seinen blonden Locken versteckt hielt.

Doch darauf konnte Finn gerade keine Rücksicht nehmen. Ihn trieb eine Frage um, die er unbedingt loswerden musste:

»Meinst du, Lea fand den Kuss heute Nacht auch gut? Also so gut wie ich?«

Unverständlich vor sich hin maulend wälzte Jakob sich erst zur Wand, um sich nur wenige Sekunden später genervt aufzusetzen. »Darum hältst du mich vom Pennen ab? Fuck, Mann, seit über 'nem halben Jahr höre ich nur Lea, Lea, Lea … Jetzt hast du ihr endlich die Zunge in den Hals gesteckt und jetzt ist das Thema immer noch nicht beendet. Wenn du dich nicht wie der letzte Spast angestellt hast, wird sie es schon gut gefunden haben.« Mit der Faust knautschte Jakob sein Kissen zurecht und legte sich wieder hin. Für ihn war die Unterhaltung beendet. Für Finn nicht.

»Ich weiß halt echt nicht, ob wir jetzt zusammen sind. Mann, sie ist ein Jahr älter, sie hat da sicher ganz andere Vorstellungen und so.«

Jakob verdrehte seine geschlossenen Augen, was Finn merkwürdigerweise sehen konnte. »Woher soll ich das wissen? Ihr habt geknutscht. Ich war nicht dabei. Hättest sie halt mal gefragt.«

»Wann denn? Wir haben geknutscht. Und dann sind wir ins Bett. Also jeder in seins.«

»Selber schuld.«

»Blödmann.« Finn blieb grübelnd sitzen. »Ist ja auch voll peinlich, nachher zu ihr zu gehen und zu fragen: ›Hey, sind wir jetzt zusammen, oder was?‹ Macht doch kein Mensch.«

»Nee, macht wirklich kein Mensch. Musst dich eben überraschen lassen. Und cool bleiben. C O O L.«

»Könnte ihr ja auch texten.«

»Nein!«

»Warum nicht?«

»Hat sie dir geschrieben?«

»Nee.«

»Siehste. C O O L bleiben. Und jetzt Abflug nach oben. Ey, du nervst echt.«

Obwohl Finn wusste, dass Jakob recht hatte und er sich einfach überraschen lassen musste, was später passieren würde, grinste er gut gelaunt vor sich hin. Denn nichts machte ihm mehr Spaß, als Jakob auf 180 zu bringen.

»Echt ey, ich kann nicht mehr schlafen. Bin voll hibbelig. Muss die ganze Zeit dran denken, wie es nachher sein wird, wenn wir uns wiedersehen. Vielleicht darf ich mich ja doch kurz zu dir …«

Pfeilschnell schoss Jakobs Hand unter der Decke vor – direkt in Finns Schritt. »Finn, du bist mein bester Freund. Und wenn du willst, dass das so bleibt und dein Geburtstag nicht zum schlimmsten Tag deines Lebens wird, dann halt endlich die Fresse. Oder ich drück zu und du kannst zur Not noch die beste Freundin von Lea werden.«

Lachend schlug Finn Jakobs Hand weg und machte sich, nachdem er seinen ganzen Kram zusammengesucht hatte, leise auf den Weg in die Gemeinschaftsduschen. An Schlaf war wirklich nicht mehr zu denken, weil er, das musste er vor sich dann doch zugeben, wirklich extrem nervös war. So nervös sogar, dass er auf dem Flur ungebremst in seinen Klassenlehrer Herrn Merks reinrannte, der mit schnellem Schritt um die Ecke bog.

»Mann, pass doch auf.«

Aus der Aktentasche, die Merks bei sich trug, flatterten unzählige Papiere auf den Flurboden, die wie Bauzeichnungsskizzen aussahen.

»Sorry.« Finn griff erst nach seinem runtergefallenen Duschgel und half dann seinem Lehrer, die Blätter wieder einzusammeln. »Sie sind ja ganz schön früh auf. Was machen Sie denn damit?«

Doch statt auf den Small-Talk-Versuch einzugehen, riss Merks ihm die Papiere regelrecht aus der Hand. »Gib her und verzieh dich. Ich muss los.«

Finn machte einen Schritt zur Seite, schaute dem davoneilenden Lehrer aber irritiert hinterher. Was war denn das? Noch nie hatte sein Klassenlehrer ihn so doof angemotzt. Normalerweise war Merks, der seit drei Jahren an ihrer Schule Mathe, Deutsch und Sport unterrichtete, ziemlich entspannt, beliebt und manchmal sogar lustig. So lustig 30-Jährige eben sein können. Doch seit sie in Berlin angekommen waren, wirkte er wie ausgewechselt. Und sah vor allem so extrem übernächtigt aus, dass schon das Gerücht die Runde machte, er würde jede Nacht heimlich ins Berghain gehen. Und sich dabei irgendwelche Sachen einschmeißen.

Aber schon als die Tür zu den Duschen hinter Finn zufiel, hatte er die merkwürdige Begegnung vergessen. Es gab für ihn Wichtigeres zu durchdenken. In einer Stunde würde er Lea wiedersehen. Und damit war er vielleicht oder hoffentlich am Ziel seines Traums, der vor acht Monaten begonnen hatte. Weil er wegen einer harmlosen Schulhof-Prügelei dazu verdonnert worden war, als Beleuchter bei der Theater-AG mitzumachen. In der Lea, die Neue in seiner Klasse, die Julia in einer ›Romeo und Julia‹-Aufführung spielte. Und er sich hinter seinem Scheinwerfer auf der Stelle in sie verliebt hatte.

MIND-HACK /// TEST EXT.1 /// 06/11/20 /// 07:22:45**

Vorsichtig irrt er im schummrigen Licht durch eine baufällige Fabrikhalle. Er vermutet sie im Berliner Südosten, wo es wegen schlampiger Bauplanung noch einige dieser sogenannten Lost Places gibt. Vergessen von der Gesellschaft, aber nicht vergessen von dem, was er gern den Abschaum der Gesellschaft nennt: Penner, Junkies, Jugendliche ohne Perspektive, Kriminelle und illegale Flüchtlinge. Ein Auffangbecken für Idioten, das er, wäre er bei den Kollegen der Polizei, täglich trockenlegen würde. Und ausgerechnet hier soll er auf seine Tochter treffen? Dieser Gedanke macht ihm fast noch mehr zu schaffen als die dröhnenden Techno-Sounds, die seine Ohren zum Pfeifen bringen.

Schritt für Schritt geht er voran, vorbei an gammligen Sofas, die so wahllos rumstehen, als wären sie in die riesige Montagehalle gewürfelt worden. Auf einigen von ihnen sitzen Personen, Subjekte, die er angeekelt beobachtet. Manche reden miteinander, manche knutschen im Takt der Bässe, manche starren einsam und wie unter Drogen nur vor sich hin. Typisch. Seine Tochter ist zum Glück nicht dabei. Das kann auch nicht sein. Das darf nicht sein. Warum hat ihn dieses verdammte Programm hierhergeschickt? Es muss ein Fehler sein. Oder diese dämlichen Programmierer erlauben sich einen Spaß mit ihm? Nein, er ist der Auftraggeber, es muss ein Fehler sein.

Doch trotz dieses offensichtlichen Bugs findet er es spannend, in diese Welt abzutauchen, die eigentlich nicht existiert. Die in diesem Augenblick nur für ihn da ist. Und den Anfang von etwas darstellt, was er noch nicht so richtig greifen kann. Genauso wenig wie er die Macht einschätzen kann, die er mit diesem Programm in Händen hält.

Zwei Mädchen klettern aus einer Kellerluke und gehen eng umschlungen auf ihn zu. Er macht einen Schritt zur Seite, stolpert, muss sich fangen. Haben die beiden ihn angerempelt? Hat er ihre Ellenbogen gespürt? Und hat er diese Kurzrasierte nicht schon mal bei ihnen zu Hause gesehen? Plötzlich ist sein sicheres Büro weit entfernt. Die neue Welt umschlingt ihn, zieht ihn rein, macht ihn nervös. Weil sie realer ist, als er es sich all die Monate ausgemalt hat.

Er dreht seinen Kopf, um den quälenden Bässen zu entkommen, doch die große VR-Brille sitzt gnadenlos fest. Dafür sieht er in seinen Augenwinkeln eine Bewegung aufblitzen, der er zu folgen versucht. So langsam, wie es ihm [winston84] erklärt hat, aber schnell genug, um den dunklen Pferdeschwanz seiner Tochter in dem Kellerabgang verschwinden zu sehen. War sie es wirklich? Bitte nicht. Er muss es rausfinden und folgt der virtuellen Person langsam die Treppe nach unten, während sich das dunkle Kellergewölbe um ihn herum neu aufbaut.

Unsicher hangelt er sich in der unteren Etage durch die bedrohlich wirkende Finsternis. Nur alte Leuchtröhren erhellen ihm flackernd den Weg zu einer verrosteten Metalltür in der gegenüberliegenden Wand. Sie steht einen Spalt auf. Dort muss Toni verschwunden sein. Wenn sie es war.

Zunächst horcht er vor der schweren Tür. Er hört Stimmen, kann aber kein Wort verstehen. Dann zwängt er sich rein. Und im selben Augenblick beginnt sein Herz zu rasen.

»Antonia!«

Seine Tochter oder das, was das Programm als seine Tochter berechnet hat, setzt die Sprühdose ab, mit der sie gerade noch Farbe auf eine Wand des vollgestellten Kellerraums aufgetragen hat, und dreht sich teilnahmslos zu ihm um. Er weiß, dass er cool bleiben muss, dass alles andere keinen Sinn hat. Doch Toni tatsächlich hier zu sehen, macht ihn nervös.

»Was verdammt noch mal soll das?«

Toni streckt einen Arm aus, aber nicht zu ihm. Und erst jetzt merkt er, dass sie nicht allein sind. Auf einer Matratze in der Ecke sitzt ein dunkelhaariger Typ, der Tonis Aufforderung folgt, aufsteht und ihre Hand ergreift.

»Wer ist das?«

Ihm ist es egal, dass seine Stimme schärfer wird. Er will eine Erklärung für das alles. Doch Toni und der Typ drehen sich zur Wand und starren das Graffiti an.

»Antonia!« Sie dreht sich wieder zu ihm um und er erinnert sich daran, dass er sie mit ihrem Vornamen ansprechen muss.

»Antonia, wer ist das?«

»Das ist mein Freund Navid.«

Ihre emotionslose Stimme jagt ihm einen Schrecken ein. Es ist seine Tochter. Und doch auch wieder nicht.

»Antonia, hast du sie noch alle? Das ist ein Illegaler, der sich hier vermutlich versteckt und irgendwelche kriminellen Sachen macht. Der kann nicht dein Freund sein.«

»Navid ist mein Freund. Er ist nicht kriminell. Er versteckt sich wegen mir, weil er wegen mir hierbleiben will, obwohl er nicht hierbleiben darf. Wir lieben uns.«

»Liebe, du hast doch gar keine Ahnung, was Liebe …« Am liebsten würde er sie von diesem Kerl wegziehen und sie mit nach Hause nehmen. Aber ihm ist klar, dass das nicht funktionieren würde. Es ist nicht real, es ist nicht … »Warum bist du überhaupt … Du darfst nicht hier sein.« Aufgebracht wedelt er mit seinem Arm durch den virtuellen Raum vor sich und merkt, dass er die direkte Ansprache wieder vergessen hat. »Antonia,

dieses ganze Gelände ist ein gefährlicher Ort mit gefährlichen Menschen.«

»Es ist mein Zuhause. Hier bin ich glücklich und frei. Hier lebt mein Freund. Hier leben meine Freunde. Sie machen, dass ich mich wohlfühle.«

»Freunde? Hast du sie noch alle?« Er versucht sich zu beruhigen. »Toni, du hast ein schönes Zuhause. Bei uns! Dort fühlst du dich wohl. Erinnerst du dich? Unser Haus in Charlottenburg, der Pool im Garten, Mama und ich ...«

»Überall ist es besser als bei euch.« Toni legt ihrem Freund den Arm um die Hüfte. »Hier interessieren sich die Menschen für mich. Hier kann ich das machen, was ich wirklich will. Sein, wer ich wirklich bin.«

Er holt tief Luft. »Antonia, rede nicht so einen Blödsinn. Weiß deine Mutter von dem da?«

»Nein. Weil ich nicht wollte, dass sie es dir sagt.«

Trotz der Wut auf seine Tochter beschleicht ihn eine gewisse Genugtuung, dass die Milliardeninvestitionen in dieses Programm richtig waren. Geheimnisse auf privaten oder politischen Ebenen wird es bald nicht mehr geben. Zumindest nicht mehr vor ihm.

»Und, Antonia, wie soll das jetzt deiner Meinung nach weitergehen?«

»Wir werden heiraten.«

Er glaubt, sich verhört zu haben. »Toni, was?«

»Wir werden heiraten.«

»Nur über meine Leiche.«

TOR BROWSER /// CHAT EXT. /// 06/11/20 /// 07:32:10**

Room: LAB2 – 11 user online

07:32:10	[winston84]	alles klar? / puls 192 / bisschen viel
07:33:09	[@Hektor]	Kurze Pause. Melde mich!
07:33:13	[winston84]	gut / müssen noch was besprechen
07:33:58	[winston84]	und hey / ihre tochter für den test der beta-version zu nutzen war ihre idee

[@Hektor] hat den Chat verlassen.

BERLIN FRIEDRICHSHAIN, 08:08 (MEZ), HOSTEL BE®LIN

Finn war einer der Ersten im Frühstückssaal. Er inspizierte die obligatorischen Schüsseln mit Dosenfrüchten, Müsli und Joghurt und blieb angeekelt vor einer Schale mit grauem Porridge stehen, den die Engländer übrig gelassen hatten. Ohne groß darüber nachzudenken, entschied er sich für eine kleine Portion Schoko-Müsli und wusste gleichzeitig, dass er eh keinen Biss runterkriegen würde. Zumindest nicht, bis er die Sache mit Lea klären konnte. Aber von der war noch weit und breit nichts zu sehen.

»Pass auf, sie kommt.«

Finn fuhr erschrocken über Jakobs plötzliches Auftauchen herum. Und schaute nervös zur Tür, durch die aber nur ihre Chemielehrerin Frau Sommer und ein paar andere Schüler aus ihrer Klasse spaziert kamen.

Jakob lachte blöd vor sich hin: »Spaaaß.«

»Sehr lustig.«

»Find ich auch. Du hattest gerade voll den verstrahlten Blick drauf. Außerdem hatte ich noch was gut für dein Gelaber heute Nacht.«

Bevor Finn darauf reagieren konnte, stellte sich ihre Lehrerin gezwungen lächelnd neben sie ans Buffet. »Na, Jungs, freut ihr euch schon aufs Brandenburger Tor und die Besichtigung des Reichstags?«

Während Finn freundlich nickte, dabei aber ständig nur die Tür im Auge behielt, schnappte Jakob sich die Porridge-Schale, hielt sie sich vors Gesicht und machte ein paar widerliche Würgegeräusche. Nur, um der Lehrerin danach den grauen Inhalt zu präsentieren. »Und wie, Frau Sommer, und wie!«

Finn musste sich das Lachen verkneifen. Vor allem als er in das entgeisterte Gesicht ihrer Lehrerin schaute, die ganz offensichtlich einen neuen Beweis dafür hatte, warum aus Jakob nie was werden würde. »Jakob, du warst noch nie lustig und du wirst auch nie lustig sein. Das ist dein großes Problem.« Augenrollend drehte sie sich weg und fügte im Gehen noch hinzu: »Seid bitte nachher pünktlich. Herr Merks hat noch einen Termin, der kommt direkt zum Brandenburger Tor. Ich bin heute Morgen allein für euch Knalltüten verantwortlich.«

»Knalltüten sagt kein Mensch mehr, Frau Sommer.«

»Na ja, du weißt immerhin, was ich meine.«

Finn und Jakob schlugen sich im Rücken der Lehrerin ab. Wegen solcher Sachen, das wusste Finn, war Jakob sein bester Freund. Er kannte wirklich niemanden, der bekloppter im Kopf war.

»Okay, der war gut.«

»Logo war der gut. War ja auch von mir. Die hat keine Ahnung, was lustig … Lea kommt.«

Finn stöhnte auf und weigerte sich, erneut auf Jakobs Witz reinzufallen. Auch Jakobs hektisches Blinzeln mit den Augen versuchte Finn zu ignorieren. Stattdessen schob er sich übertrieben cool einen Löffel Müsli in den Mund und deutete auf einen Tisch, wo sie sich hätten setzen können. »Du hältst mich echt für total bescheuert, Alter? Statt mich zu verarschen, verrätst du mir jetzt, was ich gleich zu Lea sagen soll.«

»Äh, wie wär's mit der Wahrheit?«

»Dass ich verknallt in sie bin?«

»Zum Beispiel.«

»Und was, wenn sie's nicht ist?

»Ich bin's aber.«

Finn erkannte Leas Stimme und keine Millisekunde später schoss ihm das Blut unkontrolliert in den Kopf. Er presste die Augen zusammen, blieb einfach mit dem Rücken zu ihr stehen und ließ alle Möglichkeiten, die er nun hatte, an sich vorüberziehen: Abhauen. So tun, als wäre nichts gewesen. Einfach nur im Boden versinken. Warum musste er den wichtigsten Moment seines Lebens so verkacken? Hilfe suchend linste er aus einem seiner zusammengekniffenen Augen. Doch Jakob schüttelte nur den Kopf, packte ihn an den Schultern und drehte ihn zu Lea um. Da rechnete er mit allem, aber Lea lächelte ihn nur an. Und hielt in der Hand einen Berliner mit einer brennenden Kerze drauf. »Happy Birthday, Finn. Musste den erst noch besorgen. Die heißen hier Pfannkuchen und nicht Kreppel. Und Berliner schon gar nicht. Dafür bin ich bis zur East Side Gallery gelaufen.«

Finn hatte das Gefühl, als wäre die rote Farbe seines Kopfes nur dazu da, allen anderen zu signalisieren, dass er unter Wortfindungsstörungen litt. Mehr als »Wow« brachte er nämlich nicht zustande.

»Ich glaube, das soll ›Danke‹ heißen. Der Kleine ist manchmal etwas schüchtern.«

»Hatte ich gestern gar nicht den Eindruck«, lachte Lea.

»Okay«, Jakob hielt sich die Ohren zu, »zu viel Information. Ich geh mal frühstücken.«

Finn schaute ihm hinterher. Und hoffte, dass sich seine Gesichtsfarbe in wenigen Sekunden wieder normalisieren würde. Vergeblich.

»Hey, du musst die Kerze ausblasen und dir was wünschen.« Lea strahlte ihn erwartungsvoll an.

Finn konzentrierte sich auf ihre Augen, doch sein Blick wurde magisch von ihrem Muttermal angezogen. Ihm wurde schwindlig – vor Glück. Schnell blies er die Kerze aus. »Ich glaube, mein Wunsch ist gerade schon in Erfüllung gegangen.«

»Dann kannst du ihn mir ja auch verraten.«

»Ähm, ja, also, nein … Ich meine: Hast du das gerade ernst gemeint?«

»Was?«

»Also, na ja, dass du in mich verliebt bist.« Finn war sein Stammeln furchtbar peinlich. Was war nur los mit ihm? Unauffällig schaute er über Leas Schulter, wo Tarek und Gregor so taten, als würden sie sich gleich abknutschen. Penner.

»Meinst du, ich hab heute Nacht nur mit dir rumgemacht, weil du Geburtstag hast? Klar hab ich das ernst gemeint. Du?«

»Auf jeden Fall, ich … Ich glaube, ich hab noch nie was so ernst gemeint.«

Verlegen grinsend hielt Finn den Atem an. Und wahrscheinlich wäre nichts mehr weiter passiert, hätte ihn Jakob nicht aus dieser Situation gerettet – mit der peinlichsten Aktion, die er sich nur ausdenken konnte. Finn sah ihn schon aus den Augenwinkeln auf einen Stuhl steigen und ahnte Schlimmes. Doch bevor er reagieren konnte, hörte er Jakobs lautstarken Befehl: »Küssen, küssen, küssen.«

Und obwohl die Schüler aus Finns Klasse nicht immer dieselbe Meinung hatten, bei einer Sache konnten sie sich seit jeher schnell auf einen Nenner einigen: peinliche Situationen bis aufs Äußerste auskosten. Vorwiegend wenn es um Lehrer ging, aber auch bei Mitschülern kannten sie keine Gnade. Und so stimmten alle nach und nach in den Küssen-Chor ein.

Entschuldigend schaute Finn Lea an. »So war das echt nicht gedacht«, flüsterte er. »Wenn du willst, hauen wir ab oder ich hau Jakob eine in die Fresse. Oder beides. Also andersrum.«

Leas Antwort war nur ein belustigtes Zwinkern mit ihrem Muttermal-Auge. Doch für Finn war das Antwort genug. Er machte einen letzten Schritt auf sie zu, spürte ihre Nähe und sein Herzklopfen, vergewisserte sich noch mal nervös, dass das auch wirklich okay war, und küsste sie unter dem Gejohle seiner Mitschüler zum ersten Mal ganz offiziell. Dabei wusste er auf der Stelle, dass er sich an diesen Moment sein ganzes Leben erinnern würde.

TOR BROWSER /// CHAT EXT. /// 06/11/20 /// 08:10:43**

Room: Lab3 – 11 user online

08:10:43	[@Hektor]	Es ist unglaublich.
08:10:54	[winston84]	ist es / haben nie was anderes behauptet

08:11:09	[@Hektor]	Wie viel Zeit braucht ihr noch?
08:11:13	[winston84]	wir einen monat / ihr kommt aber mit dem ausbau der infrastruktur nicht schnell genug voran / bin gerade in der mh-zentrale / wenn wir jetzt starten würden wären die server in fünf tagen völlig überlastet
08:11:32	[@Hektor]	Ja, verdammt. Habt ihr 'ne Ahnung, wie schwierig es war, fast 'ne Milliarde von unserem mickrigen Budget abzuknapsen? Und eine ganze Flughafenbaustelle lahmzulegen, nur damit darunter eine Speicherstadt für Mind-Hack entstehen kann?
08:11:37	[winston84]	wo ihr die zentrale baut war nicht unsere idee
08:11:38	[@Hektor]	Ich weiß. Kümmert ihr euch um eure Themen, ich mach hier an ein paar Stellen Druck. Und noch mal: Es muss geheim bleiben! Hier wissen nur ganz wenige Leute davon. Wenn das rauskommt, sind wir erledigt. Und ihr auch!
08:11:41	[winston84]	von mir erfährt niemand was

	/ vorausgesetzt ihr zahlt pünktlich
08:11:46 [@Hektor]	Habe ich euch schon mal enttäuscht? Was gab es noch zu besprechen?
08:11:55 [winston84]	ein kleines problem / khal will es stoppen
08:11:56 [@Hektor]	Was? Wie?
08:11:58 [winston84]	keine ahnung
08:12:18 [@Hektor]	Der weiß schon, dass das nicht mehr seine Entscheidung ist?
08:12:22 [winston84]	ja / ist ihm aber wohl egal
08:12:26 [@Hektor]	Kannst du ihn aufhalten?
08:12:37 [winston84]	werde es versuchen / bis jetzt nichts gefunden wo er mh angreifen kann
08:12:41 [@Hektor]	Will er mehr Geld?
08:12:56 [winston84]	glaub ich nicht
08:13:02 [@Hektor]	Geht er an die Öffentlichkeit?
08:13:10 [winston84]	kann ich mir nicht vorstellen
08:13:12 [@Hektor]	Verdammt. Moment.

08:19:26 [@Hektor]	Wir kümmern uns!
08:19:37 [winston84]	wie???

[@Hektor] hat den Chat verlassen

BERLIN MITTE, 13:41 (MEZ), BRANDENBURGER TOR

»Ich bin mir sicher, dass der sich irgendwas einschmeißt.«

»Quatsch.«

»Jetzt schau dir den doch mal an. Rote Augen, ständig am Schwitzen, voll unkonzentriert ... Ich sag dir, der kifft nicht nur, der macht was anderes.«

»Und du bist der Fachmann dafür, oder was?«

Finn platzte mit Lea in eine Diskussion zwischen Jakob, Tarek und Gregor, die an einem Currywurst-Stand vor dem Brandenburger Tor übertrieben hauptstädtisch auf die restliche Klasse und ihre Lehrer warteten.

»Dafür muss man kein Fachmann sein.« Jakob wandte sich von Gregor ab und hielt Finn grinsend seine Hand zum High-Five hin: »Na, wie geht's dem neuen Traumpaar?«

»Alles cool.« Finn schlug ein und unterdrückte den dringenden Impuls, seine Begeisterung herauszuschreien. Denn dass er Lea, die fast auf den Tag genau ein Jahr älter war, jetzt wirklich seine Freundin nennen konnte, kam ihm noch immer völlig absurd vor. Aber es war wirklich so. Während die anderen den Vormittag mit Shoppen verbracht hatten, waren sie gemeinsam an der Spree spazieren gewesen, hatten am Ufer in der Sonne gesessen, nachdem der Regen endlich aufgehört hatte, und dabei über alles Mögliche geredet. Über den peinlichen Morgen zum Beispiel und die verrückten Berliner, die ihnen in einer Tour über den Weg gelaufen kamen. Dabei hatten sie sich die ganze Zeit berührt und einen Plan geschmiedet, wie sie die kommende Nacht gemeinsam würden verbringen können. Finn platzte fast vor Vorfreude.

»Redet ihr vom Merks?« Lea mischte sich in die Diskussion der Jungs ein. »Der nimmt keine Drogen.«

»Und was macht dich da so sicher?«

Lea schwieg schulterzuckend und Finn fiel die Begegnung vom Morgen wieder ein. »Komisch verhält der sich schon. Der hat heute früh das Hostel verlassen und mich voll doof angemacht. So war der früher nie.«

Gregor nickte zustimmend. »Ich sag euch, der war das vorher. Die Spastis glauben mir nicht, aber als wir vorher in so 'nem Skater-Shop am Hackeschen Markt waren, hab ich den Merks draußen auf der Straße mit zwei Typen gesehen. Der hat die voll angebrüllt. Vielleicht irgendwelche Dealer?«

»Und wo waren die, als wir nach draußen gekommen sind? Da war niemand.« Tarek schüttelte den Kopf. »Kann ich mir echt nicht vorstellen, nicht der Merks. Der ist mal voll ausgeflippt, als er mich mit Tom beim Kiffen im Schulklo erwischt hat. Der und Drogen ist 'ne total strange Vorstellung.«

»Mann, warum glaubt mir denn niemand?«

Finn zeigte Gregor belustigt den Vogel. »Vielleicht hast du gestern ein bisschen zu viel getrunken. Und siehst jetzt Sachen, die es gar nicht gibt. Kann das sein?«

»Ganz im Gegenteil, ich hab eher zu wenig getrunken. Dann hätte ich nämlich diesen Vollpfosten nicht gehört, der schon morgens um sechs bei uns im Zimmer ›Lea, Lea‹ rumgeplärrt hat. Ich weiß, was ich gesehen habe.«

Lea drückte belustigt Finns Hand und deutete Richtung Brandenburger Tor: »Guckt mal, die treffen sich alle da drüben. Sollen wir auch rübergehen? Die Sommer ist auch da. Und da hinten kommt der Merks. Vielleicht hat er ja Pillen für alle dabei, damit die Führungen lustiger werden.«

»Sehr witzig, Lea. Verarschen kann ich mich selber. Ihr werdet schon noch sehen …«

Während die anderen drei sich blödelnd zum Treffpunkt aufmachten, hielt Finn Lea kurz zurück: »Ey, ich wollte dir nur schnell noch sagen …« Ohne weiterzusprechen, zog er sie an sich und gab ihr einen leidenschaftlichen Kuss. »Egal was passiert und ob was passiert, ich freu mich auf heute Nacht oder auf morgen Nacht oder auf egal wann.«

»Mein Gott, kommt ihr mal? Ist ja nicht auszuhalten mit euch.« Jakob stand auf halber Strecke zu den anderen und wartete übertrieben genervt auf sie.

»Bist ja nur neidisch.« Finn lachte über Jakob, als er Lea mit sich zog. Und verstand darum nicht, was sie ihm noch zuflüsterte. Er drehte sich zu ihr um und wollte nachfragen, als seine Augenwinkel von einem grellen Licht geblendet wurden und seine Beine völlig abrupt den Halt verloren. Bevor er etwas dagegen tun konnte, riss ihn etwas in die Luft, trennte ihn von Lea und schleuderte ihn zurück in die Richtung, aus der sie gekommen waren. Mit der rechten Schulter schlug er ungebremst auf dem Kopfsteinpflaster auf und erst in diesem Moment hörte er den ohrenbetäubenden Knall einer Explosion. Der Schmerz hingegen kam direkt. Er versuchte seine Augen zu öffnen, zu verstehen, wo er war, was gerade passiert war, doch innerhalb von wenigen Sekunden hatte er vollkommen die Orientierung verloren. Er hörte Geräusche, die er noch nie zuvor gehört hatte. Ein Geruch umhüllte ihn, den er noch nie zuvor wahrgenommen hatte. Er versuchte sich aufzurichten und erkannte plötzlich, dass die Geräusche Schreie waren. Schreie von Menschen, die kaum noch menschlich klangen. Alles verschwamm und er hatte das Gefühl, als würden tausend Füße über ihn hinwegtrampeln. Dunkelheit hüllte ihn ein. Schlafen. Wie aus dem Nichts sah er plötzlich seinen Stiefbruder Paul vor sich, der ihn besorgt, aber lautlos anbrüllte. Paul und besorgt? Um ihn? Irgendwas stimmte hier nicht. Warum verdammt fiel ihm das Einschlafen so schwer? Weil da wieder dieser Schrei war, lauter als alles andere. Ein ununterbrochener, schriller Schrei ganz in seiner Nähe.

Er spürte jemanden neben sich, jemanden, der ihm seine Augen aufdrückte. Und dann sah er sie. Er sah Lea, wie sie ein paar Meter von ihm entfernt am Boden kniete. Ihr Gesicht war verzerrt, ihre Kleidung zerrissen. Und aus ihrem Inneren kam dieser fürchterliche Schrei, der alles andere übertönte. Er musste zu ihr, musste ihr helfen. Er stemmte sich hoch. Jemand hielt ihn zurück, er schlug um sich. Er brüllte ihren Namen, doch aus seiner Kehle kam nur Gurgeln. Er nahm den Geschmack von Blut wahr und Lea schrie einfach weiter. Sie schrie etwas an, etwas, das vor ihr lag, als könnte es dadurch verschwinden. Und dann sah er, was es war. Vor ihr lag ein abgerissener Arm. Der Arm von Tarek. Finn wurde schwarz vor Augen.

TOR BROWSER /// CHAT INT. /// 06/11/20 /// 23:17:48**

Room: Castle – 11 user online

23:17:48	[obrian@93]	What have you done?
23:18:35	[winston84]	ich hab gar nichts gemacht
23:18:38	[obrian@93]	DU WEISST, WAS ICH MEINE! Fuuuuuck!!!
23:19:01	[winston84]	er wollte uns stoppen / er hat sie damit rausgefordert
23:19:13	[obrian@93]	That's no reason. Neun unschuldige Menschen! SIEBEN KIDS! What the hell …
23:19:52	[winston84]	was kann ich dafür? der point of no return war überschritten / das wusste khal auch
23:20:18	[obrian@93]	He was right. He was so fucking right. Es sind Mörder.

[obrian@93] hat den Chat verlassen

2.

BERLIN SCHÖNEWEIDE, 15:22 (MEZ), ALTE METALLFABRIK

Toni nahm ihre Atemmaske ab, ging einige Schritte zurück und verzog verärgert das Gesicht. Das Bild, das sie probeweise an die Kellerwand gesprüht hatte, gefiel ihr überhaupt nicht. Die Proportionen der explodierenden Weltkugel waren komplett falsch, und bedrohlich sah das ganze Szenario auch nicht aus. Eher lächerlich.

»Verdammt.« Wütend schnappte sie sich die Dose mit der schwarzen Farbe und versuchte kurz entschlossen, ihren Misserfolg zu vernichten. Scheitern konnte sie sich noch nie verzeihen, weil ihre Eltern es auch nicht taten. Vor allem ihr Vater nicht, für den nur Perfektion zählte.

»Hey, was soll das?« Navid kam fassungslos durch die verrostete Metalltür gerannt und riss Toni die Sprühdose aus der Hand. »Bist du verrückt? Was hast du mit meinem Bild gemacht?«

Toni achtete gar nicht auf ihren Freund, sondern schnappte sich direkt eine andere Farbe.

»Übermalt. Und das hier mache ich jetzt auch wieder weg.«

»Nein, Mann, hör auf.« Navid stellte sich energisch vor sie und hielt sie an der Hand fest. »Warum übermalst du das Bild, das du mir geschenkt hast? Ich fand das schön.«

Toni riss sich von ihm los. »Es hatte keine Aussage. Es war nur bunt.«

»Ja, und? Diese Schmiererei hier hättest du auch draußen

auf 'ne Wand sprühen können. Hier gibt's ungefähr 30 000 Quadratmeter davon, falls du das vergessen hast.«

Tonis Ärger auf ihren Misserfolg verflüchtigte sich rasend schnell, weil sie genau wusste, dass Navid recht hatte. Irgendwo auf dem Gelände dieser verlassenen Metallfabrik hätte sie einen leeren Platz gefunden. Aber die Wand hier war von der Struktur einfach perfekt. »Sorry, ja, ich hätte dich fragen sollen. Okay? Wenn du willst, sprüh ich dir das bunte Piece wieder an die Wand. Das krieg ich hin. Du merkst gar keinen Unterschied.«

»Ja, das will ich.« Navid starrte sie noch einen Augenblick ziemlich gereizt an. »Aber nicht jetzt. Ich hatte beim letzten Mal drei Tage Kopfweh, weil es in meiner Wohnung roch wie in einer Lackfabrik. Also genau so wie jetzt.«

Toni verdrehte die Augen. »Stell dich nicht so an. Wenn wir unten die beiden Türen und vorn die Luke nach oben aufmachen, zieht das alles ganz schnell ab. Und sag hier nicht Wohnung zu. Das ist ein«, sie suchte schnell nach einer bösen Revanche dafür, dass Navid ihr neues Bild als Schmiererei bezeichnet hatte, »das ist ein muffiges Kellerloch.«

Navids dunkle Augen wurden noch schwärzer. »Willst du Streit, oder was? Das IST eine Wohnung. Meine Wohnung. Hier ist ein Bett, da ist ein Schreibtisch, meine Küche und nebenan sind Duschen und Toiletten, die meistens funktionieren. Und ich kann abschließen, keiner von den anderen kommt hier rein. Und ich lebe in Berlin. In deiner Nähe. Eine gemütlichere Wohnung gibt es gar nicht.«

Toni folgte Navids Zeigefinger durch den vollgestellten Kellerraum. Das Bett in der Ecke war eine dünne, aber relativ neue Matratze. Der Schreibtisch ein verrosteter Kühlschrank, auf dem sich neben einer Tischlampe alte Medizinbücher stapelten. Die Küche bestand aus dem ausgemusterten Wasserkocher ihrer Eltern, zwei Tassen und Kaffeepulver. Der ganze Rest waren willkürliche Straßenfundstücke, die Navid im letzten Jahr angesammelt hatte. Und obwohl es hier unten nie hell, meistens kalt und manchmal auch feucht war, wusste Toni, was er mit gemütlich meinte. Ihr bedrohliches Kunstwerk an der Wand unterstützte diesen Eindruck jedoch nicht.

»Okay, du hast gewonnen. Es ist ein gemütliches Übergangsloch. Und ich mach dir die Wand wieder so, wie sie war.«

Navid zwinkerte Toni versöhnlich zu und drehte sich zu dem halb übersprühten Bild um. »Was sollte das überhaupt werden?«

»Ach, nichts.«

»Jetzt sag schon.«

»The End.«

»Hä?«

»So heißt es.« Toni hatte keine Lust, länger darüber zu reden. »Ist doch auch egal.«

»Ist es nicht. Es ist meine Wohnzimmerwand, also will ich es auch kapieren.«

Genervt stöhnte Toni auf und setzte zu einer lustlosen Erklärung an. »Das hier ist die Weltkugel vom All aus. Sie ist aber nicht mehr ganz rund, dreht sich wahnsinnig schnell und überall explodiert irgendwas. So wie vorgestern die Bombe am Brandenburger Tor.«

Navid beugte sich näher zur Wand. »Ach, das auf der Weltkugel hier sollen Explosionen sein?«

»Ja, sollen es.« Toni hörte selbst, dass ihre Reaktion ziemlich scharf und furchtbar nach ihrem Vater klang. Ablenkend erklärte sie schnell weiter. »Das Ganze ist ein Game. Es heißt ›World‹, aber es gibt keine Credits mehr, keine Extra-Leben, hier unter der schwarzen Farbe siehst du noch so ein bisschen den roten Überlebensbalken, der fast am Anschlag ist.«

Navid ging ein paar Schritte zurück und ließ das, was von dem Bild übrig war, auf sich wirken. »Hm.« Mehr sagte er dazu nicht, weil er genau wusste, dass sein Schweigen Toni wahnsinnig machen würde. Abrupt wechselte er stattdessen das Thema: »Die ganze Stadt ist übrigens voller Polizei. Überall wird man wegen diesem beschissenen Attentat kontrolliert. Ich geh die nächste Zeit besser nicht so viel raus.«

»Ja, das ist übel. Alles.« Toni stierte weiter auf die Wand. »Mann, jetzt sag schon: Wie findest du's?«

»Was?«

»Das Bild, Blödmann. Ihr Afghanen seid manchmal echt schwer von Begriff.«

Navid grinste Toni von der Seite an, die das gar nicht bemerkte. »Wenn hier jemand schwer von Begriff ist, dann sicher nicht ich.«

Toni drehte den Kopf zu Navid und erkannte, dass sie von ihm verarscht wurde. Und sofort ärgerte sie sich darüber, dass er genau das immer wieder schaffte. Mit voller Wucht hämmerte sie ihm zur Strafe ihre Faust auf den Oberarm, was seit seinem ersten Tag in ihrer Klasse irgendwie zu ihrer Beziehung gehörte. Damals wurde er einfach neben sie gesetzt, hielt sie wegen ihres Namens und ihrer kürzeren Haare für einen Jungen, versuchte mit ihr einen verschwörerischen Witz über die Brüste ihrer Mitschülerin Janina zu machen und kassierte direkt Prügel. Schmerzvoll erkannte er seinen Fehler, behauptete aber später stolz, dass er natürlich wusste, dass sie ein Mädchen war, dass er sie nur rausfordern wollte und dass die Prügelei der Moment war, in dem sie sich ineinander verliebt hatten.

Toni ließ ihn in dem Glauben und genoss ihre Kampfrituale, weil ihr gefiel, dass sie spätestens nach fünf Minuten außer Atem auf dem Bett lagen. Manchmal knutschend, meistens aber einfach nur lachend. So wie jetzt.

»Das Bild ist düster. Aber cool. Wirklich, die Idee dahinter ist cool. Vielleicht etwas apokalyptisch. Aber cool.«

»Apokalyptisch?« Wie immer wunderte Toni sich über Navids Deutschkenntnisse, die bis vor vier Jahren gar nicht existiert hatten. Am Anfang hatte sie noch über die ganzen Fremdwörter gelacht, doch als sie mit Google irgendwann festgestellt hatte, dass er kein einziges Wort im falschen Zusammenhang verwendete, wandelte sich Belustigung in Bewunderung. Was sie jedoch niemals zugegeben hätte.

»Na ja, also so untergangsstimmungsmäßig.«

»Ich weiß, was apokalyptisch heißt.«

»Dann weißt du ja auch, was ich meine.«

»Es ist also zu düster?«

»Das hab ich nicht gesagt. Aber wenn du fragst: Ich mag Bilder, die nicht ganz so destruktiv sind. Also wenigstens noch einen kleinen Hoffnungsschimmer haben. Das bist doch auch eher du, oder? Wo soll das denn hin?«

»Keine Ahnung. Wollte demnächst mal ein paar Spots auskundschaften. Sobald Berlin sich wieder etwas beruhigt hat.« Toni setzte sich auf. »Diese Bombe bringt echt alles durcheinander. Eigentlich wollte ich heute Abend mit meinen Eltern reden. Wegen dir.«

»Warum?«

»Weil irgendwas passieren muss. Du kannst dich nicht ewig

verstecken. Und mein 18. Geburtstag ist erst in einem halben Jahr. Was ist, wenn das mit der Heirat nicht klappt, weil sie dich geschnappt haben?«

»Und was sollen deine Eltern jetzt machen?«

»Mann, keine Ahnung. Mein Vater arbeitet doch bei der Stadt, oder so, auf jeden Fall bei einer Behörde. Vielleicht kann der was drehen, damit du bleiben kannst.«

Navid gab ihr einen Kuss auf die Nase. »Glaubst du daran, dass er mir helfen wird? Uns helfen wird? Kann mir kaum vorstellen, dass ich plötzlich in das Schema des perfekten Schwiegersohns passe.«

Toni rollte sich auf ihn und versuchte sich um eine Antwort zu drücken. »Ist auch egal. Er hat eh keine Zeit, weil er irgendwas mit der Opferhilfe von diesem Anschlag zu tun hat. Keine Ahnung. Irgendein Verwaltungskram. Der sitzt nur noch im Büro.«

Doch so einfach ließ Navid sie nicht vom Haken. »Glaubst du wirklich, dass es gut ist, wenn wir ihn oder deine Mutter einweihen und um Hilfe bitten?«

Toni atmete tief durch. »Nein. Er wird durchdrehen, wenn er erfährt, dass ich mit dir zusammen bin. Mit einem illegalen Ausländer. Meine Mutter auch, weil sie durchdrehen muss, wenn mein Vater durchdreht.«

»Vielleicht sagst du dann besser nichts.«

Toni wusste natürlich, dass Navid recht hatte. »So eine Scheiße. Warum muss das alles so kompliziert sein? Dann also weiter hoffen, dass sie dich nicht schnappen und du durch unsere Hochzeit deine Aufenthaltserlaubnis bekommst?«

Navid rieb sich mit den Händen durchs Gesicht. Toni wusste genau, was gleich kommen würde.

»Ich weiß noch immer nicht, ob das so eine gute Idee ist.«

Sie stützte ihre Arme auf seinem Brustkorb ab. Er protestierte zwar halbherzig, aber das ignorierte sie eigentlich immer. Sie liebte diese Position, weil sie so am besten seine schönen Lippen studieren konnte, die, wären sie nicht von lauter dunklen Bartstoppeln umrahmt, niemals als typisch männlich durchgegangen wären. Außerdem spürte sie meistens früher oder später, dass Navid die Position entgegen seines Protestes auch ziemlich gut fand.

»Hast du 'ne bessere Idee? Das ist unsere einzige. Oder glaubst du, dass du plötzlich wie aus dem Nichts hierbleiben darfst, obwohl man dein Asylverfahren an deinem 18. Geburtstag eingestellt hat?«

»Nein.« Seine Antwort klang zerknirscht. Toni rückte noch ein Stück nach oben und schaute ihm in seine warmen Augen. »Und was ist mit deinem Traum, dein Abi hier zu machen und dann Medizin zu studieren? Das ist doch immer noch das, was du willst, oder?«

Navid nickte. »Schon. Aber wer wird uns glauben, dass wir uns wirklich lieben und nicht nur eine Scheinehe führen wollen? Deine Eltern sicher nicht. Alle werden denken, dass ich dich dazu zwinge. Oder du unter meinem Einfluss stehst. Oder so ein Schwachsinn.«

»Dann werde ich sagen, dass es nicht so ist.«

»Darüber werden sie nur lachen.«

»Dann sollen sie lachen. Mann, Navid, wenn du wirklich willst, halte ich vor meinen Eltern die Klappe. Aber spätestens nach meinem Geburtstag lassen wir uns von niemandem mehr reinreden.«

»Die Behörden werden es tun. Kein Mensch heiratet in dem

Alter. Und schon gar nicht ein deutsches Mädchen einen illegalen Afghanen, der untergetaucht ist, als man ihn abschieben wollte. Das ist auch alles viel komplizierter, als du denkst.«

»Sag nicht deutsches Mädchen zu mir. Das hört sich furchtbar an.«

»Das wirst du dir anhören müssen. Und deine Eltern werden mich hassen.«

Toni musste entgegen ihrer Gefühle grinsen. »Das ist so sicher wie der Tod.« Doch plötzlich wurde sie ernst. »Aber weißt du was: Ich weiß, dass sie dich auch ins Herz schließen werden, sobald sie dich kennenlernen.«

»Wen meinst du mit auch?«

»Na, mich, du Idiot.«

Statt einer weiteren Antwort küsste Navid sie. Und sie küsste zurück und fühlte sich einmal mehr bestätigt, wie richtig sich das zwischen ihnen anfühlte. Und wie alternativlos. Navid war ihr bester Freund, er brachte sie zum Lachen und zum Nachdenken. Er hörte ihr zu, wie ihre Eltern es eben nicht taten, und er öffnete ihr die Augen für Sichtweisen, die sie, wenn sie sich mal wieder in einen Gedanken verrannt hatte, schnell übersah. Und er lebte ihr vor, wie wichtig es war, um seinen Traum zu kämpfen. Auch wenn der, wie bei ihm, ziemlich aussichtslos war.

Sie erinnerte sich gut an den Moment, als er vor der ganzen Klasse von seiner Flucht aus Afghanistan erzählte. Und den Mord an seinen Eltern und seinen beiden Schwestern beschrieb, der zu dieser Flucht führte. Er weinte dabei, er war schmerzhaft offen, doch er war nicht eine Sekunde lang hoffnungslos oder verbittert. Weil er lebte, weil er leben wollte und weil er immer seinen Traum vor Augen hatte.

Toni wusste, dass es nicht die Prügelei war, es war genau dieser Moment, in dem sie sich in Navid verliebt hatte. Gesagt hatte sie ihm das noch nie, aus Angst, dass er dachte, sie hätte sich aus Mitleid in ihn verliebt. Dabei war es was ganz anderes: Sie hatte sich noch nie zuvor in ihrem Leben einem Menschen so nah gefühlt.

Plötzlich brach Navid den Kuss ab. Angespannt rappelte er sich hoch und gab Toni ein Zeichen, ruhig zu sein. An der Tür lauschte er in das riesige Untergeschoss der ehemaligen Fabrikhalle.

»Irgendwas stimmt da oben nicht.« Er flüsterte fast.

»Ich höre nichts.« Toni stand jetzt neben ihm.

»Das ist es. Keine Musik mehr. Das ist kein gutes Zeichen. Die ist tagsüber meistens leise, damit die Nachbarn keine Polizei holen, aber die war noch nie ganz aus.«

Toni wollte Navids Vermutung gerade ins Reich der Fantasie verweisen und ihn zurück aufs Bett ziehen, als der Sturm losging. Über einen Lautsprecher bellte jemand ›ZUGRIFF‹ und fast gleichzeitig wurden die Hallentore eine Etage über ihnen mit Gewalt aufgebrochen. In Sekundenschnelle erfüllte ein ohrenbetäubender Lärm die Fabrik. Ihre Freunde schrien, Polizisten brüllten, Spürhunde bellten – und die Metallwände echoten alles tausendfach bis zu ihnen in den Keller.

In Navids Augen stand blankes Entsetzen. »Die Polizei. Wenn die mich erwischen, war's das.«

»Scheiße, und jetzt?« Toni ließ sich von seiner Angst anstecken.

»Wir müssen raus hier, bevor die die Treppe entdecken.«

»Aber wie? Es gibt doch nur den Weg über die Treppe nach oben, oder?«

Plötzlich wurde der Lärm lauter. Die Luke zum Keller stand offen. »Hier ist die Polizei. Kommen Sie mit erhobenen Händen raus«, hallte es zu ihnen runter.

»Fuck.« Mit drei Schritten war Navid am verrosteten Sicherungskasten und drückte mit seinem ganzen Körpergewicht den Hauptschalter nach unten. Die wenigen Leuchtstoffröhren, die den Keller in ein schummriges Licht getaucht hatten, gingen schlagartig aus. Nur ihr Nachglimmen war noch für wenige Sekunden zu sehen. Toni verlor in der Finsternis sofort die Orientierung, doch da war Navid schon wieder neben ihr und zischte ihr aufgeregt zu, zu laufen, so schnell sie konnte, und immer dicht hinter ihm zu bleiben.

»Aber ich seh nichts.«

Auf der Treppe hinter ihnen hüpfte schon der erste Lichtkegel einer Taschenlampe die Stufen runter, es blieb ihnen keine Zeit mehr.

»Halt dich an mir fest.« Navid riss Toni am Arm mit sich. Er kannte sich hier aus, für ihn waren diese Fabrikkatakomben mit den unzähligen Räumen und Gängen seit einem Jahr sein Zuhause. Toni versuchte stolpernd Schritt zu halten.

Zunächst rannten sie an den Toiletten vorbei, dann links in einen Gang, der ihr zuvor noch nie aufgefallen war.

»Pass auf deinen Kopf auf. Runter!« Kaum hatte Navid das ausgesprochen, zog er sie zu Boden und befahl ihr, auf allen vieren in einen Schacht zu krabbeln. Toni folgte dem Befehl, doch schon nach wenigen Minuten wurde die Luft stickiger und der Platz um sie herum immer weniger. Sie spürte Panik in sich aufsteigen. Doch da rammte Navid schon ein Gitter zur Seite und sie schlüpften in einen weiteren, stockdunklen Kellerraum. Immerhin konnten sie wieder aufrecht stehen.

»Wo sind wir hier?« Toni hatte keine Ahnung, ob die Polizei noch hinter ihnen her war.

»Muss irgendein Lager oder Archiv gewesen sein. Hier liegen überall alte Ordner rum.«

»Und jetzt? Bleiben wir hier?«

Statt einer Antwort zog Navid Toni schon wieder mit sich. Leise öffnete er die Tür und linste auf einen Kellerflur. Nichts. Er schloss die Tür wieder.

»Die sind jetzt am anderen Ende des Kellers. Hier vorne gibt's aber noch zwei weitere Ausgänge. Eine Notfallleiter hoch aufs Gelände und einen alten Abwasserkanal, der bis zur Spree führt. Bist du bereit?«

Navid klang ganz ruhig, doch Toni wusste, dass dieser Eindruck täuschte. Sie hielt ihn am Oberarm fest und fühlte, obwohl es an der Stelle normalerweise nie was zu fühlen gab, seinen rasenden Puls.

»Ja. Ich bleib hinter dir.«

»Dann los.« Navid riss die Tür auf, krallte Tonis Hand und rannte los. Links, geradeaus, links, rechts. Bis sie nicht mehr weiterkamen. Eine Tür, abgeschlossen oder eingerostet, versperrte ihnen den Weg.

»Fuck. Wir müssen umdrehen.«

Sie rannten zurück, links, rechts … Und dann passierte es. In einer öligen Pfütze rutschte Toni aus und knallte der Länge nach auf den Boden.

»Scheiße, Mann, scheiße, scheiße, scheiße!«

Navid, der auch fast zu Fall gekommen wäre, half Toni keuchend hoch. »Leise. Wir müssen weiter.«

»Ich kann nicht mehr so schnell. Ich hab mir meinen Fuß …«

Der grelle Lichtstrahl kam völlig aus dem Nichts. Genau wie die strenge Stimme: »Da vorne ist jemand!«

Navid drückte Toni reflexartig in eine Nische.

»Kommen Sie mit erhobenen Händen raus! Hier ist die Polizei!«

»Was machen wir jetzt?« Toni konnte nicht sagen, ob sie sich an Navid oder er sich an ihr festklammerte.

»Ich denke mal, das war's.« Navids Stimme brach. »Kacke!«

»Nein. Du darfst jetzt nicht aufgeben. Wenn sie dich erwischen, was ist dann mit uns?« Toni schrie fast vor Verzweiflung. Navid presste seine Hand auf ihren Mund. Die Schritte und Stimmen der Polizisten kamen näher.

»Es gibt keinen Ausweg mehr.« Er nahm seine Hand von ihrem Mund und gab ihr einen eindringlichen Kuss. »Ich liebe dich! Für immer!«

Toni schmeckte Salz auf seinen Lippen. Von Schweiß oder von Tränen. Sie legte ihren Kopf an seinen Hals, sog seinen Geruch ein und wusste plötzlich so deutlich wie nie zuvor, dass sie darauf niemals verzichten konnte.

»Dann lenken wir sie ab.«

»Und wie?«

»Ich stell mich, du verschwindest.«

»Vergiss es. Ich lass dich hier nicht allein.«

»Zu spät.« Bevor Navid etwas einwenden konnte, drückte Toni ihn mit aller Kraft zu Boden und trat mit erhobenen Händen aus der Nische. »Ich bin allein und unbewaffnet!«

Der Lichtstrahl der Polizei hatte sie sofort eingefangen. Aus dem Augenwinkel sah sie noch, wie Navid in die Dunkelheit krabbelte. Schon wenige Sekunden später war sie von sechs schwer bewaffneten Beamten umstellt.

MAIL /// IP:255 661 345.XXX /// 08/11/20 /// 16:12:48**

Von: Silke Kessler, LKA
Betreff: AW: Einsatz 52°27'22.9"N 13°30'59.2"E
An: Karsten Wagner, BND

Einsatz beendet. Zielperson nicht vor Ort.
Weitere Vorgehensweise wie besprochen.
SK

BERLIN TEMPELHOF, 17:31 (MEZ), LANDESKRIMINALAMT

»Keine Ahnung, ich kenn den nicht.«

Übertrieben gelangweilt schaute Toni aus dem Fenster und tat so, als würde sie sich für die Abendsonne interessieren, die glutrot durch die Jalousien des kleinen Verhörraums schien. Sie musste unbedingt vermeiden, dass ihre offensichtliche Lüge direkt aufflog. Denn natürlich erkannte sie Navid auf dem Foto, das die Beamtin ihr unter die Nase hielt, auch wenn er darauf sicher vier Jahre jünger war.

»Wen wollen Sie hier eigentlich für blöd verkaufen?«

Die laute Stimme der Frau riss Toni aus ihrer bemühten Lethargie.

»Navid Rahimi ging ein Jahr lang in Ihre Klasse.«

»Ach, das soll Navid sein?« Tonis Herz raste wie immer beim Lügen. »Den hab ich gar nicht erkannt. Sieht auf dem Foto ja noch wie ein Kind aus. Was ist mit dem?«

Sie erwiderte trotzig den strengen Blick ihres Gegenübers, bis die schließlich nachgab. »Laut unseren Angaben wohnte Navid Rahimi, geboren am 21.10.2000 in Kabul, illegal in der ehemaligen Metallfabrik am Spreeufer. Und wie Sie eben erklärt haben, verkehren auch Sie genau dort mit einer gewissen Regelmäßigkeit. Und Sie kennen sich aus der Schule. Ziemlich viele Zufälle, was?«

»Ich war da zum Sprayen. Und nicht, um mit irgendwelchen Typen abzuhängen.«

»Sie haben Navid Rahimi dort also nie gesehen?«

»Nein. Ich hab den nicht mehr gesehen, seit er vor einem Jahr abgehauen ist. Dachte eigentlich, der ist längst wieder zurück in Afghanistan. Kann ich jetzt gehen?«

»Nicht so schnell.« Die Beamtin lehnte sich zurück. »Ich hab irgendwie das Gefühl, dass Sie mir nicht die ganze Wahrheit sagen.«

»Da kann ich Ihnen jetzt auch nicht helfen.« Die Antwort klang schnippischer, als gewollt. »Aber wenn nicht mal Ihre Leute ihn finden, warum sollte ich denn was wissen? Was wollen Sie überhaupt von dem?«

Toni hoffte, dass das Zittern ihrer Knie sich nicht in ihrem ganzen Körper ausbreiten würde.

»Wir haben Informationen, dass Navid Rahimi und andere Bewohner der Fabrik in das Attentat am Brandenburger Tor verwickelt sein könnten.«

»So ein Bullshit.«

Kaum hatte Toni das ausgesprochen, wusste sie, dass das ein Fehler war. Aber Navid in Verbindung mit diesem Attentat zu bringen, war so lächerlich, dass sie ihre Überraschung einfach nicht zurückhalten konnte.

»Wie kommen Sie darauf, dass das Bullshit ist? Sie wissen doch angeblich nichts über Navid Rahimi?«

Toni versuchte Zeit zu schinden. »Kann ich noch was zu trinken haben?«

Die Beamtin schenkte ihr nach und sie nutzte die Zeit zum Nachdenken, wie sie aus der Nummer wieder rauskam. »Ich meinte damit ja nicht Navid. Ich meine die anderen Leute aus der Fabrik. Die haben mit der verfickten Bombe nichts zu tun.«

»Und woher wissen Sie das so genau?«

»Weil das meine Freunde sind!«

»Hm.« Die Frau notierte sich etwas, kaute dabei auf ihrer Zunge, was ziemlich fies aussah, und blickte lächelnd wieder auf. »Sie wohnen in Charlottenburg, gehen dort auch aufs Gymnasium und erzählen mir was davon, dass Sie in dieser alten Fabrik ihre Freunde treffen? Straßenkids und Obdachlose, die im ganzen Jahr wahrscheinlich nicht so viel Kohle zur Verfügung haben, wie Sie wöchentlich Taschengeld bekommen.«

Toni schnappte nach Luft. »Wollen Sie mir vorschreiben, mit wem ich abhängen darf und mit wem nicht? Graffiti verbindet, aber davon verstehen Sie eh nichts.«

»Und Navid Rahimi war auch Sprayer?«

»Nein!« Sie merkte sofort, dass sie mit einem Fuß schon wieder in der Falle stand. Diese dumme Kuh. »Zum hundertsten Mal: Ich hab keine Ahnung, wo Navid Rahiminii ist, okay.«

»Und warum sind Sie abgehauen, als meine Leute die Fabrik stürmten?«

»Was? Keine Ahnung. Weil ich nicht wusste, dass es die Polizei war.«

»Und Sie waren allein da unten?«

»Ja! Ich würde jetzt gern gehen, okay?«

Wie aufs Stichwort flog die Tür auf und Tonis Vater stand

im Raum. In Sekundenschnelle hatte er die Situation erfasst und richtete seinen wachen Blick auf seine Tochter. Und obwohl sie sich vorstellen konnte, wie sehr er sich beherrschen musste, ein Donnerwetter zurückzuhalten, war sie froh, ihn zu sehen. Sie wusste, dass er sie hier rausboxen würde. Er würde die Situation unter Kontrolle kriegen, das tat er immer. Schon allein deshalb, damit niemand was davon erfuhr.

»Antonia, was ist hier los?«

Bevor sie darauf reagieren konnte, ging die Beamtin dazwischen. »Herr Wagner?«

»Ja. Warum halten Sie meine Tochter fest?«

»Setzen Sie sich bitte, Herr Wagner. Mein Name ist Silke Kessler, LKA. Ich habe lediglich ein paar Fragen an Ihre Tochter.«

Toni schaute ihren Vater von der Seite an. Er sah gut aus. Wie immer. Seine grau melierten Haare waren akkurat geschnitten, sein Anzug saß perfekt und seine blauen Augen strahlten so hell, dass man sich ihnen kaum entziehen konnte. Und trotzdem passte irgendwas an ihm nicht ins Bild. Irgendetwas war anders als sonst. Aber sie kam nicht drauf, was es war.

»Was hat meine Tochter angestellt?«

»Nichts. Wir haben sie bei der Überprüfung eines Objekts festgesetzt. Und jetzt möchte ich von ihr wissen, ob sie Kontakt zu einer verdächtigen Zielperson hatte, die sich laut unseren Informationen ebenfalls in dem Objekt aufgehalten haben soll und die ein Jahr lang ein Mitschüler Ihrer Tochter war.«

»Was für eine Zielperson?«

»Navid Rahimi. Es besteht ein begründeter Anfangsverdacht, dass der als unbegleiteter Flüchtling nach Deutschland eingereiste mittlerweile 19-jährige Afghane in die Explosion am Brandenburger Tor involviert war.«

»Das ist ja lächerlich. Meine Tochter hat nicht solche Kontakte.«

»Das möchten wir mit der Befragung feststellen. Dass sie ebenfalls vor Ort war, steht zweifellos fest.«

Toni schaute von ihr zu ihm, während die beiden über ihren Kopf hinweg miteinander redeten, als wäre sie gar nicht mehr anwesend. Was ihr aber gelegen kam, denn zum ersten Mal seit ihrer Festnahme konnte sie versuchen, ihre Gedanken zu ordnen. Doch genau das wollte einfach nicht funktionieren. Navid wurde gesucht. Soweit konnte sie es verstehen. Als sein Flüchtlingsstatus wegen eines Meldefehlers an seinem 18. Geburtstag erlosch und er Deutschland hätte verlassen müssen, war er untergetaucht. Er versteckte sich, weil er Panik vor der Abschiebung hatte und sie nicht verlieren wollte. Er hatte von heute auf morgen alle Kontakte abgebrochen, auch die zu seinen Pflegeeltern, und hatte sich erst wieder bei Toni gemeldet, als er die vermeintlich sichere Wohnung in der alten Fabrik hatte. Er hätte nie was gemacht, das diese brüchige Sicherheit in Gefahr gebracht hätte. Und schon gar nichts, was andere Menschen in Gefahr gebracht hätte. Er wollte Arzt werden. Er wollte helfen. Und genau darum war es so lächerlich, dass er irgendwas mit diesem Attentat zu tun hatte. Doch bevor sie sich weitere Gedanken machen konnte, wurde sie von ihrem Vater an der Schulter gepackt.

»Toni? Bist du eingeschlafen, oder was?«

Sie hatte nicht bemerkt, dass jemand sie angesprochen hatte.

»Du hast zu diesem Rami keinen Kontakt mehr, oder?«

»Rahimi. Navid Rahimi.«

Toni verdrehte übertrieben die Augen. »Nein, wie oft denn noch? Ich hab den seit einem Jahr oder so nicht mehr gesehen.«

Ihr Vater lehnte sich auf ihre Stuhllehne und kam ihr unangenehm nah. Sie roch, dass seine letzte Mahlzeit einige Stunden her sein musste. War es das, was nicht in das übliche, perfekte Bild passte?

»Du würdest mich nicht anlügen, oder?«

»Natürlich nicht. Warum auch?«

»Du hast mir oder Mama nie gesagt, dass du in dieser beschissenen Gegend abhängst.«

»Ihr habt nie gefragt.«

Sein Blick schien Toni für ein paar Sekunden zu durchbohren. Schon wieder dieses Gefühl, dass irgendwas nicht zusammenpasste. Er drückte sich von ihrer Lehne ab und wandte sich wieder dieser Frau Kessler zu.

»Da haben Sie's. Damit wäre die Sache wohl erledigt.« Er ließ keinen Zweifel aufkommen, dass für ihn die Befragung nun beendet war.

Die Beamtin klappte eine Akte zu und bat noch darum, dass Toni sich für weitere Informationen zur Verfügung halten musste, als sie von ihrem Vater bereits aus dem Verhörzimmer geschoben wurde. Sie wollte aufatmen, sich bei ihrem Vater bedanken, doch der baute sich, kaum war die Tür ins Schloss gefallen, bedrohlich vor ihr auf.

»Du wirst nie wieder an diesen furchtbaren Ort gehen. Du wirst mit niemandem mehr von dort Kontakt haben. Schon gar nicht mit irgendwelchen illegalen Ausländern. Und dieser Blödsinn mit dem Graffitisprühen hört auch auf. Du wirst dich aufs Abi, auf die Aufnahme zur Business-School und auf deine Zukunft konzentrieren. Hast du mich verstanden?«

Normalerweise hätte Toni ihrem Vater jetzt leise in Gedanken widersprochen. Vielleicht auch laut, was in letzter Zeit dank Navid tatsächlich häufiger vorkam als früher. Aber sie war so erleichtert, der Befragung und dem Verrat von ihrem Freund entkommen zu sein, dass sie nur nickte. Und nicht mal bemerkte, wie ihr Vater ihr Dinge verbot, von denen er eigentlich gar nichts wissen konnte.

MAIL /// IP:174 887 913.XXX /// 08/11/20 /// 18:45:20**

Von: Makk, Finn
Betreff: Re: Berlin wird geil …
An: Jankowski, Lea

Lea,
ich weiß nicht, ob dich diese Nachricht erreicht. Ich weiß nicht mal, wo du bist. Oder wie es dir geht. Niemand kann mir was sagen. Oder will mir was sagen.
Ich bin seit heute Morgen wach. Meine Mutter und ihr Freund standen vor mir, als ich die Augen geöffnet habe. Sie sahen fröhlich aus und im ersten Moment hab ich's ihnen sogar abgenommen. Wird schon alles nicht so schlimm sein. Die OP verlief gut, das haben sie ständig wiederholt. Aber dann hab ich sie nach Jakob und dir gefragt und nach Tarek und Gregor …
Fuck, Lea, sogar mein »Stiefvater« hatte Tränen in den Augen, obwohl er euch kaum kennt.
Können wir reden? Bist du da?
Seit heute hab ich wieder ein Handy. Das alte war komplett im Arsch. Meine Mutter wollte mir erst kein neues besorgen. Wegen der Aufregung, weil ich damit wohl zu viel Dreck lesen würde. Aber nichts wissen regt mich viel mehr auf. Dachte ich. Jetzt weiß ich aber: Sie hatte recht. Es ist alles ein riesengroßer Dreckhaufen.
Ich muss mit dir reden, Lea, dieses allein im Krankenhaus liegen macht mich verrückt.
Schreib bitte, wenn du das liest. Nur ein kleines Lebenszeichen. Wenn ich anrufe, ist deine Nummer tot. Genau wie die von allen anderen.
Unser Vormittag an der Spree ist erst zweieinhalb Tage her – und ewig weit weg. Du fehlst mir.
Dein Finn

TEIL 2

Mai

3.

TOR BROWSER /// CHAT EXT. /// 04/05/20 /// 09:20:37**

Room: Lab2 – III user online

09:20:37	[@Hektor]	Uns geht langsam die Geduld aus. Wir haben unsere Arbeit getan. Die Infrastruktur steht, das Datenspeichern funktioniert seit Wochen und ihr haltet uns trotzdem hin!
09:20:43	[winston84]	mind-hack muss safe sein / oder soll alles sofort auffliegen?
09:20:55	[@Hektor]	Ihr habt uns schon vor sechs Monaten versichert, dass es das ist. Verdammt. Meinst du, die Amis und Chinesen pennen? Die haben doch längst ähnliche Projekte am Start. Es ist nur noch ein kleiner Schritt, dann sind die auch so weit wie ihr.
09:21:03	[winston84]	ohne khal dauert es eben länger / er war der kopf von uns / dass er nicht mehr dabei ist, ist nicht unsere schuld
09:21:10	[@Hektor]	Verschone mich. In 24 Stunden will ich das Go. Und

```
                        [obrian@93], ich brauche Sie
                        morgen früh noch für einen
                        weiteren mh-Test!

[@Hektor] hat den Chat verlassen

09:22:00 [obrian@93]    What's the problem? Wir sind so
                        weit, oder?
09:22:32 [winston84]    nein / sind wir nicht
09:22:51 [obrian@93]    Why?
09:23:22 [winston84]    ich muss noch was überprüfen /
                        wenn es stimmt was ich vermute
                        kann uns alles um die Ohren
                        fliegen
09:23:25 [obrian@93]    Was meinst du?
09:23:32 [winston84]    eine sicherheitslücke die ich
                        schließen muss / mehr brauchst
                        du nicht zu wissen / du nicht
                        und unsere geldgeber erst
                        recht nicht

[winston84] hat den Chat verlassen
```

FRANKFURT SACHSENHAUSEN, 10:07 (MEZ),
ERICH-KÄSTNER-GYMNASIUM

Finn tippte gelangweilt auf seinem Handy rum, während seine Physiklehrerin zum hundertsten Mal das Gravitationsgesetz von Newton erklärte. Wobei gelangweilt nicht mal das richtige Wort dafür war, was er da tat, er tippte und wischte vielmehr mechanisch vor sich hin. In einer fließenden, seit knapp sechs Monaten einstudierten Bewegung. Zuerst prüfte er alle Social-Media-Accounts von Lea und Jakob, wobei er jeweils schon nach wenigen Millisekunden sah, dass sich auf den einzelnen Profilen nichts verändert hatte. Was auch? Danach checkte er seine Nachrichten und klickte, ohne zu lesen, die leise gestellten WhatsApp-Gruppen an, damit die roten Zahlen verschwanden. Er las diese Nachrichten schon lang nicht mehr, weil der Inhalt immer derselbe war. Treffen zum Reden, Treffen zum Erinnern, Treffen zum gemeinsamen Weinen … Am liebsten hätte er die ganzen Betreuungs- und Selbsthilfegruppen gelöscht, doch das hätten die Psychologen gemerkt. Wenn sie auch sonst nichts merkten, das schon. Also verhielt er sich ruhig oder antwortete, wenn es sich gar nicht vermeiden ließ, mit Belanglosigkeiten.

›Es wird von Tag zu Tag besser.‹ ›Freu mich auf euch.‹ ›Heute war eine gute Nacht. Denk an euch.‹ ›Bin so froh, dass wir uns haben.‹

Fickscheiße! Finn schaute kurz hoch, weil er nicht wusste, ob er das nur gedacht oder laut gesagt hatte. Doch er sah nur die ihm zugewandten Rücken seiner Mitschüler, die wegen einer anstehenden Klassenarbeit eifrig Notizen machten. Zum Glück, denn er hasste ungewollte Aufmerksamkeit, die er in den letzten Monaten wahrlich genug bekommen hatte. Und von der die anderen, die nicht in Berlin dabei gewesen waren, langsam genervt waren. Weil niemand mehr Bock auf die Samthandschuhe hatte, die man im Umgang mit ihnen, den Opfern, brauchte. Aber heute, fünf Monate und 28 Tage nach dem Attentat am Brandenburger Tor , war auf dem Schulhof die offizielle Enthüllung einer Gedenktafel geplant.

Und ab 12 Uhr hatten alle schulfrei. Das war dann für die anderen wieder okay.

Finn schaute sich in seinem neuen Klassenzimmer um. Alles bekannte Gesichter und doch Fremde. Seine eigentliche Klasse existierte nicht mehr. Ein Trauma-Experte hatte der Schulleitung geraten, die Überlebenden auf die Parallelklassen zu verteilen. Damit die Normalität wieder Oberhand gewinnen konnte. Normalität, was wussten die schon? Normal wäre gewesen, wenn er jeden Morgen mit Jakob zur Schule hätte gehen können.

Aber als klar war, dass Jakob sein restliches Leben auf den Rollstuhl angewiesen sein würde, hatte er die Schule verlassen. Und ihn gleich mit. Sein bester Freund schwieg und verkroch sich zu Hause, wollte niemanden um sich haben und mit niemandem sprechen. Angeblich war er mit seinem Rolli manchmal nachts in der Stadt unterwegs, erzählte man sich. Finn hatte ihn dabei aber noch nie gesehen. Obwohl er ab und zu die Wohnung von Jakobs Mutter ausspionierte und drauf hoffte, endlich wieder mit ihm reden zu können.

Zum Beispiel über Tarek und Gregor, die wie fünf weitere Mitschüler auf der Stelle tot waren. So tot wie Frau Sommer. Und wie Herr Merks, der für die ganze Scheiße verantwortlich war. Und so tot wie das Gedächtnis von Lea. Die alles vergessen hatte. Auch den Kuss. Und ihre fünf Stunden dauernde Beziehung. Dissoziative Amnesie nannten die Ärzte das.

Darüber hätte Finn am allerliebsten mit Jakob geredet. Ihn um Rat gefragt, was er tun könnte, um seine Freundin zurückzubekommen. Und ob er sich von ihren Eltern gefallen lassen musste, dass er sie nicht mehr besuchen durfte. Angeblich zu ihrem Schutz, um sie nicht noch mehr zu verunsichern.

Hauptsächlich aber, weil sie ihm nicht trauten. Weil sie nichts von ihrer Geschichte ahnten, die schon vorbei war, kaum dass sie begonnen hatte.

Jakob hätte gewusst, was zu tun wäre. Statt Lea über alle möglichen Kanäle Nachrichten zu schreiben, um sie damit vergeblich an sie beide zu erinnern, hätte Jakob sicher eine richtig gute Idee gehabt. Eine Jakob-Idee. Doch Jakob hatte sich aus Finns Leben gestohlen und eine Stille hinterlassen, die für ihn fast noch schwerer zu ertragen war als Leas Schrei in seinen Träumen.

Und alles nur wegen diesem Arsch von Lehrer. Finn hatte sofort wieder das Foto vor Augen, das nur zwei Tage nach dem Attentat on- und offline überall abgebildet war. Das Foto von der Schulwebsite, auf dem Herr Merks unschuldig lächelte, als wäre alles in bester Ordnung. Als wäre er ein völlig normaler Lehrer, mit dem man ziemlich viel Spaß haben konnte. Der seine Schüler auf das Leben vorbereitete, wie es gute Lehrer taten. Dabei hatte er sie auf den Tod vorbereitet. Und auf Hass und Gewalt, worauf das weltweit agierende Terrornetzwerk, dem er sich aus unerfindlichen Gründen angeschlossen hatte, besonders stolz war. Finn und alle anderen hatten ihm vertraut und er hatte dieses Vertrauen missbraucht, wie es sich niemand hätte vorstellen können. Aus Gründen, die kein gesunder Menschenverstand jemals kapieren würde. Wenn er nicht schon tot wäre, würde Finn ihn umbringen. Und ihn vorher leiden lassen, wie seit fast sechs Monaten geschätzte 100 Menschen litten, denen seine feige Bombe ein Familienmitglied, einen Freund oder eine Freundin geraubt hatte.

»Finn!?«

Die Stimme der Physiklehrerin kam näher und wirbelte seine Gedanken durcheinander. »Finn! Ist alles in Ordnung mit dir?«

Eine Berührung und Finn rauschte zurück in die Realität.

»Was?«

Doch die ausgespuckte Frage war überflüssig, als er mit Herzrasen in die Gesichter seiner Lehrerin und seiner Klassenkameraden blickte. Jetzt starrten sie ihn an und zwar so, als wäre er nicht mehr ganz bei Verstand. Da wusste er, dass es wieder passiert war. Dass er sich in seine Wut reingesteigert hatte, ohne es zu bemerken. So hörbar, dass sein Stiefbruder Paul vor einigen Wochen sogar in sein Zimmer gerannt kam und ihn anstarrte wie seine Mitschüler jetzt: verständnislos. In der Schule war er von diesen Wut-Attacken verschont geblieben – bis heute.

»Du hast gerade ganz komische Geräusche … Kann ich dir irgendwie helfen?«

Der bemühte Tonfall der Lehrerin nervte Finn am meisten. Fast noch mehr als die 23 Augenpaare, die auf ihn gerichtet waren. »Nein, es ist nichts.«

»Wenn es daran liegt, was da heute noch los ist … Also dieser Festakt … Also, was ich sagen will, du kannst gern rausgehen, wenn dich das zu sehr mitnimmt. Du hast da echt mein vollstes Verständnis. Die anderen aus deiner alten Klasse sind ja auch nicht da.«

»Nein, es ist wirklich nichts.« Finn presste die Antwort zwischen seinen Zähnen durch. Und konzentrierte sich mit aller Kraft auf das Physikbuch vor ihm, bis jede Formel vor seinen Augen verschwamm.

»Gut, wie du meinst. Ich wollte dir nur sagen: Du bist nicht allein.« Dabei legte sie verständnisvoll eine Hand auf Finns Schulter. »Los, machen wir weiter. Wer von euch kann mir erklären, was die Gravitationskonstante ist?«

Finn atmete einmal tief durch, während die Geräuschkulisse um ihn herum langsam wieder zunahm. Doch die beruhigende Wirkung des Grundrauschens blieb aus. Das Murmeln seiner Mitschüler verdichtete sich vielmehr zu vier Wörtern, die mit der Stimme der Lehrerin in seinem Kopf ein kaum zu ertragendes Echo bildeten. ›Du bist nicht allein.‹ Seine Schulter brannte, wo die Lehrerin ihn berührt hatte. ›Du bist nicht allein.‹ Er presste sich die Hände auf die Ohren, als könnte er dadurch den Satz aus seinen Gedanken löschen. Fehlanzeige, das Echo wurde nur noch schneller. ›Du bist nicht allein.‹ ›Du bist nicht allein.‹ Natürlich war er das. So allein wie noch nie zuvor in seinem Leben. Sein bester Freund war weg, seine Freundin auch. Seine Jungs waren tot, seine Klasse aufgelöst. Seine Welt, wie er sie kannte und an die er glaubte, existierte nicht mehr. Und damit musste er noch geschätzte 70 Jahre klarkommen. Nur wie? ›Du bist nicht allein.‹ Wem konnte er denn noch vertrauen? Seiner Mutter? Vermutlich. Seinen Lehrern? So wie er Herrn Merks vertraut hatte? Niemals. Würde er neue Freunde finden oder blieb ihm nur die Gedenkinstallation draußen auf dem Schulhof? Wahrscheinlich, denn wer konnte ihm versichern, dass es neue Freunde nicht ebenso aus seinem Leben katapultierte? ›Du bist nicht allein.‹ Er wäre es nicht, wenn er einer von ihnen gewesen wäre. Wenn ihn die Explosion so erwischt hätte wie Tarek, Gregor und die anderen. Wenn er sich mehr als die Schulter gebrochen hätte. Wenn der Splitter in seiner Lunge tödlich gewesen wäre. Dann wäre er jetzt nicht allein.

Finn spürte, wie ihm die Tränen kamen. Nicht das auch noch. Nicht vor den anderen. Doch sie wollten raus. Und er auch.

Hektisch schnappte er sich sein Handy und das Physikbuch und sprang auf, sodass der Stuhl nach hinten umkippte. Er achtete nicht auf die anderen, er krallte nur noch schnell seinen Rucksack und rannte aus dem Klassenzimmer. Erneut verfolgt von 23 Augenpaaren. ›Du bist nicht allein.‹ Wo er hinwollte, wusste er nicht. Nur weg. Raus aus dem Schulgebäude, an den Reportern vorbei, die schon ihre Kameras positionierten, um den ›Festakt‹ zu filmen, runter vom Schulgelände und weiter. Weit weg.

Er lief so weit, bis der brennende Schmerz in seiner noch immer empfindlichen Lunge kaum mehr zu ertragen war.

MOBILE PAUL S. /// WHATSAPP /// 04/05/20 /// 10:10:01**

> PAUL SPOHN
> In 'ne 2. Liga Stadt? Ich weiß nicht ...
> Klar komm ich. xD Muss Schluss machen.
> Das Training beginnt. Der Regen hat aufgehört.

Hey Paul, schau mal, was ich in unserem Chat gefunden hab. Der FC spielt schon längst wieder 1. Liga. Gibt also kein Hindernis mehr für dich, nicht nach Köln zu kommen. ☺ 10:10

10:26 Mmh, ist wohl so.

Alles gut? 10:26

10:31 Ja, was soll sein?

Ach, nichts. 10:31

Doch, es ist was. Wir texten jetzt
seit fast einem Jahr und es fühlt sich
immer mehr so an, als würde
ich mit 'nem Fremden chatten. Sag's mir:
Liegt's noch daran, was ich
damals gemacht habe?
Liegt's an der Trennung deiner Eltern oder
liegt's an der Scheiße, die
deinem Stiefbruder passiert ist? 10:36

10:37 Such's dir aus.

Das mein ich mit fremd.
Du willst gar nicht,
dass ich weiß, was bei dir abgeht. 10:40

Du fehlst mir, Mann.
Ich bin übermorgen in Frankfurt.
Wir könnten uns treffen.
Aber wenn du das alles nicht mehr willst,
wenn du UNS nicht mehr willst,
dann hau's raus und ich lass dich in Ruhe. Jo 10:41

FRANKFURT SACHSENHAUSEN, 18:22 (MEZ), MITTELSTRASSE 23

Es war fast Abend, als Finn nach Hause kam. In der Küche brannte Licht, das konnte er von draußen schon sehen. Und auch seinen Stiefvater Marc, der am Herd stand. Abendessen. Normalität.

Gleich, das wusste er, würden wieder tausend Fragen auf ihn einprasseln. Die meisten davon unausgesprochen, weil seine Mutter ihn nicht bedrängen wollte. Dabei war in ihren Augen jede einzelne davon zu lesen. Nur konnte er ihre Fragen ebenso wenig beantworten wie sie die seinen.

Langsam steckte er den Schlüssel ins Schloss und war dankbar für die Wärme, die ihm entgegenkam. Die letzten Stunden, die er in der kalten Frühlingsluft am Rand der Kiesgrube lag, ihrem früheren Treffpunkt zum BMX-Fahren und Chillen, hatten ihn unbemerkt auskühlen lassen.

»Finn, bist du das?« Bevor er antworten konnte, kam seine Mutter aus dem Wohnzimmer und lächelte ihn erleichtert an. »Wo warst du denn?«

»Draußen.«

»Hm.«

Finn sah ihr an, dass sie diese Antwort nur hinnahm, weil sie innerlich schon ihre nächste Frage formulierte. Er zog sich die Schuhe aus und folgte ihr langsam in die Küche.

»Wolltest du heute nicht dabei sein? Wir haben uns Sorgen gemacht.«

»Ich hab euch doch Bescheid gegeben.«

»Eine SMS: ›Komme nicht.‹ Hast du gedacht, das beruhigt uns?«

Sein Stiefvater nickte ihm nur kurz zu, während er gestresst das überkochende Nudelwasser bändigte. »Scheiß Herd! Könnt ihr den Tisch decken?«

Finn holte dankbar für die Ablenkung die Teller aus dem Schrank und verteilte sie auf dem Tisch. »Für Paul auch?«

»Ach, keine Ahnung, wo der sich wieder rumtreibt.«

Shit. Obwohl Finn die Anwesenheit seines Stiefbruders grundsätzlich egal war, hatte sie meistens das Gute an sich, dass es Streit gab. Streit zwischen Paul und seinem Vater, der es nicht ertragen konnte, dass sein Sohn auch knapp ein Jahr nach seinem Abi noch keine Idee hatte, was aus ihm mal werden sollte. Außer Profi-Musiker. Und dass er, statt sich um seine Zukunft zu kümmern, keine Party ausließ und sich mit irgendwelchen Jungs datete. Und, und, und … Finn hörte nie richtig zu, er war nur froh, nicht im Mittelpunkt zu stehen.

Aber heute war Paul weg und seine Mutter schien bereit, sich auf ihn einzuschießen.

»Sag mal ehrlich, warum warst du nicht dabei?«

»Ach, ich hatte keinen Bock auf den ganzen Kram.« Er versuchte möglichst unbeschwert zu klingen. »Wie war's?«

Was er verschwieg und was auch der Grund war, warum das mit seinem Plauderton überhaupt nicht klappen wollte, war, dass er es schon längst wusste. Weil er auf seinem Handy den Livestream eines Nachrichtensenders verfolgt hatte. Und er fühlte jetzt noch den Kloß im Hals, als die Rektorin von den acht Leben sprach, die nicht mehr gelebt werden konnten. Er spürte auch noch seine brennenden Augen, als Fotos von seinen Freunden gezeigt wurden und der Schulchor dazu irgendein *Coldplay*-Lied sang. Und ihn würgte es immer wieder, wenn er sich an den Politiker erinnerte, der mit seinem Anti-Terror-Geschwafel Wahlkampf gemacht hatte.

Weil er sich dabei so furchtbar einsam gefühlt hatte, hatte er Jakob und Lea eine Nachricht geschrieben, mit der bescheuerten Frage, ob sie die Übertragung auch anschauten. Eine Antwort kam natürlich nicht und die Einsamkeit wurde schier unerträglich.

Seine Mutter reichte ihm das Besteck und schenkte sich gleichzeitig ein Glas Wein ein. »Na ja, wie soll's schon gewesen sein? Schrecklich natürlich.«

»Meinst du nicht, es hätte dir gutgetan, wenn du dabei gewesen wärst?« Marc hatte das Nudelwasser mittlerweile unter Kontrolle.

»Warum?«

»Weil du dann vielleicht auch ein Stück weit hättest abschließen können. Damit.«

Finn vermied den Blickkontakt, holte stattdessen Wasser aus dem Kühlschrank und trank direkt aus der Flasche. Ein Vergehen, für das ihn seine Mutter vor Berlin gnadenlos ausgeschimpft hätte. Heute nicht mehr.

»Wenn ihr meint.«

»Mann, Finn, der Schulpsychologe hat mich heute angesprochen. Er hat erzählt, dass es dir nicht gut geht. Dass du manchmal sogar aus dem Unterricht verschwindest. Heute zum Beispiel. Das merken wir doch auch, dass es dir nicht gut geht.«

Finn blieb mit dem Rücken zu Marc und seiner Mutter stehen. »Toll, so 'ne ärztliche Schweigepflicht.«

»Scheiß drauf, der macht sich eben genauso Sorgen wie wir.« Das Nudelwasser hatte sich unbemerkt wieder nach oben gekocht. Der Herd zischte und zumindest Marc war kurzzeitig abgelenkt.

Doch seine Mutter kam einen Schritt näher. »Finn, du musst mit mir reden. Oder mit irgendwem. Was da passiert ist, kann niemand ungeschehen machen. Aber wenn du alles in dich reinfrisst, dann macht dich das auch noch kaputt. Du hast überlebt, vergiss das nie.«

Und Marc fügte an: »Ich hab so 'ne ähnliche Situation mit Paul schon durch, Finn. Der hat auch mit niemandem geredet, bis es fast zur Katastrophe kam.«

»Hm.« Finn musste hier raus. »Ich geh vorm Essen noch schnell ins Bad.«

»Nicht abhauen, Finn. Reden. Bitte.« Die Stimme seiner Mutter klang resigniert. Und er spürte, wie seine Augen schon wieder brannten.

»Warum?« Er flüsterte fast.

»Wie warum? Weil ich deine Mutter bin natürlich. Und dich liebe. Und wir beide, Marc und ich, wollen, dass es dir irgendwann wieder gut geht.«

»Das Warum meine ich nicht.« Langsam drehte er sich zu den beiden um. »Warum ist es passiert? Das meine ich. Warum ist die Welt so? Warum ist in der einen Minute alles perfekt und in der anderen alles kaputt? Warum wollte Merks, dass wir sterben? Warum Tarek und Gregor – und nicht ich? Warum tut es nach einem halben Jahr immer noch so weh? Warum …«

Er hätte noch ewig so weitermachen können. Doch er stoppte, bevor ihm seine Stimme endgültig versagte.

»Oh Mann.« Seine Mutter wollte ihn umarmen, weil eine Umarmung in ihrer Welt alle Wunden heilte. Aber eine Umarmung als Antwort reichte Finn nicht aus. Nicht jetzt, nicht wenn seine Fassade so kurz davor war, einzustürzen.

»Ich geh schnell ins Bad«, murmelte er noch mal und entwand sich der Enge der Küche, die für ihn normalerweise so was wie Geborgenheit bedeutete, heute aber kaum zu ertragen war. Irgendwie kam alles zusammen. Und irgendwie war er heute so zerbrechlich wie seit Monaten nicht.

Während er die Treppe nach oben ging und keine Ahnung hatte, wie er das Essen gleich überstehen sollte – und ohne Essen würden sie ihn niemals ins Bett gehen lassen –, vibrierte sein Handy im Rucksack. Jakob? Wie elektrisiert griff Finn danach. Doch die Hoffnung, dass es das Lebenszeichen war, auf das er seit sechs Monaten wartete, löste sich im selben Moment in Nichts auf. Sein Handy war nur dabei, sich selbst auszuschalten. Und ging, obwohl es an einer vollgeladenen Powerbank hing, auch nicht mehr an. Das auch noch.

Angespannt knallte er die beiden Geräte auf das Waschbecken und starrte regungslos in den Spiegel. Das letzte Mal, dass er sich darin fröhlich begegnet war, war in Berlin gewesen. Kurz nach dem Zusammentreffen mit seinem Arschloch-Lehrer. An dem Morgen, nachdem Lea ihn zum ersten Mal geküsst hatte. Vor dem Frühstück, bei dem er Lea vor allen anderen geküsst hatte. Alle Spiegelbilder danach waren so wie jetzt: eingefroren. Seine störrischen Haare waren kurz rasiert, seine Augen müde, seine Lippen zu schmalen, trockenen Streifen gepresst. Und auch wenn er es versuchte, wenn er angestrengt seine Mundwinkel nach oben zog, um so zu grinsen, wie er es auf tausend Handyfotos von früher tat, glich sein Gesicht einer Fratze. Wahrscheinlich, weil es falsch war, weil es für ihn einfach nichts mehr zu lachen gab.

Als er seinen Hoodie mitsamt seinem T-Shirt über den Kopf zog, sah er im Augenwinkel, wie das Handy wieder zu leuchten begann. Er fluchte erneut auf das Gerät, das noch gar nicht so alt war. Um genau zu sein: keine sechs Monate, da er beim Aufprall in Berlin das Glas seines alten Handys mit der Hüfte zertrümmert hatte.

Finn griff danach, um das tägliche Spiegel-Selfie zu machen. 152 Fotos seiner langsam verheilenden Narbe standen bei *Instagram* mittlerweile online, sein ganz persönliches Mahnmal.

Doch gerade als er die Kamera öffnen wollte, entdeckte er eine App, die vorher nicht auf seinem Handy gewesen war. *Mind-Hack* stand unter einem Icon, das ihn an ein Gehirn aus dem Bio-Unterricht erinnerte. Finn hatte keine Ahnung, was das sein sollte. Wahrscheinlich irgendein Werbemüll seines Mobilfunkanbieters.

Er klickte auf das Symbol, um es direkt wieder zu löschen. Doch es passierte nichts. Stattdessen öffnete sich die App, das Display wurde schwarz und in leuchtend grüner Schrift ploppte ein Text auf, der Finns Herzschlag auf das Doppelte beschleunigte.

Finn, du musst Jakob retten! 18:57

Finn starrte auf die Nachricht. Wollte ihn hier jemand verarschen? Bevor er darüber nachdenken konnte, was da gerade passierte, löschte sich die erste Nachricht und eine weitere erschien.

Er will sich umbringen. 18:57

Finn versuchte die App zu schließen. Wütend, weil er sich jetzt sicher war, dass das eine Verarsche war. Eine beschissene noch dazu. Doch er konnte weder die App schließen, noch sein Handy ausschalten. Dieses *Mind-Hack* schien alles zu blockieren.

Drecks-Handy. Finn stöpselte die Powerbank ab. Irgendwann würde der Akku leer sein.

Er hat bei Tumblr Abschiedsbriefe hinterlegt, die erst in drei Tagen veröffentlicht werden. 18:58

Finns Hände fingen an zu schwitzen. Er hackte hektisch eine Antwort in sein Handy.

18:59 WAS SOLL DIE SCHEISSE? WER BIST DU?

Es ist kein Spaß. Bitte kümmere dich um Jakob. Danach beantworte ich deine Fragen. 18:59

18:59 FUCK YOU. ICH GLAUB DIR KEIN WORT.

Finn schleuderte das Handy aufs Fensterbrett und zitterte am ganzen Körper. Vor Kälte, weil er halbnackt im Bad stand. Und vor Anspannung, weil sich die Panik langsam in ihm ausbreitete, was wäre, wenn das alles doch stimmte. Aber es durfte nicht sein. Es konnte nicht sein. Sicher saß irgendein Arsch aus seiner Schule jetzt zu Hause an seinem Rechner und feierte sich für diese Aktion ab.

Schnell zog er sich die Hose aus und stand schon mit einem Fuß in der Dusche, als er sah, wie eine weitere Nachricht aufblinkte. Erst wollte er sie ignorieren, doch dann ließ es ihm keine Ruhe. Er stellte schnell das Wasser an, weil es sowieso immer ewig dauerte, bis die richtige Temperatur erreicht war, und ging zurück zu seinem Handy.

Einer der Briefe ist auch an dich adressiert. Lies ihn, dann glaubst du mir vielleicht. 19:01

Ein Dokument erschien, es hieß: Für Finnja.

Ihm wurde schlecht. Auf der Stelle. So schlecht einem werden konnte, wenn man zu wenig gegessen hatte. Als würde der Magen sich selbst verdauen. Halt suchend lehnte er seinen Kopf an das kalte Fenster. Was sollte er tun? Das Dokument öffnen und sich auf das Spiel dieses kranken Idioten einlassen. Oder es ignorieren und in Kauf nehmen, dass es auch die Wahrheit sein könnte. Und Jakob wirklich dabei war, sich umzubringen.

Hinter ihm rauschte das dampfende Duschwasser ungebraucht in den Abfluss, doch Finn bemerkte das gar nicht mehr. Wie ein Außenstehender beobachtete er seinen Daumen, der dabei war, die Entscheidung für ihn zu übernehmen – und das Dokument öffnete.

Liebe Finnja,
du warst ein cooler Freund. Danke dafür. O. k., manchmal haste auch genervt (ich sag nur: Lea!), aber das ist schon vergessen. Tut mir übrigens sehr leid, dass es da gerade nicht so läuft. Aber gib die Hoffnung nicht auf. Sie braucht wahrscheinlich nur noch ein bisschen Zeit.
Was mein Stichwort ist. Ich hab keine mehr. Also Hoffnung. Und die kommt genau wie meine Beine auch nicht zurück. Mit dem, was ich vorhabe, mach ich's allen leichter. Vor allem meiner Mum. Die war mit ihrem Leben ja vorher schon überfordert. Jetzt erst recht. Sie soll hier wohnen bleiben können (mit dem beschissenen Rollstuhl geht das nicht). Und was noch dazukommt: Ich will mal wieder ruhig schlafen. Diese Albträume machen mich echt fertig. Nicht mal meine hammermäßigen Schlaf-

tabletten helfen gegen die ständigen Explosionen. Obwohl es voll die Drogen sind. Kannst sie haben, also die, die übrig bleiben. Ich vererbe sie dir. Da ist Tareks Gras echt ein Scheiß dagegen. Also war Tareks Gras …
Hey Finn, nicht traurig sein. Ganz ehrlich: Was soll auch noch kommen? Ich war zusammen mit dir Jugendvizemeister im Hockey, wegen der Scheiße in Berlin sogar berühmt (o. k., nur eine Woche, aber das zählt ja auch) und ich hatte Sex. Hm, vielleicht nicht richtig Sex im klassischen Sinn, aber wild rumgemacht hab ich. Sogar mit zwei Mädchen gleichzeitig. Auf mehr kann ich in Zukunft ja eh nicht mehr hoffen.
Auf Instagram konnte ich sehen, dass deine Narbe langsam verheilt. Innerlich hoffentlich auch. Wir sehen uns und versprochen: Wenn ich dem Wichser Merks irgendwo begegne, haue ich ihm so richtig eine in die Fresse.
Dein Neinkop

Finn las den Abschiedsbrief dreimal. Er konnte nicht echt sein. Aber Finnja und Neinkop, das waren ihre Spitznamen von vor sechs Jahren. So hatten sie sich schon ewig nicht mehr genannt, weil das in ihrem Alter ja voll kindisch gewesen wäre. Davon konnte niemand wissen. Er starrte wie gelähmt auf sein Handy. Erst eine neue Nachricht riss ihn aus seinen Gedanken.

Glaubst du mir jetzt? 19:22

19:22 WER BIST DU?

Vielleicht ist es noch nicht zu spät. 19:22

WER BIST DU, VERDAMMT?
19:23 WOHER HAST DU DIESEN BRIEF?

Bevor eine weitere Antwort kam, klopfte es. »Finn, brauchst du noch lang? Wir essen jetzt.«

Finn schaute zur Tür, die im heißen Dampf, der sich mittlerweile im ganzen Bad ausgebreitet hatte, kaum noch zu sehen war. Er musste sich räuspern, um Marc in einem lockeren Ton antworten zu können.

»Ja, komme. Fangt schon an.«

Es eilt!!! 19:23

Du wirst es dir nicht verzeihen. 19:23

Es eilt!!! 19:23

Es eilt!!! 19:23

Es eilt!!! 19:23

Finn ließ das vibrierende Handy sinken. Was hatte er zu verlieren? Im besten Fall, wenn das alles ein bescheuerter Fake war, nichts. Im schlimmsten Fall seinen Freund. Ein weiteres Mal. Endgültig. Und es stimmte, was der oder die Unbekannte schrieb: Das würde er sich nie verzeihen.

Finn stellte eilig das Wasser aus, sammelte seine verstreuten Klamotten ein und zog sich an, während er, zwei Stufen auf einmal nehmend, die Treppe nach unten stolperte.

»Ich muss noch mal los«, rief er seinen Eltern zu. Ohne ihre Antwort abzuwarten, stürmte er mit Jacke und Schuhen in der Hand nach draußen zu seinem Fahrrad.

MIND-HACK /// TEST INT.634 /// 04/05/20 /// 19:30:43**

Sie läuft durch einen Flur. Schule. War ja klar. Khal, der Lehrer. Wusste sie nicht, bis das mit der Bombe passierte. Scheiß Geschichte, echt. Aber Khal war selber schuld. Sie hatte ihn gewarnt.

Zwei Lehrerinnen kommen ihr entgegen. Bemerken sie nicht. Wie auch. Sie schaut sich um. Langsam, um den Rechnern Zeit zu geben. Grauer Teppich, bunte Wände, ein riesiger, beinah vertrockneter Geldbaum. Eine typische Schule. Und obwohl sie schon unzählige Male in dieser Welt war, in dieser von ihr miterschaffenen Welt, fasziniert sie sie immer wieder. Sie wirkt so echt, so verdammt echt. Und basiert doch nur auf ein paar Algorithmen und jeder Menge Daten.

Die Schulklingel ruft zur Pause. Die Türen zu den einzelnen Klassenzimmern springen auf und hundert erleichterte Jugendliche strömen zum Ausgang. Sie folgt einem Impuls und tritt zur Seite. Und muss über sich selbst lachen. Sie rennen durch sie hindurch. Was auch sonst. Sie ist nur wegen einem hier und nur der kann sie sehen.

Sie geht weiter, tastet sich langsam vor, schaut in jedes Klassenzimmer. Hinter der dritten Tür sieht sie ihn, wie er dabei ist, eine Tafel abzuwischen. Ziemlich mittelalterlich für jemanden, der die digitale Welt auf ein anderes Level katapultieren wollte.

»Khal. Oder muss ich dich hier Richard Merks nennen?«

Der Lehrer dreht sich lächelnd um.

»Richard, wenn du eine Antwort willst. Hat ja gedauert. Hätte dich früher erwartet.«

Trotz der digitalen Eintönigkeit überrascht sie seine sanfte Stimme. Sie hat sie noch nie zuvor gehört.

»Hast dich ja auch gut versteckt.«

Sie überlegt, wie sie das Gespräch beginnen soll, entscheidet sich dann aber für einen Frontalangriff. Für Small Talk ist es weder die richtige Zeit noch die richtige Welt. »Richard, was soll das? Was hast du vor?«

»Mein Vorhaben hat sich nicht geändert.«

»Richard, verdammt, du musst aufhören. Sonst werde ich dich dieses Mal aufhalten.«

»Versuch's. Ich habe Sicherheitsvorkehrungen getroffen. Wie du siehst.«

»Richard, glaubst du denn, ich bin zu blöd, um dich – also um deine Clone Identity aus unserem System zu eliminieren?«

»Wenn du es könntest, wärst du nicht hier.«

Die Ruhe, mit der ihr ehemaliger Partner seine Tasche packt, macht sie wahnsinnig. Blöderweise hat er recht.

»Richard, wenn du das Programm stoppst, wie auch immer du das machen willst, werden sie mit mir und den anderen das machen, was dir auch passiert ist. Die spaßen nicht. Die wollen den Vorsprung vor den anderen Ländern halten. Und sind bereit, alles dafür zu tun. Und zu opfern.«

»Wir hätten uns nie auf sie einlassen dürfen.«

»Das haben wir aber. Du auch. Wir waren wegen Datendiebstahl auf dem Weg in den Knast, als sie uns entdeckt haben. Falls du dich daran erinnerst. Und ohne ihr Geld hätten wir niemals das erreicht, was wir erreicht haben.«

Keine Reaktion. Sie hat seinen Namen nicht erwähnt. »Ri-

chard, jetzt mal ehrlich: Wir hatten doch ein gemeinsames Ziel, oder? Und das haben wir fast erreicht. Du existierst, obwohl du schon seit knapp sechs Monaten tot bist. Du bist eine reine Daten-Existenz, deine Daten halten dich am Leben. Das ist doch unvorstellbar. Als wir damit begonnen haben, hätten wir doch nie gedacht, dass wir mal an diesem Punkt ankommen. Warum willst du es denn jetzt zerstören?«

»Weil wir die Konsequenzen nicht mehr absehen können.«

»Richard, müssen die denn zwangsläufig negativ sein? Unsere Ziele waren positiv. Erinnerst du dich?«

»Ja. Aber jetzt geht es nur noch um Geld und Macht. Und es gibt keine Grenzen mehr. Sobald es läuft, werden sie das System in ihrem Sinn weiterentwickeln. Und für ihre Interessen nutzen. Das ist zu gefährlich. Es kann schon viel mehr, als du dir vorstellen kannst.«

»Blödsinn. Ich weiß ja wohl am besten, was das System kann und was nicht.«

Tatsächlich ist das nur die halbe Wahrheit. Immer wieder wird sie davon überrascht, wie weit entwickelt die bereits existenten Klone sind. Wie exakt sie die realen Vorlagen abbilden.

»Ich komme.«

»Was?«

Der Kommentar galt nicht ihr. Richard lächelt an ihr vorbei. »Wir können los, ich bin hier fertig.«

»Ich versteh kein Wort.« Schnell dreht sie sich um. Zu schnell, um direkt ein klares Bild zu haben. Erst nachdem es sich vollständig aufgebaut hat, sieht sie den wartenden Jungen. Ein merkwürdiger Anblick, denn sein Oberkörper ist unbekleidet. Eine rote Narbe erstreckt sich quer über seine linke Brust. Sein ausdrucksloser Blick geht durch sie hindurch. Was wird das?

»Richard, du kannst jetzt nicht gehen. Ich bestimme hier, wann es vorbei ist.« Sie dreht ihren Kopf zurück, dieses Mal langsamer, und macht einen schreckhaften Schritt nach hinten, weil Richard plötzlich direkt vor ihr steht.

»Siehst du, das meinte ich. You lost control, winston84!«

Fassungslos muss sie mit ansehen, wie Richard und der Junge davongehen. Sie folgt den beiden auf den Flur und schaut ihnen hinterher. Was zur Hölle war das? Wie kann die CI von Khal ihre Befehle ignorieren? Hat er das programmiert? Es ist einfach unmöglich, dass die Klone schon so weit sind. Ohne ihr Wissen.

Das ist einfach unmöglich.

Sie reißt sich zusammen. Er ist nicht echt. In 48 Stunden werden sie online gehen, sie wird das Geld nehmen und sich unsichtbar machen. So unsichtbar, wie es in der realen Welt noch möglich ist.

Genau in diesem Augenblick dreht der Junge sich um und schaut ihr direkt in die Augen.

FRANKFURT SACHSENHAUSEN, 20:01 (MEZ), SCHWANHEIMER STRASSE 3

Finn war die vier Kilometer zum Wohnhaus von Jakob und seiner Mutter noch nie so schnell geradelt. Als er noch 50 Meter davon entfernt war, klingelte sein Handy. Er ignorierte es wie auch die sieben Male zuvor, weil er keine Zeit hatte, seiner Mutter jetzt Rede und Antwort zu stehen. Erst musste er wissen, dass mit Jakob alles in Ordnung war.

Sein Fahrrad landete im Vorgarten, gleichzeitig schaute Finn nach oben. Die Wohnung des Sechsfamilienhauses, in der Jakob lebte, lag im Dunkeln. Zumindest die Fenster, die nach vorn zur Straße rausgingen, waren unbeleuchtet. Jakobs Zimmer lag hinten. Es hatte also noch nichts zu bedeuten. Mit zwei Schritten war Finn an der Tür. Schaaf – Finn drückte länger auf den Namen, als es nötig gewesen wäre. Es passierte nichts. Er klingelte erneut und trat einen Schritt zurück. Die Wohnung blieb dunkel. Er drückte willkürlich auf einen anderen Namen. Und stellte sich gleichzeitig die Frage, was er hier überhaupt tat. Vielleicht waren Jakob und seine Mutter ja auch einfach nicht zu Hause? Vielleicht sollte er einfach auch wieder …

»Ja, was gibt's?«

Keine Zeit mehr für einen Rückzug. Er kannte die Stimme trotz der krächzenden Sprechanlage. Sie gehörte Eric, dem BWL-Studenten, der mit wechselnden Frauen in der Wohnung neben Jakob wohnte. Und den sie früher immer im Verdacht hatten, ab und zu auch was mit Jakobs Mutter am Laufen gehabt zu haben.

»Hallo, ich muss zu Jakob. Kannst du mir aufmachen?«

»Das ist die andere Wohnung.«

»Ich weiß, da macht aber niemand auf. Es ist dringend.«

»Und was willste dann? Hier oben wird auch niemand aufmachen.«

Finn platzte der Kragen. »Scheiße, mach jetzt die Tür auf. Ich muss zu Jakob. Das ist kein Witz.«

Nach ein paar Sekunden angespannter Stille summte die Tür und Finn stürmte die 46 Treppen hoch in den dritten Stock. Er beachtete Eric gar nicht, der skeptisch an seinem Türrahmen lehnte, sondern pochte direkt darauf los.

»Jakob, bist du da? Ich bin's, Finn. Jakob, mach auf.«

In der Wohnung blieb es still. Panisch drehte er sich nun doch zu Eric um: »Weißt du, ob Jakob da ist? Hast du ihn gesehen?«

»Keine Ahnung. Ich hab den seit der Sache in Berlin kaum noch zu Gesicht bekommen. Ich weiß nur, dass Anja um die Zeit immer arbeitet. Eigentlich müsste Jakob da sein. Er kommt ja allein nicht weg. Was ist denn los?«

Finn atmete tief durch, um sich zu beruhigen. »Ich hab 'nen Abschiedsbrief von Jakob gefunden. Und es könnte sein, dass …« Finns Stimme versagte, verzweifelt schlug er mit der Faust ein letztes Mal gegen die Tür. »Shit!«

»Warte kurz.«

Eric verschwand in seiner Wohnung und kam ein paar Sekunden später mit einem Schlüssel in der Hand wieder zurück. »Den hat Anja mir mal gegeben. Für den Notfall. Und wenn ich mir dich so anschaue, scheint das jetzt einer zu sein.«

Finn trat kurzzeitig erleichtert einen Schritt zur Seite, damit Eric die Wohnungstür öffnen konnte.

»Wo hast du den Abschiedsbrief denn gefunden?«

»Online. Ist kompliziert.«

»Und du bist dir sicher, dass …?«

Die Tür sprang auf und ein Wohnungsgeruch kam Finn entgegen, der ihn ohne Vorwarnung einige Monate, wenn nicht gar Jahre zurückkatapultierte. Der nicht unangenehm war, nur ganz speziell, wie jede Wohnung speziell roch, und der ihm ohne Vorwarnung Hunderte von vergangenen Erlebnissen vor Augen führte. Jakob und er beim Playstationspielen, Jakob und er beim Hausaufgabenmachen, Jakob, der ihn beruhigte, als erst Marc und kurz danach Paul bei ihnen einzog … Aber es mischte sich noch ein anderer Geruch darunter. Irgendetwas Künstliches, das in ihm eine nicht zu greifende Erinnerung wachrief, die wiederum nichts mit dieser Wohnung zu tun hatte.

»Jakob!« Eric ging voraus. »Jakob, bist du da?«

Keine Antwort. Während Eric einen Blick ins Wohnzimmer und in die Küche warf, stand Finn nach wenigen Schritten vor Jakobs Zimmertür. Das handsignierte Felix-Jaehn-Plakat war verschwunden. Das fiel Finn sofort auf, denn bei ihm zu Hause hing es noch. Scheinbar war er der Einzige, der sich von seinem früheren Leben nicht trennen konnte.

»Jakob?«

Finn öffnete die Tür einen Spalt und ihm wurde schlagartig klar, woher er diesen fremden Geruch kannte, der in Jakobs dunklem Zimmer beinah unerträglich war. Aus dem Krankenhaus. Aus der Zeit nach Berlin. Es war der Geruch von Pflaster und Verbänden. Antiseptischen Sprays, Wunden und Desinfektionsmitteln.

»Jakob? Bist du da?«

Und dann sah er ihn. Er lag regungslos auf seinem Bett, versteckt hinter seinem Rollstuhl, der parallel danebenstand. Einige Tablettenpackungen, die er geleert hatte, waren auf seiner Brust verteilt.

Der Boden unter Finns Füßen begann sich zu bewegen. Er kam zu spät.

»Scheiße!« Eric zwängte sich an Finn vorbei und stürzte sich auf Jakob. »Jakob, aufwachen!« Er zog seinen Oberkörper leicht nach oben und schlug ihm mit der flachen Hand auf die Wange. »Jakob! Aufwachen! Fuck! Jakob!« In gleicher Lautstärke schrie er Finn an: »Ruf sofort einen Notarzt. Hast du dein Handy dabei? 112. Schnell!«

Irgendwas in Finn verstand, dass er jetzt funktionieren musste, obwohl er lieber dem wankenden Boden nachgegeben hätte.

»Und bring 'ne Flasche Mineralwasser aus der Küche. Er muss sich übergeben. Sofort.«

Finn rannte los. Er telefonierte, orderte den Notarzt, suchte eine Flasche Mineralwasser. Er sah zu, wie Eric Jakob das Wasser einflößte, war kurzzeitig erleichtert, als Jakob sich tatsächlich übergab, ging aus dem Weg, als die Rettungsmannschaft in die Wohnung stürmte, und fing erst an völlig unkontrolliert zu zittern, als er auf dem Rad nach Hause saß. Der Notarzt hatte ihm zwar versichert, dass Jakob leben würde, weil sie rechtzeitig bei ihm gewesen waren, aber erst als die ganze Anspannung von ihm abfiel, wurde Finn klar, wie knapp das alles gewesen war.

Finn stieg vom Rad und setzte sich an den Straßenrand. Er schrieb seiner Mutter eine Nachricht, ob sie kommen könnte, um ihn abzuholen. Natürlich würde sie dann erst recht reden wollen, aber vielleicht war das jetzt auch genau der richtige Zeitpunkt.

Er legte das Handy zur Seite und seinen Kopf auf die Knie, die er mit beiden Armen Halt suchend umschlang. Was, wenn er zehn Minuten später gekommen wäre? Wenn Eric keinen Schlüssel gehabt hätte? Wenn er diese Nachrichten nicht erhalten hätte?

Als könnte sein Handy Gedanken lesen, vibrierte es auf dem Bürgersteig neben ihm. Finn zuckte zusammen.

Gut gemacht, Finn. Danke. 21:20

Er schaute sich um, ob ihn jemand beobachtete. Doch die Straße war menschenleer.

21:21 Wer bist du? Was soll das?

Wieder diese Frage, auf die er vermutlich wieder keine Antwort bekommen würde. Doch sie kam und jagte Finn eine derartige Gänsehaut über den Körper, dass er sich wünschte, er hätte sie nie gestellt.

Ich bin Richard Merks, dein ehemaliger Lehrer. 21:21

4.

MIND-HACK /// TEST EXT. 26 /// 05/05/20 /// 05:27:45**

Wie merkwürdig es ist, in sein eigenes Haus zu kommen, das er erst vor Kurzem verlassen hat. Und gleichzeitig zu wissen, dass das alles nicht real ist. Er merkt es, als er sich wie üblich am Treppengeländer festhalten will, um die ersten Stufen von der Haustür zur Diele mit einem großen Schritt zu bewältigen. Der Griff geht ins Leere und er wäre fast auf seinen Büroboden gestürzt. Das Bild vor seinen Augen verschwimmt kurz und baut sich erst langsam wieder auf.

Es ist jetzt fast sechs Monate her, seit er die Beziehung seiner Tochter Antonia zu diesem illegalen Ausländer hochgehen ließ. Und es scheint so, als hätte er die beiden tatsächlich auseinandergebracht. Zumindest macht es im realen Leben den Eindruck. Und auch über Mind-Hack hat er keine Anhalts-

punkte mehr gefunden, dass die beiden weiterhin in Kontakt stehen. Und trotzdem sagt ihm sein Gefühl, dass Toni ihm was verheimlicht. Weil sie seit ihrer Festnahme viel zu bemüht ist, ihnen alles recht zu machen. Fast wie früher, als noch alles einfach war zwischen ihnen.

Das Bild ist wieder vollständig. Er wirft einen Blick ins Wohnzimmer, wo seine Frau am Fenster steht und regungslos nach draußen starrt. Sie sieht traurig aus. Einen kurzen Augenblick zögert er, will sie ansprechen. Aber er lässt es bleiben, wie er es auch im realen Leben bleiben lässt, weil er rein gar nichts mehr für sie empfindet. Kein Mitleid und schon gar keine Liebe mehr. Die Schuld daran trägt sie ganz allein selbst, weil sie nicht funktioniert, wie eine Ehefrau zu funktionieren hat. Und weil er sich neben seiner Karriere beim Geheimdienst um alles andere auch noch kümmern muss. Von wegen, sie hält ihm den Rücken frei …

Langsam dreht er sich zurück zur Diele, um in den ersten Stock zu gelangen. Vermutlich wird er oben auf Grace treffen, über die er rausfinden will, ob Toni ihm etwas verheimlicht.

Wie aus dem Nichts quert seine philippinische Hausangestellte vor ihm den Flur. In den Händen trägt sie einen Wäschekorb.

»Grace?«

Sie bleibt stehen und dreht sich zu ihm um. »Ja, Herr Wagner? Kann ich Ihnen helfen?«

Er bleibt verwundert stehen. »Grace, Sie sprechen ja perfektes Deutsch?«

»Ja, warum nicht.«

Kopfschüttelnd geht sie ins Bad und räumt die frisch gewaschenen Handtücher in den Schrank.

»Ich meine nur, weil Sie mit uns kaum und wenn, dann nur mit einem sehr krassen Akzent reden.«

Grace macht sich reaktionslos auf den Weg in Antonias Zimmer. Er hat die direkte Ansprache mal wieder vergessen. Eine idiotische Programmierung, weil er immer das Gefühl hat, er würde mit so einem lächerlichen Voice Service reden. Vielleicht lässt sich das noch ändern.

»Grace, was ich Sie fragen wollte: Sie haben doch auch ab und zu mit Antonia gesprochen. Wissen Sie, ob sie noch Kontakt zu einem Jungen namens Navid hat?«

Grace räumt unbekümmert Wäsche in Antonias Kommode. »Ja.«

Er hört trotz der riesigen VR-Brille, die auch seine Ohren bedeckt, dass er den Atem scharf einzieht. Das passiert immer, wenn das Programm ihm mal wieder ein Geheimnis preisgibt. »Grace, sind Sie ganz sicher?«

»Ja.«

»Grace, woher wissen Sie das?« Seine Stimme ist wieder laut, obwohl er genau das vor diesem O'Brian vermeiden wollte. Er hasst es, wenn einer dieser Programmierer seine Testläufe beaufsichtigt. Auch darum wird es Zeit, dass Mind-Hack endlich online geht und ganz in ihren Händen liegt.

»Sie redet mit mir.«

»Treffen die sich … Grace, wo treffen die sich?«

»Ich weiß es nicht. Das ist immer unterschiedlich.«

Er kann es nicht fassen. »Grace, was heißt das? Wie oft treffen die sich?«

»Alle zwei Wochen. Das ist immer unterschiedlich.«

»Und wie verabreden die sich?« Wenn seine Tochter und dieser Junge sich per SMS verabreden würden, wüsste er das. Sie müssen einen anderen Weg gefunden haben, miteinander in Kontakt zu bleiben. Verdammt. Von wegen, das Programm

sammelt alle digitalen Daten und verknüpft sie mit unzähligen Algorithmen. Einen Scheiß tut es. Es ist nicht so gut, wie er immer dachte. Es ist ein Fake. Er hat Milliarden für einen Fake ausgegeben. Wenn das rauskommt, ist er ruiniert. Und seine Behörde, ach was, ganz Deutschland blamiert.

Während er spürt, wie Schweiß an seiner Schläfe runterrinnt, und er O'Brian und Winston, und wie sie alle heißen, zum Teufel wünscht, beobachtet er, wie Grace einen handbeschriebenen Zettel aus ihrer Jackentasche zieht und ihn unter Antonias Kopfkissen versteckt. »Grace, was war das?«

»Was?«

»Grace, dieser Zettel da.«

»Eine Nachricht von Navid.«

TOR BROWSER /// CHAT EXT. /// 05/05/20 /// 05:32:12**

Room: Corridore – 11 user online

05:32:12	[obrian@93]	Alles okay?
05:32:14	[@Hektor]	Ja, ja. Es ist nach wie vor unglaublich.
05:32:19	[obrian@93]	Wer sind diese ladies?
05:32:48	[@Hektor]	Geht Sie nichts an. Sorgen Sie einfach dafür, dass [winston84] das Programm endlich freigibt. Läuft doch einwandfrei.
05:32:50	[@Hektor]	Ach ja, das mit der direkten Ansprache ist nervig. Komme mir vor, als würde ich ständig

	mit so 'ner Alexa reden. Ändern!
05:32:57 [obrian@93]	Ich werde es [winston84] sagen.

[@Hektor] hat den Chat verlassen

BERLIN WEISSENSEE, 05:33 (MEZ), PARK WEISSER SEE

Toni fühlte sich beobachtet. Sie fühlte sich eigentlich immer beobachtet, wenn sie auf dem Weg zu Navid war. Aber heute war das Gefühl besonders stark. Darum setzte sie sich auch ihre Sonnenbrille auf, als sie an ihrem Zielort aus der Tram stieg. Und stellte sich gleichzeitig die Frage, warum das in Serien und Filmen immer alle Frauen taten, die ein ähnliches Gefühl wie sie hatten. Geholfen hatte so eine Sonnenbrille ihrer Erinnerung nach noch keinem weiblichen Opfer. Der Ex-Mann, ein Privatdetektiv oder einer der schlimmsten Serienkiller aller Zeiten erwischte sie trotzdem früher oder später. Meistens früher.

Toni nahm ihre Brille also wieder ab, blinzelte in die gerade aufgehende Maisonne und schimpfte innerlich auf Navid, dessen Treffzeiten immer absurder wurden. 5:30 Uhr – kein normaler Mensch war um diese Uhrzeit wach. Dachte sie jedenfalls, bis sie sich auf dem Weg zum Parkeingang durch zahlreiche Hundehalter, schwitzende Jogger und schlecht gelaunte Arbeitnehmer kämpfen musste.

Die Gegend war ihr fremd. Und sie hatte auch keine Ahnung, wie Navid auf diese in ganz Berlin verstreuten Treffpunkte kam. Sie wollte ihn schon die ganze Zeit fragen, ob ein System dahintersteckte, vergaß es aber immer wieder, weil sie sich jedes Mal so freute, ihn zu sehen, und weil es so viel Wichtigeres zu besprechen gab.

Bevor sie in den Park abbog, schaute sie sich noch mal prüfend um, ob ihr Gefühl sie tatsächlich täuschte. Wie immer war da niemand. Schnell holte sie einen wasserfesten Stift aus ihrer Jackentasche, taggte einen Stromkasten mit ihrem Zeichen und ging weiter, als wäre nichts gewesen. Immerhin das war ein Vorteil davon, dass sie sich mit Navid kreuz und quer in ganz Berlin treffen musste. Ihren Graffiti-Tag konnte sie in der ganzen Stadt verteilen und hielt damit ihren Traum am Leben. Denn das richtige Sprayen hatte sie direkt nach ihrer Verhaftung erst mal aufgegeben, um vor allem ihren misstrauischen Vater zu beruhigen. Doch es fehlte ihr, genau wie Navid ihr fehlte oder die Fabrik mit ihren Freunden.

»Ssssss…«

Tonis Herz machte einen Sprung wie jedes Mal, wenn sie sein Erkennungszeichen hörte. Bei den ersten Treffen hatte er noch versucht, eine Eule zu imitieren, aber das ging so gründlich daneben, dass sie sich auf diesen Zischlaut geeinigt hatten. Vorsichtshalber ließ Toni noch einen Königspudel samt gleich frisierter Besitzerin an sich vorbeistolzieren. Dann drehte sie sich um und sah Navid, wie er lässig an einem Baum lehnte und ihr breit grinsend zuwinkte. Natürlich war das gespielt, Toni wusste nur zu gut, dass Navid bei ihren Treffen kein bisschen lässig war – aber er machte das gut.

Langsam, um ja nicht aufzufallen, ging sie quer über den Rasen auf ihn zu. Bis sie es nicht mehr aushielt und die letzten Meter rannte. Seine Arme fingen sie auf, seine Lippen suchten ihre – und fast schon einstudiert drehten sie sich automatisch so, dass sie hinter dem Baum gut versteckt vor neugierigen Blicken erst mal ausgiebig knutschen konnten.

»Hey, hey, hey.« Navid ließ lachend seinen Kopf in den Nacken fallen. »Das hier ist ein öffentlicher Park.«

Toni fuhr mit ihrer Hand unter seinen Pulli, weil sie wusste, wie sehr er das mochte. Und weil sie es auch mochte, genau wie ihn gegen seinen Willen ständig zu küssen. »Selber schuld, wenn du so einen blöden Treffpunkt aussuchst.«

Navid atmete mit geschlossenen Augen tief ein und wie immer konnte sie kaum glauben, wie gut er schmeckte. Sie hätte ewig so weitermachen können, aber wie immer wusste sie auch, dass sie vorsichtig sein mussten. »Ich hab dich vermisst.«

»Ich dich auch. Und ich bin froh, dass du da bist. Ich wusste nicht, ob du meine Nachricht bekommen hast.«

»Doch. Gestern lag der Zettel unter meinem Kopfkissen. Grace wird noch eine richtige Superspionin.«

Navid musste lachen. »Grace ist die Beste.«

Und Toni wusste nur zu gut, dass Navid damit recht hatte. Ohne die philippinische Haushälterin ihrer Eltern wären sie aufgeschmissen. Sie hatte von Anfang an über Navid Bescheid gewusst. Und seit er untergetaucht war, wusch sie sogar heimlich seine Klamotten, hörte zu, wenn Toni hoffnungsverloren weinte, und gab ihr Tipps, wie es normalerweise Eltern tun müssten. Müssten, denn mal abgesehen davon, dass sie nichts von Navid wussten, waren die Tipps von Tonis Vater eher Forderungen nach guten Noten. Und ihre Mutter, die von Toni vorbehaltlos geliebt worden war, bis sie kapiert hatte, dass es ihrer Mutter nur darum ging, ihrem Mann und Tonis Vater zu gefallen, wiederholte diese Forderungen papageiartig.

Aber Graces Tipps waren wirklich gut. Der mit der Hochzeit kam auch von ihr. Und Toni wusste, dass ihre Geheimnisse bei ihr sicher waren, weil sie auch nach vier Jahren vor ihren Eltern noch so tat, als könnte sie kaum ein Wort Deutsch sprechen.

Und dann kam die Sache mit den Nachrichten. Irgendwann nach der Razzia, als Toni schon glaubte, Navid nie wieder zu sehen, kam Grace mit der ersten handgeschriebenen Notiz von ihm an. Er hatte sie ausfindig gemacht und seither war sie die Koordinaten-Überbringerin ihrer heimlichen Treffen.

»Sollen wir uns da rüber setzen?« Toni deutete auf eine Bank direkt am See und zwinkerte ihm zu. »Dann gibt's auch Bescherung. Deine Pflegeeltern haben was an Graces Packstation geschickt.«

Sie nahmen sich an die Hand und schlenderten wie ein ganz normales Liebespaar durch den Park. Ungewöhnlich war vielleicht nur die Uhrzeit und Navids ständiger Rundumblick, der aber so geschickt in seinen normalen Bewegungsablauf integriert war, dass er nur ganz aufmerksamen Beobachtern aufgefallen wäre.

»Wo schläfst du zurzeit?« Während Toni diese Frage wie jedes Mal stellte, zog sie ein kleines Päckchen aus ihrem Rucksack und reichte es Navid.

»Ach, in so einem Club fast schon in Brandenburg. Die Chefs wollen nicht, dass der nach Geschäftsschluss leer steht. Und lassen mich da schlafen. Ich kümmere mich ein bisschen ums Getränkelager. Ist eigentlich ganz gut.«

»Eigentlich?«

Navid schien die Nachfrage gar nicht mehr zu hören. Oder hören zu wollen. Er hatte das Paket seiner Pflegeeltern, bei denen er bis zu seiner Flucht vor der Abschiebung gelebt hatte, geöffnet und überflog den beiliegenden Brief.

»Was schreiben sie?«

Navid bemühte sich, Toni den Eindruck zu vermitteln, als wäre alles in bester Ordnung. »Das Übliche. Dass sie mich vermissen. Dass ich auf mich aufpassen soll. Dass sie für mich da wären, sollte ich mich dazu entscheiden, nicht mehr länger im Untergrund leben zu wollen. Dass sie glauben, dass ich mittlerweile gute Chancen hätte, eine Aufenthaltserlaubnis zu bekommen. Und, und, und …«

Angestrengt lächelnd zog er eine selbst gehäkelte, bunte Decke aus dem Päckchen. Doch als er daran roch, fing er an zu schluchzen. Toni rutschte näher an ihn ran und legte ihren Arm um seine zitternden Schultern. »Ich war so bescheuert, dass ich damals untergetaucht bin. Ich hätte für meinen Status kämpfen sollen. Die auf der Behörde haben einen Fehler gemacht, nicht ich. Zumindest nicht bis zu meinem feigen Abtauchen.«

Toni ließ ihren Kopf an seinen Hals sinken. Sie würde jetzt gern ganz schlaue Dinge sagen, aber sie war auf Navids Tränen nicht vorbereitet. Dafür kamen sie einfach viel zu selten.

»Und jetzt steht in meiner Akte ja auch noch, dass ich als Attentäter gesucht wurde. Ich kann's echt vergessen, jemals in Deutschland bleiben zu dürfen.«

So resigniert hatte Toni ihren Freund noch nie erlebt. »Du darfst nicht aufgeben. Nicht jetzt. Sag mir lieber, wie ich dir helfen kann. Wenn du nicht immer Nein sagen würdest, könnte ich dir Geld geben. Zumindest so viel, dass du 'ne bessere Unterkunft findest. Oder ich gebe dir endlich dieses Prepaid-Handy, das schon bei mir zu Hause liegt. Dann können wir uns wenigstens Nachrichten schicken und du fühlst dich nicht so allein.«

Navid löste sich etwas von Toni und schaute ihr traurig lächelnd in die Augen. »Du bist alles, was ich brauche, um nicht aufzugeben. Ehrlich. Wenn du nicht wärst, hätte ich mich schon längst gestellt. Und kein Handy. Ich hab Angst, dass die mich darüber orten können. Und auch kein Geld.«

Toni wollte nicht weiter auf das Geld-Thema eingehen. Darüber hatten sie sich schon ausführlich genug gestritten, als Navid noch in der Fabrik lebte.

»Glaubst du denn wirklich, dass dir dieses Attentat immer noch nachhängt? Die wissen doch schon lang, dass du damit nichts zu tun hattest.«

»Abschieben werden sie mich trotzdem. Auch wenn ich alle anderen Voraussetzungen erfülle.«

Toni wollte sich das nicht vorstellen. »Navid, in vier Wochen werde ich endlich 18. Dann ziehen wir das mit der Hochzeit durch. Ich hab schon alles recherchiert. Es wird nicht einfach, aber es ist immerhin eine Chance.«

Toni holte tief Luft, ließ es dann aber bleiben, Navid alles ganz genau zu erklären. Stattdessen lächelte sie ihn nur aufmunternd an und wischte ihm eine nasse Tränenspur von der Wange. »Wirst sehen, es wird alles gut.«

Navid lehnte seinen Kopf an ihren. Und während die Morgensonne langsam an Kraft gewann, blieben die beiden für einen ruhigen Augenblick so sitzen. Bis ein Schwan grundlos fauchend aus dem Wasser kletterte und von Navid lachend verjagt werden musste. Toni nutzte die Ablenkung und holte aus ihrem Rucksack ein frisches T-Shirt und ein Sweatshirt für Navid raus.

»Umziehen. Auftrag von Grace, sie will heute Nachmittag deine Sachen waschen. Und dann muss ich los. Hab heute Geschichte Leistungskurs in der Ersten. Und ich will nicht, dass irgendwer aus der Schule zu Hause anruft, nur weil ich zu spät bin.«

Navid nickte. Er entledigte sich schnell seiner Jacke und streifte sich Pulli und T-Shirt über den Kopf. Doch als er das gebügelte T-Shirt in die Hand nahm, wurde er plötzlich nachdenklich.

Toni beobachtete ihn und erwischte sich bei dem dringenden Wunsch, seine Haut zu berühren, die in der Morgensonne in einer warmen Farbe strahlte. Und sie dachte auch daran, wie es war, sich von ihm berühren zu lassen, damals in seiner Wohnung, als seine Fingerspitzen ihren ganzen Körper zum Brennen brachten. Sie konnte gar nicht beschreiben, wie sehr ihr diese intimen Momente mit Navid fehlten.

Er sah ihren abwesenden Blick. »Hey, alles okay?«

»Hm.«

»Eine Sache wollte ich dir noch sagen.« Navid beugte sich zu ihr vor und streichelte ihr liebevoll über die Wange. »Ich liebe dich. Für immer.«

Dann zog er sich schnell an, um im Park ja nicht weiter aufzufallen, während Toni sich nicht zum ersten Mal die Fähigkeit wünschte, perfekte Situationen für immer einfrieren zu können.

MAIL /// **IP:174 887 913.XXX** /// **05/05/20**** /// **05:42:11**

Von: Makk, Finn

Betreff: Was vor Berlin war, Teil 6

An: Jankowski, Lea

Liebe Lea,
ich weiß gar nicht, wo Teil 5 aufgehört hat. Ich habe ihn dir über WhatsApp geschickt, aber auf meinem Handy kann ich gerade nicht nachschauen. Vermutlich ist es auch egal, du liest meine ganzen Nachrichten ja eh nicht. Oder doch? Das soll kein Vorwurf sein, wirklich nicht. Ich habe nur einfach bei jeder neuen Nachricht die Hoffnung, dass du darauf antwortest. Irgendwann wirst du es machen, das weiß ich.
Ich glaube, ich hab dir geschrieben, wie ich nach der *Romeo und Julia*-Aufführung immer um dich herumgeschlichen bin. Und Jakob mich schon Stalker nannte. Wahrscheinlich hatte er recht. Du hast aber nie was davon mitbekommen, obwohl das genau meine Absicht war. Okay, ich hätte dich einfach ansprechen können. Aber da waren ja immer deine Freundinnen Anne-Kathrin und Julika, die gestört haben. Und du warst ein Jahr älter. Also bist es immer noch. Das ging echt gar nicht, dass ich dich angesprochen hätte. Weil ich mir sicher war, dass du über den Zwerg vor dir nur gelacht hättest. Und dann hast du auch immer mit Benjamin Engelberts geflirtet, den alle so megageil fanden. Nur weil der Klavier spielen konnte und einmal auf der Weihnachtsfeier diese Sam-Smith-Schnulze gesungen hat.
Okay, okay, ich war feige. Und eifersüchtig. Und alles zusammen.
Aber dann kam die Party bei Tarek. Das war kurz vor den Sommerferien. Seine Eltern mussten schon früher als

geplant nach Ankara und seine ältere Schwester wollte bei ihrem Freund pennen. Weil die aber eigentlich gar keinen Freund haben durfte, war der Deal zwischen den beiden, dass Tarek sie deckte und dafür eine Party machen konnte. Und kaum war die Schwester weg, ging's los. So richtig. Weißt du noch?

Hinterher wusste niemand mehr, woher die ganzen Leute kamen. Oder wer sie eingeladen hatte. Und wer sie überhaupt waren. Erst mal war das aber alles egal. Das Haus war voll, die Musik laut ohne Ende und die Stimmung gigantisch. Und weil jeder von den Gästen irgendwas mitgebracht hatte, gab es Unmengen Alkohol.

Nur du warst nicht da.

Jakob versuchte die ganze Zeit, mich mit so einem Zwilling zu verkuppeln. Weil er scharf auf eine von beiden war und dachte, er könnte bei der wohl eher landen, wenn die andere auch beschäftigt ist. Ich hatte aber keinen Bock, weil ich die gar nicht kannte. Und weil die auch gar kein Interesse hatte. Und weil ich auch nicht abgelenkt werden wollte. Abgelenkt davon, dass du nicht da warst.

Als alle bis auf mich Spaß hatten, fing ich an zu trinken. Alles durcheinander. War ja genug da. Und als ich eigentlich schon zu viel hatte, also so richtig zu viel, bin ich auf die Tanzfläche und hab getanzt. Ganz allein mit mir. Vielleicht ist getanzt auch das falsche Wort, ich hab mich im Kreis gedreht.

Und plötzlich standst du da. Es lief gerade ein Song von den *Leoniden. Kids*, glaube ich. Was heißt ›glaube ich‹, ich bin mir sicher. Du hast mich festgehalten, musstest du wohl auch, und wir haben gemeinsam getanzt. Das ganze Lied lang. Ganz eng und langsam, total unpassend. Ich konnte deine Haare riechen. Und ich spürte, wie deine Hand meinen Rücken streichelte. Das hab ich dann auch

gemacht bei dir. Das waren die schönsten 3:35 Minuten meines Lebens und die *Leoniden* sind seither meine offizielle Lieblingsband.
An diesen Augenblick wollte ich dich erinnern. Vielleicht fällt er dir wieder ein, weil nur unser erster Kuss in Berlin noch schöner war.
Okay, der Vollständigkeit halber schreib ich dir auch noch knapp auf, wie es dann weiterging. Ich rannte nach dem Song zur Toilette und musste mich übergeben. Das war so peinlich. Und ich sag's dir jetzt noch mal: Es lag nicht an dir!
Danach warst du weg. Aber schlimmer noch: Niemand konnte mir sagen, ob du überhaupt da warst. Aber du musst da gewesen sein, weil ich doch den Duft deiner Haare noch in der Nase hatte. Die Polizei hat dann die Party relativ schnell aufgelöst und meine Eltern gaben mir eine Woche Hausarrest.
Es hat dann noch mal vier Monate gedauert, bis wir zusammenkamen. Ewig lange vier Monate. Aber daran siehst du, dass ich so schnell nicht aufgebe. Darum schreibe ich auch immer weiter.
Würde so gern noch mal mit dir reden wie damals in Berlin. Dein Muttermal küssen. Und deine Haare riechen.
Vermisse dich!
Dein Finn

Ach ja, Benjamin Engelberts macht übrigens eine Ausbildung beim Finanzamt. Also falls du den noch immer so cool findest …

BERLIN CHARLOTTENBURG, 07:18 (MEZ), HARDENBERGSTRASSE

Toni lief den letzten Kilometer zur Schule. Sie war am Bahnhof Zoo ausgestiegen, weil sie wusste, dass sie ohne Essen direkt in der ersten Stunde Leistungskurs eingeschlafen wäre. Darum schlenderte sie jetzt an der stark befahrenen Hardenbergstraße entlang, schlürfte an etwas, das wie das Erbrochene einer Katze aussah und schrecklich scharf nach Ingwer schmeckte, und dachte dabei über Navid nach. Und über sich. Und über ihr Vorhaben, in einem Monat direkt nach ihrem 18. Geburtstag alle gesetzlichen Hindernisse aus dem Weg zu räumen und zu heiraten.

Natürlich kannte sie jedes Vorurteil darüber. Sie waren zu jung zum Heiraten. Und blöderweise war das nicht nur ein Vorurteil, es stimmte sogar. Sie war ja nicht dumm. Ihr war klar, dass das alles total schiefgehen konnte. Welche Beziehung, die man mit 18 führt, hält schon ein Leben lang? Daran schloss sich aber schon die nächste Frage an: Welche Beziehung, die man mit 25 oder 30 führt, hält ein Leben lang? Es gab einfach keine Garantie. Wäre Navid ein Typ aus ihrer Klasse, der sich nicht verstecken müsste, würden sie warten. Keine Frage. Und erst mal im normalen Alltag testen, ob es wirklich die große Liebe war, nach der es sich anfühlte. Aber so war die Situation nun mal nicht. Niemand gab ihnen die Zeit zum Testen, sie mussten handeln, bevor Navid entdeckt wurde. Und trotz ihrer eigenen Bedenken und aller Vorurteile, denen sie in naher Zukunft ausgesetzt sein würden, gab es auch nach Monaten des Überlegens keine Alternative. Ihre Entscheidung war gefallen: erst mal für immer.

In ihre Gedanken vertieft, spürte Toni plötzlich, wie sie immer trauriger wurde. Sie achtete kaum noch auf die entgegenkommenden Fußgänger, sondern konzentrierte sich nur noch darauf, nicht direkt auf offener Straße losheulen zu müssen. Weil alles seit eineinhalb Jahren so verdammt aussichtslos war. Weil irgendwelche kaum zu durchschauenden Asylgesetze ihre Beziehung zu Navid verhindern wollten. Weil ihre Gefühle füreinander in dieser beschissenen Welt niemanden interessierten. Und vor allem, weil Navid vorhin so schrecklich traurig wirkte. So traurig und hoffnungslos, wie sie ihren Freund noch nie zuvor gesehen hatte.

»Antonia?«

Toni schreckte aus ihren trüben Gedanken hoch, fuhr herum und stand ihrem Vater gegenüber, der mit dem Auto unbemerkt neben ihr gehalten hatte und sich aus dem Beifahrerfenster lehnte.

»Papa? Was machst du denn hier?« Toni versuchte zu lächeln. Sie zwang sich, normal zu wirken. Müde war okay, traurig nicht.

»Das könnte ich dich auch fragen.«

Toni hielt ihren Smoothie-Becher hoch. »Frühstücken auf dem Weg zur Schule. Wonach sieht's denn sonst aus?«

»Aber das ist doch gar nicht dein normaler Schulweg. Steig ein, ich fahr dich bis vor.«

Überrumpelt suchte Toni nach einer Ausrede, während er ihr von innen schon die Beifahrertür öffnete. Sie wollte jetzt nicht mit ihrem Vater auf so engem Raum allein sein. Er könnte sie durchschauen und sie hatte Navid versprochen, noch nichts zu sagen. »Ich gehe gerade im Kopf noch ein paar Vokabeln durch. Wir haben später eine Englisch-Klausur.«

»Jetzt komm«, er ließ nicht locker, »das ist doch so ein schöner Zufall, dass wir uns hier getroffen haben. Steig ein.«

Ein hupendes Auto hinter dem Wagen ihres Vaters nahm ihr schließlich jede weitere Ausrede ab. Sie straffte sich unauffällig und stieg ein.

»Wo fährst du hin?«

»Ich war noch mal zu Hause. Hatte was vergessen. Idiot, dann fahr doch.« Der letzte Satz galt dem hupenden Auto hinter ihnen. »Wird echt immer schlimmer. Nur Blödmänner unterwegs.«

Toni kannte diese plötzlichen Aggressionsausbrüche ihres Vaters nur zu gut. Während er sich maulend in den Verkehr einfädelte, prüfte sie ihr Aussehen im Spiegel der Sonnenblende und versuchte, die dunklen Ränder unter ihren Augen wegzureiben. Ging nur leider nicht, was ihr Vater auch direkt bemerkte.

»Du siehst müde aus.«

»Danke.«

»Im Ernst, geht's dir gut? Ich mach mir Sorgen um dich.«

In Toni spannte sich alles an. »Warum das denn?«

»Hm, weil du nicht mehr so unbeschwert wirkst wie früher. Irgendwie so in dich gekehrt. Wenn was ist, Toni, dann kannst du jederzeit zu mir kommen. Das weißt du, oder?«

Seine Stimme war plötzlich überraschend sanft und Toni ließ sich in den perfekt gepolsterten Sitz sinken. Wie gern würde sie ihm jetzt alles sagen. Ihre Seele befreien, indem sie ihre ganzen Sorgen aussprach. Sich in den Arm nehmen und ihn aktiv werden lassen, damit Navid bei ihr bleiben konnte. Einfach nur Kind sein. Natürlich würde er toben. Schreien. Ihre Mutter anrufen. Aber vielleicht schätzte sie ihn auch falsch ein. Vielleicht wäre diese Phase schnell vorbei und er würde sich besinnen, worauf es im Leben ankam. Auf seine

Liebe zu ihr, auf ihre Liebe zu ihm, auf Liebe zwischen zwei Menschen allgemein und auf das ganz normale Bedürfnis, glücklich zu sein.

Doch gerade als sie ihren ganzen Mut zusammennahm, bremste ihr Vater scharf ab und zeigte einer Autofahrerin mit dreistelligem Ortskennzeichen den Vogel. »Für dich werden autonom fahrende Autos erfunden, du dumme Nuss.«

Toni atmete die Anspannung aus und entschied sich dagegen, ihm ihr Geheimnis zu verraten. Nicht jetzt, nicht in dieser Situation. »Ja, das weiß ich. Aber es ist echt alles in Ordnung. Du kannst mich hier vorn rauslassen. Danke.«

Ihr Vater blinkte rechts und stoppte am Straßenrand. Ein Pulk bunter Rucksäcke strömte vor ihrem Auto über die Straße zur ersten Stunde. Toni hielt den Türgriff schon in der Hand.

»Also, dann …«

»Warum hast du heute Morgen eigentlich noch vor mir das Haus verlassen?«

»Sport. Hab ich doch gestern gesagt.«

»Es war kurz vor fünf.«

»Ist der beste Kurs im Studio. Spinning um halb sechs.«

»Und deine Sportklamotten?«

Sie klopfte auf ihren Rucksack und versuchte ihre Antwort möglichst genervt klingen zu lassen. »Die sind hier. Und meine Schuhe sind im Schließfach. Sonst noch Fragen?«

Ihr Vater tat zerknirscht. »Heute ist ein wichtiger Tag für mich. Ich will jetzt nicht mit dir streiten. War nicht so gemeint.«

Toni küsste ihn auf die Wange, wie sie es seit jeher gewohnt war, und stieg aus. Als sie die Autotür zuknallen wollte, hielt ihr Vater sie noch mal auf. »Was ich dir noch sagen wollte: Ich habe Grace entlassen.«

»Bitte was?« Toni spürte das Blut in ihren Ohren wie einen Wasserfall rauschen. Sie hoffte schockiert, dass sie sich verhört hatte. Vergeblich. Denn als er weitersprach, klang er wieder so sanft wie eben und ehrlich mitfühlend.

»Ich weiß, ihr hattet eine ganz besondere Beziehung zueinander, aber sie hat deine Mutter beklaut. Es ging nicht anders.«

Das konnte nicht sein. Es musste sich um einen Irrtum handeln. Toni ging sekundenschnell alle Möglichkeiten durch und war sich sicher, dass ihre Mutter irgendwas verlegt hatte. Geld oder Schmuck oder irgendwas anderes. Grace würde niemals klauen. Sie durfte nicht entlassen werden. Sie brauchte sie – für Navid. Für sich.

Doch gerade als Toni dazu ansetzen wollte, ihren Vater vom Gegenteil zu überzeugen und für Grace zu kämpfen, sah sie etwas im Gesicht ihres Vaters, das sie verstummen ließ. Es war ihr schon einmal aufgefallen, damals, während ihres Verhörs, aber danach hatte sie es wieder vergessen. Weil sie keine Ahnung hatte, was sie da gesehen hatte. Dieses Mal war es noch deutlicher. Nicht zu übersehen. Etwas, das überhaupt nicht zu ihrem strengen und beherrschten Vater passte. Er hatte Lachfältchen um die Augen. Und sie tanzten, obwohl sein Blick vermutlich Mitgefühl widerspiegeln sollte. Und darum schien es, als würde er nur darauf warten, dass sie sich mit jedem Wort weiter in die Scheiße ritt, weil er schon längst alles wusste. Wie ein Kommissar, der seinen Tatverdächtigen eiskalt auflaufen ließ. Aber was wusste er und woher? Und warum Grace? Hatte er sie gefeuert, weil sie ihre Kontaktfrau zu Navid war?

Obwohl die Sonne einen warmen Frühlingstag ankündigte, fror Toni plötzlich, als wäre es tiefster Winter. Sie wandte ihren Blick ab und nickte ihrem Vater zur Verabschiedung zu. »Schade. Aber kann man wohl nichts ändern.«

Seine Antwort ging im Knall der Autotür unter. Ohne zurückzublicken, ließ sie sich von der riesigen Schülermenge schlucken. Und blieb erst in der Aula wieder stehen, während alle anderen schimpfend in sie rein oder an ihr vorbei strömten. Sie hatte keine Ahnung, was das zu bedeuten hatte. Sie spürte nur ganz deutlich: Sie musste Navid warnen.

TOR BROWSER /// CHAT INT./EXT. /// 05/05/20 /// 08:02:44**

Room: Lab1 – II user online

08:02:44	[winston84]	projekt mind-hack ist gestartet
08:02:48	[obrian@93]	Yessss!!! We are heroes! Cyber-Heroes!
08:02:53	[winston84]	ja / verdammt / das sind wir
08:02:57	[obrian@93]	Ob Khal stolz wäre? Es ist sein Baby.
08:03:10	[winston84]	er wollte es stoppen / obwohl es so großartig ist / wir revolutionieren die welt
08:03:17	[obrian@93]	Ich hoffe im positiven Sinn!?
08:03:24	[winston84]	fängst du jetzt auch damit an / wir machen nichts kriminelles / also fast nicht / wir sammeln daten die es eh gibt / und nutzen sie für algorithmen die

wir programmiert haben / das ist künstliche intelligenz auf einem highend-level

08:03:30 [obrian@93] Das meine ich nicht.

08:03:32 [winston84] und was dann

08:03:41 [obrian@93] The new owner. Sie wollen nur Menschen ausspionieren und ihre Macht ausbauen.

08:03:44 [winston84] es ist der geheimdienst / verdammt / natürlich machen sie das / das machen sie auch jetzt schon / das machen sie auch ohne unser programm / ich versteh euch nicht / wir sind dank mh millionäre und ihr jammert rum

08:03:55 [obrian@93] Forget it. Du willst es nicht verstehen. Ist das Programm jetzt sicher? No more bugs inside?

08:04:12 [winston84] doch / es gibt noch eine schwachstelle / ich bin aber dran / wird schon nichts passieren / sie wollten online gehen / also gehen wir online

[@Hektor] betritt den Chat

08:04:12 [winston84] lass uns später darüber reden

08:04:13 [winston84] hallo [@Hektor]

08:04:14	[@Hektor]	Es läuft?
08:04:22	[winston84]	jap / alle speicher in der zentrale sind aktiv / unsere anlage erreicht in spitze eine rechenleistung von 125 petaflops
08:04:30	[@Hektor]	Klingt gut.
08:04:47	[winston84]	wir checken den rest jetzt im betrieb
08:04:59	[@Hektor]	Hoffe, es gibt nicht mehr viel zu justieren. Seid stolz auf euch!
08:05:00	[obrian@93]	Macht uns stolz!

[@Hektor] hat den Chat verlassen

08:05:03	[obrian@93]	Was für eine Schwachstelle meintest du?
08:05:30	[winston84]	ich weiß dass khals ci kontakt nach außen aufnimmt / er will mh immer noch stoppen / das ist der bug den ich meinte
08:05:32	[obrian@93]	Whaaaat? Wie funktioniert das?
08:05:45	[winston84]	er hat es hinter unserem rücken so programmiert / und sein ci ist weiter als wir es uns jemals vorgestellt haben
08:05:48	[obrian@93]	Und was tun wir jetzt?
08:05:55	[winston84]	programmieren / und ihn ausschalten so schnell es

geht / wenn er das programm
stoppt werden sie uns jagen
/ oder das mit uns machen was
sie mit ihm gemacht haben

[winston84] hat den Chat verlassen

5.

FRANKFURT SACHSENHAUSEN, 08:23 (MEZ), MITTELSTRASSE 23

Draußen war es schon längst hell, doch Finn hatte nicht eine Minute geschlafen. Er ließ sich von Felix Jaehn anstarren. Und starrte zurück. Schon seit über sechs Stunden. Denn alles war besser, als die Augen zu schließen und Jakob wieder vor sich liegen zu sehen. Das konnte er nicht ertragen. Nicht noch mal. Doch während er zum Glück die schrecklichen Bilder mithilfe seiner offenen Augen abstellen konnte, mit seinen Gedanken funktionierte das nicht. Die liefen Amok. Ununterbrochen.

Er hatte Lea eine Mail geschickt, Teil sechs ihrer gemeinsamen Erinnerungen. Aber das war's auch schon. Seit er heute Morgen auf Senden geklickt hatte, lag er einfach nur da. Kein Instagram, kein TikTok, kein WhatsApp – womit er sich bis gestern während so einer schlaflosen Nacht, die seit Berlin nicht selten waren, abgelenkt hätte. Aber er wollte sein Handy nicht von unten holen, wo er es mit Absicht hatte liegen lassen. Weil er keine weitere Nachricht von seinem Ex-Lehrer lesen wollte. Besser gesagt: Von dem Arsch, der sich als sein

Ex-Lehrer ausgab. Und alles andere war verdammt noch mal komplett sinnbefreit.

Er schreckte zusammen, als es leise an seiner Tür klopfte. »Finn, schläfst du noch?«

Wie immer war die vereinbarte Zurückhaltung seiner Mutter mit dieser höflichen Geste schon wieder aufgebraucht, denn bevor er antworten konnte, öffnete sie die Tür. »Ich wollte nur mal nachsehen, wie's dir geht.«

»Schon okay. Geht ihr los?«

Finn versuchte sich in einem Lächeln, das gründlich schiefging. Und seine Mutter direkt dazu veranlasste, sich entschuldigend auf seine Bettkante zu setzen.

»Ja. Blöd, ich weiß. Marc wollte freimachen, aber sein Kollege ist krank. Und ich hab doch Redaktionssitzung. Aber Marc sagt Paul gleich, dass er hierbleiben soll.« Sie legte besorgt ihre Hand auf seine Stirn, als hätte er Fieber. »Du gehst heute nicht zur Schule, oder?«

Finn schüttelte den Kopf. Er hatte keine Lust, spätestens ab der großen Pause, sobald sich Jakobs Selbstmordversuch rumgesprochen hatte, Mittelpunkt des Schulhoftratsches zu sein. »Ja, ich glaub, ich will nur pennen.«

Mit einer überflüssigen Geste strich seine Mutter ihm die mittlerweile abrasierten Haare aus der Stirn. Von wegen neu anfangen, darüber hinwegkommen. Sie wollte es also auch nicht wahrhaben. Die Veränderung. Das alles.

»Kommst du klar?«

»Klar.«

»Wenn du willst, ruf ich Jakobs Mutter an und frag sie, wie's ihm geht.«

»Nee, lass mal. Ich mach das selber. Später.«

Finns Mutter lächelte, doch das gelang ihr genauso wenig wie ihm vorhin. »Du machst so was nicht, ne?«

»Mama …« Finn drehte sich genervt zur Wand. Das hatte er ihnen doch heute Nacht schon tausendmal versprochen.

»Ja, Mann, entschuldige. Ich mach mir halt Sorgen. Das ist alles echt Scheiße …«

Finn hörte, wie sie kurz schluchzte. Und drehte sich zu ihr zurück. »Versprochen. Ich mach das nicht. Und Mama, ich würde jetzt echt gern pennen.«

»Ja, klar«, sie zog ihre Nase hoch und stand auf, »ich muss auch los.« Auf dem halben Weg zur Tür blieb sie noch mal stehen. »Und du hast das gestern nur gespürt, dass mit Jakob was nicht stimmt? Der hat dir nicht geschrieben, oder so?«

»Nee, das war wirklich nur so ein Gefühl.«

Finn fühlte sich nie gut beim Lügen. Er konnte zwar ganz gut Wahrheiten verschweigen, aber das war ja nicht lügen. Lügen war wirklich nicht seine Stärke. Darum war er froh, als seine Mutter sein angebliches Gefühl einfach so akzeptierte.

»Jakob kann echt froh sein, dich als Freund zu haben.«

Mit zwei Schritten war sie noch mal bei ihm, drückte ihm einen Kuss auf die Schläfe und sein Handy in die Hand. »Ruf an, falls was ist.«

Er bekam gar nicht mehr mit, wie die Tür zufiel. Weil er die Augen nicht von seinem Handy abwenden konnte, das er ungewollt in der Hand hielt. Hektisch legte er es mit dem Display nach unten auf den Teppich neben sein Bett. So blieb es liegen, so blieb er liegen, das Gerät im Blick, als wäre sein wertvollster Besitz plötzlich – lebendig.

MOBILE PAUL S. /// THREEMA /// 05/05/20 /// 08:35:56**

Paul, kannst du heute zu Hause bleiben?
Gaby will nicht, dass Finn alleine ist.
Wir können leider nicht freimachen.
LG, Papa
08:35

Muss das sein?
Hab was vor.
10:13

Verdammt, Paul. Vielleicht tust du Gaby und mir auch mal einen Gefallen und bist nicht so verdammt egoistisch.
Er ist dein Stiefbruder!!!
10:15

FRANKFURT SACHSENHAUSEN, 11:13 (MEZ), MITTELSTRASSE 23

Finn wusste nicht, wie lang er so dagelegen hatte. Er wurde wach, als sein Handy vibrierte. Hellwach. Mit Herzklopfen setzte er sich auf und schielte angespannt über die Bettkante. Ob es Nachrichten seiner Mitschüler waren, weil sie das von Jakob erfahren hatten? Oder war es vielleicht sogar Jakobs Mutter, um ihm zu sagen, dass alles wieder gut war? Finn rieb sich den Schlaf aus den Augen und hoffte, dass ihm noch mehr Ausreden einfielen. Ausreden vor einer Gewissheit, die nicht mehr aufzuhalten war.

Er oder sie oder es hatte ihm wieder geschrieben, das spürte Finn genau. Und auch, dass er diesem Pisser wohl nicht so einfach entkommen konnte. Zumindest nicht durch bloße Ignoranz. Doch während er so dasaß, spürte er noch was. Nämlich dass sich sein banges Herzklopfen ganz langsam in ein wütendes verwandelte. Und weder Pauls lautes Hantieren unten in der Küche, noch die kreischenden Kids der benachbarten Kita, die nach einem langweiligen Vormittag endlich auf den Spielplatz durften, durchdrangen diesen innerlichen Lärm, als er sein Handy vom Boden aufhob.

Finn, du musst mir glauben.
Ich BIN dein Lehrer Richard Merks.
Und ich brauche DEINE Hilfe!!! 11:13

Die grellgrüne Schrift auf dem Display tat in seinen Augen weh, trotzdem las Finn die Nachrichten dreimal. Dann löschten sie sich automatisch. Das Rauschen in seinen Ohren wurde lauter.

ICH GEH ZUR POLIZEI. VERSCHWINDE
11:17 UND LASS MICH IN RUHE.

Ich kann nicht. 11:17

BULLSHIT.
DU BIST DOCH NUR IRGENDEINE
FAKE-SCHEISSE. ICH GLAUB
11:17 DIR KEIN WORT.

Ich habe gestern die Wahrheit gesagt.
Jakob lebt. Meinetwegen. Deinetwegen. 11:17

ABER MERKS IST TOT.
11:18 UND GENAU DAS HAT ER AUCH VERDIENT.

Finn ließ das Handy sinken und schloss für einen Moment die Augen. Ihm war schwindlig von viel zu viel Luft in seiner Lunge. Doch beruhigend wirkte die Dunkelheit nicht. Im Gegenteil. Unvermittelt lag er wieder im Krankenwagen und sauste durch Berlin. Eine Sauerstoffmaske verhinderte, dass er Fragen stellen konnte. Tausend Fragen. Wo war Lea? Was war mit Jakob, Tarek und Gregor? Alle kümmerten sich um sein Leben, aber niemand achtete auf ihn. Er war allein und er hatte Angst – genau wie jetzt. Und dann spürte er ein weiteres Vibrieren in seiner Hand.

Niemand hat das verdient,
was in Berlin passiert ist. 11:20

11:20 Und warum hast du es dann getan?

Finn konnte sich nicht erklären, warum er diese Frage stellte. Warum er sie so stellte, als würde er diesem Etwas plötzlich glauben, dass es sich bei ihm wirklich um seinen Lehrer handelte. Sein Daumen hatte sie automatisch getippt, vermutlich weil sich alles in ihm seit einem knappen halben Jahr um dieses eine Wort drehte: warum?

Du glaubst mir also? 11:20

Fick dich! NIEMALS.
11:21 Erzähl deine Scheiße wem anders.

Ich brauche aber dich! 11:21

11:22 WARUM?

Weil ich dich erreiche. Weil du es

verstehst, sobald du mich anhörst.
Und weil du wütend bist und schweigen kannst! 11:22

Finn lachte emotionslos auf.

11:23 Und warum ist das so wichtig, Spacko?

Weil es gefährlich ist, was ich von dir verlange.
Weil SIE gefährlich sind.
Und weil alle, die von mir erfahren,
automatisch in Gefahr geraten. 11:23

Finn glaubte kein Wort davon und versuchte wie am Abend zuvor, die App mit Gewalt zu schließen. Vergeblich. Wütend schlug er mit dem Handy auf sein Kissen ein.

Hilf mir, Finn, hör mir wenigstens einmal zu.
Es gibt eine Erklärung. Für alles.
Wenn du das tust, verspreche ich dir,
dass du einmal mit deiner Freundin reden kannst.
So wie vor sechs Monaten in Berlin,
bevor es passiert ist. 11:23

Finn erstarrte in dem Versuch, die Menü- und Standby-Taste seines Handys gleichzeitig zu drücken, um einen Neustart zu erzwingen. Denn obwohl er die Nachricht gar nicht mehr lesen wollte, stach ihm das Wort Freundin ins Auge.

Tu's für Lea. 11:24

Er spürte grenzenlosen Hass in sich aufsteigen.

Tu's für alle anderen. 11:24

Tu's für dich! Damit die Wut wieder weggeht! 11:24

Mit voller Kraft schleuderte er sein Handy gegen die Wand. Das Handy knallte zu Boden, das Display wurde schwarz und Finn zitterte am ganzen Körper. Er lehnte sich zurück und versuchte sich irgendwie zu beruhigen. Doch seine Gedanken ließen sich nicht ordnen. Weil es einfach nicht sein konnte, dass irgendwer seinen größten Wunsch kannte. Er hatte es Lea geschrieben, unzählige Male, dass er alles geben würde, um noch mal mit ihr reden und lachen zu können, aber er hatte es sonst niemandem gegenüber erwähnt. Wem auch.

Das Kindergeschrei von draußen wurde plötzlich immer lauter, Felix Jaehn grinste Finn immer noch an, als wäre nichts passiert. Er musste hier raus.

Mit einem Satz sprang er aus dem Bett und kramte nach einem Pulli in dem Wäschehaufen neben seinem Schreibtisch. Vor lauter Anspannung zog er ihn falsch herum an, riss ihn wieder runter, verwickelte sich fluchend in den umgestülpten Ärmeln und stand seinem Stiefbruder Paul gegenüber, der im Türrahmen lehnte und ihn wie neulich argwöhnisch beobachtete.

»Was?«

»Alles klar?«

»Ja.«

»Sieht aber nicht so aus.«

»Lass mich einfach in Ruhe. Okay?«

Finn zog sich ähnlich umständlich noch eine Jeans an, wobei er fast über seinen Schreibtischstuhl gestolpert wäre.

»Meinst du, mich interessiert, was du treibst? Deine Mum und mein Dad wollen, dass ich mich um dich kümmere.«

Finn lachte kurz auf. Ausgerechnet Paul. »Danke. Ich brauche niemand.«

Genervt klopfte er seine Jacke nach seinem Hausschlüssel ab, während Paul sich mit verschränkten Armen keinen Meter von der Tür wegbewegte.

»Wo willst du hin?«

Finn tat, als hätte er Pauls Frage überhört. Aber nicht, weil er ihm die Antwort vorenthalten wollte. Er kannte sie selbst nicht. »Hast du meine Schlüssel gesehen?«

»Nein, hab ich nicht. Noch mal: Wo willst du hin?«

»I c h w e i ß e s n i c h t.« Finn betonte jede Silbe, während er sich seine Sneaker anzog. »Und jetzt lass mich in Ruhe.«

»Nicht, wenn du mir nicht sagst, was du vorhast.«

»Frische Luft schnappen. Reicht das?«

Seit knapp einem Jahr wohnten sie jetzt als Fremde unter einem Dach. Es war der denkbar schlechteste Moment von Paul, sich als Bruder aufspielen zu wollen. Finn drückte sich an ihm vorbei durch die Tür. Doch er blieb einfach stehen.

»Fuck. Lass mich durch.«

»Das klappt nicht nach gestern Abend.«

»Was?«

»Dieses Weglaufen.«

Finn starrte seinen Stiefbruder an, um in seinem Gesicht ein Zeichen für Spott zu finden. Doch in seinen grauen Augen war davon nichts zu erkennen.

»Ich lauf nicht weg. Ich will nur raus.«

»Dann nimm dein Handy mit.« Paul deutete auf das am Boden liegende Gerät. »Und wenn du nicht erreichbar bist und ich deswegen Stress kriege, dann trete ich dir so was von in den Arsch. Verstanden?«

»Uh, das macht mir aber Angst. Spar dir das lieber für deine Freunde auf, die stehen da ja drauf.«

Noch während der letzte Satz nachklang, tat Finn bereits leid, was er da gesagt hatte. Er wollte Pauls Schwulsein nie gegen ihn verwenden, weil ihm das schon von Anfang an in ihrer Nicht-Beziehung zu billig vorgekommen wäre. Und nun hatte er es doch getan. Weil seine Wut auf alles irgendwie rausmusste.

»Fick dich.« Paul starrte ihn wütend an, und Finn hatte das Gefühl, sein Kopf würde gleich platzen. Kommentarlos bückte er sich nach seinem Handy und bemerkte erleichtert, als er wieder aufrechtstand, dass Paul einen Schritt zur Seite gemacht hatte.

Ohne ihn anzuschauen, ging Finn an ihm vorbei, hielt vor der Treppe nach unten aber noch mal an und flüsterte mehr zu sich als zu Paul: »Sorry, aber es ist einfach nicht normal, was gerade alles passiert.« Dann rannte er die Stufen nach unten und holte erst wieder Luft, als die blendende Frühlingssonne ihn vor der Haustür kurz zum Anhalten zwang.

MOBILE ANTONIA W. /// MAILBOX /// 05/05/20 /// 14:27:27**

»Hey Toni, Laptop, Handy und Watch sind gecheckt. Alles okay. Kein Virus, keine Spy-Software. Nichts, was da nicht hingehört. Das muss aber nichts heißen. Ist denn alles klar bei dir? Oder hast du ein Problem? Hab die Teile gerade bei deiner Mum abgegeben. Siehste ja, wenn du die Nachricht abhörst. Morgen in

der Pause? Dann können wir mal in Ruhe reden. Muss dir was Krasses über Miri erzählen. Die Alte hat so den Arsch offen, echt. Greetz, bis morgen, Luke«

FRANKFURT SACHSENHAUSEN, 14:32 (MEZ), ERICH-KÄSTNER-GYMNASIUM

Im Krankenhaus hatte man ihn angeblich wegen weiterer Untersuchungen nicht zu Jakob gelassen und am Main war aufgrund des schönen Frühlingswetters viel zu viel los, darum radelte Finn drei Stunden ziellos durch die Stadt und fand sich plötzlich auf dem verlassenen Pausenhof seiner Schule wieder. Vor dem Denkmal für seine Freunde, das er so unglaublich gern hassen würde. Weil dieses Ding kein Recht hatte, überhaupt zu existieren.

Aber es gelang ihm nicht. Das mit dem Hass. Dafür sah es viel zu hübsch aus. Und zu verlassen, ohne die ganzen Kameras und Reporter. Eigentlich genauso verlassen, wie er sich gerade fühlte.

Er legte sein BMX-Rad zur Seite, wischte sich Tränen aus den Augen, Fahrtwindtränen natürlich, und ging vorsichtig auf die acht Baumstämme zu, die durch eine neun Quadratmeter große Metallplatte ziemlich ungeordnet in den Boden gerammt waren. Es gab hohe und niedrige, dickere und dünnere Baumstämme, und oben auf jedem Baumstamm war ein goldener Gegenstand montiert, der an die Person erinnerte, für die er stand. Finn entdeckte sofort den goldenen Hockey-Ball, den Tareks Familie für ihn ausgesucht hatte. Und Gregors alten Labrador Helmut, in klein natürlich, der starb, als er kapierte, dass sein Herrchen nicht mehr nach Hause kommen würde.

›Betreten erlaubt‹ hieß ein Schild Finn willkommen. Und obwohl er Abstand halten wollte, betrat er die polierte Metallplatte, die jeden seiner Schritte mit einem kehligen Echo begleitete und damit alle Geräusche von außen erstickte.

Er quetschte sich zwischen den Baumstämmen hindurch. Das Holz war weich, glatt und warm und merkwürdigerweise tat es gut, es zu berühren. Plötzlich war er allein mit seinen Freunden. Keine Welt da draußen. Keine Gedanken, die wie eine Flipperkugel durch seinen Kopf rasten. Und auch keine panischen Ängste, die ihn die ganze Nacht wach gehalten hatten. Nur er und sie, ganz friedlich vereint.

Und die Frage, die ihn seit Monaten nicht losließ und die er zunächst leise und dann immer lauter vor sich hersagte, bis er sie mit voller Inbrunst in den stahlblauen Frühlingshimmel brüllte: »WARUM?«

Doch weder der Himmel, noch die strahlende Frühlingssonne schienen ihm die Antwort schuldig zu sein. Stattdessen erreichte ihn wie aus einer anderen Welt das Pausenklingeln. Ertappt rappelte er sich auf. Er musste verschwinden, bevor ihn jemand hier entdeckte. Weder seine Mitschüler noch irgendwelche mitleidigen Lehrer könnte er im Augenblick ertragen. Automatisch kramte er in seiner Jackentasche nach seinem Handy und realisierte zu spät, dass er genau das nicht tun wollte. Aber da sah er schon die neue Nachricht, die vor wenigen Sekunden angekommen war.

Es tut mir leid, Finn, dass es dir dreckig geht.
Bitte glaube mir: Ich kann es nicht ungeschehen machen, aber ich kann dir eine Antwort auf deine Frage geben, warum es passiert ist. 14:45

Finn lehnte den Kopf gegen Tareks Baumstamm, schloss die Augen und versuchte ruhig zu bleiben. In seiner Hand vibrierte es erneut.

Gehe bitte in die Turnhalle der Schule.
Ganz hinten im Geräteraum gibt's einen
im Boden eingelassenen Stromverteiler.
Der wird nie benutzt. Da findest du alles.
Den Rest erkläre ich dir später. R. M. 14:46

Als die App sich wieder wie von selbst geschlossen hatte, schaute Finn hoch. Und sein Blick fiel unmittelbar auf die Turnhalle, von der er noch ungefähr 300 Meter entfernt war.

6.

BERLIN CHARLOTTENBURG, 16:01 (MEZ), VILLA WAGNER

»Bist du das, Toni?«

Schnell zog Toni den Hausschlüssel aus dem Schloss. Das war jetzt genau das, was sie am wenigsten brauchen konnte. Ein Gespräch mit ihrer Mutter.

»Ja, gleich.« Sie hängte ihre Jacke an die Garderobe und verschwand auf der Gästetoilette. Irgendwie musste sie es schaffen, ihrer Mutter Normalität vorzuspielen. Beim Blick in den Spiegel war klar, dass das nicht einfach werden würde. Sie sah schrecklich aus. Ihre Augenringe, die sie schon am Morgen bemerkt hatte, waren jetzt noch dunkler. Und die rechte Hand war voller roter Farbe, die sie mit einfacher Seife nicht wegbekommen würde.

Hektisch versuchte sie, mit den aussortierten Kosmetikartikeln, die hier gelagert wurden, Schadensbegrenzung zu betreiben, und verfluchte diesen Tag, der so gut angefangen hatte. Mit Navid im Park. Sie beide – für immer. Und jetzt war nicht mal mehr klar, wann sie sich wiedersehen würden.

Sie hatte ihn gewarnt, wie sie es nach der Razzia bei ihrem ersten Treffen ausgemacht hatten. Ob Navid sich überhaupt noch an ihren Plan erinnerte? Es war nie wieder die Sprache davon gewesen, weil es ihnen einfach nicht mehr so wichtig erschien. Weil die Treffen, zu denen sie sich dank Graces Hilfe verabreden konnten, schon seit sechs Monaten unentdeckt geblieben waren.

Seit der Kündigung von Grace stellte sich aber alles anders dar und seit heute Nachmittag war jeder Bahnsteig entlang der Berliner Ringbahn mit einem roten Farbpunkt markiert. Am Ein- und Ausstieg des letzten S-Bahn-Waggons. Und weil Toni nicht mehr wusste, welche Seite sie ausgemacht hatten, war sie die Bahnhöfe in beide Richtungen abgefahren, um ihre Farbkleckse auf den Boden zu sprühen.

Viermal musste sie den Zug verlassen, weil ihr jemand eine Anzeige wegen Sachbeschädigung androhte. Einmal wurde sie sogar fast von einem Kontrolleur erwischt. Und sicher zehnmal hätte sie wütend losbrüllen können, weil sie die ganze Aktion für total sinnlos hielt. Aber sie hatte einfach keine Ahnung, wie sie Navid auf anderem Weg hätte erreichen können. Und er musste schließlich wissen, dass irgendwas nicht stimmte.

»Schatz, alles klar?«

Geistesgegenwärtig drückte Toni auf den Spülknopf der Toilette und versicherte ihrer Mutter, dass sie liebend gern einen Milchkaffee mit ihr trinken würde. Normalerweise stimmte das auch, weil es sich an gewöhnlichen Nachmittagen, solang sie allein waren, fast wie ein normales Mutter-Tochter-Verhältnis anfühlte. Aber heute war nichts gewöhnlich und schon gar nicht normal.

Nach einem letzten prüfenden Blick in den Spiegel setzte Toni ein Lächeln auf und trat vor die Tür.

»Geht's dir nicht gut?«

Toni stand ihrer Mutter direkt gegenüber und wich ihrem prüfenden Blick aus. Besorgt prüfend oder neugierig prüfend, die Grenzen waren fließend.

»Alles klar. Warum?«

»Weil du spät dran bist und ewig auf der Toilette warst.«

»Ey, was wird das? Ich musste halt dringend.«

»Ist ja schon gut.«

Toni tat ihre schnippische Antwort direkt leid, denn ihre Mutter konnte ja am allerwenigsten etwas dafür, dass ihr Vater mit der Kündigung von Grace absichtlich oder unabsichtlich einen Keil zwischen Navid und sie getrieben hatte. Sie hoffte zumindest, dass ihre Mutter nichts dafür konnte.

Sie folgte ihr in die Küche, wo bereits zwei Gläser mit Kaffee auf der Theke standen.

»Hier, bitte. 0,1 % Milch. Ist besser für uns.«

Da war wieder einer. Einer von vielen Sätzen, die Toni schon ein ganzes Leben begleiteten. ›Ist besser für uns.‹ Genau wie das sich ewig wiederholende ›Wir müssen mehr Sport machen‹. Toni brauchte Jahre, um zu kapieren, dass diese Botschaften sie wie Nadelstiche verletzten. Und weitere Jahre, bis sie realisierte, dass diese Sätze nicht von ihrer Mutter, sondern über ihre Mutter von ihrem Vater kamen. Und im Ursprung lauteten: ›Ihr müsst perfekt sein.‹

Dass sie das überhaupt erst kapierte, hatte sie, wie so vieles, Navid zu verdanken. Er öffnete ihr die Augen dafür, dass sie nicht das erfüllen musste, was andere, insbesondere ihre Eltern, von ihr erwarteten. Sondern dass sie ihre eigenen Träume brauchte, um im Leben glücklich zu werden.

Und weil er sich ihr mit seinen Träumen öffnete, tat sie es irgendwann auch. Und erzählte ihm von ihrem geheimen und plötzlich gar nicht mehr so lächerlichen Wunsch, Künstlerin zu werden. Graffiti-Künstlerin. Er lachte nicht, hörte zu und interessierte sich nicht nur für ihren Traum, sondern auch für ihre Vorstellung vom Leben und von der Liebe, von der sie bis dahin gar nicht wusste, dass sie die besaß. Und sie saugte das Selbstbewusstsein in sich auf, das Navid ihr allein durchs Zuhören gab.

Von dem Moment an taten zwar die stichelnden Sätze kaum noch weh, aber die Sehnsucht, von ihren Eltern einfach nur geliebt und nicht bevormundet zu werden, blieb trotzdem. Und schien sich auch so schnell nicht zu verflüchtigen.

»Du siehst schlecht aus. Wir müssen die Tage mal was für unsere Haut tun.«

Toni trank ablenkend einen Schluck Kaffee. Immerhin dieses Mal hatte ihre Mutter recht. Sie sah wirklich fertig aus.

»Ja, klar. Bin nur früh aufgestanden wegen Sport. Und Schule war anstrengend.« Toni holte einmal tief Luft und ging zum Frontalangriff über. »Du, sag mal, stimmt das mit Grace?«

Ihre Mutter schaute überrascht auf. »Woher weißt du das schon? Ich wollte es dir gerade schonend beibringen.«

»Hab Papa auf dem Weg zur Schule getroffen. Beziehungsweise er mich.«

Ihre Mutter seufzte selbstmitleidig auf. »Ist es nicht furchtbar nach all den Jahren? Das ganze Vertrauen in Grace, alles verpufft.«

»Und was hat sie dir geklaut?«

»Geld.«

»Sicher?«

Der Ton ihrer Mutter wurde strenger. »Klar sicher. Was denkst du denn?«

»Na ja, keine Ahnung. Ich mein halt nur, warum hat sie jetzt plötzlich geklaut. Nach acht Jahren. Das ist doch schon irgendwie komisch.«

»Keine Ahnung. Vielleicht hat sie Geldprobleme. Aber dann hätte sie was sagen müssen. Klauen geht gar nicht.«

»Und wie hast du das bemerkt?« Toni wollte es einfach nicht wahrhaben.

»Was?«

»Dass dir Geld fehlt.«

»Papa hat's zum Glück bemerkt.«

»Hä? Der hat bemerkt, dass DIR Geld fehlt?«

»Ja, hat er.« Sie stand auf. »Du willst nicht, dass ich dich verhöre, aber machst genau dasselbe.«

»Ich will ja nur wissen, wie er das bemerkt hat? Kontrolliert er dein Portemonnaie?«

»Toni, ich weiß wirklich nicht, was du von mir hören willst. Dein Vater hat gesagt, Grace klaut, und ich habe keinen Grund, das anzuzweifeln.«

»Aber es geht um *Grace*, du musst da doch mal nachfragen! Du kannst doch nicht alles hinnehmen, was er sagt. Vielleicht war es nur ein Versehen.«

Einen kurzen Moment machte ihre Mutter den Eindruck, als würde sie Toni recht geben. Aber nur ganz kurz, schnell gewann ihre professionelle Fassade wieder die Oberhand. Sie wandte sich in Richtung Wohnzimmer ab.

»Ich vertraue ihm, wie es normal ist in einer Familie. Aber Grace hat unser Vertrauen missbraucht und du …« Abrupt brach ihre Mutter den Satz ab und wandte sich zum Gehen.

Toni stockte der Atem. »Was ist mit mir?« Sie ging ihrer Mutter hinterher. »Mama, was meintest du damit?«

Ihre Mutter drehte sich um und Toni blieb verblüfft stehen. Etwas ehrlich Verletztes lag in ihren Zügen und ließ ihr sonst so kontrolliertes Gesicht völlig fremd wirken.

»Ich sollte dir eigentlich nichts sagen. Aber ich hätte gern von dir erfahren, dass du einen festen Freund hast. Darüber reden Mütter und Töchter doch.«

»Woher weißt du das?«, stotterte Toni perplex.

»Papa hat das erwähnt. Er meinte auch, dass der Junge dir nicht guttut. Aber das sind sicher nur typische Sorgen von Vätern.«

Toni konnte gar nichts darauf sagen. Sie hatte ja schon geahnt, dass ihr Vater mehr wusste, als er zugab. Aber die Bestätigung, dass es so war, machte sie sprachlos. Woher wusste er das?

»Ich finde auch ehrlich, dass er ganz nett aussieht.«

»Wer?« Es wurde immer schlimmer.

»Na, dein Freund. Er wollte doch vorhin kurz zu dir.«

»Er war hier?«

»Mit deinem Laptop und deinem Handy. Er wollte aber nicht auf dich warten.«

Tonis rasende Gedanken machten eine Vollbremsung: Luke. Eigentlich Lucia, ihre lesbische Freundin aus der Parallelklasse, die alle Mädchen-Klischees so sehr entkräften wollte, dass sie manchmal gar nicht mehr merkte, wie sehr sie das Klischee eines Jungsleben lebte.

Ihre Mutter kam auf sie zu und nahm sie umständlich in den Arm. »Toni, wenn irgendwas ist, du kannst jederzeit zu mir kommen. Wir sind doch ein so gutes Team. Und mach dir keine Gedanken wegen Papa. So sind Väter nun mal.«

Lächelnd löste sie sich von Toni, drehte sich um und verschwand im Wohnzimmer. Toni wartete angespannt, bis die Glastür zugefallen war, und rannte dann, so schnell sie konnte, die Treppe nach oben in ihr Zimmer.

MIND-HACK /// ACTIVE ANONYM. /// 05/05/20 /// 16:34:18**

Finn tastet sich einen dunklen Gang entlang. Seit er die VR-Brille, die tatsächlich in dem beschriebenen Versteck lag, aufgesetzt und das vorinstallierte Mind-Hack gestartet hat, befindet er sich in dem Berliner Club, den er nur einmal in seinem Leben besucht, aber sofort wiedererkannt hat. Seine ganze Klasse war hier zum Feiern, einen Abend bevor es passierte. Und trotzdem breitet sich ein gutes Gefühl in ihm aus, weil diese Location noch für was ganz anderes in seinem Leben steht: für seine Beziehung mit Lea.

Aber warum ist er hier? Welcher Film läuft in dieser virtuellen Realität gerade ab? Was hat Merks vor, wenn er es überhaupt ist?

Noch kapiert er gar nichts, aber die Musik ist wie an dem Abend vor sechs Monaten. Erst schallt Bad Guy nur gedämpft durch den Gang, plötzlich ganz klar und laut.

Und schon steht er auf der übervollen Tanzfläche. Um ihn herum Leute in seinem Alter, verschwitzt tanzend, fröhlich la-

chend. Es sind sogar Leute aus seiner Klasse da. Max und Tabea laufen an ihm vorbei. Tarek und Gregor auch? Jakob? Lea? Er sieht sie nicht. Und niemand scheint ihn zu bemerken. Auch nicht, als er sich wie die anderen im Takt bewegt.

Krass, wie real das alles wirkt.

»Finn, schön, dass du da bist.«

Vor Schreck macht er einen Satz nach vorn, will sich an einem Mädchen abfangen, das gar nicht existiert, und stolpert dadurch erst recht. »Fuck!«

»Sorry, wollte dich nicht erschrecken.«

Finn rappelt sich auf und traut seinen Augen nicht. Vor ihm auf der Tanzfläche steht tatsächlich sein ehemaliger Lehrer.

»Was zur Hölle soll …?«

Finn spricht nicht zu Ende. Er holt aus und versucht mit seiner krampfhaft geschlossenen Faust das lächelnde Gesicht des Lehrers zu treffen. Vergeblich. Die Faust rast ins Leere und Finn droht erneut zu fallen.

»Bitte, Finn, ich verstehe dich. Aber das, was du vorhast, funktioniert nicht. Lass es mich erklären.«

Finn hort Merks gar nicht zu. Er brüllt ihm die angestaute Wut und Trauer entgegen, wie er es sich sechs Monaten lang vorgenommen hatte. Schlagartig wird die Musik leiser. Er schaut sich um. Niemand scheint die Veränderung zu bemerken. Niemand sieht den Lehrer, der ihm nicht mehr von der Seite weicht. Alle tanzen weiter wie in einem Kokon und freuen sich egoistisch über den geilsten Abend ihres Lebens. What the fuck!?

»Finn, gib mir fünf Minuten.«

Er dreht sich weg, weil er die sanfte Stimme und das freundliche Lehrergesicht auf dem Display nicht mehr ertragen kann.

Zu oft hatte er es sich im Netz angeschaut und darin vergeblich nach einer Antwort gesucht.

»Warum ausgerechnet hier? Was soll das?«

»Weil ich weiß, dass du hier glücklich warst.«

»Was? Woher?«

»Du hast es selbst erzählt. Auf dem Weg zurück zum Hostel hat Lea dich damals geküsst. War es nicht so?«

»Das ist lächerlich. Ich hab das niemandem erzählt. Und schon gar keinem blöden Lehrer-Avatar.«

»Du hast Mails und Nachrichten geschrieben. An Lea und Jakob. Und unter anderem davon speist sich deine CI, deine Clone Identity. Wir alle hier – bis auf dich – sind reine Daten-Existenzen. Aber dich gibt es natürlich auch als CI. So wie es mich gibt. Und Lea. Und deinen Stiefbruder Paul. Und …«

»Was für ein Bullshit. Ich glaub Ihnen kein Wort.«

Finn merkt, dass Wegdrehen nicht funktioniert. Denn kaum hat das Bild sich wieder vollständig aufgebaut, steht der Lehrer erneut vor ihm. Ihm ist schwindlig. Die Tanzfläche dreht sich unter ihm. Nicht andersrum.

»Du bist hier. Du bist meinen Anweisungen gefolgt. Jetzt hör mich bitte an.« Und nach einer minimalen Pause, wie um zu verhindern, dass Finn komplett abblockt: »Ich hab die Bombe nicht gezündet. Der Anschlag galt mir. Das ist die Wahrheit. Ich bin ein Opfer dieses Attentats. Genau wie du eins bist – und Jakob und Tarek und Gregor und Lea und Yasemin und Solveig und Kollegin Sommer und Michael und …«

Finn wünscht sich die laute Musik zurück. Er will wieder Teil der Tanzfläche sein. Er will wieder das gute Gefühl spüren, das ihn vor wenigen Minuten sechs Monate in die glückliche Vergangenheit katapultierte.

Doch es will sich nicht mehr einstellen. Stattdessen dringen ganz langsam die letzten Sätze von Merks in sein Bewusstsein. Er ist ein Opfer, wie die anderen es sind – und er kennt ihre Namen.

»Finn, ich hab dir die Nachrichten geschrieben, weil ich deine Hilfe brauche. Du musst diejenigen stoppen, die mich und deine Freunde getötet haben. Es sind die, die das Projekt Mind-Hack, das ich mitentwickelt habe, für ihre Zwecke missbrauchen wollen.«

Finn hört zwar, was der Lehrer sagt, doch er kann sich kaum auf einzelne Wörter konzentrieren. Er fühlt sich, als würde er krank werden. Die Brille drückt auf seinen Nasenrücken. Auf seiner Stirn bilden sich Schweißperlen – wie beim Tanzen damals in diesem viel zu heißen Club. Die Illusion ist perfekt und lässt ihn noch mehr schwitzen.

»Sie wollen die absolute Kontrolle. Sie wollen Macht. Sie wollen mit diesem Projekt die Welt neu ordnen – aber nach ihren Spielregeln. Dabei haben sie keine Ahnung, wie wenig Kontrolle sie überhaupt noch über dieses System haben.«

Finn starrt den virtuellen Lehrer an, der auf eine Reaktion von ihm wartet. Spielregeln waren ein gutes Stichwort. Was soll dieses Spielchen hier? Er steht im Geräteraum der Schulturnhalle und lässt sich von einem ziemlich echt wirkenden VR-Game für blöd verkaufen. Denn von wegen Opfer. Sein Lehrer ist keins. Er ist der Täter. Er hat die Bombe gezündet. Er hat vor sechs Monaten seine Macht über Leben und Tod gnadenlos ausgespielt. Das ist die Wahrheit. Doch schon während sich seine Gedanken überschlagen, spürt Finn, dass er Wahrheit, Realität und diese Computerwelt nicht mehr auseinanderhalten kann. Dass sich alles irgendwie vermischt. Ist diese Kopie vor ihm wirklich sein Lehrer? Gibt es jemanden, der ihn steuert? Der ihm die Nach-

richten auf sein Handy geschickt hat? Es muss jemanden geben. Aber was will dieser Jemand? Warum will er ihn glauben machen, dass Merks unschuldig ist? Warum dieser Aufwand, wenn es nur um ihn geht? Wenn das Ganze nur eine Verarsche ist. Was meinte Merks mit ›Welt neu ordnen‹? Woher weiß er von dem Kuss? Und warum verdammt redet er jetzt schon wieder von Merks, obwohl er diesem Klon gar nicht glaubt, dass er sein Lehrer ist? Oder glaubt er ihm doch? Es kann nicht sein.

Finn schließt seine Augen, die Musik wird lauter. Elektrobässe wummern und lassen sein Zwerchfell vibrieren. Ihm wird schlecht, er muss hier raus. Fuck, was heißt hier raus. Er ist nicht im Club. Er kann einfach die Brille abziehen und …

Plötzlich ist er von dem Club weit entfernt. Er steht vor dem Brandenburger Tor. Die Sonne scheint, die Menschen gehen fröhlich lachend durch ihn hindurch. Es sieht aus wie damals.

Es ist damals.

Es wirkt wie die Bilder einer Überwachungskamera. Vieler Überwachungskameras. Und er mittendrin. Er sieht seine Mitschüler, er sieht seine Jungs, er sieht Lea und sich selbst bei ihnen ankommen. Von der anderen Seite steuert Merks auf die Schülergruppe zu. Der echte Merks.

Nein.

Finns Herz beginnt zu rasen. Er muss seine Freunde warnen. Er muss sich selbst warnen. Drei Schritte später steht er vor Tarek und Gregor, die ihm schon entgegenkommen. Er brüllt sie an, dass sie weglaufen müssen. Er stellt sich ihnen verzweifelt entgegen, doch sie hören seine panische Stimme nicht. Sie gehen wie alle anderen durch ihn hindurch. Und seine Schreie bleiben wie seine Tränen in der Brille gefangen.

Sein Blick fällt auf Lea und sich. Und auf ihren letzten Kuss.

»Bitte, bitte, lauft weg.« Finns Stimme ist nur noch ein Flüstern. Er weiß genau, dass es nichts mehr bringen wird. Er sieht hilflos, wie Lea ihm ihren letzten Satz zuflüstert. Diese letzten Worte, deren Inhalt er vermutlich niemals erfahren wird.

»Finn, du kannst den Lauf der Dinge nicht mehr ändern. Aber du kannst den Lauf der Dinge besser verstehen.«

Da erst bemerkt er wieder diesen Lehrer-Avatar, der wohl schon die ganze Zeit neben ihm stand und ihn beobachtete.

»Konzentriere dich mal hierauf. Sie dachten, es wäre auf allen Überwachungskameras gelöscht. War es aber nicht. Ich war schneller.«

Finn folgt dem Zeigefinger seines Lehrers, der auf seinen Lehrer deutet. Die CI von Merks deutet auf den echten Merks im Hintergrund. Doch bevor Finn weiter über diese Absurdität nachdenken kann, beobachtet er, wie der echte Merks in seiner Umhängetasche wühlt, eine Klarsichtfolie mit Eintrittskarten rauszieht und dann überrascht innehält. Vorsichtig zieht er ein Kästchen aus der Tasche und betrachtet es, als würde er es tatsächlich zum ersten Mal sehen. Angespannt öffnet er den Deckel und sein ganzer Körper erstarrt: Eine digitale Uhr zählt die letzten fünf Sekunden runter.

Vier. Merks schaut sich panisch nach seinen Schülern um.

Drei. Er holt mit seinem Arm aus, merkt aber noch rechtzeitig, dass es keinen Sinn hat, die Bombe lediglich 50 Meter wegzuschmeißen. Zwei. Er konzentriert sich, bemüht sich, ruhig zu bleiben, zieht einige Kabel raus, um die Bombe zu entschärfen.

Eins. Die Uhr bleibt stehen. Merks atmet aus. Er kann sein Glück nicht fassen. Lächelt seine Kollegin Sommer an, die ihn irritiert beobachtet.

Null.

BERLIN CHARLOTTENBURG, 17:28 (MEZ), VILLA WAGNER

Tonis Herz wollte einfach nicht langsamer schlagen. Sie saß seit einer Stunde regungslos auf ihrem Bett und versuchte ihre Gedanken zu ordnen. Die Nachricht von ihrer Freundin Luke hatte sie dreimal abgehört. Alles war angeblich in Ordnung. Zumindest mit ihrem Handy und ihrem Laptop. Warum fühlte es sich dann so gar nicht danach an?

Ihr Vater wusste über Navid Bescheid, so viel stand fest. Er wusste von ›ihrem Freund‹ und im Gegensatz zu ihrer Mutter hielt er garantiert nicht Luke dafür.

Tausend Fragen spukten in ihrem Kopf herum: Woher wusste er es? Hatte er eine Nachricht von Navid gefunden? Und Grace deswegen entlassen? Aber warum sprach er sie nicht einfach darauf an? Warum entließ er Grace, die ihre Nachrichtenüberbringerin war, statt ihr auf den Kopf zuzusagen, dass er die Beziehung zu Navid missbilligte?

Toni zwang sich zur Ruhe. Noch mal von vorn: Woher könnte ihr Vater Bescheid wissen? Er wusste nach der Razzia in der Fabrik, dass es da jemanden gab, der früher in ihrer Klasse war. Er kannte auch den Namen von Navid. Aber was da genau zwischen ihnen lief, also dass Navid damals und heute noch ihr fester Freund war, das war nie zur Sprache gekommen. Weder während dieses Verhörs noch später zu Hause und schon gar nicht auf den handgeschriebenen Treffpunktnotizen. Das wusste einfach niemand, nicht mal jemand aus ihrer Klasse – außer Grace.

Aber Grace hätte sie niemals verraten. Niemals.

Unwohl schaute Toni sich in ihrem Zimmer um. Würde ihr Vater wirklich so weit gehen und ihr Zimmer durchsuchen? Ihr Blick fiel auf das Billy-Regal neben ihrem Schreibtisch.

Und auf die sieben *Harry-Potter*-Bände, die zwischen den ganzen Sneaker-Schachteln voller Spraydosen, jeder Menge Schulkram und einigen Skizzenbüchern wie ein geheimnisvolles Relikt aus längst vergangenen Zeiten wirkten.

Sie hätte sich ein besseres Versteck suchen oder das einzige übrig gebliebene Foto von ihr und Navid vernichten sollen.

Mit zwei Schritten stand Toni vor dem Regal. Hektisch zog sie *Der Gefangene von Askaban* aus dem Regal und riss den Einband runter. Sie hatte das Polaroid-Foto, das sie und Navid glücklich vor seiner frisch besprühten Wohnzimmerwand zeigte, in den Umschlag geklebt. Und da war es auch noch. Und nichts sah danach aus, als hätte es jemand außer ihr in der letzten Zeit rausgenommen.

Toni war für einen Moment beruhigt, doch während sie das Foto schweren Herzens in kleine Schnipsel schnitt, wurde ihr klar, dass sie bei der Beantwortung ihrer Fragen noch keinen Schritt weiter war. Selbst wenn ihr Vater ihr Handy irgendwie hätte orten können, hätte er noch längst nicht daraus schließen können, dass sie und Navid ein Paar waren.

Außer er war ihr gefolgt. Und hatte sie gesehen.

Aber warum hatte er ihre Beziehung zu Navid dann nicht direkt unterbunden? Warum hatte er Navid dann nicht längst an diese Beamtin vom LKA verraten, die sie damals verhört hatte? Oder an jemanden von der Asylbehörde? Nein, auch das ergab keinen Sinn. Toni verzweifelte langsam, denn jede Antwortmöglichkeit ließ nur neue Fragen aufploppen.

Sie sammelte die Schnipsel zusammen, um sie später in der Toilette runterzuspülen, und stellte *Harry Potter* zurück ins Regal. Dabei entdeckte sie das hinter den Büchern versteckte Prepaid-Handy, das sie vergeblich für Navid besorgt hatte. Er wollte es nicht, weil er Angst davor hatte, dadurch geortet zu werden. Dabei hätte es so vieles einfacher gemacht. Sie hätten sich schreiben können, sie hätte ihn damit warnen können, statt völlig idiotische Zeichen auf die Ringbahnhöfe zu sprühen, sie …

Sie kramte in ihrer Tasche nach dem Sweatshirt, das Navid ihr im Austausch mit dem neuen gegeben hatte. Verzweifelt vergrub sie ihr Gesicht darin und ließ sich durch Navids Geruch, der dem Pulli anhaftete, für einen kurzen Moment davontreiben. Zu ihm, in eine Welt, in der sie glücklich sein durften und in der niemand verfolgt wurde. Weder er, noch sie, noch sie beide zusammen. Aber wo war diese Welt? Warum gab es Menschen wie ihren Vater, der diese Welt torpedierte? Als sie spürte, dass sie ihre Tränen nicht zurückhalten konnte, nahm sie den Pulli schnell von ihrem Gesicht, um Navids Besitz nicht mit Mascara zu verschmieren. Und entdeckte gleichzeitig, dass ihr Handy selbstständig dabei war, sich wieder einzuschalten. Sie hatte keine Ahnung, was da gerade passierte. Ihr kam nur der Satz aus Lukes Nachricht wieder in den Sinn, der alles offenließ: ›Das muss aber nichts heißen.‹ Ihre Tränen versiegten auf der Stelle, weil ein anderes Gefühl übermächtig wurde: hilflose Angst.

MOBILE PAUL S. /// **WHATSAPP** /// **05/05/20**** /// **17:36:50**

Hey Paul, wie gesagt: Ich bin morgen in Frankfurt.
Vielleicht hast du Lust und Zeit
auf unser erstes Treffen seit …?
Würde mich freuen. Jonas 17:36

18:01 Ich meld mich.

BERLIN MITTE, 18:12 (MEZ), GEHEIMDIENSTZENTRALE

Karsten Wagner schwitzte, obwohl der Neubau seines Arbeitgebers perfekt klimatisiert war. Aber es ging um nichts weniger als um seine berufliche Zukunft und er durfte jetzt nichts vermasseln.

Sein Chef testete *Mind-Hack*.

Mit der VR-Brille auf dem Kopf und den ungelenken Bewegungen gab sein oberster Abteilungsleiter zwar ein selten lustiges Bild ab, doch Wagner war nicht nach Lachen zumute. Er beobachtete ihn angespannt, hörte zu, wie er ungläubig mit den angesteuerten CIs auf Arabisch diskutierte, und hoffte, dass die Begeisterung über die Möglichkeiten mit *Mind-Hack* das Attentat vom Brandenburger Tor endgültig vergessen machen würde. Dieser Anschlag hätte ihn damals fast den Job gekostet und hing ihm hier im Büro immer noch nach, dabei wollte niemand kapieren, dass es keinen anderen Ausweg gegeben hatte, dieses einmalige Projekt zu retten. Klar, um die Kinder tat es ihm auch leid, aber er war nach wie vor davon überzeugt, dass man für die neue, digitale Weltordnung Opfer bringen musste.

Immerhin verabschiedete die Regierung nach dem Attentat in einem Hauruckverfahren ein Gesetz, das ihnen als Geheimdienst eine problemlosere Datensicherung und -speicherung ermöglichte, sodass der Tod der neun Unschuldigen in den Augen seines Chefs doch etwas Gutes hatte, er bleiben und *Mind-Hack* auch trotz der enormen Kosten weiter vorantreiben durfte.

Bis heute hatte das Projekt ungefähr eine Milliarde verschlungen. Geld, das sie in den letzten vier Jahren heimlich von ihrem Budget abzweigen mussten, damit weder intern noch extern jemand Wind von *Mind-Hack* bekam. Nur ein relativ kleiner Betrag ging dabei an die Entwickler, viel mehr Geld verschlangen die notwendigen Speicher- und Rechnerkapazitäten, die unter dem neuen Berliner Flughafen unter strengsten Sicherheitsvorkehrungen installiert werden mussten.

Und jetzt brauchte er das endgültige Go, um mit seinem kleinen Team aktiv werden und die Möglichkeiten von *Mind-Hack* inoffiziell offiziell in vollem Umfang nutzen zu können. Denn sollte sein Chef doch noch kalte Füße bekommen, wäre alles umsonst gewesen.

»Es ist … ganz interessant.«

Bedächtig nahm sein Chef die Brille ab und ordnete mit der linken Hand seine dünnen Haare. »Dieser Klon von diesem Murat Khatib. Oder dieses CI, oder wie ihr das auch immer nennt: Was der mir gerade alles verraten hat. Wir könnten jetzt direkt eine Einheit losschicken und den halben Clan hochnehmen.«

»Dann tun wir's doch.« Wagner wollte die spärliche Euphorie seines Chefs befeuern. »Genau dafür ist *Mind-Hack* doch da.«

»Wagner, Wagner … Sie wissen es und ich weiß es und ich weiß auch, dass Sie es wissen: Das ist nur die halbe Wahrheit.«

»Aber die Bekämpfung von Verbrechen und Terrorismus rechtfertigt alles.«

Sein Chef wurde lauter. »Stellen Sie sich nicht blöd, Wagner. Sie wissen genau, wo hier das Problem liegt. Wir greifen ohne irgendeine Zustimmung Daten von Menschen ab, von jedem Menschen, ob schuldig oder unschuldig, also quasi proaktiv, und erwecken diese Daten mithilfe von irgendwelchen Algorithmen zum Leben. Das ist mit dem Datenschutzgesetz der Bundesrepublik nicht vereinbar. Vor keinem Gericht würden wir damit durchkommen.«

»Unsere Vorgehensweise wird in den deutschen Gesetzen zumindest nicht explizit ausgeschlossen.« Langsam nervte ihn diese Bedenkenträgerei. Schließlich hatten sie diese Themen schon mehrfach durchgekaut. Doch Wagners lapidare Antwort ließ die Gesichtsfarbe seines Chefs in einen gefährlichen Rot-Ton wechseln.

»Weil dieser Fall außerhalb der Vorstellung von allen lag, die an dem Gesetz mitgearbeitet haben, verdammt. Wenn das rauskommt, dann sind Sie Ihren Job los. Dann bin ich meinen Job los. Dann wird es unseren Geheimdienst, so wie er im Moment noch existiert, nicht mehr lange geben. Das wäre der letzte Skandal, den diese Behörde erlebt.«

Wagner drehte sich zum Fenster. Er konzentrierte sich kurz auf den Berliner Hauptbahnhof, der in knapp zwei Kilometer Entfernung in der untergehenden Abendsonne fast so rot leuchtete wie das Gesicht seines Chefs, und auf seine nächsten Sätze, die er sich schon seit Tagen zurechtgelegt hatte. Wie geplant, stellte sein Chef sich neben ihn.

Er begann demütig: »Ja, okay, das mit den Daten ist eine Grauzone. Aber sollen wir das Projekt nur deswegen stoppen? Sollen wir es direkt den Amis oder den Chinesen überlassen, nur weil denen digitale Persönlichkeitsrechte egal sind? Mit *Mind-Hack* wären wir anderen Geheimdiensten nicht nur bei Weitem überlegen, wir hätten andere Länder bei der digitalen Entwicklung auf einen Schlag überholt.«

»Na ja.« Sein Chef wollte seine Argumente entkräften,

doch Wagner wusste genau, dass er jetzt nicht lockerlassen durfte.

»Hier haben wir mit ein paar Nerds das geschafft, wovon die Wissenschaft seit Jahrzehnten träumt. Unsere CIs werden dank der Unmenge an gesammelten Daten in Kombination mit unseren lernfähigen Algorithmen zu einer Art Superintelligenz. Das gab es noch nie. Das hat noch kein Mensch geschafft. Trotz milliardenschwerer Förderprogramme. Dieses Potenzial dürfen wir nicht ungenutzt und schon gar nicht anderen Ländern überlassen.« Er holte tief Luft, um mit einem geklauten Satz seines Chefs zum schlagkräftigsten Argument auszuholen. »Wer gewinnt denn Kriege? Die, die sich an Gesetze halten – oder die, die Neues wagen und überraschende Wege gehen? Dass wir uns in einem digitalen Krieg befinden, das lässt sich schließlich nicht mehr leugnen.«

Das saß. Im schalldichten Büro waren nur ihre Atemzüge zu vernehmen, das Berliner Grundrauschen, das normalerweise mit dem Feierabendverkehr ohrenbetäubend anschwoll, war von oben nur als stummer, rot-weißer Wurm wahrzunehmen. Wagner genoss seine Kunstpause, weil er spürte, dass sein Chef angebissen hatte.

»Neue Wege gehen.«

Sein Chef sprach mehr zu sich selbst als zu Wagner. »Es ist schier unglaublich, was wir damit erreichen könnten. Wir könnten unbemerkt politische Strömungen unterwandern und sie auslöschen, bevor ein Brandherd entsteht.« Fast schon strahlend drehte er sich zu Wagner um. »Es wäre möglich, ganze Regierungen zu stürzen und feindliche Geheimdienste zu enttarnen.«

Wagner strahlte zurück. »Wir können mit *Mind-Hack* unsere ganz eigene Welt kreieren. Nach unseren Vorstellungen. Nach unseren Werten. Wir können Menschen damit auf die Linie bringen, die unserer Linie entspricht.«

»Wir wären die Nummer 1. Wir hätten unvorstellbare Macht.« Plötzlich war die Euphorie aus der Stimme seines Chefs verschwunden und er wurde ernst. »Wie sicher ist es?«

»Es ist sicher. 1000-prozentig. Wir greifen die einzelnen Daten auf dem Weg zu den jeweiligen Speichermedien ab. *Mind-Hack* ist also auf Servern oder auf den digitalen Geräten der Menschen unsichtbar. Nur ganz wenige Personen bekommen via App einen Zugang in diese Welt.«

»Wie viele Menschen wissen davon?«

»Nur mein Team, Sie und ich. Und die Entwickler natürlich. Aber die werden gut bezahlt und wissen, dass sie endgültig im Knast landen, wenn irgendwas davon nach außen dringt.«

»Und Sie haben das wirklich im Griff? Also dieses System, von dem Sie die ganze Zeit reden? Oder übernehmen diese Klone irgendwann uns?«

Wagner verkniff sich ein Lächeln.

»Keine Angst, das passiert nur in Science-Fiction- und Horror-Filmen aus den Nullerjahren. Wir werden die CIs immer unter Kontrolle haben.«

»Na, dann …« Sein Chef nahm die VR-Brille noch mal in die Hand und studierte sie genau. »Sorgen Sie dafür, dass es sicher und geheim bleibt. Wenn das den falschen Leuten zu Ohren kommt, dann Gnade Ihnen Gott.«

Wagner hatte es geschafft. Das finale Go war nur noch einen Steinwurf entfernt. »Sollte das passieren, was ich mit allen Mitteln zu verhindern weiß, biete ich Ihnen an, ganz allein die Verantwortung zu übernehmen.«

Sein Chef drehte sich ruckartig wieder zu ihm um. »Und wissen Sie was, Wagner, das ist auch das Mindeste. Sie tragen hier ganz allein das volle Risiko. Eine steile Karriere bei Erfolg, ein noch viel steilerer Absturz bei Misserfolg. Mein Name wird in diesem Zusammenhang nirgends auftauchen. Sie werden sich für den größten Datendiebstahl der Geschichte verantworten müssen.«

Wagner nickte, denn er machte sich überhaupt keine Sorgen, dass dieser Fall eintreten könnte. Vielmehr wartete er auf die endgültige Freigabe.

Sein Chef atmete einmal tief ein. »Okay, dann lassen Sie *Mind-Hack* von der Leine.«

Yes, endlich hatte er das, was er wollte. Doch statt sich übertrieben zu freuen, blieb er äußerlich cool. »Danke. Ich verspreche Ihnen, Sie werden es nicht bereuen.«

»Das hoffe ich. Und jetzt raus mit Ihnen. Dieses Gespräch hat niemals stattgefunden.«

Wagner nickte übertrieben zustimmend und verachtete seinen Chef gleichzeitig dafür, so ein Feigling zu sein. Als seine Hand bereits auf dem Türgriff lag, hörte er noch ein Räuspern. »Gute Arbeit, Wagner. Ich wusste immer, dass sich Ihre Stasi-Ausbildung irgendwann noch auszahlt. Es gibt leider nicht mehr viele von Ihnen, aber Sie sind und bleiben wirklich unsere besten Männer.«

Wagner nickte devot freundlich und war sich noch nie so sicher wie in diesem Moment, dass er eher früher als später aus dem Karrierekampf mit seinem Chef als Sieger hervorgehen würde.

MIND-HACK /// AKTIV ANONYM. /// 05/05/20 /// 18:21:55**

Finn zittert am ganzen Körper, weil der Echtzeit-Film seines Lebens einfach kein Ende nehmen will. Das abgesperrte Trümmerfeld am Brandenburger Tor ist voller Polizei, Spurensicherung und Presse. Die meisten Krankenwagen sind schon wieder abgefahren, zwei Leichenwagen warten noch auf ihre Fracht. Wüsste er nicht, dass es unmöglich ist, würde er die tröstende Hand seines Lehrers auf seinem Rücken fühlen. Wäre es aber doch möglich, weiß er, würde es auch keinen Trost bringen.

»Du solltest das nicht sehen.«

»Ich dachte, ich soll es verstehen.«

»Was die gemacht haben, ist nicht zu verstehen.«

»Und darum werden sie nicht zur Rechenschaft gezogen? Weil es niemand versteht?«

»Nein, weil es niemand weiß. Es gibt niemanden mehr, der sie kontrolliert. Sie kontrollieren sich selbst und sind jetzt schon zu mächtig. Und mit Mind-Hack werden sie noch mächtiger.«

»Und ausgerechnet ich soll sie stoppen?«

»Du sollst Mind-Hack stoppen. Ich brauche jemanden in der realen Welt, den ich erreichen und dem ich vertrauen kann. Und das bist du. Ich brauche dich in Berlin. Aber ich werde auch dafür sorgen, dass du nicht allein bist. Was du genau tun musst, verrate ich dir nach und nach. Wenn du zu schnell zu viel weißt, ist es zu gefährlich. Sie werden das Programm mit aller Gewalt verteidigen.« Sein Lehrer dreht sich Finn zu. »Wirst du mir helfen?«

Finns Aufmerksamkeit wird von einem Polizisten abgelenkt, der wild gestikulierend einen Notarzt anfordert. Er scheint unter dem eingestürzten U-Bahn-Aufzug eine weitere verletzte Person entdeckt zu haben.

Finn geht an seinem Lehrer vorbei und bewegt sich virtuell auf die immer hektischer werdende Szenerie zu. Und während neben ihm ein Notarztwagen mit quietschenden Reifen zum Stehen kommt, sieht er, wie Jakobs bewusstloser Körper aus den Trümmern geborgen wird. Eine Glasscheibe des Aufzugschachts steckt quer in seinen Oberschenkeln.

Finn hält unter seiner Brille den Atem an. Bis Jakob plötzlich die rot unterlaufenen Augen öffnet und ihn direkt anschaut. Und obwohl Finn weiß, dass das genauso wenig sein kann, wie die Hand des Lehrers auf seinem Rücken zu spüren, lässt er Jakobs schmerzhaften Blick bis in sein Herz vordringen. In dem Moment weiß er, was er zu tun hat. Für Jakob. Für Lea. Für sich. Für alle anderen.

Dann wird alles um ihn herum plötzlich schwarz. Nur in der rechten Ecke seines Sichtfelds blinkt ein Schriftzug auf: ERROR.

7.

TOR BROWSER /// CHAT EXT. /// 05/05/20 /// 23:02:19**

Room: Lab3 – II user online

23:02:19	[winston84]	er hat kontakt mit einem schüler aus seiner ehemaligen klasse
23:02:22	[@Hektor]	Verarschen Sie mich?
23:02:31	[winston84]	nein / darum der break down / sind schon dabei alles zu regeln
23:02:47	[@Hektor]	DAS WILL ICH HOFFEN. Warum

		gibt's ihn überhaupt noch, verdammt!?
23:02:55	[winston84]	khal war weiter als er zugegeben hat / die ci von ihm ist weiter / wir kriegen ihn noch nicht abgeschaltet
23:03:01	[@Hektor]	Bitte? Und was heißt dann regeln?
23:03:04	[winston84]	wir sitzen dran
23:03:18	[@Hektor]	Und das dauert wie lang?
23:03:25	[winston84]	schwer zu sagen
23:03:48	[@Hektor]	Ich fasse es nicht. Sie verkaufen mir gerade, dass der CI von Khal durch die virtuelle Welt rennt und Kinder gegen Mind-Hack aufbringt – und ihr habt nichts gegen ihn in der Hand?
23:04:11	[winston84]	nicht nur das / der ci weiss natürlich auch dass er die bombe nicht gezündet hat
23:04:22	[@Hektor]	Das heißt, wenn er die Infos bei den falschen Leuten platziert, fliegt alles auf?
23:04:30	[winston84]	könnte passieren / bis jetzt hat er nach unseren kenntnissen aber nur mit diesem einen schüler kontakt aufgenommen der berlin überlebt hat

23:04:40 [@Hektor] ›Könnte passieren. Unsere Kenntnisse.‹ ICH KÖNNTE KOTZEN. Was seid ihr für ein Haufen Dilettanten? Ich hab das Programm gerade meinem Chef verkauft und jetzt gibt's schon den ersten Super-GAU damit. Ihr macht eure Arbeit - und zwar schnell - und ich mach unsere - und zwar gründlich. Den Namen dieses Schülers und seines Umfelds habe ich in 10 Minuten in meinem Posteingang.

[@Hektor] hat den Chat verlassen.

FRANKFURT SACHSENHAUSEN, 23:17 (MEZ), UNIVERSITÄTSKLINIK

Finn protestierte. Er hatte sich vorgenommen, so lang auf dem Boden vor dem Schwesternzimmer sitzen zu bleiben, bis sie ihn zu Jakob ließen. Natürlich war die Besuchszeit schon längst vorbei, aber er musste einfach mit Jakob reden. Er musste ihm von Merks und der ganzen Scheiße erzählen, die er erfahren hatte. Doch die Schwestern und Pfleger hatten kein Einsehen und wollten nicht kapieren, wie wichtig ein Besuch bei Jakob wäre. Darum entschloss Finn sich, trotz des übelkeitserregenden Geruchs im Krankenhaus zu bleiben, um wenigstens am nächsten Morgen der Erste bei Jakob zu sein. Und, das würde er aber niemandem verraten, um dem Schlaf zu Hause zu entkommen, denn er wusste genau, wie plastisch seine Albträume sein würden, nachdem er die Bilder des Anschlags noch mal gesehen hatte.

»Scheiße, Finn, was hatten wir ausgemacht?«

Er schreckte hoch. Unbemerkt hatte Paul sich vor ihm aufgebaut und schaute wütend auf ihn runter. Trotzdem war er kurz froh, ein bekanntes Gesicht zu sehen, obwohl er wusste, dass gleich nur nervige Vorhaltungen kommen würden.

»Das war 'ne verfickte Vereinbarung, dass du dein Handy anlässt. Okay?«

Finn versteckte sein Gesicht zwischen den angewinkelten Knien und blieb stumm.

»Komm jetzt. Ich steh unten im Halteverbot.«

Ein Pfleger eilte an ihnen vorbei und blieb dann doch kurz stehen. »Jungs, ich sag's jetzt ein letztes Mal: Ihr kommt heute zu niemandem mehr ins Zimmer. Wenn ihr das nicht kapiert, muss ich die Security holen, okay?«

»Ja, ja«, Paul schaute ihm genervt hinterher, bevor er sich wieder Finn zuwandte. »Du siehst übrigens noch fertiger aus als heute Morgen.«

Finn gab keine Antwort, wie hätte die auch lauten sollen? Dass man so eben aussieht, wenn man feststellt, dass sich ›beschissen‹ in Bezug auf das eigene Leben ins Unendliche steigern lässt?

»Kannst von Glück sagen, dass ein Pfleger bei Jakobs Mutter und Jakobs Mutter bei uns angerufen hat.«

»Warum Glück?«

Paul ließ keinen Zweifel daran, dass er genervt war: »Weil ich sonst deine Mum und deine Mum die Polizei gerufen hätte, darum.«

»Mein Akku ist alle.« Finn wusste nicht, warum er diese Erklärung gab, obwohl Paul gar keine einforderte. Vielleicht weil diese Akku-Entschuldigung mittlerweile nachfragelos alles rechtfertigte.

»Jetzt komm.«

Finn mied den Blickkontakt und legte alle zur Verfügung stehende Entschlossenheit in seine Stimme. »Ich bleibe hier. Ich muss mit Jakob reden.«

Zunächst folgte darauf keine Reaktion, bis Paul zwei Schritte zur Seite ging und Finn schon dachte, er hätte akzeptiert, ihn hier besser allein zu lassen. Doch stattdessen ließ sein Stiefbruder sich an der gegenüberliegenden Wand auf den klebrigen PVC runterrutschen. Und blieb dort abwartend sitzen.

Finn linste zu ihm rüber, weil er nicht verstand, was das werden sollte. Seit sie zusammenlebten, hatten sie versucht, so wenig Zeit wie möglich miteinander zu verbringen. Und heute war das nun schon die zweite Situation, in der Paul sich in sein Leben einmischte. Finn konnte nicht sagen, ob er das gut oder schlecht fand. Ungewohnt war es allemal, weil der Punkt, an dem sie so was wie fast normale Geschwister hätten werden können, längst ungenutzt verstrichen war. Ob Berlin daran eine Mitschuld trug? Paul verhielt sich schon davor komisch, danach taten sie es beide.

Finn wollte seinen Blick gerade wieder abwenden, als Paul ihm direkt in die Augen schaute. Zu spät, er musste etwas sagen. »Sorry übrigens wegen heute Morgen. Das war nicht so gemeint.«

»Hm, schon okay.« Paul deutete undefiniert den Flur entlang zu den Krankenzimmern. »Ihm soll's übrigens schon besser gehen. Hat mir seine Mutter am Telefon gesagt.«

Finn nickte dankbar für die Information, die ihm sonst niemand geben wollte. Und stellte Paul völlig aus dem Nichts eine Frage, bei der er sich schon nach wenigen Millisekunden wünschte, es gäbe nicht nur für Mails oder Nachrichten, sondern auch für ausgesprochene Wörter eine Rückholfunktion. »Hast du das auch mal versucht? Also das, was Jakob da getan hat?« Er hatte keine Ahnung, woher die Frage kam. Denn eigentlich wollte er gar nicht reden, nicht jetzt. Doch nun stand sie zwischen ihnen – viel zu persönlich für ihr Nicht-Verhältnis.

»Wie kommst du darauf?« Pauls Stimme klang härter als sonst.

»Marc, also«, Finn suchte stotternd nach einem Ausweg, »dein Vater hat gestern irgendwas gesagt in die Richtung, aber wahrscheinlich hab ich das nur falsch verstanden. Vergiss es.«

»Was hat er gesagt?«

Finn schaute hilflos den leeren Flur entlang. Es schien keinen Ausweg zu geben. »Ach, er meinte nur, dass ich mehr über das alles reden soll, was passiert ist, weil er das mit dir auch schon durchhat, also dass du nicht geredet hast, und er das nicht noch mal erleben will. So oder so ähnlich hat er das gesagt.«

Er stierte verlegen auf seine ehemals weißen Chucks und stellte erstaunt fest, dass das gerade der längste Satz war, den er jemals zu Paul gesagt hatte. Doch Paul schien das nicht mal ansatzweise großartig zu finden. Die Stille zwischen ihnen war körperlich zu spüren. Dafür nahmen die typischen Krankenhausgeräusche an Lautstärke zu. Irgendwo über ihnen schrie ein Patient nach Schmerzmitteln und die klebrigen Schritte von Gummisohlen auf PVC waren im Flur zu hören, verklangen jedoch wieder, ohne dass eine dazugehörige Person aufgetaucht wäre.

Derart abgelenkt kapierte Finn zunächst gar nicht, dass Paul anfing zu reden. Mehr zu sich selbst als zu ihm. »Vor knapp drei Jahren war ich zum ersten Mal so richtig verliebt. In meinen besten Freund. Und er auch in mich. Glaub ich jedenfalls. Ganz kurz war ich so glücklich wie noch nie vorher in meinem Leben. Keine Ahnung, ob du das kennst. Es fühlt sich so an, als wärst du der Hauptdarsteller in einem Theaterstück, das nur für dich aufgeführt wird. Du kannst nichts falsch machen, weil alle Entscheidungen nur in eine Richtung führen: genau in die richtige. Dein Herz wird zur Schaltzentrale, da oben im Kopf passiert gar nichts mehr. Alles um dich herum ist bunt, die Welt riecht und schmeckt intensiver. Jeder Mensch könnte auf der Stelle dein Freund sein, aber irgendwie weißt du auch, dass er oder sie doch nur ein Statist in deinem Stück ist und niemals dein Glückslevel erreichen wird. Du fühlst dich stark, du fühlst dich perfekt. Du bist unverwundbar.«

Finn musste sofort an Lea denken. Und ob er dieses Gefühl kannte. Ein halbes Jahr lang lieferten sich sein Kopf und sein Herz einen erbitterten Streit darüber, wer Hauptdarsteller in seinem Theaterstück werden durfte. Sein Herz gewann schließlich und eine Nacht war die Welt nicht mehr schwarz, sondern kunterbunt. Und ja, unverwundbar hatte er sich auch gefühlt, war er auch gewesen, einen halben Tag lang. Bis 13 Uhr 46. Finn ließ seinen Kopf wieder auf seine Knie sinken – er vermisste Lea so sehr.

»Und dann ist es passiert.« Paul erzählte weiter. »Die kleine Schwester von Jonas, so hieß er, so heißt er immer noch, ist verschwunden. Von jetzt auf gleich. Einfach so. Jonas hat sich die Schuld daran gegeben und mir und allen anderen auch. Aber vor allem sich. Und er hat genauso plötzlich, wie seine Schwester verschwunden ist, den Kontakt zu mir abgebrochen. Komplett. Ich wollte für ihn da sein, weil er ja auch mein bester Freund war. Aber keine Chance. Ich hab's damals null verstanden. Immer wieder hab ich versucht, Kontakt aufzunehmen, hab Nachrichten geschickt, hab vor der Schule auf ihn gewartet, weil ich echt krass Liebeskummer hatte ... Und dann ging er plötzlich drauf ein. Es schien echt so, als ob er den Kontakt zu mir wiederherstellen will. Ich war so happy, die ganze beschissene Zeit war vergessen, ich dachte, wir machen da weiter, wo es Wochen oder Monate vorher zu Ende war.«

Finn schaute hoch und war froh darüber, dass Paul in Gedanken versunken vor sich hinstarrte. Er murmelte etwas, das alles und nichts heißen konnte, fuhr sich durch die Haare und erzählte weiter. Aber bei Weitem nicht mehr so flüssig wie gerade. »An einem Abend haben wir dann geskypt. Und es war genauso, wie ich mir das die ganze Zeit immer gewünscht hatte. Wir haben uns gegenseitig gesagt, wie sehr wir uns vermissen und wie sehr wir uns lieben, so blabla eben. Und weil es dann ganz schnell so vertraut wie früher war, hat Jonas mich dazu gebracht, mich vor der Webcam auszuziehen und an mir rumzuspielen. Du weißt, was ich meine, oder?«

Finn signalisierte ihm, dass er alt genug war, um zu verstehen, was da abgelaufen war.

Dann holte Paul tief Luft: »Aber Jonas hat mich nur verarscht. Das Video davon war am nächsten Tag online. Und die ganze Welt wusste ab dem Zeitpunkt, dass ich schwul bin. Auch meine Eltern. Alle.«

Finn war vom plötzlichen Ende dieser Geschichte völlig überrumpelt. »Shit.«

Paul lehnte seinen Kopf an die Wand und lachte zynisch auf. »Das kannst du laut sagen. Aber immerhin scheinst du das Video nicht zu kennen. Es ist also wohl echt nicht mehr online. Hab nicht mehr danach gegoogelt, seit die mir das in der Klinik verboten haben.«

Finn verstand gar nichts mehr. »Klinik?«

Aber Paul ging nicht darauf ein. »Was ich eigentlich sagen will: Ich glaube, direkt nach der Nummer ging es mir wie Jakob. Und vielleicht auch ein bisschen wie dir. Obwohl man das, was ihr erlebt habt, natürlich nicht mit dem Kram von mir vergleichen kann. Aber irgendwie vielleicht doch.«

»Wie meinst du das?«

»Ich war wie eingesperrt. Es ist schwer zu beschreiben. Es fühlt sich an, als ob du in einem Brunnen ohne Leiter sitzen würdest. Ohne Licht. Nichts ist mehr bunt, es gibt nur noch Grautöne. Und Wände zu allen Seiten. Du sitzt da und dein Herz funktioniert nur noch organisch und irgendwann fängst du an, es dafür zu hassen. Und du hasst auch das eiskalte Wasser, das langsam in den Brunnen flutet. Das dich in eine permanente Angst versetzt, das aber nie so hoch steigt, um dir endlich die Luft zum Atmen zu nehmen. Es hätte was Erlösendes, aber es passiert nicht. Und dann kommst du irgendwann auf die Idee, dass du gar nicht warten musst, bis das Wasser hochsteigt. Du könntest ja auch abtauchen, um die Sache zu beschleunigen. Und wenn du das denkst, fühlst du dich plötzlich wieder ganz leicht, weil du glaubst, du hast endlich wieder die Macht über dein Leben zurück. Aber das ist völliger Blödsinn, weil das Leben ja dann zu Ende ist.«

Paul machte eine kurze Pause. »Und es gibt auch eine viel bessere Lösung. Du musst einfach nur die Hände nach oben strecken. Denn oben am Rand steht immer jemand, der sie ergreift.«

»Bist du denn abgetaucht?«

Paul schüttelte den Kopf. »Mich hat kurz vorm Untergehen mein Dad an den Haaren rausgezogen. Und in diese Klinik gesteckt. Dort haben sie mir dann gesagt, dass ich ich bin und perfekt bin, so wie ich bin.« Er stoppte irritiert. »Weinst du?«

Finn merkte erst in diesem Augenblick, dass ihm Tränen über die Wangen liefen. Tränen, die er seit Wochen vor anderen unterdrückt hatte. Sie zu verstecken, war nicht mehr möglich. Warum ausgerechnet jetzt? Warum ausgerechnet vor Paul? Lag es an Pauls Geschichte und weil er seit Berlin das Gefühl nur zu gut kannte, überall graue Wände um sich zu haben? Lag es an Jakob, den er zwischenzeitlich am Boden eines Brunnens vor sich gesehen hatte und von dem er sich gewünscht hätte, er hätte seine Hand deutlicher nach ihm oder irgendwem ausgestreckt? Oder weinte er um sich selbst, weil ihm der kaum zu verstehende Nachmittag mal wieder vor Augen geführt hatte, wie allein er seit Monaten war?

Vermutlich weinte er wegen allem ein bisschen. Aber weil diese vielen Bisschen sich in den letzten Monaten zu einem großen Ganzen summiert hatten, hörten die Tränen gar nicht mehr auf. Sie schüttelten ihn regelrecht durch.

Paul kam auf seine Seite gekrabbelt und legte ihm etwas unbeholfen den Arm um die Schultern. So saßen sie da, bis die Ärztin mit den quietschenden Schuhen endlich mal sichtbar an ihnen vorbeigelaufen kam und um die nächste Ecke verschwunden war.

»Hey, Finn, hör mir mal zu. Rede mit jemandem über das alles. Mit deiner Mum, mit irgendwelchen Profis. Stell die Fragen, die du hast. Mach nicht dicht. Wenn du dichtmachst, hat Berlin gewonnen. Dann hat dieses Arschloch von Lehrer gewonnen. Lass nicht zu, dass diese Scheiße dein ganzes Leben bestimmt. Nichts und niemand darf dein Leben bestimmen. Nur du. Du ganz allein. Du gibst die Richtung vor. Du entscheidest, wie es weitergeht. Schließ mit der Vergangenheit ab. Übernimm wieder Verantwortung für dein Leben, Finn.«

Finn nickte, um irgendwie zu reagieren, denn natürlich hörte er diese Ratschläge nicht zum ersten Mal. Und gerade heute klangen sie besonders absurd. Wie sollte er mit einer Sache abschließen, die so aktuell war, wie seit sechs Monaten nicht mehr? Dass Paul nichts von alledem wusste, war ihm klar. Darum schwieg er und genoss nur den Moment, jemandem nah zu sein. Jemanden zu riechen und zu spüren, wie schon lang keinen Menschen mehr. Weil er es nicht zugelassen hatte, weil Lea oder Jakob durch nichts und niemand zu ersetzen waren.

Es war schließlich Paul, der die ungewöhnliche Nähe durchbrach – absichtlich oder unabsichtlich – und eine Packung Taschentücher aus seiner Jacke kramte. »Hier.«

Finn nahm sie entgegen und schnäuzte sich kräftig. »Hast du denn mit deiner Geschichte abgeschlossen?«

»Hm, klar. Die Sache mit Jonas ist längst Vergangenheit.« Etwas zu eifrig sprang Paul auf und reichte Finn eine Hand zum Hochziehen. »Den ersten Schritt musst du machen. Streck deine Hände nach oben, so wie jetzt. Irgendwer wird da sein und dich aus dem Brunnen rausziehen.«

Finn griff nach der Hand seines Stiefbruders, blieb aber

nachdenklich sitzen. Ein erster Schritt wäre das sicher. Das Problem dabei war nur, dass er seit heute Nachmittag viel zu viel wusste. Und er niemals mit der Sache würde abschließen können, wenn er einfach so auf Schritt eins Schritt zwei und drei folgen ließ. Hieß ›Verantwortung übernehmen‹ nicht auch automatisch ›für Gerechtigkeit sorgen‹? Damit nicht nur er, sondern alle Beteiligten irgendwann ihr normales Leben – sofern es dieses Leben noch gab – würden weiterleben können? Finn sah Paul an, dass er auf eine Reaktion wartete. Und fühlte gleichzeitig immer deutlicher, was er zu tun hatte. Er würde zwischen Schritt eins und zwei noch einen Umweg gehen müssen. Einen Umweg über Berlin.

Finn ließ sich von Paul hochziehen. »Kannst du mir einen Gefallen tun?«

»Was denn?« Paul schaute ihn irritiert an.

»Kannst du mich morgen nach Berlin fahren?«

»Was willst du denn da?«

»Muss was erledigen.«

»Was?«

»Kann ich dir nicht sagen.«

»Vergiss es.« Paul ging ein paar Schritte den Flur entlang.

»Hey«, Finn lief ihm hinterher, »ich strecke meine Hände aus dem Brunnen. Du musst jetzt verdammt noch mal danach greifen. Oder war das gerade nur Gelaber?«

Finn hielt Pauls grauen Augen stand, die sich beim Lachen ganz schnell mit Tränen füllen konnten. Doch davon waren sie im Augenblick meilenweit entfernt. »Komm jetzt, Mann. Sonst schleppen die mich noch ab.«

Paul drehte sich um und Finn folgte ihm nach draußen. Er wusste nicht, ob er ihn noch überzeugt bekommen würde, er wusste nicht mal, ob er seinen Stiefbruder überhaupt dabeihaben wollte. Es war eine spontane Idee, die vielleicht auch einfach nur bescheuert war. Dafür wusste er eins nur zu genau: Es fühlte sich nach sechs Monaten ziemlich gut an, zum ersten Mal wieder zu wissen, was man zu tun hat.

8.

MIND-HACK /// SECRET CHAT /// 06/05/20 /// 00:23:45**

00:23 Was war das vorhin?

Ein system crash.
Bewusst herbeigeführt,
befürchte ich. 00:23

00:23 Warum?

Weil SIE nicht wissen,
wie SIE mich sonst stoppen sollen. 00:24

00:24 Wer sind SIE?

Meine Programmierer-Kollegen.
Gefährlich ist aber der neue
Eigentürmer von Mind-Hack. 00:24

00:25 Und das ist WER?

Der Geheimdienst. Eine kleine Gruppe
innerhalb der Organisation.

Ihr Kopf heißt Karsten Wagner.
Mehr musst du noch nicht wissen. 00:25

Wie? Der Geheimdienst hat meine
Freunde auf dem Gewissen? 00:25

Ja. 00:25

WTF!!! Und damit kommen die durch? 00:26

Es weiß niemand. Und die, die es wissen,
wollen es unter Verschluss halten,
um das Programm weiter voranzutreiben.
Darum brauche ich dich. Du musst SIE stoppen. 00:26

Keine Ahnung, wie das gehen soll, aber ich will,
dass die Richtigen für ihre Schuld bestraft werden.
Ich werde nach Berlin fahren. 00:27

Ich weiß. 00:27

Woher? 00:27

Mind-Hack hat die Sprachdaten
vom Handy deines Stiefbruders abgefangen,
als ihr miteinander geredet habt. 00:27

Was? Wie geht das denn? 00:27

Keine Sorge. Ich hab die Daten gelöscht,
bevor sie in deine CI eingespeist wurden.
Noch wissen sie nichts davon. Auch nicht,
dass dein Stiefbruder dich nun doch begleitet. 00:28

Das weiß das Programm auch schon?
Er hat sich doch erst vor zehn Minuten dazu entschieden. 00:28

Dieses Gespräch wurde wiederrum
von eurem Voice Assistent im Erdgeschoss
aufgezeichnet. Und ebenfalls von mir gelöscht.
Aber wir können uns nicht darauf verlassen,
dass ich alle Daten eliminieren kann. 00:28

00:29 Und was soll das heißen?

SIE wissen, dass ich Kontakt zu dir habe.
SIE werden auch früher oder später rausfinden,
dass du in meinem Auftrag auf dem Weg
zu ihnen bist. SIE werden verhindern wollen,
dass du bei ihnen ankommst. Wir müssen sie
mit ihren eigenen Waffen schlagen und ablenken. 00:29

00:30 Und wie?

Buche über Alexa ein Zugticket nach Berlin.
Und fahrt trotzdem mit dem Auto deines
Stiefbruders. Verstaut eure Handys, Watches usw.
in der ortungssicheren Tasche, die du in der Sporthalle
gefunden hast. Benutzt kein Navi. Macht euch digital,
so gut es geht, unsichtbar. Keine Narben-Posts
mehr bei Instagram. 00:30

DAS IST EINE KRANKE SCHEISSE.
00:30 Wie erfahre ich dann, was ich in Berlin zu tun habe?

Du hast die VR-Brille. Sobald ihr in Berlin seid,
gebe ich dir darüber weitere Anweisungen.
Nur so können sie unsere Nachrichten nicht lesen.
Seid vorsichtig: SIE sind gefährlich! 00:31

00:31 Beruhigend!

Halt, eine Sache noch: Ich will mit Lea reden.
00:31 Mit der CI von Lea. Oder was auch immer von ihr existiert.

Jetzt? 00:32

00:33 Sie haben es versprochen.

Dann vergessen Sie den Schwachsinn mit Berlin. Ich gegen den Geheimdienst – ist ja eh voll die Lachnummer. 00:34

Fuck, Mann, als Lehrer konnte man sich auf Ihre Versprechen noch verlassen. 00:36

Du kannst die CI von Lea morgen früh treffen. Aber nur kurz! 00:36

BERLIN MITTE, 00:37 (MEZ), GEHEIMDIENSTZENTRALE

Karsten Wagner ging unruhig auf und ab. Sein kleines Team, das vor ihm saß und Augen machte wie Kühe, wenn's donnert, schien nicht im Geringsten zu kapieren, was da gerade auf dem Spiel stand. In solchen Momenten wünschte er sich nicht zum ersten Mal, als ausführendes Organ in Nordkorea zu arbeiten, das schießen konnte, ohne sich hinterher nervigen Fragen stellen zu müssen. In der letzten Stunde wären dann mindestens neun seiner Kollegen gestorben, was das Meeting zwar einsam, aber effizienter gemacht hätte. Dass er die Abteilung mit dem inoffiziell höchsten Budget der letzten vier Jahre war, gleichzeitig aber den Bodensatz der Personalstelle aufs Auge gedrückt bekam, wollte ihm bis heute nicht in den Kopf. Doch nach dem Attentat vom Brandenburger Tor waren seine Forderungen nach mehr Profis ergebnislos verhallt.

»Herr Wagner, wenn ich Sie richtig verstanden habe, jagen wir jetzt Kinder?«

Und schon wieder hätte sich ein Schuss gelöst.

»Wenn Sie es so nennen wollen.« Er versuchte ruhig und professionell zu antworten. »Wie gesagt: Die Clone Identity des Entwicklers, der *Mind-Hack* schon mal verhindern wollte, Sie erinnern sich, existiert noch. Und an seinem Vorhaben hat sich nichts geändert. Er will *Mind-Hack* stoppen. Es wird alles dafür getan, ihn abzuschalten. Aber bis dahin müssen wir dafür sorgen, dass die Personen, denen er Infos zukommen lässt, schweigen, beziehungsweise unserem Programm nicht schaden. Und das ist nun mal ein junger Erwachsener. Und eventuell sein Umfeld. Ja.«

Er trank einen Schluck Wasser und wurde direkt von einem seiner Agenten unterbrochen. »Und wie weit dürfen wir gehen?«

»Erst mal Überwachung. Rausfinden, was die Zielperson weiß. Und vor allem: Was die CI des Entwicklers ihm als Auftrag zugeteilt hat. Ein Team wird die digitale Überwachung von hier aus übernehmen, ein zweites wird vor Ort sein. Vielleicht reicht auch Geld, damit er vergisst, was dieser Klon ihm erzählt hat.«

Er drückte eine Taste auf seinem Laptop und vor ihnen über dem Konferenztisch erschienen die Gesichter von drei Jugendlichen als 3D-Animation. Diese Spielerei machte ihm noch immer Spaß und seine Wut auf die Bundesbehörde wich wieder einmal Dankbarkeit für das viele Geld, das ihnen zur Verfügung stand.

»Die eigentliche Zielperson ist Finn Makk, hier in der Mitte. Er ist 16,5 Jahre alt und eines der Opfer des Berlin-Attentats. Nach aktuellem Stand ist er die einzige Kontaktperson der CI. Der junge Mann neben ihm ist sein Stiefbruder Paul Spohn. 19.

Und Nummer drei hier ist Jakob Schaaf. Er ist ein Schulfreund von Finn Makk und war ebenfalls am Brandenburger Tor dabei. Warum ich Ihnen die beiden hier auch präsentiere, obwohl nur einer von ihnen bisher Kontakt zu *Mind-Hack* hatte? Ihre Handys waren gestern Abend für einen längeren Zeitraum in derselben Funkzelle eingeloggt. Wir müssen prüfen, ob ein Informationsaustausch stattgefunden hat. Noch Fragen?«

»Warum nehmen wir die Überprüfung nicht via *Mind-Hack* vor? Damit lässt sich doch rausfinden, was die Kids wissen?«

Sein oberschlauer Kollege aus Süddeutschland. Wagner hasste ihn, weil er mit seinen Nachfragen meistens einen wunden Punkt traf. »Wurde natürlich schon erledigt. Die Überprüfung ergab nichts. Die Programmierer können jedoch nicht ausschließen, dass die aktive CI ihres Ex-Kollegen die Datenübertragung zu *Mind-Hack* blockiert.«

»Wie soll das denn gehen?«

»Was weiß ich denn? Bin ich Programmierer?« Seine Stimme wurde lauter. »Ich gebe nur wieder, was diese Trottel gesagt haben, die ihr eigenes Produkt nicht unter Kontrolle haben.«

Shit, zu so einem Wutanfall sollte er sich vor seinem Team nicht hinreißen lassen. Er holte einmal tief Luft und gab einer Kollegin das Wort.

»Ist das nicht alles ein bisschen übertrieben? Es sind Kids! Und noch nicht mal auffällige Kids. Wie sollen die uns schaden?«

Wagner spürte, wie ihn eine bleierne Müdigkeit überkam. Und auf Anhieb fielen ihm tausend Dinge ein, die er genau jetzt lieber tun würde. Und dazu zählte auch das Katz-und-Maus-Spiel mit seiner Tochter, die noch immer diese völlig absurde Idee verfolgte, einen afghanischen Flüchtling heiraten zu wollen. Diesem lächerlichen Gedanken ein für alle Mal einen Riegel vorzuschieben, das hätte er tatsächlich jetzt lieber gemacht, als sein Herzensprojekt mit einer Horde Einfaltspinsel gegen superintelligente Klone zu verteidigen.

»Haben Sie eigentlich eine Ahnung, was los ist, wenn rauskommt, was wir hier machen? Wenn nur eine klitzekleine Info über *Mind-Hack* in die Öffentlichkeit gelangt?« Seine Zurückhaltung war endgültig aufgebraucht, er schrie seine Leute regelrecht an. »Dann war die Arbeit von vier Jahren umsonst, dann war die Investition von über einer Milliarde Euro umsonst, dann sind wir alle hier unsere Jobs los und unser Land können wir direkt abschreiben. Das wird los sein, wenn das alles rauskommt. Und dabei ist noch nicht der Prozess wegen Datendiebstahls berücksichtigt, der alles Dagewesene sprengen wird. Dafür können Sie sich jetzt schon mal einen Anwalt suchen, denn der Laden hier wird uns fallenlassen. Das ist so sicher wie das Amen in der Kirche.«

Die Stille im Raum war ohrenbetäubend. Immerhin das konnten sie – schweigen.

»Bitte helfen Sie mit, dass wir nicht daran gehindert werden, etwas ganz Großes auf die Beine zu stellen. Es wird unser Land verändern. Es wird die Welt verändern. Es wird uns verändern. Und jetzt an die Arbeit.«

Das Tischklopfen war schnell verebbt und Wagner war froh, als er allein in seinem Büro zurückblieb. Denn bevor er beruhigt nach Hause gehen konnte, musste er sich den Klon von diesem Jungen noch mal anschauen. Von diesem Finn Makk. Er wollte persönlich überprüfen, ob die Entwickler-Arschgeigen recht damit hatten, dass die Kontaktperson von Khal von rein gar nichts wusste.

Vor ihm fließt ein ruhiger Fluss, am Ufer gegenüber recken sich Hochhäuser in den Himmel. Ohne T-Shirt sitzt die CI des Jungen auf einer Bank und scheint die diesigen Strahlen der Abendsonne zu genießen. Ein absurdes Schauspiel.

Er kennt diesen Blick auf die Stadt nicht persönlich, doch er weiß schon allein wegen der Hochhäuser, dass er sich in Frankfurt befindet. Und dass Finn Makk keine 600 Meter entfernt von dieser Stelle wohnt, ist für ihn und seine Leute schließlich auch kein Geheimnis mehr.

Kurz darauf ist er ihm so nah, dass er ihn berühren könnte, und überlegt sich seine erste Frage, als der Junge sich völlig unerwartet zu ihm umdreht. Seine grünen Augen funkeln ihn undurchdringlich an, eine Narbe auf seiner Brust leuchtet grellrot. Und bevor er sich zusammenreimen kann, dass diese Narbe ein Überbleibsel des Berlin-Attentats ist, knallt ihm eine erste Frage entgegen. »Was willst du von mir?«

Er macht automatisch einen Schritt zurück und dreht sich reflexartig um. Aber hinter ihm steht niemand. Dieser virtuelle Finn Makk meint ihn. Aber seit wann funktioniert das, dass ein Klon den Besucher von sich aus anspricht? Das darf nicht sein, so wurde das Programm nicht entwickelt.

»Hat es dir die Sprache verschlagen, Wagner?«

Ihm zieht es augenblicklich den Magen zusammen, der Junge kennt seinen Namen. Und bewegt sich jetzt auch noch langsam auf ihn zu. Dabei öffnet und schließt sich parallel zu seinen Körperbewegungen die Narbe auf seiner Brust, als wolle sie ihn schmatzend an das erinnern, wofür er damals den Befehl gegeben hat. An die Bombe. Das kann alles nicht wahr sein. Das darf nicht wahr sein. Er sucht nach der richtigen Reaktion.

»Komm nicht näher«, ist zunächst alles, was er hilflos hervorpresst.

Die Antwort klingt spöttisch. »Etwa Angst vor einem 16-Jährigen?«

»Warum sollte ich?«

»Weil ich weiß, dass du SIE bist. Du bist Mind-Hack.«

Ihm wird übel, sein Magen wird immer stärker zusammengepresst. Dabei merkt er gar nicht, dass er sich von der CI immer weiter in Richtung Straße zurückdrängen lässt. Seine Gedanken überschlagen sich, während er versucht, cool zu bleiben. »Woher willst du das wissen? Wir hatten noch keinerlei Kontakt.«

»Wir nicht, aber Merks und ich haben Kontakt. Oder wie du ihn nennst: Khal.«

»So ein Blöd…«, er unterbricht sich selbst, als ihm die Tragweite dessen bewusst wird, was er eben gehört hat. Noch am Nachmittag hat er seinem Chef die Superintelligenz der CIs angepriesen, in der Theorie, jetzt spürt er am eigenen Leib, was das bedeuten kann: absoluter Kontrollverlust. Khals CI und die von diesem Jungen scheinen in dieser virtuellen Welt ein komplett eigenständiges Leben zu führen. Es ist noch schlimmer als gedacht.

Sein Herz beginnt zu rasen, sein Magen rebelliert endgültig. Er will sich mit einer automatisierten Bewegung Schweiß von der Stirn wischen, aber die VR-Brille ist im Weg. Und genau diese Berührung ist es, die ihm seine lähmende Angst nimmt. Denn es ist nicht echt. Der Junge ist nicht real. Vor ihm steht lediglich eine übermütige Datenexistenz. Es gibt nichts, wovor er sich fürchten muss. Die Macht über diese Welt liegt ganz allein bei ihm. BEI IHM!

Mit einem lächelnden Kopfschütteln wendet er sich wieder

dem Klon zu. »Und was willst du jetzt mit deinem Wissen machen?«

Der virtuelle Finn lächelt trügerisch zurück. »Das wirst du schon sehen.«

»Sag es mir.«

»Ich werde das Programm stoppen. Und du wirst für das bezahlen, was du uns angetan hast.«

»Keine Ahnung, was du meinst.«

»Deine Verantwortung für neun Todesopfer.«

»Das ist so lächerlich. Meine Güte, du bist 16. Warum höre ich mir diesen Schwachsinn überhaupt an?«

»Weil du weißt, dass es stimmt. Und weil du mich nicht mehr stoppen kannst.«

Plötzlich schleicht sich die Angst zurück in seinen Körper. Die bemühte Ironie ist gespielt. »Und wie, bitte schön, soll deine schlimme Rache aussehen …?«

»Wart's ab. Es kann nur sein, dass du dieses Mal zu den Opfern gehörst.«

Sein Konter bleibt ihm im Hals stecken. Denn als er Finns gleichmütigem Blick nach rechts folgt, sieht er, wie ein Auto mit mörderischer Geschwindigkeit auf ihn zurast.

Kurz vor dem Zusammenprall reißt er sich die VR-Brille panisch vom Kopf.

BERLIN CHARLOTTENBURG, 03:47 (MEZ), VILLA WAGNER

Toni lag im Bett und fand keine Ruhe. Die Frage, wie ihr Vater rausfinden konnte, dass sie sich weiterhin mit Navid getroffen hatte, brachte sie fast zur Verzweiflung. Von Grace wusste er es nicht, diese Möglichkeit hatte sie mit einem kurzen und traurigen Anruf bei ihr ausgeschlossen. Aber woher konnte er es sonst wissen? War doch ihr Handy schuld, obwohl Luke keine Spyware darauf entdecken konnte? ›Das muss nichts heißen.‹ Die App *Mind-Hack*, die vorhin plötzlich auf ihrem Display aufgetaucht war, beunruhigte sie zwar, schien aber nur Spam zu sein und mit ihrer eigentlichen Frage nichts zu tun zu haben. Trotzdem lag ihr Telefon zur Sicherheit ausgeschaltet in ihrem Badezimmer ganz unten im Wäschesack. Zusammen mit ihrer Smart-Watch.

Hatte sie was übersehen? Wurde sie langsam paranoid? Ihre Hand fuhr unter der Decke hervor und knallte auf die Nachttischlampe. Was, wenn in ihrem Zimmer eine Kamera versteckt war? Das würde erklären, warum ihr Vater von den Graffitis wusste, wie er Grace beim Verstecken der Brief beobachtet haben könnte … Aber würde er wirklich so weit gehen?

Von ihrem Bett aus konnte Toni ihr Zimmer gut überblicken. Doch auf den ersten Blick sah sie natürlich nichts, weil kein Mensch eine Überwachungskamera sichtbar an die Wand montieren würde. Fieberhaft versuchte sie sich daran zu erinnern, wo in ihren Crime-Serien solche Geräte versteckt wurden. In Bücherregalen, auf Bilderrahmen, in Lampen. Mit ihrer Decke um die Schulter stand sie auf und ging in ihrem kalten Zimmer die Möglichkeiten ab. So lang, bis sie sich regelrecht blöd dabei vorkam.

Da sie auch nach der erfolglosen Kontrolle ihres Zimmers keinen Schlaf fand, schlich sie schließlich nach unten in die Küche, um sich etwas zu trinken zu holen. Und hoffte gleichzeitig, ihrem Vater nicht zu begegnen, da sie ihm ja schlecht die ganzen Fragen, auf die sie keine Antworten fand, an den

Kopf knallen konnte. Doch im Erdgeschoss war es still, ihr Vater und ihre Mutter schienen fest zu schlafen.

Mit einem Glas Wasser aus der Küche ging Toni ins Wohnzimmer und starrte durch das große Panoramafenster auf den schwach beleuchteten, aber umso stärker erhitzten Pool, dessen Nebelschwaden sogar noch das Nachbargrundstück bedeckten, bevor sie sich verflüchtigten. Eine Zeit lang taten es ihre Gedanken den Nebelschwaden gleich und lösten sich einfach in Nichts auf, bis sie sich noch mal zusammenriss und darauf konzentrierte, was ihr Vater merkwürdigerweise alles wusste.

Er wusste von ihrem Kontakt zu Navid – ›Hände weg von diesem Ausländer‹, er wusste, dass Navid ihr Freund war, er wusste von den Graffitis, er wusste, wo er sie heute Morgen abpassen konnte, er wusste vermutlich von den Treffpunkt-Notizen, die zur Kündigung von Grace führten. Er wusste viel mehr als sie, denn sie wusste gar nichts.

Sie hatte keine Ahnung, wo genau ihr Vater jeden Tag arbeitete. Als Beamter bei der Stadt, das war's dann aber auch schon. Sie hatte keine Ahnung, was in ihm vorging, wenn die Themen mal nicht sie und ihre spätere Karriere waren. Sie hatte keine Ahnung, wer ihr Vater eigentlich war. Er hatte Bekannte, aber keine Freunde. Genauso wenig hatte er Hobbys oder etwas, woran sein Herz hing. Jedenfalls hatte er ihr nie etwas dergleichen offenbart. Dafür machte er extrem ehrgeizig Sport und verlangte genau das auch von ihr und ihrer Mutter. Und dann war da noch die Sache mit den Lachfältchen um seine fixierenden Augen. Sie war weit davon entfernt, zu kapieren, woher die plötzlich kamen.

Toni wandte ihren Blick vom Pool ab, trank den letzten

Schluck Wasser und steuerte zielstrebig auf die Tür zu, die links neben der Bücherwand in ein anderes Zimmer führte: das Arbeitszimmer ihres Vaters. Seit sie denken konnte, war es ihr verboten, das Zimmer allein zu betreten. Als sie es als Kind doch mal tat und natürlich dabei erwischt wurde, durfte sie zur Strafe nicht mit ihrer Freundin ins Tropical Island fahren. So wütend hatte sie ihren Vater selten gesehen.

Und obwohl das Zimmer dadurch eigentlich noch faszinierender hätte werden müssen, geriet es bei Toni nach und nach in Vergessenheit. Bis es ihr irgendwann völlig egal war, was ihr Vater hinter der mit Leder beschlagenen Tür machte. Das merkte sie spätestens, als Grace ihr das Schlüsselversteck fürs Arbeitszimmer verriet. Sie hatte nicht mal eine Sekunde darüber nachgedacht, die Schlüssel zu benutzen.

Bis jetzt.

Nach kurzem Suchen in der Regalwand fand Toni das Buch über die schönsten Wanderrouten durch den Thüringer Wald. Und tatsächlich: Im Umschlag war, wie von Grace prophezeit, der Ersatzschlüssel für das verbotene Zimmer eingeklebt. Wäre sie nicht so angespannt gewesen, wäre ihr die sympathische Parallele aufgefallen, wie sie und ihr Vater unabhängig voneinander ihre wertvollen Besitztümer versteckten. So lauschte sie nur einen kurzen Augenblick, ob im Haus auch wirklich alles ruhig war, riss dann den Schlüssel heraus und steckte ihn ins Schloss. Die Tür ließ sich problemlos öffnen.

Zum Glück kam durchs Fenster vom Garten ein bisschen Poollicht ins Zimmer und nach wenigen Augenblicken hatten sich ihre Augen an die schummrige Atmosphäre gewöhnt. Es sah noch immer so aus, wie sie es in Erinnerung hatte.

Ein schwerer und fast leerer Schreibtisch stand in der Mitte, ein Ledersofa gegenüber, die Wände waren holzvertäfelt und kahl, nur an der Wand hinter dem Schreibtisch hingen ein paar gerahmte Urkunden.

Schnell machte sie sich an den Schreibtischschubladen zu schaffen, die natürlich alle abgesperrt waren. »Verdammt!«

Sie drehte sich zu den Urkunden um. Das Prüfungszeugnis einer ›Juristischen Hochschule Potsdam‹ schien das älteste Dokument zu sein. Ihr Vater war Jurist? Davon wusste sie nichts. Bis auf diese Info fand sie in diesem Raum nichts, wodurch sie ihren Vater hätte besser verstehen können. Es unterstrich vielmehr alles nur ihr Bild von ihm: streng, aufgeräumt und gleichzeitig ohne sichtbare Ecken und Kanten.

Hilflos gab sie dem Schreibtischstuhl einen Fußtritt, als sie plötzlich die Stimme ihres Vaters im Flur hörte. Er kam telefonierend nach Hause. Dabei war sie sich so sicher gewesen, dass er schon längst da war und schlief.

Hektisch rannte sie zur Tür, doch zum Entkommen war es zu spät. Seine Stimme wurde lauter. Er war auf dem Weg in sein Büro. Und dann sah sie schon, wie die Wohnzimmertür langsam aufging.

Sie machte einen unüberlegten Schritt zurück, zog die Bürotür leise zu, drehte den Schlüssel einmal im Schloss und suchte panisch nach einem Versteck. Da hörte sie den Schlüssel ihres Vaters, der sich von außen im Schloss drehte. Mit einem Satz rettete sie sich unter den Schreibtisch, das Herz schlug ihr bis zum Hals.

»Was ich damit sagen will: Die Zielperson weiß Bescheid. Sie weiß viel mehr, als die Programmierer uns weismachen wollten. Dieser Junge will unserem Projekt schaden.«

Ihr Vater trat in den Raum, knipste das Licht an und stellte nur 50 cm neben Toni seine Aktentasche ab.

»Ja, genau, das heißt, Sie müssen nicht mehr ewig prüfen, wer was weiß, Sie können direkt handeln.« Er hörte kurz zu, unterbrach sein telefonisches Gegenüber aber sofort wieder. »Wollen Sie mich nicht verstehen? Ich will, dass Sie diesen jungen Mann stoppen. Ich will nicht, dass der sich in unsere Angelegenheiten mischt. Er hat hier nichts zu suchen. Und wenn er nicht hören will, dann greifen Sie eben zu anderen Mitteln. Muss ich Ihnen jetzt auch noch erklären, was ich damit meine?«

Toni hielt den Atem an, denn wie zur Bestätigung seiner Worte holte ihr Vater eine Schusswaffe aus seinem geheimen Tresor hinter der Wandverkleidung und verstaute sie in seiner Tasche. Sie musste sich zusammenreißen, um nicht laut loszuschreien.

»Wir wissen, wo er wohnt. Meine Güte, das kann ja dann wohl nicht der schwerste Auftrag Ihrer Karriere sein, oder? Ich will bis morgen Nachmittag einen positiven Bericht. Ja, danke. Ihnen auch.« Ihr Vater legte auf, machte den Tresor zu, nahm die Tasche an sich und ging zur Tür. Dort blieb er einen Augenblick stehen und Toni war sich sicher, dass er sie entdeckt hatte. Doch dann ging das Licht aus und er verschloss das Arbeitszimmer von außen.

Erst als sie wieder im Dunkeln saß, spürte Toni, dass sie am ganzen Körper zitterte. Und sie wusste genau, dass es nicht nur an der Tatsache lag, dass ihr Vater eine Pistole besaß, und auch nicht allein daran, dass er allem Anschein nach absolut skrupellose Befehle erteilen konnte.

Ihr Zittern wurde von der Tatsache ausgelöst, dass sie wusste, von welcher Zielperson ihr Vater sprach. Graces Entlassung war nur der Anfang. Er wollte Navid etwas antun. Er wollte ihr Glück endgültig zerstören.

MIND-HACK /// ACTIVE ANONYM. /// 06/05/20 /// 05:00:02**

Finn hat Leas Zimmer noch nie zuvor gesehen, und obwohl sie nicht da ist, spürt er sofort, dass er hier richtig ist. Hell, gemütlich, leicht chaotisch – genau so hatte er es sich immer vorgestellt. Nur das Bett, das gerade als Ablage für zwei übervolle Reisekoffer dient, ist größer als in seiner Fantasie. Und der antike Kosmetiktisch, der rechts daneben eine ganze Nische einnimmt, kam darin erst gar nicht vor.

Nur knapp vier Stunden Schlaf und trotzdem ist er hellwach. Langsam geht er einige Schritte in das Zimmer, sodass sich der virtuelle Raum neu aufbauen kann, und bleibt vor dem neongelben Plakat zu ihrer gemeinsamen ›Romeo und Julia‹-Aufführung stehen. Er muss trotz seiner kaum zu bändigenden Nervosität lächeln. Ihm kommt es vor, als wäre dieses Ereignis, das den Beginn seiner Liebe zu Lea markiert, schon Jahrzehnte her. Und obwohl die Gründe vermutlich andere sind: Lea scheint die Erinnerung an diesen Auftritt auch wichtig zu sein, sonst hätte sie das Plakat nicht direkt neben ihr Bett gehängt.

Ein roter Kringel darauf irritiert ihn jedoch. Der gehört da eigentlich nicht hin. Er weiß das so genau, weil er das Plakat damals mitgestalten musste. Es gehörte zu seiner Strafarbeit dazu, wobei sein Theater-Engagement wegen Lea zu diesem Zeitpunkt schon längst keine Strafarbeit mehr war. Er beugt sich nach vorne. Die VR-Brille drückt ihm auf die Nase. Doch im nächsten Augenblick verschwendet er daran überhaupt keinen Gedanken mehr. Denn er realisiert fassungslos, wo Lea die Markierung gesetzt hat. ›Lichttechnik: Finn Makk‹ – sein Name ist dick mit einem Filzstift umrahmt. Und es ist kein Kringel, es ist ein Herz. Er würde sich gern irgendwo festhalten, denn sein Herz scheint gerade das Blut aus seinem gesamten Körper abzupumpen. Wie kann das sein? Sie sind doch erst in Berlin zusammengekommen? Hat Lea das davor markiert, weil sie schon viel länger in ihn verliebt war, als sie zugegeben hatte? Oder hat sie es danach gemacht, was bedeuten würde, sie kann sich doch an ihn erinnern?

»Willst du schon gehn? Der Tag ist ja noch fern.«

Finn dreht sich rasend schnell um seine Achse, zu schnell für das Programm. Pixel für Pixel bauen die Rechner die Welt neu auf – und mit ihr die CI von Lea, die vor ihm in der Tür steht und die Rolle der Julia einnimmt.

»Es war die Nachtigall, und nicht die Lerche, die eben jetzt dein banges Ohr durchdrang; Sie singt des Nachts auf dem Granatbaum dort. Glaub', Lieber, mir: Es war die Nachtigall.«

Finn katapultiert es fast ein Jahr in seinem Leben zurück. Genau so stand Lea damals vor ihm. Also eigentlich vor Romeo und vor dem Publikum, aber hinter seinem Scheinwerfer hatte er das Gefühl, sie würde nur für ihn spielen. Und darum flüsterte er auch nach der fünften Probe Romeos Text mit, als wäre es sein eigener. »Die Lerche war's, die Tagverkünderin … ähm, die Nacht hat ihre Kerzen ausgebrannt, der muntre Tag erklimmt die dunst'gen Höh'n: Nur Eile rettet mich, Verzug ist Tod.«

»Trau' mir, das Licht ist nicht des Tages Licht, die Sonne hauchte dieses Luftbild aus, dein Fackelträger diese Nacht zu sein, dir auf dem Weg nach Mantua zu leuchten; Drum bleibe noch: Zu gehn ist noch nicht Not.«

Finn strahlt Lea an, diese Lea, die nur aus Daten besteht und doch so echt wirkt. Sie sieht noch besser aus als in seiner Erinnerung. Und schon dort wurde sie von Tag zu Tag schöner.

»Lass sie mich greifen, ja, lass sie mich töten!« Lea gibt Finn ein Stichwort vor, er hat seinen Einsatz verpennt.

»Fuck, sorry, ich weiß nicht mehr weiter, Lea.«

Sie geht lächelnd an ihm vorbei und legt einen Stapel Klamotten, den sie vor sich herträgt, in einen der beiden Koffer.

»Und dabei sagen die immer, du hast alles vergessen.«

Lea schüttelt den Kopf und schaut Finn in die Augen. Das Muttermal ist wieder zum Greifen nah. »Du bist mein Freund. Wir sind zusammen. Wir haben uns beim Theaterspielen kennengelernt. Du warst sofort verliebt, ich erst später. Auf einer Party bei Tarek haben wir zum ersten Mal getanzt, in Berlin sind wir kurz vor dem Attentat zusammengekommen. Dort haben wir uns auch zum ersten Mal geküsst.«

Trotz dieser eher mechanischen Aufzählung ist Finn so glücklich wie seit sechs Monaten nicht. Und er verdrängt energisch das sich anschleichende Gefühl, dass irgendwas nicht stimmt. Nicht jetzt. Jetzt will er mit Lea reden, will von ihr wissen, wie es ihr die letzten Monate ergangen ist, will wieder das Gefühl spüren, eine Freundin zu haben. Er will auch von sich erzählen, von seinen Ängsten, Hoffnungen und Sehnsüchten, die er nur ihr und Jakob anvertrauen würde. Er will ihr nah sein und unbeschwert mit ihr lachen, weil das gemeinsame Lachen kaum noch wahr ist. »Wann hast du denn das Herz um meinen Namen gemalt, Lea?«

Leas Blick folgt neugierig seinem Finger, als er auf das Plakat zeigt, doch ihre Augen verraten absolute Ratlosigkeit. Das merkwürdige Gefühl in ihm wird übermächtig. »Weißt du noch, was du mir in Berlin zum Geburtstag geschenkt hast?«

Ein Schulterzucken ist die Antwort und Finn kapiert niedergeschlagen, dass Leas CI tatsächlich nur das über sie weiß, was er ihr die letzten Monate geschrieben hat. Hinter dem hübschen Gesicht des Klons sind keine anderen Daten über sie beide gespeichert. Er spürt, wie sein Herz schwer wird. »Einen Berliner, Lea, du bist extra irgendwohin gelaufen und hast mir einen Berliner gekauft.«

Lea nickt höflich, als wäre das nur eine Geschichte, die sie eigentlich nichts angeht. Doch Finn will noch nicht aufgeben. Dafür hat er zu lang auf diesen Moment gewartet. »Kann ich irgendwas für dich tun, Lea? Kann ich mehr machen, als dir von uns erzählen, damit deine Erinnerung zurückkommt?«

Unvermittelt setzt sie sich auf einen ihrer Koffer und schaut ihn traurig an. Er würde sie so gern berühren.

»Ich komme in ein Internat.«

Er kniet sich schockiert vor sie nieder. »Wohin, Lea?«

»An den Bodensee.«

»Aber dann bist du ja komplett weg von deinem alten Leben. Dann kommen deine Erinnerungen ja erst recht nicht zurück.«

»Mein Arzt sagt das Gegenteil. Und meinen Eltern ist es ganz recht. Ich bin eine Fremde für sie und sie sind Fremde für mich.«

Finns Stimme bricht, als er ihr antwortet: »Lea, für mich bist du keine Fremde. Du bist immer noch die, in die ich mich verliebt habe. Ich will nicht, dass du gehst. Ich will nicht, dass es dann endgültig vorbei ist mit uns.«

Sie legt ihm ihre Hand auf die Wange und er könnte schwören, diese Stelle unterhalb der VR-Brille fühlt sich plötzlich warm an. Es kann nicht sein und doch ist es eine wunderschöne Vorstellung.

»Ich hab gar nicht verdient, dass du mich so liebst. Weil ich alles vergessen habe, weil alles verschwindet, sobald ich danach greifen will.«

Finn versucht, ihr eine Träne von der Wange zu wischen. Es funktioniert natürlich nicht. »Ich werde dafür sorgen, dass es nicht mehr verschwindet.«

»Wie willst du das machen?«

»Ich werde nicht verschwinden, Lea. Ich werde für dich da sein, solang es notwendig ist.«

»Wirklich? Er hat gesagt, sie sind hinter dir her?«

Finn hat das Gefühl, als würde der Boden unter seinen Füßen plötzlich nachgeben. »Was? Wer hat das gesagt?«

»Der Merks.«

»Du hast Kontakt zu ihm?«

»Ja. Einmal.«

»Und was hat er genau gesagt? Lea?«

»Dass er nicht versprechen kann, dass es gut ausgehen wird.«

9.

FRANKFURT SACHSENHAUSEN, 06:13 (MEZ), UNIVERSITÄTSKLINIK

Paul sah durch die Seitenscheibe seinem Stiefbruder hinterher, wie er über den Parkplatz auf den Zentralempfang der Uniklinik zuging. Erst vor fünf Stunden hatten sie das Gebäude verlassen, jetzt waren sie schon wieder zurück, nachdem Finn ihn früher als vereinbart geweckt hatte, um Jakob einen handgeschriebenen Brief vorbeizubringen, als wären sie noch im letzten Jahrhundert.

Er hatte keine Ahnung, was dieser Trip nach Berlin eigentlich sollte. Aber er schien Finn wichtig zu sein. So wichtig, dass er gestern Nacht auf der Fahrt vom Krankenhaus nach Hause nicht niedergeschlagen wie noch kurz davor, sondern total aufgekratzt war. Und das lag garantiert nicht an seinen Brunnen-Ratschlägen, die er noch von seinem eigenen Klinikaufenthalt kannte. Ihm hatten sie damals geholfen, sonst wäre er jetzt ja nicht hier; das Urvertrauen, das Jonas ihm mit seiner Aktion geraubt hatte, konnten sie ihm aber auch nicht zurückgeben. Das war vor über drei Jahren auf youtube von tausend fiesen Kommentaren verschüttet worden und hatte sich seither nicht mehr blicken lassen. Natürlich wusste davon niemand, natürlich verhielt er sich, kaum dass er aus dem Haus ging, so offen und gut drauf, dass keiner seiner Bekannten auf die Idee gekommen wäre, es könnte etwas nicht stimmen. Nur zu Hause gab es ständig Stress, weil sein Vater nicht akzeptieren konnte, dass seine Zukunftsplanung stockte. Aber wie sollte man seine Zukunft planen, wenn man keine Ahnung mehr hatte, wer man eigentlich war und wer man irgendwann sein wollte?

Und dann war da noch Jonas selbst, der Verursacher von allem, der einfach nicht losließ. Der ihn einfach nicht losließ.

Einerseits wollte er ihn unbedingt wiedersehen, weil es niemanden auf der Welt gab, der ihm mehr fehlte als sein bester Freund. Paul vermisste nicht mal ansatzweise so sehr seine Mutter, die nach der Scheidung Hals über Kopf nach Südostasien verschwand. Andererseits hatte er die Befürchtung, dass ausgerechnet Jonas in ihm lesen konnte, was gerade alles nicht stimmte. Weil er ihn einfach am besten kannte. Was wiederum zur Folge haben würde, dass er sich ihm würde öffnen müssen. Was er garantiert nicht tun könnte, weil die Angst davor zu groß wäre, sich direkt wieder in ihn zu verlieben. Wenn er überhaupt jemals entliebt war. Nicht mal das wusste er genau. Gehasst hatte er ihn eine Zeit lang, so extrem ihm das nur möglich war. Aber unbändige Hass-Gefühle waren vermutlich auch nicht gerade ein Zeichen für Entlieben. Sondern eher eins dafür, dass einem der andere alles andere als egal war. Und genau darum konnte er Jonas nicht treffen. Noch nicht. Weil er es garantiert nicht überleben würde, noch mal so verletzt zu werden, wie sein bester und kurzzeitig auch fester Freund es damals geschafft hatte.

Und deshalb traf er die Entscheidung, seinen Stiefbruder nach Berlin zu begleiten, nicht aus reiner Fürsorge Finn gegenüber, sondern ganz egoistisch, um dem Treffen mit Jonas elegant entgehen zu können. So viel zum ›erste Schritte machen‹, ›mit der Vergangenheit abschließen‹, ›Verantwortung für das eigene Leben übernehmen‹. Ratschläge konnte er geben, sie auf das eigene Leben anwenden eher weniger.

Während er schon an der Formulierung der Absage-Nachricht feilte und sich als Grund einen coolen Party-Marathon in Amsterdam ausdachte, merkte er nach einem eingeübten Handgriff in die rechte Hosentasche, dass er sein Handy nicht bei sich trug. Gleichzeitig fiel ihm die merkwürdige Situation von vorhin wieder ein, als Finn sein Handy einkassiert hatte, um es in einer ortungssicheren Tasche zu verstauen. Zunächst hatte er es für einen Witz gehalten, dann für einen schlechten Witz, bis er in den Augen seines Stiefbruders sah, dass es keine Alternative gab. Außer natürlich, die merkwürdige Fahrt nach Berlin ganz abzusagen. Wäre es nicht zu früh zum Streiten gewesen, hätte er Finn niemals seinen bescheuerten Willen gelassen. Er würde ihn später fragen müssen, was es damit auf sich hatte.

Paul öffnete die Tür, um im Kofferraum in Finns Sachen nach seinem Handy zu suchen, und stieß sie fast gegen ein Pärchen, das nah an seinem Auto vorbei auf den Zentraleingang der Uniklinik zusteuerte.

»Pass doch auf.«

»Sorry.«

»Ja, sorry. Hast doch Augen im Kopf, Mann.«

»Thorsten, jetzt komm. Die anderen warten schon auf uns.«

Paul wollte der Anzug-Fresse noch was hinterherrufen, ließ es dann aber sein. Auch dafür war es eindeutig noch zu früh. Stattdessen öffnete er den Kofferraum. Sein Stiefbruder konnte Briefe schreiben, er hatte nicht so viel Zeit, er musste Jonas per WhatsApp eine Absage schicken.

CHAT BND /// OPERATION PROTOCOL /// 06/05/20 /// 06:17:38**

Thorsten, Heike, steht ihr bereit? 06:17

06:17 Vor der Klinik. Ihr auch?

Vor dem Wohnhaus. Gibt's weitere Anweisungen aus Berlin? 06:17

06:17 Negativ.

Wir gehen rein. 06:18

06:18 Go!

FRANKFURT SACHSENHAUSEN, 06:22 (MEZ), UNIVERSITÄTSKLINIK

Im Krankenhaus war gerade in allen Abteilungen Schichtwechsel, als Finn an die erstbeste Empfangstheke trat. Was zur Folge hatte, dass er mit seinem Anliegen an den nächsten Informationsschalter verwiesen wurde. Erst wollte er einwenden, dass er nur einen Brief an Jakob Schaaf abzugeben hätte und draußen im Auto ein müder und deswegen ziemlich schlecht gelaunter Paul wartete, doch als sein Protest schon beim ersten ›Aber‹ erstickt wurde, stellte er sich still in eine Reihe mit fünf anderen Klinikbesuchern. Diese paar Minuten waren jetzt auch schon egal.

Sein Blick fiel auf einen Kaffeeautomaten und er fing während des Wartens an, sein Kleingeld in der Hosentasche zu zählen. Ein Becher Kaffee für Paul war die Bestechung, dass sie an der Uniklinik überhaupt noch diesen Stopp eingelegt hatten. Aber es musste sein. Er musste Jakob wissen lassen, was passiert war. Dass ihr Lehrer unschuldig war. Jakob würde das glauben, auch wenn sich die Story, die ihm dieser Merks-Klon da aufgetischt hatte, beim Aufschreiben total hirnverbrannt anhörte.

»Zu Jakob Schaaf möchten wir.«

Finn ging einen Schritt zur Seite und schaute an seinem Vordermann vorbei zum Empfang. Eine Frau und ein Mann um die 40 standen mit dem Rücken zu ihm und erkundigten sich vergeblich nach seinem besten Freund.

»Es sind noch keine Besuchszeiten. Tut mir leid.«

»Aber Sie können uns doch sicher sagen, auf welcher Station er liegt?«

»Da dürfen Sie aber jetzt noch nicht hin.«

»Dann warten wir. Wissen Sie, wir kommen von seiner

Schule – es ist dringend, es geht um seine Abivoranmeldung. Wenn er die in seiner Situation auch noch verpasst, dann ist das sicher nicht gut für seinen Genesungsprozess.«

Finn verstand nur Bahnhof. Von welcher Schule redete die Frau, offiziell besuchte Jakob noch immer das Erich-Kästner-Gymnasium und die beiden hatte er noch nie zuvor gesehen. Und was zur Hölle waren Abivoranmeldungen?

Doch der Mann am Empfangsschalter schien Finns Bedenken nicht zu teilen. »Einen Moment. Jakob Schaaf liegt auf der Jugendstation I, in Haus 93. Zimmer 431A. Fragen Sie bitte dort noch mal am Empfang nach.«

»Vielen Dank.«

›*Es ist der Geheimdienst.*‹ Finn sah der Frau und dem Mann nach. ›*Sie werden verhindern wollen, dass ihr in Berlin ankommt.*‹ Die sanfte Klon-Stimme seines Lehrers hallte in seinen Ohren. ›*Sie sind gefährlich.*‹

Er merkte gar nicht, dass er an der Reihe war. »Und wie kann ich dir helfen? Hey, Junge, schon wach?«

Finn bekam von hinten einen Schubs und realisierte, dass alle auf ihn warteten. Doch das war ihm in diesem Augenblick völlig egal. Als er die beiden Unbekannten aus den Augen verlor, weil sie durch eine Drehtür verschwanden, begann er zu laufen – denn er wusste, wo Jakobs Zimmer lag, und konnte, wenn er sich anstrengte und seine Lunge mitmachte, noch vor ihnen bei ihm sein.

MOBILE FINN M. /// WHATSAPP /// 06/05/20** /// 06:24:03

Ungelesene Nachrichten

Finn, wo bist du? Warum ist dein Handy aus?
Hier waren gerade zwei Typen von der Polizei,
die dich gesucht haben. Sie haben sich sogar
in deinem Zimmer umgesehen.
Meld dich! Mama 06:24

Ist Paul bei dir? Wir haben gerade bemerkt,
dass er auch nicht da ist. Und sein Auto auch nicht. 06:25

MOBILE PAUL S. /// THREEMA /// 06/05/20** /// 06:25:10

Ungelesene Nachrichten

Paul, warst du die ganze Nacht weg?
Bist du bei irgendeinem von deinen
Typen? Ruf mich zurück. Es ist wichtig. Pa 06:25

MOBILE FINN M. /// WHATSAPP /// 06/05/20** /// 06:27:27

Ungelesene Nachrichten

Scheiße, Finn, wo bist du?
Paul geht auch nicht an sein Handy. 06:27

Finn, wer waren diese Kerle?
Bei der Polizei weiß niemand was davon,
dass sie dich suchen ...? Geschweige denn,
dass irgendwelche Kollegen bei uns waren.
Was soll das?
Was hast du angestellt? 06:29

MOBILE PAUL S. /// THREEMA /// 06/05/20 /// 06:29:18**

Ungelesene Nachrichten

RUF.MICH.AN! Es ist wirklich wichtig. Finn ist nicht zu Hause. Und irgendwelche Typen suchen ihn. Weißt du was? 06:29

Paul, wenn ich in den nächsten 30 Minuten nichts von dir höre, melde ich dein Auto als gestohlen. Verstanden?! Kannst du dir vorstellen, was hier los ist? 06:31

MOBILE FINN M. /// WHATSAPP /// 06/05/20 /// 06:32:44**

Ungelesene Nachrichten

Finn, ist euch was passiert? Bitte ruf zurück!!! 06:32

FRANKFURT SACHSENHAUSEN, 06:33 (MEZ), UNIVERSITÄTSKLINIK

Finn rannte im Haus 93 keuchend das hintere Treppenhaus hoch. Sein verletzter Lungenflügel schmerzte, doch er achtete nicht darauf. Unten hatte er sich hinter einer Ärztin durch die Sicherheitstür ins Gebäude geschlichen. Wenn er Glück hatte, war das eine Abkürzung. Er musste unbedingt noch vor diesen Leuten bei Jakob sein. Wenn das DIE waren, von denen Merks erzählt hatte, waren sie zu allem fähig. Zweiter Stock. Er musste Jakob warnen. Seinen besten Freund ein weiteres Mal retten. Was zum Teufel wollten sie von ihm? Sie kamen nicht von seiner Schule, niemals. Dritter Stock.

Ein Pfleger mit einer Zigarette im Mund öffnete die Tür

zum Treppenhaus. Er hielt auf seinem Weg nach unten inne und inspizierte Finn kritisch, der seinen Sprint nach oben abrupt abstoppte. Gleich würde er im hohen Bogen wieder aus der Klinik fliegen.

»Rein oder raus, Mann? Ich kann dir die Tür nicht ewig aufhalten.«

Finn räusperte sich. »Äh, sorry, ich muss noch eins höher.«

»Na dann.« Der Pfleger ließ die Tür zufallen, und Finn wollte schon unauffällig weitersprinten, als ihn die nächste Frage davon abhielt.

»Was willst du im Vierten? Besuchszeit ist noch keine.«

»Nee, ich will nur kurz zu meiner … Mum. Die arbeitet da.«

Woher diese Lüge kam, wusste Finn nicht. Dass sie nicht besonders klug war, merkte er sofort.

»Ach, wer ist denn deine Mutter?«

Shit. Finn begann noch mehr zu schwitzen, als er nach dem Lauf über das halbe Klinikgelände schon tat. Er wusste keine Antwort darauf. Jedenfalls keine, die den Pfleger zufriedengestellt hätte. »Ähm, meine Mum heißt … Brigitte.«

»Und wie weiter?«

Finn sah den zu Schlitzen zusammengepressten Augen des Pflegers an, dass er ihm kein Wort glaubte. Er nahm innerlich schon Anlauf, wollte losrennen, als dessen Pieper ihn rettete. Denn kaum ging der Alarm los, verschwand der Pfleger genervt stöhnend wieder durch die Tür, aus der er gekommen war.

Und Finn verlor keine Zeit mehr. Er nahm zwei Stufen auf einmal und stand wenige Sekunden später auf der vierten Etage. Dort musste er sich zunächst orientieren. Gestern war er durchs vordere Treppenhaus gekommen, also lag Jakobs Zimmer jetzt auf der anderen Seite. Er ging nach links und gleich wieder nach rechts und versuchte dabei, die morgendliche Klinikduftmischung aus verbrauchter Luft, Desinfektionssprays und billigem Filterkaffee zu ignorieren. Die Flure waren noch erstaunlich leer, nur am anderen Ende eilte ein Visite-Trupp aus Ärzten und Pflegepersonal von Zimmer zu Zimmer.

431A. Da war er. Er schaute sich noch mal um, von den Unbekannten war noch nichts zu sehen. Vielleicht hatte er Glück und SIE wurden tatsächlich am Empfang aufgehalten. Doch Finn ahnte, dass dieses Glück nicht von Dauer sein würde, sollten SIE nur ansatzweise so sein, wie die Clone Identity von Merks SIE beschrieben hatte. Er trat ohne anzuklopfen ein.

»Jakob?«

Aus dem dunklen Zimmer kam keine Reaktion. Und seine Augen hatten nach dem neonhellen Flur Schwierigkeiten, sich auf dieses neue Lichtverhältnis einzustellen.

»Jakob? Verdammt. Bist du da?«

Finn tastete die Wand am Eingang ab und schaltete statt dem Licht die Jalousien an, die langsam nach oben fuhren.

»Mann, was soll das? Es ist kurz nach sechs. Es wird ja jeden Tag früher in diesem beschissenen Puff hier.«

Jakobs Stimme war das nicht. Tarek? Ein Déjà-vu rollte auf Finn zu, die Erinnerung an den letzten Morgen seines alten Lebens, doch er duckte sich schnell weg. Er wollte das nicht zulassen. Nicht jetzt. Es würde ihn lähmen, wie es ihn seit sechs Monaten lähmte. Und wenn er gerade was nicht gebrauchen konnte, dann genau das.

Finn scannte das langsam heller werdende Zweibettzimmer. Im ersten Bett kam unter der Decke ein Gesicht zur Stimme hervor. Der Kopf und ein Auge des sicher erst 12-Jährigen waren verbunden, und so schnell er aufgetaucht war, so schnell verschwand er auch wieder. Finn war mit zwei Schritten am nächsten Bett.

»Jakob?«

Doch mittlerweile waren die Jalousien oben und Finn erkannte, dass das zerwühlte Bett am Fenster leer war. Er hätte fluchen können, als er plötzlich hinter sich eine vertraute Stimme hörte.

»Was willst du hier?«

Finn fuhr herum und stand nach sechs Monaten zum ersten Mal – mal abgesehen von der Rettungsaktion vorgestern – seinem besten Freund gegenüber, der in der offenen Badezimmertür in seinem Rollstuhl saß. Die blonden Locken hingen ihm wie früher in die Stirn, doch das war fast die einzige Ähnlichkeit mit dem alten Jakob. Er war dünner geworden und seine Gesichtszüge wirkten dadurch härter. Und anders als früher um diese Uhrzeit war sein Blick jetzt hellwach.

»Hey, Alter, ich hab dich was gefragt?«

Er klang nicht genervt wie früher. Er klang kalt und unnahbar. So kannte Finn Jakob nicht. Und trotzdem hätte er ihn am liebsten umarmt. Um wenigstens ein bisschen Halt zu finden. Wie oft hatte er sich diese Situation vorgestellt, hatte alle Möglichkeiten der Begrüßung durchgespielt. Aber es war alles umsonst. Er fühlte sich kein bisschen darauf vorbereitet. Es fühlte sich vielmehr an, als würde er wissentlich an einem viel zu langen Bungee-Seil in die Tiefe rasen.

»Mann, bist du stumm, oder was?«

Finn blinzelte. Er musste sich zusammenreißen. Von Jakob konnte er gerade keinen Halt erwarten. Er würde ihn nicht auffangen. Auch wenn er sich das immer genau so vorgestellt hatte. Freunde wie früher. Freunde für immer. Stattdessen: Freier Fall. Der Luftzug rauschte in seinen Ohren.

»Du musst hier weg.« Finns Stimme war belegt.

»Was du nicht sagst. Ich sollte gar nicht hier sein. Das hab ich dir zu verdanken.«

Finn spürte plötzlich Wut in sich aufsteigen, weil Jakobs Ablehnung ungerecht war und ihn völlig unvorbereitet traf. Er versuchte, seinen kalten Tonfall zu imitieren. »Warum musstest du dir auch Schlaftabletten einschmeißen, wie so ein abgefuckter Feigling?«

»Feigling? Hau bloß ab, du Wichser. Du hast keine Ahnung, was das heißt, den ganzen Tag in diesem beschissenen Ding zu sitzen.«

Jakob hatte Finn die Antwort entgegengebrüllt und versuchte nun, an ihm vorbeizurollen. Doch Finn versperrte ihm den Weg. »Nee, keine Ahnung, wie das ist. Weil du ja auch nicht einmal den Versuch unternommen hast, mir das zu erklären.«

»Weil es niemand verstehen würde. Du auch nicht. Darum.«

Finn erkannte seine eigene Antwort wieder, die er immer dazu benutzte, alle Hilfsangebote niederzubügeln. Und er sah in Jakobs mittlerweile glasigen Augen noch eine weitere Gemeinsamkeit: Sein bester Freund war auch im freien Fall. Er rauschte gerade parallel mit ihm auf den Abgrund zu. Auf den Boden des Brunnens, aus dem es nur ein Entkommen gab. Und Finn wollte verdammt noch mal nicht unten aufschlagen, sondern die Hand sein, die Jakob ergriff – sobald er sie nach oben ausstreckte.

Doch hier im Krankenhaus konnte er nicht darauf warten,

bis Jakob so weit war. Sie mussten weg und zwar so schnell wie möglich. »Jakob, ich mein das ernst. Wir müssen los. Ich glaube, sie sind hinter uns her.«

»Hast du was mit den Ohren? Ich gehe mit dir nirgends hin. Und jetzt lass mich durch!«

»Gehen wirst du ja wahrscheinlich eh nicht, oder?«

Finn versuchte, dem irritierten Blick von Jakob standzuhalten, der von dem Spruch so überrascht war wie Finn selbst. Früher hätten sie über so was gelacht, heute war keinem von beiden nach Lachen zumute.

»Fick dich.«

»Könnt ihr mal ruhig sein, ihr Arschgeigen?« Der Zimmernachbar von Jakob beschwerte sich lautstark über den Lärm.

»Halt die Fresse, Yilmaz.«

Finn erschrak über sich selbst. Die Erinnerungswelle nahm einen weiteren Anlauf. Wegducken ging nicht mehr. Finn fing Jakobs Blick auf. Er hatte den Satz auch erkannt. Einen Satz aus einem besseren Leben. Ihre Blicke vereinten sich im Schmerz. Aber irgendwas war anders. Eine Kleinigkeit.

Sie durchlebten die Erinnerung zum ersten Mal nicht allein. Und spürten, dass sie gemeinsam bei Weitem weniger wehtat. Ungewollt resultierte bei Finn daraus ein Grinsen, das Jakob widerwillig erwiderte. »Du bist ein bescheuerter Idiot.«

»Das sagt der Richtige.«

»Von wem redest du überhaupt, wer ist hinter UNS her?« Allein Jakobs Betonung machte klar, dass er Finns Panik eher lächerlich als besorgniserregend empfand.

»Das ist scheiße kompliziert, echt. Ich muss es dir später in Ruhe erklären. Jetzt musst du mir aber vertrauen. Tust du das?«

Finn hatte keinen Plan B. Er wusste nicht, wie er Jakob vor diesen Menschen retten könnte, wenn er sich null kooperativ verhalten würde. Waren das überhaupt noch Menschen oder schon lebende Klone?

Der Gedanke verschwand so schnell wieder, wie er gekommen war. Denn er sah Jakob fast unmerklich nicken. Finn machte eine Strike-Geste wie damals beim Hockey, die Jakob jedoch nur mit Augenrollen quittierte.

»Brauchst du noch was von hier? Medikamente, oder so?«

»Die Tasche da.« Jakob deutete mit dem Kopf auf einen schwarzen Backpack, der neben dem Bett stand. »Und das da auch.«

Finn schnappte sich den Rucksack und das Stück Fell, das auf Jakobs zerwühltem Bett lag. Er hielt es zuerst für eine Decke, bis er es ihm in den Schoß legte.

»Ernsthaft, Alter, 'ne Stoffkatze?«

»Das ist mein Glücksbringer, Mann. Hatte ich in Berlin nicht dabei. Siehste ja, was passiert ist.«

»Okay, Glück können wir brauchen«, flüsterte Finn noch, bevor er Jakobs Rollstuhl Richtung Tür drehte und seinen Zeigefinger an den Mund hielt. Vorsichtig linste er auf den Flur. Die Visite war nur noch zwei Zimmer entfernt, dafür fehlte von den Unbekannten zum Glück noch jede Spur.

Doch gerade als Jakob auf sein Zeichen hin aus dem Zimmer rollte, bogen sie am anderen Ende des Flurs schnellen Schrittes um die Ecke. Finns Herz begann zu rasen. Hatten sie sie gesehen? Erkannten sie ihn und Jakob überhaupt? Waren die wirklich gefährlich oder bildete er sich das Ganze nur ein?

»Sei ruhig und spiel einfach mit.«

»Wenn die Erklärung scheiße ist, dann kannst du was erleben.«

So unauffällig wie möglich drehte Finn den Rollstuhl in die entgegengesetzte Richtung und schob Jakob zu den Aufzügen davon.

TELKO BND /// OPERATION PROTOCOL // 06. 05. 20 /// 07:20:55**

LOGIN: XGTN45H

PASSWORT: ************

»Könnt ihr mir mal sagen, was bei euch los ist? Ihr habt sie verloren? Das sind Kinder. Seid ihr Agenten oder Anfänger?«

»Zielperson Jakob Schaaf war in der Uniklinik nicht in seinem Zimmer …«

»… und im Objekt Mittelstraße 23 war weder die Zielperson Finn Makk noch sein Bruder Paul Spohn anzutreffen.«

»Dann ortet sie, verdammt noch mal. Die haben doch ihre Handys dabei.«

»Schon geschehen. Keins der Handys ist zu orten.«

»Das kann doch wohl nicht wahr sein.«

»Sie scheinen zu wissen, wie man sich vor Ortung schützt. Vermutlich hat der CI von Khal sie gewarnt.«

»Es ist zum Kotzen. Und SIE sind es auch. Wenn man nicht alles selber macht …«

»Chef, gerade erhalten wir einen Anhaltspunkt: Das Handy des Stiefbruders hat sich um 6 Uhr 18 kurz in die Funkzelle zwischen Uni-Klinik und Hauptbahnhof eingeloggt. Wir checken gerade alle Videoaufzeichnungen. Eine Nachricht des Stiefbruders lässt zumindest darauf schließen, dass er nicht auf dem Weg nach Berlin ist.«

»Was heißt das?«

»Er scheint auf dem Weg nach Amsterdam zu sein. Finn Makk hat heute Nacht hingegen ein Zugticket nach Berlin gebucht. Das ergibt gerade die Daten-Auswertungen des Objekts Mittelstraße 23.«

»Und warum telefonieren wir dann, als hätten Sie nichts zu tun, verdammt noch mal. Stoppen Sie diesen Jungen! Wie, ist mir egal! Er darf Berlin auf keinen Fall erreichen!«

DIE VERBINDUNG WURDE UNTERBROCHEN

AUTOBAHN A5, 08:12 (MEZ), BAD HOMBURGER KREUZ

Sie waren unterwegs nach Berlin. Immerhin die Richtung stimmte, wenngleich auch nicht die Geschwindigkeit. Seit sie in Frankfurt losgefahren waren, standen sie im Stau. Aber das war Finn im Moment egal, denn er wartete nur angespannt darauf, was Paul und Jakob zu seiner Geschichte sagen würden, die er ihnen nicht länger verheimlichen konnte. Seit er mit der Erzählung bei den Fremden im Krankenhaus geendet hatte, war es still im Auto.

»Und du glaubst jetzt echt, dass hinter uns jemand her ist?« Paul schaute während des Fahrens ungläubig in den Rückspiegel. Dass er ihn nicht auslachte, war fast schon alles. »So ein Bullshit.«

Finn drehte sich Hilfe suchend zu Jakob um, der gedankenverloren aus dem Seitenfenster schaute und dabei stumm seine Stoffkatze kraulte wie so ein sizilianischer Mafia-Pate. Früher, also sechs Monate früher, hätte es dieses Bild nicht gegeben. Da wäre Jakob der Anführer gewesen. Nicht Nachdenken. Angriff. Seine Verletzungen hatten ihn verändert, nicht nur körperlich.

»Was sagst du dazu, Jakob?«

Langsam drehte Jakob seinen Kopf zu Finn und ließ sich Zeit mit seiner Antwort. »Ich hab nie kapiert, warum Merks das in Berlin gemacht hat. Also irgendwie macht's Sinn.«

Finn fiel ein Stein vom Herzen, während Paul ruckartig abbremste und in die rechte Spur einscherte. »Ihr habt sie echt nicht alle. Ein Lehrer aus Frankfurt als bester Programmierer der Welt. Wo, bitte schön, ist da der Sinn?«

Jakob ignorierte Pauls Einwand und diskutierte mit Finn weiter. »Aber was waren das für Leute im Krankenhaus?«

»Das waren die, die das Programm gekauft haben. Und in Berlin die Bombe gezündet haben.«

»Der Geheimdienst?«

Finn nickte. »Das ist das, was ich weiß.«

»Von einem Klon.«

Jakob überhörte Pauls Ironie. »Aber was wollten die ausgerechnet von mir?«

»Ich weiß es nicht. Vielleicht dachten die, du weißt mehr, weil ich gestern Abend auch schon bei dir im Krankenhaus war.«

»Warst du?«

»Ja, aber die haben mich nicht zu dir gelassen.«

Jakob sagte nichts darauf und Finn suchte in seinem fast

schon unbeteiligten Gesicht nach einem klitzekleinen Zeichen, dass er sich trotz der beschissenen Umstände über ihre Reunion freute. Doch das kurze Grinsen im Krankenzimmer war bis jetzt die einzige Emotion, die ihm zu entlocken war. Ob die Freundschaft, diese einzigartige Verbindung zwischen ihnen, die er seit Berlin körperlich spürbar vermisst hatte, überhaupt noch existierte? Paul grätschte in seine Gedanken. »Falls es euch interessiert: Uns verfolgt niemand. Wenn das im Krankenhaus also wirklich der Geheimdienst war, sind die ihr Geld echt nicht wert.« Er konnte nicht anders, als dem Ganzen einen beißenden Unterton zu verpassen. Es wirkte auf ihn alles so absurd, auch wenn er zugeben musste, dass sein Stiefbruder nicht danach aussah, als würde er sich die ganze Story gerade ausdenken.

»Aber sie haben mich und Jakob nicht erkannt. Und sie können unsere Handys nicht orten. Darum haben wir jetzt noch einen Vorsprung.«

Paul atmete laut aus und es war unklar, ob er es wegen Finns Antwort oder der nächsten Baustelle tat, die den Verkehr wieder zum Erliegen brachte. »Glaubst du echt, ein Geheimdienst, der so ein krasses Programm besitzt, lässt sich von einem 16-jährigen Schüler und seinem nicht mehr ganz so fitten Freund austricksen? Sorry, Jakob.«

Jakob tat, als hätte er es nicht gehört.

»Echt jetzt, ich würde sagen, wir fahren zur Polizei. Du machst 'ne Aussage und dann bring ich euch wieder nach Hause. Und Jakob ins Krankenhaus.«

Finns Atmung beschleunigte sich und er hoffte inständig, jetzt keinen Wutanfall zu bekommen. Aber es fehlte nicht viel. »Und du glaubst, die Polizei macht dann was? Die wird mir noch weniger glauben als du. Und dann werden die Arschlöcher, die in Berlin die Bombe gezündet haben, wieder ungestraft davonkommen.«

Ganz kurz hingen alle drei Jungs ihren eigenen Gedanken nach, bis Paul seine Befragung etwas weniger abfällig, aber genau so kritisch fortsetzte.

»Mal ehrlich, wenn das alles stimmt, was du gesagt hast, also wenn das alles stimmt, was diese virtuelle Figur dir gesagt hat, wenn es dieses Programm wirklich gibt, wie willst du das denn stoppen? Also ausgerechnet du. Ich hab keine Ahnung, was du in deinem Zimmer immer treibst, aber wenn du ein Hacker wärst, hätte ich das sicher mitbekommen.«

»I C H W E I S S E S N I C H T!« Finn betonte verärgert jeden Buchstaben. Verärgert darüber, dass er die Antwort auf diese berechtigte Frage selbst nicht kannte.

Und Paul gab mit seinen kritischen Nachfragen einfach nicht auf. »Von welchen Daten reden wir denn hier überhaupt, die dieses Programm abfischt, um daraus Klone zu machen?«

Finn schaute seinen Stiefbruder von der Seite an und hätte ihn am liebsten gewürgt. Es war eine idiotische Idee gewesen, ihn als Fahrer zu missbrauchen. Wäre er besser mal mit dem Zug gefahren.

»Woher soll ich das so genau wissen? Alle Daten eben, die wir so produzieren, die in der Cloud landen. Gespräche, die wir übers Handy führen, Gespräche, die vom Handy oder Alexa abgehört werden, schriftliche Nachrichten, den ganzen Social-Media-Kram, überhaupt unser Surfverhalten, die Daten von den ganzen Apps, von Webcams, Google-Suchergebnisse, Game-Scores, Bildmaterial von Videoüberwachungen,

Bankdaten, wann wir wo was einkaufen, Musiklisten auf youtube, überhaupt die ganzen Streaming-Anbieter ...«

»Medizindaten. Jeder Furz von mir wird seit sechs Monaten irgendwo digital festgehalten. Ich bin mir sicher, mein Klon hat auch genau mein Kack-Verhalten.«

Finn musste unwillkürlich lachen und er sah, wie auch Paul sich ein überraschtes Grinsen verkneifen musste. »Du bist so krank im Kopf wie diese Geschichte.«

Innerhalb weniger Sekunden war die angespannte Stimmung im Auto verpufft. Plötzlich und für einen kurzen Moment waren sie nur drei Jungs auf dem Weg nach Berlin. Und keine Bombe, keine Klone und kein Rollstuhl spielte in ihrem Leben eine Rolle. Sogar der verrückte Jakob war für einen Augenblick zurückgekehrt. Es hätte eine Party werden können. Hätte.

»Gibt's Musik?« Jakob lehnte sich, soweit es ihm möglich war, nach vorn. »Wenn das so weitergeht mit dem Verkehr, dauert die Fahrt echt noch. Und da kann ich mir euer Gequatsche nicht die ganze Zeit anhören.«

»Frag doch ihn hier«, Paul nickte mit dem Kinn in Richtung Finn, »wie lang er unsere Handys noch unter Verschluss halten will. Da hätte ich jede Menge Musik drauf.«

Jakob schaute zu Finn, doch der stellte nur das Radio an.

»Das muss reichen.«

»Wow, die besten Hits von heute.«

Pauls Antwort ging im Gedudel von Rita Ora unter, bis eine Sondermeldung das Radioprogramm abrupt unterbrach. Finn regelte die Lautstärke nach oben.

»... muss außerhalb Frankfurts der vollbesetzte ICE 674 aufgrund einer ernstzunehmenden Bedrohungslage evakuiert werden. Laut Bahn sind circa 420 Reisende betroffen. Zudem wurde der Frankfurter Hauptbahnhof geräumt und abgesperrt. Die gesamte Innenstadt versinkt im Verkehrschaos. Welche Bedrohungslage genau vorliegt, konnte uns weder die Bahn noch die Polizei mitteilen. Wir halten Sie auf dem Laufenden.«

Paul stellte das Radio wieder leiser. »Krasse Scheiße. Hatten wir aber mal Glück, dass wir vorher aus der Stadt raus waren.«

Finn kramte unwohl in seiner Jackentasche und holte ein Blatt Papier hervor. Ein kurzer Blick darauf reichte, dass ihm schlecht wurde. So schlecht wie ihm wurde, als Merks ihm vor zwei Tagen zum ersten Mal geschrieben hatte. Wobei ihm jetzt sogar noch schlechter wurde, denn diese Meldung in Verbindung mit den Typen am Morgen war auf nüchternen Magen einfach zu viel.

»Finn, Mann, was geht? Du bist total grün im Gesicht.« Pauls Stimme war ein paar Nuancen höher als sonst. »Wenn du mir ins Auto kotzt, dann gibt's echt Ärger.«

Statt einer Antwort würgte Finn zweimal, woraufhin Paul erschrocken aus der Stauschlange ausscherte und den Wagen auf dem Standstreifen komplett abbremste. Schnell beugte er sich über seinen Stiefbruder und öffnete ihm die Tür. »Hier!«

Doch Finn blieb einfach nur sitzen und starrte vor sich hin. Sogar Jakob wurde langsam unruhig. »Hey, Alter, alles okay?«

»Finn?« Paul nahm den Zettel an sich, den Finn in der Hand hielt. Eine Fahrkarte nach Berlin. »Was ist das?«

»Die suchen mich.«

»Was? Wer? Ich kapier kein Wort. Warum hast du diese Fahrkarte?«

»Die dachten, ich sitze in diesem Zug. Diese Evakuierung,

das haben die nur wegen mir gemacht. Ich bin die Bedrohungslage. Die meinen es echt ernst.«

TOR BROWSER /// CHAT INT. /// 06/05/20 /// 10:16:54**

Room: Lab2 – II user online

10:16:54	[obrian@93]	Wie sieht's aus?
10:17:22	[winston84]	die gehen mir langsam auf die nerven
10:17:31	[obrian@93]	What do you mean by that?
10:18:01	[winston84]	[@Hektor] macht extrem druck
10:18:17	[obrian@93]	Wie weit bist du mit Khal?
10:18:24	[winston84]	bin ihm auf den fersen / aber khal war einfach gut / komm nicht an seine ci ran / er hat die syntax verändert
10:18:30	[obrian@93]	Hab seine CI auch im Auge behalten. Sie hat noch keinen Kontakt zu anderen Personen aufgenommen. Trotzdem macht es Angst, was diese Clone Identity schon alles kann.
10:18:39	[winston84]	ich frag mich nur, wie er uns stoppen will
10:18:55	[obrian@93]	Hält sich noch bedeckt. Er will diesen Schüler nach Berlin schicken.
10:19:13	[winston84]	fuck / weiß der nicht wie gefährlich das ist / hat er das letzte mal schon vergessen

	/ ich muss ihn abschalten bevor wieder was schlimmes passiert
10:20:15 [obrian@93]	Sag Bescheid, wenn ich helfen kann.

[winston84] hat den Chat verlassen

AUTOBAHN A9, 14:34 (MEZ), AUTOHOF BITTERFELD

Nach fünf Stunden beinah stummer Fahrt hatten sie Leipzig endlich hinter sich gelassen und hielten zum Tanken, Essen und für eine Pinkelpause an einer Autobahnraststätte. Hunger hatten sie zwar, Appetit jedoch nicht.

»Kannst du das selber?« Finn lief neben Jakob her, der als Erster die WC-Zeichen entdeckt hatte, und war von dem Gedanken kurz abgelenkt, ob Jakob beim Pinkeln Hilfe brauchen würde.

»Nee, wäre cool, wenn du ihn mir halten würdest.« Während Finn erschrocken stehen blieb, fuhr Jakob einfach weiter, als wäre es das normalste der Welt. »Ach, lass, ich frag deinen Stiefbruder, der macht das sicher gern.« Provozierend drehte Jakob sich zu Finn um.

»Fick dich, Mann, wollte nur nett sein.« Finn drängte sich bereits an Jakob vorbei, als der sich murmelnd entschuldigte.

»Sorry, das hätte lustig sein sollen. Irgendwie klappt das nicht mehr so gut.«

»Vielleicht liegt's daran, dass früher alles irgendwie lustiger war.«

»Hm, vielleicht. Danke für das Angebot, aber die haben hier ein Rolli-Klo.«

Finn schaute Jakob noch kurz nachdenklich hinterher, bevor ihn seine nächsten Schritte zum Toilettenwaschbecken führten. Dort spritzte er sich zunächst mal kaltes Wasser ins Gesicht und hoffte, die Kälte würde die beschissene Realität vertreiben. Am liebsten würde er die Brille aufziehen, *Mind-Hack* aktivieren und seinem Ex-Lehrer sagen, dass er raus wäre. Denn wie weit würden DIE noch gehen, um ihn zu kriegen? Würden sie den Zug nächstes Mal entgleisen lassen? Würde eine weitere Bombe explodieren? Wie viele Tote würde es dann geben? Würden Jakob, Paul und er dazugehören? Es wäre ganz allein seine Schuld, weil er die beiden mit reingezogen hatte in diese kaum zu verstehende Scheiße.

Nach dem Pinkeln wusch Finn sich seine Hände und starrte noch mal sein Spiegelbild an. Vielleicht hatte Paul recht. Vielleicht wäre eine Aussage bei der Polizei wirklich das Klügste. Danach könnte er sich zu Hause verstecken. Das hatte die letzten sechs Monate gut geklappt, das würde auch die nächste Zeit funktionieren. Vielleicht würde er sogar Lea noch sehen können, bevor ihre Eltern sie in das Internat abschoben. Alles wäre besser, als ins Ungewisse nach Berlin zu fahren.

Plötzlich sah er aus den Augenwinkeln, wie Jakob um die Ecke rollte und sein Spiegelbild fixierte. »Das stimmt alles, was du sagst, da ist nur ein Denkfehler dabei: Du wirst dich nicht mehr verstecken können. Es wird nicht mehr funktionieren. Niemand von uns wird sich jemals wieder verstecken können, wenn das Programm so funktioniert, wie du uns das vorhin erklärt hast.«

Perplex schaut Finn ihn an. »Hab ich laut geredet?«

»Mann ey, du hast das ganze Klo unterhalten.«

Finn linste um die Ecke und war erleichtert, dass niemand sonst in der Toilette stand. »Aber ich weiß nicht, was uns in Berlin erwartet.«

Jakob zuckte mit den Schultern. »Dann werden wir das gemeinsam rausfinden. Und ihnen heimzahlen, was sie uns angetan haben.«

Mit einer eleganten Drehung rollte er zum Auto voraus, während Finn ihm dankbar nachschaute, weil er, im Gegensatz zu seinem vorherigen Wunsch, diesen Trip nach Berlin nicht allein durchstehen musste.

»Und wir fahren jetzt wirklich weiter nach Berlin?« Paul legte genau wie die anderen beiden Jungs sein halb gegessenes Eier-Sandwich zurück in die Plastikverpackung. Es schmeckte noch schlimmer, als es roch und aussah. Und so groß war der Hunger dann doch nicht. Er schaltete kurz die Zündung an, ließ sein Fenster runter und atmete die frische Frühlingsluft ein, so frisch die Luft an einer Autobahn eben sein konnte. Vergeblich wartete er auf eine Antwort von Finn oder Jakob. »Pennt ihr. Ich will wissen, ob wir …?«

»Ja, wir fahren nach Berlin. Und dort werde ich Merks kontaktieren. Oder er mich. Der hat gesagt, dass er einen Plan hat.«

»Das wäre wünschenswert.«

»Wenn wir da sind, kannst du dich auch verpissen. Dann kriegen wir das allein hin. Oder, Jakob?«

Paul lachte kurz auf, weil er von Finn wie ein Feigling hingestellt wurde. Dabei war er einfach nur Realist und weder die Geschichte noch das himmelfahrtskommandomäßige Vorhaben wollten so recht in seinen Kopf.

Finn schien seine Gedanken lesen zu können. »Du glaubst mir nicht, oder?«

»Keine Ahnung, was ich glauben soll. Dass irgendwas nicht stimmt, das hab ich auch kapiert. Und genau darum wäre es mir lieber, wir wären nicht allein unterwegs und müssten uns dabei nicht auf einen Lehrer-Klon verlassen.« Paul stellte Finn die Essenstüte auf den Schoß und startete das Auto. »Da drin sind noch drei Milchshakes.«

Im Rückspiegel suchte er Jakob, bevor er aus der Parklücke fuhr. »Brauchst du eigentlich was Spezielles zum Essen? Oder Medikamente?«

»Nee, es sollte nur ...«

Ein Schrei von Finn unterbrach Jakobs Antwort: »Shit!«

»Bist du bescheuert?« Paul machte im Rückwärtsgang eine Vollbremsung, als Finn ihm schon den Kassenzettel aus der Tüte vor die Nase hielt.

»Hast du Benzin und Essen mit deiner EC-Karte bezahlt?«

Mehr musste Finn gar nicht fragen. Sogar Paul war sofort klar, was das zu bedeuten hätte, wenn es *Mind-Hack* tatsächlich geben sollte.

»Wir müssen hier raus. Und dann weg. Und zwar schnell.«

CHAT BND /// OPERATION PROTOCOL /// 06/05/20 /// 14:38:01**

Herr Wagner, sie waren nicht im Zug. 14:38

14:38 Was soll das heißen?

Eine der Zielpersonen, Paul Spohn,
hat gerade seine EC-Karte auf einem Autobahn-

Rasthof bei Leipzig benutzt.
Videoaufzeichnungen der Tankstelle belegen, dass sie zu dritt unterwegs sind.
In einem BMW - angemeldet auf den Großvater des Jungen. 14:38

14:38 Und das ganze Chaos in Frankfurt?

Sie gaben den dringenden Befehl, diesen Finn Makk zu stoppen. Die Überwachungskameras am Hauptbahnhof FFM waren defekt. Wir mussten handeln, ohne genaue Kenntnisse über den Verbleib der Zielperson zu haben. 14:39

14:42 Arbeite ich nur mit Anfängern zusammen? Jetzt machen Sie Ihren Job, verdammt noch mal.

AUTOBAHN A9, 15:14 (MEZ), AUTOHOF BITTERFELD

Sie versteckten sich zwischen parkenden LKWs und beobachteten den alten BMW von Pauls Opa, als würde er jeden Augenblick in die Luft fliegen.

»Wenn damit irgendwas ist, dann drehe ich durch.«

»Ist das gerade echt dein größtes Problem, was mit deinem Auto passiert?« Finn war genervt. Ihre ganzen Vorsichtsmaßnahmen waren umsonst gewesen. SIE wussten jetzt Bescheid, wo sie waren. Aber scheinbar wollte Paul einfach nicht verstehen, was das zu bedeuten hatte. Scheinbar reichten ihm die Typen im Krankenhaus und die Nachricht von der Zugevakuierung noch nicht, um zu verstehen, wie gefährlich ihre Gegner waren. Vielleicht lag es auch daran, dass er damals in Berlin nicht dabei gewesen war und nicht mit eigenen Augen gesehen und dem eigenen Körper erlebt hatte, wozu DIE fähig waren.

»Er hat doch schon gesagt, dass es keine Absicht war. Jetzt ist es eh zu spät für sinnlose Vorwürfe.« Jakob versuchte die Wogen zu glätten, doch Paul wollte seine Schützenhilfe nicht.

»Du brauchst mich nicht zu verteidigen. Echt nicht. Ich sag euch, es wird nichts passieren. Ich hab heute Morgen, als du im Krankenhaus warst, eine Nachricht verschickt, und ist da was passiert? Niemand interessiert sich dafür, wo wir sind. Die Geschichte, die du uns da aufgetischt hast, mit diesem *Mind-Hack* und Geheimdienst und so, ist einfach nur kompletter Schwachsinn.«

Finn schaute seinen Stiefbruder wütend an. »Weißt du, was echt nervt: Gestern laberst du mich noch voll, ich soll mein Leben wieder in die Hand nehmen, Verantwortung übernehmen und einen Schritt nach dem anderen in Richtung Zukunft gehen. Und dann mach ich das. Und was machst du: Du bist nur am Rumstänkern.«

»Weil das hier mit deinem Leben, also mit dem realen Leben null zu tun hat.«

»Hab ich auch nie behauptet. Ich hab nie gesagt, dass die Welt von *Mind-Hack* real ist. Aber sie beeinflusst die Realität. Das ist der Unterschied.«

»Hey, Mann«, Jakob rollte zwischen die beiden, »wenn ihr hier weiter so rumbrüllt, können wir uns gleich wieder ins Auto setzen. Dann müssen die wenigstens nicht lang suchen.«

Finn stimmte ihm kommentarlos zu und schaute ihm nach, als er sich an ihnen vorbei an den LKWs entlangschlängelte. »Wo willst du hin?«

Jakob verschwand geräuschlos hinter der Ladefläche eines

leeren Tiertransporters. Finns und Pauls Augen trafen sich kurz, bevor sie sich wieder auf die Beobachtung des Autos konzentrierten. Abgesehen vom Lärm der Autobahn blieb aber alles ruhig.

»Tut mir leid. Ich musste Jonas dringend 'ne Nachricht schicken und absagen. Der wollte sich mit mir in Frankfurt treffen.«

»Ja, ja, schon gut.« Finn nahm die Entschuldigung an. »Ich dachte, dieser Jonas ist kein Thema mehr in deinem Leben. Hast du gestern gesagt.«

»Hm, hab ich das?«

Finn schaute seinen Stiefbruder genervt an. »Hey, echt jetzt, Mann, was von dem Zeugs, das du mir gestern erzählt hast, stimmt denn überhaupt? Deine ganzen Tipps sind ja wohl nur fürn Arsch, oder?«

Paul schüttelte den Kopf. »Die sind nicht fürn Arsch. Die sind nur tierisch schwer in die Tat umzusetzen. Ich versuch jeden Tag, mit meiner Geschichte abzuschließen. Manchmal klappt's, manchmal nicht.« Er schien kurz nachzudenken. »Ich schieb zum Beispiel immer noch voll die Paranoia, dass mich irgendwer verletzen könnte. Weil's mir einmal passiert ist.«

»Na toll, das macht echt Mut.« Finn hielt irritiert inne. »Aber eins versteh ich nicht. Du wirkst überhaupt nicht so, als ob du vor irgendwas 'ne Paranoia hast. Du bist ständig unterwegs. Du hast voll viele Freunde, bist bei allen beliebt.«

Paul legte eine Hand auf sein Herz. »Aber die ganzen Typen und Freunde, mit denen ich mich treffe, die sind nicht hier. Wenn von denen jemand aus meinem Leben verschwindet, ist mir das komplett egal.«

Finn erkannte eine Parallele zu sich. Genauso hatte er es

nämlich auch gemacht – mit seinen neuen Mitschülern oder den Leuten aus der Psychogruppe. Er hatte sich ihnen verschlossen, um nicht irgendwann wieder den Schmerz des Verlassenwerdens spüren zu müssen. Völlig idiotisch, weil das angeblich schützende Alleinsein alles nur noch schlimmer gemacht hatte. Und fürchterlich einsam. Er deutete auf Pauls Herz. »Aber dieser Jonas ist immer noch da drin?«

Doch bevor Paul etwas darauf erwidern konnte, sah Finn, wie sich dessen ganzer Körper versteifte. Und Finns Atmung begann sich zu beschleunigen, bevor er Pauls Blick folgte.

Zwei Männer in dunklen Klamotten untersuchten ihr Auto.

Ruckartig lehnten Finn und Paul sich an die dreckige LKW-Plane, um nicht entdeckt zu werden.

»Fuck, DIE gibt es ja wirklich.« Pauls Flüstern war ein heiseres Krächzen und seine Gesichtsfarbe auffällig hell. »Und jetzt? Wo verdammt ist Jakob?«

Finn schaute sich nach seinem Freund um. Doch von dem war weit und breit nichts zu sehen. »Wir können nicht hierbleiben. Die werden garantiert als Allererstes den Rastplatz nach uns absuchen.«

»Und Jakob mit seinem auffälligen Rolli werden die direkt finden. Verdammte Scheiße, nur wegen dieser bescheuerten EC-Karte.«

Plötzlich ertönte leises Pfeifen hinter ihnen. Abrupt drehten sich beide um und entdeckten Jakob, der versteckt hinter einem riesigen Reifen stand und sie zu sich winkte. »Verdammt, seid ihr taub?«

»Hast du gesehen, dass die da sind?«

»Hm, was denkst du, warum ich mich hier verstecke.« Jakob setzte sein selbstgefälligstes Gesicht auf, das vor allem ihre Lehrerin Frau Sommer früher schon zur Weißglut gebracht hatte. »Zufällig schon 'ne Idee, was wir jetzt machen?«

»Kein Ahnung. Du?« Paul fiel im Gegensatz zu Finn noch darauf rein.

Und Jakob genoss seinen Triumpf. »Nicht nur 'ne Idee. Sogar schon einen Plan. Und alles, was man dazu braucht, um ihn in die Tat umzusetzen.«

10.

BERLIN WEISSENSEE, 16:16 (MEZ), PARK WEISSER SEE

Im Vergleich zu gestern hatten der Park seine Farbe und das Wasser seinen Frieden verloren. Seit dem frühen Morgen saß Toni auf der Bank, auf der sie gestern noch mit Navid zusammengesessen und ihn geküsst hatte. Und hoffte auf ein Wunder. Doch nach sechs Stunden vergeblichen Wartens war ihr klar, dass es nicht eintreten würde. Dass Navid nicht auftauchen würde. Weil er ihre Warnung nicht gesehen hatte, er sie irgendwo anders zu treffen hoffte oder ihm schon längst etwas Schlimmes passiert war.

Bei diesem schrecklichen Gedanken schnäuzte Toni sich zum wiederholten Mal in ein völlig zerfleddertes Taschentuch. Beide Packungen, die sie in ihrer Schultasche bei sich trug, waren aufgebraucht. Weil sie im Verlauf des Tages schon aus Angst geweint hatte, aus Wut, aus Trauer und aus Sehnsucht. Und weil die Tränen einfach nicht stoppen wollten, so hilflos wie sie sich seit gestern Nacht fühlte.

Warum tat ihr Vater das? Warum konnte er das tun? Warum hasste er Navid so sehr, obwohl er ihn gar nicht kannte? Warum hasste er sie so sehr, obwohl er sie sehr wohl kannte?

Sie passten so perfekt zusammen. Hätten sie das nur mal jemandem zeigen dürfen. Ihrem Vater, ihrer Mutter, der Welt. Sie hätte allen erzählt, wie Navid sie damals zum Sprayen brachte. Wie er sie ermutigte, ihre kleinen Zeichnungen, die er mal zufällig im Unterricht erspäht hatte, großflächiger zu malen. Wie er mehr sehen wollte, ihre Bilder interpretierte und damit genau das traf, was sie sich dabei gedacht hatte. Wie er aber auch immer wieder den Anstoß gab, weniger zu denken und mehr zu fühlen. Mit dem Herz zeichnen, nannte er das. Und wie stolz er auf sie war, als es ihr endlich gelang. Da fühlte sie zum ersten Mal, wie es war, nicht nach Noten, nach Leistung oder nach dem Aussehen beurteilt zu werden. Weil es Menschen wie Navid gab, die einen so akzeptierten, wie man tief im Innersten war.

Das Bild, das sie heute Nacht um den Schlaf gebracht hatte, war nicht mit dem Herzen gezeichnet. Es war das Bild ihres Vaters mit der Waffe, wie er ohne mit der Wimper zu zucken dazu bereit war, alles zu zerstören, was ihr wichtig war. Deswegen hatte sie auch am Morgen, kurz nachdem sie ihre Eltern mit einem falschen Lächeln verlassen hatte, im Sekretariat angerufen und sich krankgemeldet. Was nicht mal gelogen war, da sie sich noch nie zuvor in ihrem Leben kränker gefühlt hatte. Und dieses untätige Rumsitzen ließ sie langsam schier verzweifeln. Mittlerweile kam auch noch Hunger dazu und die Kälte, gegen die die fröhlich scheinende Frühlingssonne vergeblich ankämpfte.

Was sollte sie bloß tun? Sollte sie die Polizei einschalten? Wann würden ihre Eltern spätestens die Polizei alarmieren?

Oder mit dem Ausspionieren starten, das sie allem Anschein nach ja perfekt beherrschten? Seit ihrem Anruf im Schulsekretariat lag ihr Handy ausgeschaltet in der Tasche. Sie wollte es ihrem Vater so schwer wie möglich machen, sie zu finden, falls er daran irgendwas manipuliert hatte.

›Das muss nichts heißen.‹

›Das muss nichts heißen.‹

›Das muss nichts heißen.‹

Luke hatte recht, es hieß nichts, dass sie keine Spyware auf ihrem Handy gefunden hatte. Sie musste da sein. Versteckt. Es gab keine andere Erklärung dafür, wie ihr Vater sonst an die ganzen Informationen über sie und Navid hätte kommen können.

Plötzlich durchfuhr sie ein neuer Gedanke – oder war es eher ein Wunsch? Was, wenn Navid sie in dieser Ausnahmesituation erreichen wollte? Sie sah es direkt vor sich, wie er sich bei irgendwem ein Handy auslieh, um mit ihr ihr weiteres Vorgehen zu besprechen. Und dann frustriert aufgab, weil sie auch beim wiederholten Klingeln nicht ranging.

Schnell zog Toni ihr Handy aus der Tasche, wollte es anschalten und erstarrte, als ihr eine neue Nachricht entgegenblinkte. Empfangen von dieser Spam-App mit dem Namen *Mind-Hack*, die sie schon wieder vergessen hatte.

Sie war sich ganz sicher, ihr Handy vorhin ausgeschaltet zu haben. Mit zitternden Fingern rief sie die Nachricht auf.

Antonia Wagner,
ich brauche deine Hilfe. 13:12

Bitte melde dich, aber rede
mit niemandem darüber. 13:17

Es geht um deinen Vater, es dürfen nicht noch mehr Unschuldige sterben. 13:26

Toni las die Nachrichten so lang, bis sie sich von selbst löschten. Sie verstand kein Wort. Was hatte das zu bedeuten? Wer war das? Ein schlechter Scherz? Wer wusste außer ihrem Vater noch über Navid Bescheid? Wer wusste außer ihr noch, was ihr Vater mit ihm vorhatte? Das ergab alles überhaupt keinen Sinn. Sie tippte als Antwort ein Fragezeichen. Doch gerade als sie auf Senden klicken wollte, standen auf dem Display plötzlich drei Wörter, die ihr einen Schauer über den Rücken jagten: *Papa ruft an.*

MIND-HACK /// ACTIVE ANONYM. /// 06/05/20 /// 16:55:18**

»Was kommt als Nächstes?« Vor einer runtergekommenen Fabrik steht er dem Klon seines Lehrers gegenüber und redet so streng mit ihm, wie er in der normalen Welt nie mit einem Lehrer geredet hätte. Aber normal war einfach gar nichts mehr. »Geht noch mal eine Bombe hoch?«

Merks dreht sich weg und starrt auf einen in einiger Entfernung glitzernden Fluss, als hätte er mit der Sache nichts zu tun. »Ich weiß es nicht. Aber wir müssen damit rechnen. SIE nehmen diese Opfer in Kauf. Und ihnen ist es auch egal, wenn noch drei dazukommen. Ihr drei!«

»Vergessen Sie's, echt. Da bin ich raus. Und Jakob und Paul auch.« Finn geht ein paar Schritte um den Lehrer herum, damit er ihm wieder in die Augen schauen kann. »Ich hör auf. Verstanden?«

Der bestialische Gestank in dem leeren Tiertransporter, in dem sie von der Raststätte vor ihren Verfolgern flüchten, schnürt ihm fast den Hals zu. Und weil er davon kurz abgelenkt ist, erschrickt er sich zu Tode, als Merks sich völlig unerwartet zu ihm runterbückt.

»Dafür ist es zu spät. Es ist nicht mehr deine Entscheidung. Es hört erst auf, wenn du sie stoppst.«

»Aber wie soll ich das machen, Mann?« Finn schämt sich fast für seine quengelnde Stimme, aber die Aussichtslosigkeit dieses Unterfangens war ihm noch nie so klar wie gerade eben.

Merks achtet jedoch gar nicht mehr auf ihn. Er schaut sich hektisch um, zu der Fabrik, die zunehmend unheimlicher wirkt. Auch Finn realisiert, dass das Licht in der Mind-Hack-Welt sich zu verdunkeln scheint. Er hofft, dass es nicht am Akku der Brille liegt.

Merks wendet sich ihm plötzlich wieder zu. Er spricht schnell und seine Stimme klingt synthetischer als sonst. »Du wirst in ihre Zentrale eindringen und Mind-Hack töten. Ich hab alles vorbereitet.«

»Töten? Fuck, ey, das ist ein Programm und kein Lebewesen. Ich hab auch echt keine Ahnung von irgendwelchen Programmiersprachen. Das kannst du, können Sie voll vergessen. Hey, alles klar?«

Die Clone Identity von Merks knickt völlig unvorbereitet in sich zusammen. Finn geht automatisch einen Schritt auf ihn zu, er hat den Drang, seinen Ex-Lehrer zu stützen, was er aber schon im selben Moment als völlig hirnrissig entlarvt. »Mann, was ist?«

»Nichts.« Merks rappelt sich wieder auf. Sein Gesichtsausdruck straft ihn Lügen. »Alles okay. Versprich mir, dass ihr es versucht.«

Orkanartiger Wind kommt auf, es wirkt, als würde er in der Fabrik entstehen. Er bläst Dreck aus den Fenstern und lärmt in ihren Ohren.

»Ich weiß nicht, ob ich es versprechen kann. Es ist zu gefährlich. Ich will nicht schuld daran sein, wenn Paul oder Jakob was passiert.«

Merks krümmt sich wieder. Finn fühlt sich an seine Schmerzen erinnert, die er hat, wenn er seine Lunge mal wieder überanstrengt.

»Es ist gefährlicher, wenn ihr es nicht versucht.« Merks' Stimme ist kaum noch zu verstehen. »Merk dir diesen Ort. Hier wirst du ein paar Antworten finden.«

»Was? Ich versteh kein Wort mehr. Verdammt.«

Plötzlich ist sein Ex-Lehrer weg. Die Stelle, wo er stand, bleibt für einen Wimpernschlag als schwarzes Loch zurück. Dann wird sie neu berechnet. Die Dunkelheit verschwindet, alles ist ruhig. Nur Finns Herz rast unbeirrt weiter. Was war das? Wohin ist Merks verschwunden? Aufgewühlt wirft er einen Blick zur Fabrik, dreht sich im Kreis und stößt vor Schreck einen Schrei aus. Hinter ihm steht plötzlich eine junge Frau, die ihn mit verschränkten Armen skeptisch beobachtet.

**BERLIN SCHÖNEFELD, 18:33 (MEZ),
FLUGHAFEN BERLIN BRANDENBURG**

Er durfte eigentlich nicht herkommen. Weil er keinen Verdacht erwecken und nicht mit dem Projekt in Verbindung gebracht werden wollte. Seit über zwei Jahren hielt Wagner sich daran und war der Baustelle ferngeblieben, die das heimliche Herz von *Mind-Hack* war. Oder der Kopf. Oder beides zusammen.

Aber heute ging es nicht anders. Er hatte das Gefühl, als würde er langsam die Kontrolle verlieren. Und einer von diesen Programmierern musste ihm in die Augen schauen und ihm versichern, dass sein Gefühl ihn trog. Dass wenigstens *Mind-Hack* arbeitete, wie sie es ihm für viel Geld verkauft hatten. Es würde eine Lüge sein, das wusste er selbst. Denn wenn *Mind-Hack* einwandfrei arbeiten würde, könnte Khals CI sie nicht derart an der Nase rumführen. Dann könnten diese Kids seinen Agenten nicht einfach so entkommen. Und er hätte auch seine Tochter besser unter Kontrolle. Dass dem nicht so war, hatte er bereits beim Frühstück bemerkt, als sie ihm mit panischer Angst in den Augen entgegentrat. Hatte sie ihn durchschaut, weil er Grace gekündigt hatte? Wusste sie, dass er ihren Plan, die idiotische Heirat mit diesem illegalen Ausländer, verhindern wollte? War sie kurz davor, eine riesige Dummheit zu machen, die er in dem ganzen Chaos übersehen hatte?

Ihre CI verhielt sich viel zu ruhig, ihre reale Stimme hingegen zitterte, als wäre sie auf der Flucht. Sie versuchte zwar, es zu unterdrücken wie vorhin am Telefon, doch es war seit über 25 Jahren sein Job, genau auf so was zu achten. Auf kleine Nuancen, die Großes verrieten. Und er hatte in seinem Berufsleben schon richtig große Lügner überführt.

Doch genau wegen dieses Berufs musste er sich jetzt zunächst um *Mind-Hack* kümmern und seine Privatangelegenheiten hintanstellen. Könnte er sich dabei nur auf seine Frau verlassen …

Er schaute sich auf dem geisterhaften Gelände um, steckte seine Karte in den Scanner der unscheinbaren Kellertür am Parkhaus Drei des neuen Flughafens und betrat nach einer dreißig Sekunden dauernden Liftfahrt und einem weiteren

Scan seiner Augen eine Welt, die bis vor vier Jahren so nicht geplant gewesen war. Dass sie das geschafft hatten, ohne dass jemand was davon mitbekommen hatte, machte ihn heute noch stolz.

Auf der Suche nach genügend Platz für die riesigen *Mind-Hack*-Server und Rechner war ihnen schnell klar geworden, dass Deutschland nicht Amerika war und sie dementsprechend keine endlosen Wüsten zum heimlichen Bau von ganzen Speicherstädten zur Verfügung hatten. Und als sich die Eröffnung des Flughafens immer weiter hinauszögerte, kam ihm plötzlich die Idee, das ganze Gelände einfach zu unterkellern, um somit verborgen vor den Augen der Öffentlichkeit ein sündhaft teures, dafür aber topmodernes Server-Labyrinth entstehen zu lassen. Natürlich führten ihre Bauarbeiten zu weiteren Verzögerungen bei der Flughafeneröffnung, aber das schien niemanden mehr zu verwundern.

Und jetzt stand er vor seinem Lebenswerk und konnte nicht anders, als den Atem anzuhalten. Es war noch faszinierender als auf den Fotos, die ihm in unregelmäßigen Abständen vorgelegt wurden. Vor ihm erstreckte sich ein endloser Flur, der nur mit kaltem LED-Licht beleuchtet war. Links und rechts gingen schwere Metalltüren ab. Überall dahinter arbeiteten die modernsten Rechner der Welt, um die Welt von *Mind-Hack* entstehen zu lassen. Es war so unvorstellbar, dass er das alles initiiert hatte. Genau wie die Tatsache, dass 20 Meter über ihm irgendwann mal bis zu 50 Millionen Passagiere pro Jahr abgefertigt werden würden, ohne den Hauch einer Ahnung davon zu haben, was hier unten vor sich ging. Es war ein Kraftakt und ein Meisterwerk, sein Meisterwerk. Wagner war so unglaublich stolz darauf, dass er hätte weinen können.

Aber er riss sich zusammen, weil Gefühle hier keinen Platz hatten. Zumindest so lange nicht, bis das Projekt in Sicherheit war. Es durfte von nichts und niemandem in Gefahr gebracht werden. Und schon gar nicht von innen heraus.

200 Meter vor ihm betrat eine Frau den Flur. Wagner hasste Programmierer von Natur aus, aber heute musste es sein. Heute musste er mit dieser sozialinkompatiblen Watson reden. Oder war es Winston? Auf jeden Fall war es die Frau, die ihn schon beim ersten Treffen zurückgewiesen hatte, als wäre er ein 12-jähriger Praktikant. Und dafür hasste er sie, genau wie er es auf den Tod nicht ausstehen konnte, wenn jemand im Chat alles kleinschrieb. Genau das tat sie. Winston, so lautete ihr Name.

Khal war ihm tausendmal lieber gewesen, er war es damals auch gewesen, der ihn von *Mind-Hack* überzeugte, weil er ein Mann war, weil er kompetent war. Diese Winston hätte das nie geschafft, die hätte er am liebsten in den Knast gesteckt, als sein Team damals diese Hacker-Gruppe hochgehen ließ. Khal hingegen hatte Überzeugungskraft, eine Vision – hätte er nur nicht die Seiten gewechselt, dann hätten sie heute diese ganzen Probleme nicht.

Merkwürdigerweise kam Winston ihm lächelnd entgegen. Und weil das noch nie passiert war und gerade der unpassendste Moment überhaupt dafür war, stieg sein Puls rasant an. Was dachte diese IT-Kuh sich? Sein Lebenswerk stand auf dem Spiel und sie grinste, als hätte sie im Lotto gewonnen.

»Hektor, als hätten Sie es geahnt.«

»Was?« Wagner musste sich zusammenreißen, wie er sich manchmal auch vor seiner Frau zusammenreißen musste, um nicht völlig auszurasten.

»Ich hab ihn vor zwanzig Minuten eliminiert.«

»Was soll das heißen?«

»Dass die CI von Khal Geschichte ist. Dass Khal endgültig Geschichte ist.«

Wagner brauchte einen Moment, um das Gehörte zu verarbeiten, dann löste sich ein kleiner Knoten, der gerade dabei war, ihm langsam, aber sicher die Luft abzuschnüren. Ein Lächeln stahl sich auf sein Gesicht, als wollte er ihres erwidern, doch das verbot er sich sofort. »Und damit sind unsere Probleme gelöst?«

Winston nickte. »Es hat mir echt wehgetan, weil Khals CI so wahnsinnig weit entwickelt war. Wir hätten da wirklich noch viel von lernen können, aber jetzt ist es vorbei. Jetzt kann das Programm arbeiten, wie es arbeiten soll.«

»Das nenne ich wirklich eine gute Nachricht. Und der Klon hat keine weiteren Schäden im System angerichtet?« Wagner hatte kurz den Eindruck, als hätte die Programmiererin vor Schreck geblinzelt, aber vielleicht bildete er sich das bei dem grellen Licht auch ein. Er wollte, dass er es sich einbildete.

»Nein, mittlerweile läuft alles wieder nach Plan.«

»Und was ist mit den Kids?«

»Mit welchen Kids?«

»Die wegen Khal auf dem Weg nach Berlin sind.«

»Kümmern sich da nicht Ihre Leute drum?«

Wagner hätte ihr gern erzählt, wozu seine Leute in der Lage waren und wozu nicht. Das ›wozu nicht‹ würde ewig dauern. Darum blieb er professionell und schüttelte nur den Kopf. »Sie sind dran, aber noch haben sie sie nicht. Sie sind verdammt gerissen.«

Winston lächelte vielsagend. »Ich bin mir sicher, wenn Khal

sie nicht mehr schützt, werden sie nicht mehr lang unentdeckt bleiben.«

Wagner erwiderte das Lächeln. Und dieses Mal ließ er es zu, bis es in ein lautstarkes Lachen überging, das von den kahlen Betonwänden tausendfach wiedergegeben wurde.

TOR BROWSER /// CHAT INT. /// 06/05/20 /// 19:21:56**

Room: KITCHEN – II user online

```
19:21:56 [winston84]   er war hier
19:22:01 [obrian@93]   Wer?
19:22:03 [winston84]   [@Hektor]
19:22:07 [obrian@93]   In der Zentrale? Was wollte
                       er?
19:22:15 [winston84]   druck machen / hab ihm seine
                       panik angesehen / zum glück
                       hatte ich khal gerade geext /
                       die werden langsam ungemütlich
19:22:27 [obrian@93]   Und jetzt sind sie wieder
                       ruhig?
19:22:33 [winston84]   er will im real life noch
                       diese kontaktperson von khal
                       catchen / diesen jungen der
                       angeblich mit zwei anderen
                       kids in berlin unterwegs ist /
                       seine CI musste ich ebenfalls
                       auf null setzen
19:22:42 [obrian@93]   Was hat er mit ihnen vor?
19:22:56 [winston84]   ich will es nicht wissen /
```

		das geht uns auch nichts an / das sind deren probleme / wir machen nur unsere arbeit / es ist vorbei
19:23:09	[obrian@93]	Vielleicht geht's uns doch was an. Die CI von Khal hatte noch mit der Tochter von [@ Hektor] Kontakt, bevor du ihn eliminiert hast. Es scheint noch nicht ganz vorbei zu sein.
19:23:12	[winston84]	FUCK / was treibt der für ein spiel
19:23:19	[obrian@93]	Ich bleibe dran!

[obrian@93] hat den Chat verlassen.

11.

BERLIN TELTOW, 21:13 (MEZ), INTERN@WORLD

Sie stanken, als hätten sie eine Woche nicht geduscht. Der übelkeitserregende Geruch des leeren Tiertransporters war in kürzester Zeit in ihre Klamotten und in ihre Haare eingedrungen. Und obwohl es immer hieß, die Nase könne sich an unangenehme Gerüche gewöhnen – in diesem Fall war es nicht so. Weder bei ihnen noch bei den anderen Gästen des Internetcafés, die sie anstarrten, als würden sie aus einer anderen Welt kommen. Irgendwie war das ja auch so.

Sie versuchten einfach, nicht darauf zu achten, und manövrierten sich mithilfe von Google Maps durch Berlin, um die Fabrik zu finden, vor der der Klon von Merks ein letztes Mal auf Finn gewartet hatte. Ein zeitraubendes Glücksspiel.

»Die letzten 20 Euro von Jakob sind gleich aufgebraucht. Und dann? Wir haben nichts mehr zu essen oder zu trinken … Und wo wir übernachten, steht auch in den Sternen.« Paul fuhr sich nervös durch die Haare und erwiderte den ungewollten Blickkontakt der anderen Gäste, die schnell wieder wegschauten. »Ich kann's immer noch nicht fassen, dass der Arsch von LKW-Fahrer uns 76 Euro abgeknöpft hat. Für das Geld hätten wir ja Taxi fahren können.«

»Ich geb ja schon alles, damit wir hier billiger rauskommen.«

Sowohl Finn als auch Paul schauten Jakob überrascht an, weil sie keine Ahnung hatten, was er damit meinte. Bis sie realisierten, dass er schon die ganze Zeit mit der Thekenkraft des Internetcafés flirtete.

»Dein Ernst, Alter? Wir haben jetzt ja wohl echt Wichtigeres zu tun.«

»Riecht ihr das?« Jakob war völlig beseelt. »Sie hat das gleiche Parfum drauf wie die Zwillinge auf Tareks Party. Finn, erinnerst du dich dran?«

Finn erinnerte sich an vieles von der Party, an seinen Kuss mit Lea, seinen Absturz. Das Parfum der Zwillinge gehörte nicht dazu. »Ich rieche nur Tierkacke.«

Paul konnte nicht fassen, dass ihr eigentliches Vorhaben plötzlich keine Rolle mehr spielte. »Ey, Jungs, könnt ihr eure sabbernden Zungen wieder einrollen?«

Jakob hielt den Blickkontakt lächelnd aufrecht. »Das ist Arbeitsteilung, Mann. Ihr sucht diese Fabrik, ich kümmere mich um unsere Finanzen. Außerdem hab ich das letzte halbe Jahr nur zu Hause rumgesessen, muss ja mal checken, ob ich das noch kann.«

»Was?«

»Abchecken halt und so.«

Paul gab Finn ein Zeichen, dass Jakob komplett durchgeknallt war, bevor sie sich wieder über den antiken Monitor vor ihnen beugten, der sich wohl vorgenommen hatte, von der Eröffnung bis zur baldigen Schließung dieses Cafés seinen Dienst zu verrichten.

Finn hatte bis vor 30 Minuten keine Ahnung gehabt, dass es solche Orte überhaupt gab. Und noch weniger wusste er, wofür sie da waren. Schließlich hatte doch jeder immer sein Handy bei sich. Also fast jeder. Fast immer. Nur sie nicht.

Zum Glück hatte Paul die Idee, sich hierher durchzufragen, nachdem der LKW-Fahrer sie irgendwo bei Teltow unvermittelt von der Laderampe seines Transporters geschmissen hatte. Doch sonderlich erfolgreich waren sie bei ihrer Online-Suche nicht.

»Hast du überhaupt 'ne Ahnung, ob das Berlin war, was du da gesehen hast?«

»Natürlich nicht. Da stand ja kein Ortsschild dabei. Aber Merks wollte mir damit sicher ein Zeichen geben, dass dort das Hauptquartier von diesen Arschlöchern ist. Oder sonst was.«

Paul stöhnte auf. Er wollte nicht mehr der Nörgler sein, der alles in Zweifel zog, schließlich hatte er auf der Raststätte mit eigenen Augen gesehen, dass an der Geschichte von Finn was dran war. Aber dass er wegen dieser ganzen Scheiße sein geliebtes Auto verlassen musste, das nervte ihn immer noch gewaltig. »Und wenn wir diese Fabrik tatsächlich finden sollten und es das Hauptquartier von denen ist, dann spazieren wir da rein und sagen: Hände hoch, oder was?«

Finn zuckte nur mit den Schultern und scrollte sich weiter durch die Stadt. Als ihm vorhin klar wurde, dass der Klon seines Ex-Lehrers endgültig gelöscht worden war, hätte er heulen können. Und hätte es auch getan, wären Jakob und Paul nicht dabei gewesen. Denn ohne Merks wurde das hoffnungslose Unterfangen noch hoffnungsloser. Falls das überhaupt möglich war. Keine ihrer Fragen war beantwortet. Es tauchten vielmehr ständig weitere auf.

»Sie kommt!«

Finn fuhr vor Schreck zusammen, als Jakobs Stoffkatze plötzlich auf seinem Schoß landete und sein Freund sich mit der Kraft seiner Arme in eine aufrechte Position drückte. Bevor Finn jedoch fragen konnte, was los war, stand die blonde Thekenkraft bei ihnen.

»Wollt ihr was trinken? Boah«, sie hielt sich die Nase zu, »ihr seid das. Ihr stinkt so. Ich hab die ganze Zeit gedacht, jemand ist in Hundekacke getreten.«

Jakob zeigte unschuldig auf Finn und Paul. »Die beiden sind das. Du riechst dafür wie eine Frühlingsblume. Ich hätte gern 'ne Cola.«

»Wir haben kein Geld«, zischte Finn ihm zu.

»Oh, stimmt, wir haben kein Geld. Sorry.« Jakob tat unschuldig.

»Aber das Surfen bezahlt ihr! Sonst macht euch mein Chef 'nen Kopf kürzer.«

»Klar, oder sehe ich aus, als würde ich einfach davonlaufen? Wir haben aber blöderweise nur noch drei Euro.« Er zwinkerte ihr lächelnd zu. »Uns wurden vorher aus dem Auto die Handys und das Geld geklaut. Dabei suchen wir ganz dringend den Weg zu einem Hersteller für Prothesen.«

»Shit. Habt ihr die Bullen gerufen?«

»Nee, das kostet doch nur Zeit und bringt nichts. Weißt du doch selber.«

Finn und Paul vermieden es, sich anzuschauen. Jakob blieb ernst und zog seine Nummer durch wie in ihrer gemeinsamen Schulzeit, die Jahre entfernt schien.

»Hast du 'ne Ahnung, wo die Werkstatt sein könnte? Ist so 'ne alte Fabrik an irgendeinem Fluss.«

»Keine Ahnung. Googelt doch die Adresse.«

»Haben wir nicht. Stand in meinem Handy. Und man findet die auch nicht im Netz. Das ist voll der Geheimtipp.«

»Dann habt ihr wohl ein Problem. In fünf Minuten sind eure drei Euro aufgebraucht.«

Die junge Frau drehte sich schon wieder weg, als Jakob sein süßestes Lächeln aufsetzte. »Kannst du uns nicht helfen und uns noch ein paar Minuten schenken? Ist echt wichtig für mich, dass wir da heute noch hinkommen. Es geht darum, dass ich wieder laufen kann.«

Mit schlechtem Gewissen blieb sie stehen und fixierte Jakob mitfühlend. »Wenn mein Chef das mitkriegt, dann krieg ich …« Sie reichte ihm spontan die Hand. »Ich heiße übrigens Melly.«

»Melly, was für ein wunderschöner Name.«

Paul hatte genug von Jakobs Flirt-Übungen und ging dazwischen: »Hey Melly, vielleicht kannst du uns ja auch bei der Suche helfen. Du kennst dich doch sicher mega gut aus in Berlin. Fabrikruine, Fluss – sagt dir das was?«

Melly wandte schweren Herzens den Blick von Jakob ab, der seinen Marktwerttest sichtlich genoss. »Ey, hast du 'ne Ahnung, wie groß Berlin ist? In Teltow und Lichterfelde am Damm gibt's Fabrikruinen, an der Spree auch vor allem im Süden Richtung Köpenick. Das kann überall sein.«

Während Finn und Paul sich direkt wieder vor den Monitor drängten, blieb Jakob am Ball. »Hast du die kommenden Tage schon was vor? Ich meine, vielleicht könnten wir mal was machen, sobald ich meine Prothesen hab.«

Sie zeigte auf den Rollstuhl. »Was ist denn da überhaupt passiert?«

Jakob holte tief Luft, als hätte er die Geschichte schon tausendmal erzählt.

»Motorradunfall bei 'nem Stunt. War Deutschlands jüngster Stuntman. Jetzt bin ich Deutschlands jüngster Rentner.«

»Ach, krass, so 'ne Scheiße. Tut mir voll leid.« Sie legte ihm mitfühlend die Hand auf die Schulter und drehte sich zur Theke um. »Ich gebe euch noch mal 30 Minuten.«

Jakob sah Melly strahlend hinterher, bis er mehr zu sich als zu den anderen leise flüsterte: »Hey Mann, ich bin zurück. Ich bin echt wieder zurück.«

Finn sah seinen besten Freund bewegt an und pfefferte ihm die Stoffkatze zurück in den Schoß. »Alter, dafür kommst du in die Hölle.«

Jakob zwinkerte ihm grinsend zu. »Ob du's glaubst oder nicht, aber da war ich schon.«

TELKO BND /// OPERATION PROTOCOL // 06. 05. 20 /// 22:37:00**
LOGIN: XGTN45H
PASSWORT: ************

»Wir haben sie, Chef. Gesichts-Scan mit der Videoüberwachung der BVG ergab mehrere Treffer.«

»Wo sind sie hingefahren?«

»Sie sind zu dritt – wie vermutet. Ihre Endhaltestelle war die S-Bahnstation Oberspree.«

»Was wollen die in Schöneweide draußen?«

»Keine Ahnung. Im Moment haben wir sie wieder verloren. Ihre Handys sind noch immer nicht zu orten. Und da draußen ist die Videoüberwachung beschissen. Sollen wir ein Team schicken, Chef?«

»Fahren Sie schon mal raus. Ich telefoniere mit dem LKA.«

VERBINDUNG BEENDET

BERLIN SCHÖNEWEIDE, 00:17 (MEZ), ALTE METALLFABRIK

Nach einer schier endlosen Online-Suche hatte Finn die Fabrikruine am südlichen Spreeufer entdeckt. Zumindest eine, die er dafür hielt.

Doch mittlerweile war es stockdunkel. Über zwei Stunden hatte allein die Fahrt mit den öffentlichen Verkehrsmitteln hierher gedauert. Der erste Bus war zu voll für einen Rollstuhlfahrer und sie wollten kein Aufsehen erregen. Der zweite kam erst gar nicht und beim Umstieg in den nächsten Bus standen sie 30 Minuten an der falschen Haltestelle. Finn musste Paul und Jakob recht geben, dass ein Leben ohne Handy einfach nicht mehr funktionierte.

Auch die Suche nach der richtigen Fabrik hätte es erleichtert. Doch die Geräte zu benutzen, die weiterhin in der ortungssicheren Tasche verstaut waren, kam einfach nicht infrage, da waren sie sich einig. Denn seit Pauls EC-Karten-Einsatz schien niemand von diesen *Mind-Hack*-Leuten ihre Spur wieder aufgenommen zu haben. Und sie verweigerten sich bewusst dem Gedanken, was passieren würde, sollte das über kurz oder lang der Fall sein.

»Das ist sie, glaub ich, auch nicht.« Finn wandte sich von einem Bretterzaun ab, der die Fabrik umschloss, und trat niedergeschlagen zurück zu Jakob und Paul, die am Straßenrand auf ihn warteten.

»Bist du dir wirklich sicher? So dunkel, wie es hier ist, kannst du doch gar nicht erkennen, ob du vor der richtigen Ruine stehst.«

Finn musste Jakob leider recht geben, er hatte zwar einen Blick auf das vergammelte Gebäude geworfen, aber sich mehr auf sein Gefühl als auf seine Augen verlassen. Und das sagte ihm, dass er mit dem Klon von Merks vor einer anderen Fabrik gestanden hatte. Aber ob seinem Gefühl nach so einem Tag noch zu trauen war?

Paul nickte mit dem Kopf in die Richtung des Gebäudes. »Können wir da drin pennen? Das ist doch total sinnlos, hier weiter in der Dunkelheit rumzulaufen. Ich bin auch voll fertig.«

»Ich auch, Mann.« Jakob gab Paul recht und wenig später schob Finn seinen besten Freund über die holprige und teilweise schon zugewachsene Zufahrt zum Hauptgebäude.

Auf das Gelände zu gelangen, war viel weniger schwierig, als sie zunächst dachten. Paul hatte sie bereits überholt, linste durch eine vollgesprayte Metalltür und winkte sie zu sich. »Also was ich von hier aus erkennen kann, ist da niemand drin. Wirkt voll verlassen. Zumindest im Dunkeln. Aber ich geh mal rein und check das. Wartet ihr hier?«

Finn nickte und sein Stiefbruder verschwand in der Nacht, die innerhalb der Fabrik noch dunkler und bedrohlicher wirkte. Merkwürdig, wie normal er und Paul seit ihrem Streit an der Raststätte miteinander umgingen. Der Gedanke schoss Finn einfach so durch den Kopf, als er Jakobs Rollstuhl mit aller Kraft über eine Schwelle zog. Und als würde es sie doch geben, diese unsichtbare Verbindung von Gedanken zweier Personen, sprach Jakob genau das aus: »Ich finde deinen Bruder eigentlich ganz cool. Hätte ich nicht gedacht.«

»Komisch, was, ich auch. Wenn der nicht zwei Jahre älter wäre, hätte der eigentlich ganz gut zu uns gepasst.«

Jakob drehte sich auf seinen Rädern zu Finn um. »Zu uns? Meinst du dich und mich, Tarek und Gregor? Also das Uns, das es nicht mehr gibt?«

»Hm.« Finn versuchte Jakobs intensivem Blick auszuweichen und tat so, als ob er nach Paul Ausschau hielt. »Komm, vergiss es.«

Er wollte davon nicht anfangen, nicht jetzt, nicht hier. Weil er dann Jakob widersprechen hätte müssen. Natürlich gab es das große Uns nicht mehr, aber das kleine Uns hätte weiterexistieren können. Wenn Jakob ihre Freundschaft die letzten Monate nicht so komplett abgeschrieben hätte. Er hatte ihn einfach allein gelassen, grundlos, weil es bei ihm scheinbar nur diesen kleinen Flirt vorhin im Internetcafé gebraucht hatte, um wieder ganz der Alte zu werden. Er freute sich für ihn, wirklich, verstehen konnte er es nicht.

»Mir fehlen die auch.« Jakobs Stimme war nur noch ein Flüstern. »Ich denke jeden Tag an sie. An uns. An dich.«

»Ich war die ganze Zeit da«, antwortete Finn ungewollt hart und bremste sich selbst direkt wieder aus. Er war einfach zu müde. »Egal.«

»Ich weiß. Und es tut mir leid, dass ich alles abgeblockt habe. Seit wir unterwegs sind, merke ich, dass mir genau das gefehlt hat. Das normale Leben. Ich fühle mich endlich wieder lebendig.«

»Du bezeichnest das hier als normales Leben?«

»Du weißt, was ich meine. Die Action mit dir. Abhängen, rumbaggern. Ich dachte, das gibt's nicht mehr. Das ist vorbei mit dem Stuhl hier. Ich saß zu Hause und war wie im Tunnel. Kein Links, kein Rechts und schon gar kein Licht am Ende. Ich wollte mich nur noch auflösen in der Dunkelheit. Ich hab nicht kapiert, dass ein Anruf bei dir genau das hätte sein können, was ich erfolglos gesucht habe: Licht.«

»Das wäre er gewesen. Für dich und für mich. Hast du 'ne Ahnung, wie dunkel meine Welt die letzten sechs Monate war? Nicht nur die Toten waren weg, auch du und Lea. Ich war so richtig beschissen allein.«

Finn konnte nicht sagen, was mit ihm gerade los war. Er war so froh, dass Jakob zurück war. Und trotzdem ärgerte er sich über ihn und über sein egoistisches Verhalten. Bis er plötzlich spürte, wie sein bester Freund etwas tat, was er noch nie getan hatte – und wäre ihr Leben normal verlaufen, vermutlich auch nie getan hätte. Dafür war er vor sechs Monaten noch viel zu cool. Er nahm seine Hand und hielt sie fest.

»Danke, dass du das verhindert hast, was ich vorhatte. Dass du für mich da warst. Ich kann dir gar nicht sagen, wie froh ich bin, dass du mein Freund bist.« Er fuhr sich schnell über die Augen, die immer glasiger wurden. »Wenn wir wieder zu Hause sind, dann machen wir so richtig einen drauf. Und alles geht auf mich. Okay?«

Finn nickte und traute sich nicht, ein Wort zu sagen, weil er spürte, dass alles, jede kleinste Bewegung, den Damm zum Brechen bringen würde. Doch es half alles nichts. Er sah, wie Jakob vor seinen Augen langsam verschwamm, und spürte, wie eine Träne sich den Weg über seine Wange bahnte. Aber sie brannte nicht, und das war anders zu den Millionen Tränen davor, die in den letzten Monaten in seinem Kopfkissen versiegt waren.

Jakob zog Finn zu sich runter und Finn ließ es sehnsüchtig geschehen. Weil er sich das in seinen Träumen von Normalität immer gewünscht hatte. Eine Umarmung von Jakob, die es während ihrer Freundschaft nur ab und zu mal bei erfolgreichen Hockeyturnieren gab, kumpelhaft, weil beste Freunde sich in ihrer Welt einfach nicht so nah kamen. Doch jetzt war alles anders, jetzt war es wie in seinen Träumen und noch viel intensiver. Jetzt drückte jeder den anderen so fest an sich, dass es beinah wehtat, als könnten sie so das fiese Gefühl des Alleinseins endgültig zerquetschen.

»Alter, du musst mir so viele WodkaBull zahlen, da bist du hinterher blank.«

»Wenn du so schnell besoffen bist wie auf Tareks Party, mach ich mir keine Sorgen.«

In ihrer Mischung aus Lachen und Weinen überhörten sie Pauls Räuspern, der sich wie ein höflicher Kellner zu erkennen gab. Erst als er es lauter wiederholte, fuhren sie auseinander.

»Fuck, hast du mich gerade erschreckt.«

Finn wischte sich mit dem Ärmel seines Hoodies übers Gesicht. Aus den Augenwinkeln sah er, dass Jakob es ebenso machte. Und Paul tat so, als hätte er davon nichts mitbekommen. »Los, das ist voll der Jackpot. Da drin stehen sogar ein paar alte Sofas zum Pennen.«

Jakob rollte voraus, Finn folgte ihm und spürte fast gleichzeitig Pauls kräftige Hand auf seiner Schulter. Eine Geste, die vielleicht halb absichtlich, halb automatisiert ablief, die Finn aber einmal mehr zeigte, dass er im Chaos seines Lebens nicht mehr allein war. Und wären die sonstigen Umstände nicht so Furcht einflößend, hätten die letzten Minuten die schönsten seit Monaten sein können.

MIND-HACK /// ACTIVE ANONYM. /// 07/05/20 /// 01:55:18**

Er liegt mit ihr auf einem Steg und genießt den Blick über das türkisblaue Wasser. Der Bodensee, Leas neues Zuhause. Wie gern wäre er jetzt auch real hier. Und nicht in dieser Fabrik in dieser Stadt, die mehr Unheil als die Lösung ihrer Probleme verspricht.

Es fühlt sich fast schon vertraut an, mit ihr wieder zusammen zu sein. Und auch wenn die Sonne und das Möwengeschrei nur virtuell sind, es ist fast wie damals an ihrem ersten gemeinsamen Vormittag an der Spree. Finn wendet den Blick vom Wasser ab und Lea zu. Heimlich, weil er nicht will, dass sie es bemerkt. Weil sie noch hübscher ist, was fast nicht geht, wenn sie sich unbeobachtet fühlt. Das ist ihm schon aufgefallen, als er sie quasi ein halbes Jahr gestalkt hat. Zumindest hat Jakob das immer so bezeichnet.

»Lea, warum hast du dich eigentlich damals in mich verliebt? Du bist ein Jahr älter als ich, du musst doch gedacht haben, dass ich noch voll das Kind bin, oder? Und du hättest alle haben können.«

Schon während er ihr diese Frage stellt, weiß er die Antwort. Die CI von Lea wird sich nicht daran erinnern können, weil sie nur das weiß, was auch die echte Lea weiß. Und obwohl ihn das natürlich enttäuschen wird, fühlt es sich gut an, so einen Gammelnachmittag mit seiner neuen Freundin zu verbringen, an dem man sich immer mehr offenbart, aber zu keinem Zeitpunkt das Gefühl hat, schutzlos zu sein, weil jedes Detail, das man sich gegenseitig erzählt, das Kribbeln im Bauch mehr und mehr zu Liebe werden lässt.

Weil Lea wie erwartet nicht reagiert, ertappt Finn sich bei dem Gedanken, ob das das Ursprungsziel war, das Merks mit Mind-Hack erreichen wollte. Diese räumliche und zeitliche Grenzen sprengende Beziehung zwischen Menschen, die glücklich macht, friedlich, so wie ihn gerade, und die keine Einsamkeit mehr zulässt. Ein Ziel jedoch, von dem die jetzigen Besitzer meilenweit entfernt sind.

Weil Finn so in seine Gedanken vertieft ist, merkt er gar nicht, wie Lea langsam zu sprechen beginnt: »Ich hab mich in dich verliebt, weil du der beste Lichttechniker unserer Schule bist. Weil deine grünen Augen je nach Stimmung in unterschiedlichen Farben strahlen, weil du zu Kids von den Leoniden besser tanzt als singst, weil du rot wirst, wenn dir was peinlich ist, was mit deinen grünen Augen ziemlich cool aussiehst, weil du ziemlich sexy bist und extrem gut küsst, was ich mir schon dachte, be-

vor wir es getan haben, weil deine Lippen aussehen, als würde man mit denen gut küssen können, weil du im Unterricht Fragen stellst, über die ich zu Hause nachgrübeln muss, weil ich es süß fand, wie du voll schüchtern um mich herumgeschlichen bist, weil ich schon beim ersten Mal, als ich dich gesehen habe, das Gefühl hatte, dich unbedingt kennenlernen zu müssen, und weil ich komischerweise schon fünf Minuten nach Unterrichtsschluss an dich denken muss, was zum Beispiel ein Wochenende ganz schön lang werden lässt. Noch mehr?«

Finn starrt Lea sprachlos an. Das ist nicht das, was er ihr geschrieben hat. Das sind ihre Gedanken, ganz allein ihre Gedanken. Die reale Lea ist nicht ganz weg, sie hat sich nur für eine Weile zurückgezogen. Und irgendwann, das wusste er schon immer, werden sie da weitermachen, wo es aufgehört hat. Sein Herz quillt fast über, doch eine sanfte Berührung, zu der er sich hinreißen lässt, führt nur zu einem neu zu berechnenden Pixelloch auf ihrem Arm. Und hält ihm vor Augen, dass er vor allem anderen seine Berliner Mission zu Ende führen muss.

Er setzt sich auf, obwohl er noch Stunden mit ihr auf dem Steg hätte liegen bleiben können. »Lea, kannst du mir sagen, ob unser Lehrer, also der Merks, dir noch mehr verraten hat? Also mehr, als dass die Jagd auf die Attentäter gefährlich wird?«

Ihre Augen verraten bereits die Antwort. »Ich weiß es nicht. Müsste er?«

»Nein. Ich dachte nur, dass er dir vielleicht irgendeinen Anhaltspunkt gegeben hat. Egal.«

Finn versucht seine Enttäuschung zu unterdrücken. Was sollen sie bloß tun, wenn der Klon des Lehrers wirklich ohne weitere Hinweise verschwunden ist?

»Er wollte nur wissen, ob ich es noch gut versteckt halte.«

»Was?« Finn ist plötzlich hellwach. »Lea, was?«

»Das, was er mir in Berlin gegeben hat.«

»Was ist DAS? Und wo hast du es versteckt, Lea?«

Die Antwort ist ein Schulterzucken und ein Schluchzen, was Finns Wunsch ins Unermessliche steigen lässt, seine virtuelle Freundin einfach nur tröstend in den Arm zu nehmen.

BERLIN SCHÖNEWEIDE, 02:45 (MEZ), ALTE METALLFABRIK

Finn kam nach seinem Treffen mit Lea in die Montagehalle zurück, wo die anderen beiden Jungs auf den übelriechenden Sofas pennten. Oder so taten. Denn als er die VR-Brille leise zurücklegte, merkte er an dem ständigen hin und her Wälzen seines Stiefbruders, dass Paul wach war. Im Gegensatz zu Jakob, der wie auf ihrer Klassenfahrt vor sechs Monaten genüsslich und vor allem lautstark schnarchte. Manche Dinge, fiel ihm da beruhigt auf, änderten sich demnach wohl doch nie.

Er setzte sich zu Paul.

»Kannst du auch nicht pennen?«

Paul rückte ein Stück zur Seite, um Finn Platz zu machen.

»Nee, der sägt hier alles zusammen. Und mein Kopf ist voll am Durchdrehen.«

»Meiner auch. Ich kann immer noch nicht glauben, dass das gerade alles passiert. Uns passiert. Aber dann tauchen die plötzlich auf und ich weiß genau, dass es echt ist. Dass die uns schon mal fast umgebracht haben und es garantiert wieder versuchen werden. Und das macht mir tierisch Angst.« Finn ließ seinen Kopf auf seine angewinkelten Knie sinken. »Und dass wir keinen Plan haben, noch viel mehr.«

Schweigend saßen sie ein paar Minuten nebeneinander, weil dazu eigentlich alles gesagt war, bis Paul mit einem anderen Thema das Wort ergriff: »Wer ist eigentlich Lea?«

»Hast du mich gerade belauscht?«

Entschuldigend hielt er die Hände hoch. »Hey, ging nicht anders. Es hallt hier total. Darum auch Fabrik-Halle.«

»Wow, wie witzig.«

Widerwillig musste Finn über den doofen Spruch lächeln und entschied sich gleichzeitig, Paul von Lea zu erzählen. Weil es mit ihr gerade so schön gewesen war und weil er plötzlich das Gefühl hatte, dass es wahrer werden würde, wenn er es mit jemandem teilte.

»Sie war meine Freundin. Hier in Berlin sind wir zusammengekommen. Einen Tag waren wir das und ich war so glücklich wie noch nie vorher in meinem Leben. So wie du es im Krankenhaus beschrieben hast. Weißt du noch?« Finn atmete langsam aus. »Wegen der Bombe hat sie dann alles vergessen oder anders gesagt, alles, was sie über uns noch weiß, findet den Weg nicht mehr aus ihrem Kopf.«

Paul ließ sich mit seiner Reaktion Zeit. Finn konnte in der Dunkelheit nicht sehen, was in ihm vorging.

»Warum hast du nie was gesagt? Das war doch zu Hause nie Thema, oder hab ich's nur nicht mitbekommen?«

»Es wusste ja auch niemand. Nur meine Freunde und die waren tot oder haben sich totgestellt.«

Als würde er mithören, grunzte Jakob einmal bestätigend, schnarchte danach aber gleichmäßig weiter.

»Und jetzt?«

»Ich warte darauf, dass sie sich erinnert.«

»Und wenn das nie passiert?«

»Das wird es. Ihre CI weiß schon Dinge, die nur die echte Lea wissen kann.«

»Dieses Programm ist so krass.«

»Hm.« Finn ließ müde sein Genick knacken. »Deinen Jonas gibt's sicher auch als CI.«

Der Ton, den Paul von sich gab, sollte wohl ein kurzes Auflachen sein, misslang aber so gründlich, dass Finn sich an sich selbst erinnert fühlte.

»Ne, lass mal.«

»Du kannst ihn treffen, dem CI deine Meinung sagen und gut ist.«

»Meine Meinung … ich hab keine Ahnung, was meine Meinung ist.«

»Weil du ihn doch noch liebst?«

»Pff, weil er mich nicht in Ruhe lässt. Und ich ständig wieder an ihn erinnert werde.«

»Willst du in Ruhe gelassen werden?«

»Nein. Ja. Fuck, es wäre besser. Ich geh mir mit der Geschichte echt schon selbst auf die Nüsse. Ich kann einfach nicht vergessen, was er getan hat. Aber ich kann auch nicht vergessen, was er mir bedeutet hat. Was er mir immer noch bedeutet. Bei allem, was ich mache, bei jedem Song, den ich schreibe, überlege ich mir, was Jonas wohl dazu sagt. Und ich kann mich noch so viel ablenken, es ändert nichts daran. Das ist so krank.«

Jetzt war es Finn, der seinem Stiefbruder die Hand auf die Schulter legte. »Das ist nicht krank. Du bist einfach noch immer voll verliebt in den Typen.«

Paul schaute ihn entlarvt an. Doch noch bevor er etwas erwidern konnte, ertönte am anderen Ende der Halle ein metallisches Quietschen. Finns Blut fror augenblicklich ein. »Was war das?« Er traute sich kaum, das Naheliegende auszusprechen. »Meinst du, SIE sind da?«

»Quatsch«, Paul gab den Mutigen, doch überzeugend klang er nicht, »das kann nicht sein. Wie hätten die uns denn finden sollen?«

»Habt ihr das auch gehört?« Sogar Jakob war davon wach geworden.

Während Paul eine Metallstange in die Hand nahm, die er sich vorher noch in der Halle gesucht hatte, stand Finn mit zwei Schritten an Jakobs Sofa und zog ihn hoch, damit er sich schnell in seinen Rollstuhl setzen konnte. Und wieder erklang dieses Geräusch, das im Dunkeln nicht genau zu orten war, das aber die schlimmste Gänsehaut der Welt verursachte.

»Was machen wir jetzt?« Finn verfluchte die Panik in seiner Stimme. Aber wie sollte er auch seine Panik unterdrücken, wenn von vorneherein klar war, dass sie keine Chance gegen ihre unbekannten Gegner haben würden? Gegner, die nur zwei Sachen erreichen wollten: ihr Projekt zu schützen und ihre Feinde zu zerstören.

»Wahrscheinlich war das nur 'ne Tür, die durch den Wind auf- und zuging.«

Die drei Jungs standen mittlerweile so nah beieinander, dass sie trotz der Dunkelheit ihre ängstlichen Gesichter erkennen und ihre flache Atmung hören konnten. Vermutlich ging deswegen Pauls Beruhigungsversuch so gründlich daneben – sowohl Finn als auch Jakob sahen ihm an, dass er es selbst nicht glaubte.

Finn lauschte in die Halle, weil er den Verdacht hatte, ein weiteres Geräusch zu hören. Eins, das zwar nicht so wehtat wie das Quietschen, das aber noch beängstigender wäre. Und als er plötzlich Jakobs Hand spürte, die sich in seinen Unterarm krallte, wusste er, dass er sich das Geräusch nicht eingebildet hatte. Vom anderen Ende der Halle kamen Schritte auf sie zu.

Ganz nah vor den Augen von Jakob und Paul, deutete Finn mit seiner Hand in die entgegengesetzte Richtung. Sie mussten hier raus. So schnell es ging, so leise und heimlich wie möglich.

Doch kaum waren sie ein paar Meter hintereinanderher Richtung Ausgang unterwegs, stieß jemand einen gellenden Schrei aus. Finns Herz setzte aus und ohne sich noch mal abgesprochen zu haben, fingen er und Paul an zu laufen und schoben Jakob gemeinsam und viel zu schnell vor sich her.

Und keine fünf Meter weiter verhakte sich der Rollstuhl in einem rostigen Metallgitter. Jakob knallte ungebremst zur Seite, Paul stolperte über den kippenden Stuhl und Finn knallte mit seinem Knie gegen die Schulter seines Stiefbruders.

Bevor die Jungs sich wieder sortieren konnten, ging das Licht in der Halle an. Finn drückte sich nach oben, um dem stöhnenden Jakob zu helfen, drehte sich hektisch um, wie weit ihre Verfolger noch entfernt waren – und sah sie bedrohlich schnell auf sie zukommen.

MOBILE PAUL S. /// WHATSAPP /// 07/05/20 /// 03:00:11**

Ungelesene Nachrichten

Lieber Paul, es gibt Fehler im Leben,
die sind so gravierend, dass man sie nicht
mehr gutmachen kann. Du weißt, dass ich weiß,
wovon ich rede. Das, was ich dir angetan habe,
gehört wohl auch zu diesen Fehlern.
Es ist schrecklich, weil ich spüre, dass du darunter noch
immer leidest. Und ich nichts machen kann, schon gar
nicht irgendwas wieder gut. Das Einzige,
was ich tun kann, ist wahrscheinlich,
dich in Ruhe zu lassen. Für immer.
Damit du eine Chance hast,
das alles zu vergessen. Ich hoffe,
du bist irgendwann wieder der Paul,
den ich, so leid es mir tut, nicht aus meinen
Erinnerungen streichen kann.
Alles Liebe,
dein Jonas 03:00

12.

BERLIN SCHÖNEWEIDE, 03:01 (MEZ), ALTE METALLFABRIK

»Und ihr sollt mir helfen, meinen Freund zu finden?« Toni musste es einfach laut aussprechen, weil es nur ein schlechter Witz sein konnte. Ein Rollstuhlfahrer, der stöhnend auf dem Boden lag, ein Junge mit kurz geschorenen Haaren, der sie mit schreckgeweiteten Augen anstarrte, und ein Typ in ihrem Alter, der sich den Kopf rieb. Mit denen zusammen sollte sie Navid aufspüren? Rasende Wut stieg in ihr auf, am meisten auf sich selbst, weil sie wegen der Nachrichten von dieser komischen App wieder Hoffnung gehabt hatte. Sinnlose Hoffnung.

»Was redest du da?« Der Typ in ihrem Alter hatte sich mittlerweile hochgerappelt und stand ihr mit einer pochenden Beule am Kopf gegenüber. »Und wer bist du überhaupt?«

»Geht's dich was an? Ich will, dass ihr hier verschwindet. Das ist nicht eure Base, verstanden!«

»Aber deine?« Der Rollstuhlfahrer, der von den anderen beiden wieder in seinen Stuhl gehievt wurde, blitzte sie unter seinen verstrubbelten Locken an, als würde er mit ihr flirten. Das konnte sie jetzt gerade noch gebrauchen.

»Hey Süße, ich kenne Mädels wie dich. Die suchen sich solche Lost Places nur, um ein geiles Instagram-Bild posten zu können. Also hau du lieber ab, okay.«

Er unterstrich seine Aussage mit einem lässigen Fingerschnippen und Toni hasste ihn vom ersten Moment an. Am liebsten hätte sie ihm ins Gesicht gesagt, dass sie solche Typen wie ihn auch kannte: die ihre Behinderung als Vorwand nahmen, um ungestraft über alle anderen urteilen zu können. Und wenn er mal von zwölf bis Mittag denken würde, wäre ihm vielleicht in den Sinn gekommen, dass es selbst für eine Influencerin ziemlich ungewöhnlich wäre, nachts um drei Uhr in einer verlassenen Fabrik Fotos zu machen. Allein. Aber so weit dachte dieser Rolli-Depp ja nicht. Und sie hatte keine Lust zum Diskutieren. Sie musste Navid finden, sie hatte sich so sehr gewünscht, ihn hier in ihrem alten Zuhause anzutreffen, und könnte jetzt nur noch kotzen, dass sie sich mit diesen Kindern rumschlagen musste. Es brachte nichts, sie drehte sich weg. »Verpisst euch einfach.«

Aber was jetzt? Sie musste diese Person noch mal anschreiben, die sie mit wilden Versprechungen hierhergelockt und sich seit heute Nachmittag nicht mehr gemeldet hatte. Wer war das? Es konnte einfach keine Verarschung gewesen sein, dafür wusste diese Person zu viel. Über sie, über Navid, über ihre Treffpunkte. Ihr Vater, den sie für einen Augenblick im Verdacht gehabt hatte, konnte es mit Sicherheit nicht gewesen sein, denn der hätte sie niemals allein hierher geschickt.

Sie tippte eine Nachricht in die App und achtete gar nicht mehr auf die Jungs hinter ihr. Dass von denen keine Gefahr ausging, das hatte sie sofort durchschaut. Trotzdem zitterte sie, was ihr das Tippen erschwerte. Aus Angst, aus Frust, aus Kälte? Sie konnte es selbst nicht sagen und erschrak, als plötzlich der Junge mit den kurz geschorenen Haaren vor ihr stand.

»Das kannst du vergessen, der antwortet nicht mehr.«

»Was?« Toni hatte nur kurz das Gefühl, ihn falsch verstanden zu haben. Denn schon als sie diese Gegenfrage stellte, wusste sie, dass er genau das meinte, was er gesagt hatte.

»Der Merks meldet sich nicht mehr. Den gibt's nicht mehr. Ich bin übrigens Finn. Das ist Paul und das ist Jakob.«

Er deutete hinter ihren Rücken, doch sie unterstand sich, ihm den Gefallen zu tun und sich umzudrehen. »Soll ich dir mal sagen, wie scheißegal mir das ist. Sag mir lieber, was du gerade meintest – welchen Merks gibt's nicht mehr?«

»Der Typ, mit dem du geschrieben hast. Der dich hierhergelockt hat. Tu's für – wie war sein Name – David?«

Toni blieb der Atem weg. Genau das waren die Worte in dem mittlerweile gelöschten Chatverlauf. ›Tu's für Navid.‹

»Woher weißt du das? Hast du mir diese Scheiße getextet?«

Finn schüttelte nur den Kopf. »Ich hab dich gesehen. Bei

Mind-Hack. Zusammen mit Merks. Ich wusste, dass wir dich irgendwann treffen.«

Normalerweise hätte Finns Erklärung tausend Nachfragen bei Toni ausgelöst. Normalerweise, denn im gleichen Augenblick hörte sie etwas, was sie völlig aus dem Nichts in ein schreckliches Déjà-vu katapultierte.

LKA /// OPERATION PROTOCOL /// 07. 05. 20 /// 03:09:17**

`»Zugriff! Over!«`

`»Verstanden! Over!«`

BERLIN SCHÖNEWEIDE, 03:10 (MEZ), ALTE METALLFABRIK

Sie rannten die Stufen runter, so schnell sie konnten. Finn trug den zusammengeklappten Rollstuhl, Paul hatte Jakob auf dem Rücken und vorneweg lief das Mädchen, das sie vor wenigen Sekunden panisch angezischt hatte, dass sie ihr folgen müssten, sofort. Finn bestimmte für alle, dass sie diesem Befehl Folge leisten würden. Egal ob Paul oder Jakob dagegen waren. Merks hatte sie geschickt, sie durften sie jetzt nicht verlieren.

Kaum waren sie auf der unteren Ebene angekommen, knallte oben die riesige Tür auf und der Lärm von unzähligen trampelnden Stiefeln vermischt mit aufgeregten Männerstimmen drang entlang der Metallwände zu ihnen durch. Das Mädchen blieb stehen und machte sich nervös an einem Sicherungskasten zu schaffen. Die Jungs starrten ängstlich an die Decke.

»Was ist das?«

»Wer ist das?«, ergänzte Jakob Finns Frage.

»POLIZEI, KOMMEN SIE MIT ERHOBENEN HÄNDEN RAUS.«

»Fickt euch. Nicht schon wieder.«

Toni drückte einen Schalter nach unten und die ganze Halle lag im Dunkeln. Gleichzeitig machte sie die Taschenlampe ihres Handys an, mit der sie ihr Gesicht und das Gesicht der Jungs in ein unwirkliches Licht tauchte.

»Ich hab null Bock drauf, mit euch zusammenzuarbeiten, ehrlich. Ihr könnt mir nicht helfen, Navid zu finden. Ihr kennt ihn ja noch nicht mal. Aber von mir aus folgt mir. Ich weiß einen Weg nach draußen. Beeilt euch. Wenn ihr zu langsam seid, bin ich weg. Okay.« Sie holte kurz Luft. »Ich heiße Toni.«

Finn nickte. Er wollte sie fragen, was Merks ihr gesagt hatte. Ob sie wusste, wie sie *Mind-Hack* würden stoppen können. Ob dieser Navid der Schlüssel zu allem war. Aber dazu war jetzt keine Zeit.

Toni schaute Paul an, der Jakob trug. »Wiegt der Kleine nicht zu viel? Das ist echt kein einfacher Weg nach draußen.«

»Hey, was bist denn du für eine?« Jakob kreischte regelrecht. »Willst du meine Freunde gerade überreden, dass die mich hierlassen?«

Finn hätte schwören können, dass das eine Retourkutsche für den Blödsinn war, den Jakob vorhin gesagt hatte. Aber Licht war kaum vorhanden, darum war er nicht sicher, ob er ihren Blick richtig gedeutet hatte. Er stellte sich schnell zwischen sie und Paul und Jakob, um die Situation nicht noch mehr eskalieren zu lassen. »Wir lassen Jakob sicher nicht zurück. Alle oder keiner.«

»Müsst ihr wissen. Aber wenn der noch einmal Süße zu mir sagt, dann verliert er auch noch seine Arme.«

Toni drehte sich um, ohne weiter auf ihn zu achten. Mit ein paar Schritten war sie an einer Tür, die sie mit den Füßen aufstieß.

Paul warf Finn einen zweifelnden Blick zu und stellte sich so drohend wie möglich neben sie. »Hey, wenn du uns verarschst, dann bist du so was von dran, verstanden?«

»Kommt ihr jetzt? Lange braucht die Polizei garantiert nicht mehr, um den Weg nach unten zu finden.«

Ohne eine weitere Antwort der Jungs abzuwarten, rannte Toni in die Dunkelheit davon. Finn, Paul und Jakob blieb nichts anderes übrig, als der auf und ab wippenden Handy-Taschenlampe zu folgen. Im Hintergrund hörten sie, wie die Kellerluke aufgerissen wurde.

MOBILE FINN M. /// WHATSAPP // 07. 05. 20 /// 03:23:18**

Ungelesene Nachrichten

Finn, wo steckst du? Wo sind Paul und Jakob?
Die Polizei hat Pauls Auto auf einer
Raststätte bei Leipzig entdeckt.
Was hat das zu bedeuten? Ich mach mir solche Sorgen
um euch! Marc auch. Seid
ihr auf dem Weg nach Berlin?
Ist euch was passiert? Verdammt ...
Meldet euch. Jederzeit. Bitte!
Egal, was ist, wir sind euch nicht böse.
Hab dich lieb, Mama
03:23

BERLIN SCHÖNEWEIDE, 03:25 (MEZ), ALTE METALLFABRIK

Sie rannten durch ein feuchtes Labyrinth von Fluren und Räumen. Paul hatte schon nach wenigen Metern die Orientierung verloren und versuchte einfach, nicht zu stolpern und Finn, der als Bindeglied zwischen der davoneilenden Toni und ihnen hin und her pendelte, nicht zu verlieren. Jakob, der sich an seinem Hals festkrallte, atmete ihm so rasend ins Ohr, als würde er selbst laufen. Er war erschreckend leicht und trotzdem spürte Paul sein Gewicht an sich ziehen. Wenn er in letzter Zeit nur das Fußballtraining nicht so vernachlässigt hätte. Hatte er das gemacht, weil es ihn zu sehr an Jonas erinnerte? Dieser Gedanke schoss ihm beim keuchenden Rennen durch den Kopf, als hätte er gerade keine anderen Probleme.

»Kopf einziehen.« Entgegen ihrer Ansage von vorhin, wartete Toni doch immer wieder darauf, bis sie alle beisammen waren. Und trotzdem hätte Paul sich fast lieber den Verfolgern gestellt. Polizei klang in seinen Ohren noch immer vertrauenswürdiger als diese Flucht ins Ungewisse.

»Da vorn wird's eng. Keine Ahnung, wie ihr den Rollstuhl durch diesen Lüftungsschacht kriegen wollt.«

»Wir müssen es einfach versuchen.«

Paul stellte sich vor Finn, der schon weiterlaufen wollte.

»Hey, Finn, mal ehrlich, sollen wir nicht umdrehen? Das ist die Polizei, Mann. Die können uns helfen.«

Unbemerkt war Toni wieder dazu getreten. »Entscheidet euch, sonst geh ich allein weiter.«

Paul spürte, wie Finn näher an ihn ranrückte. »Aber die Polizei hat doch keine Chance gegen den Geheimdienst, oder? Die werden uns vermutlich nur übergeben und dann …«

Jakob unterbrach Finn: »Seid leise, ich hör da hinten was.«

»SIE MÜSSEN DA VORN SEIN. IHR GEHT DA LANG UND IHR HIER.«

»Shit, die kommen immer näher. Schnell.« Toni kroch in den Schacht voraus. »Was ist jetzt?«

Paul wusste, dass Finn und Jakob auf seine Ansage warteten. Jakob nahm sie ihm ab. »Wir müssen es einfach versuchen.«

»Ja, okay.«

Finn verschwand mit dem Rollstuhl voran im Schacht.

»Scheiße, Jakob, ich muss dich da genauso durchschieben. Bist du ganz sicher?«

Jakobs Stimme erklang erstaunlich ruhig an seinem Ohr. »Finn vertraut dieser Toni und ich vertraue Finn. Darum bin ich sicher. Vielleicht solltest du es damit auch mal versuchen. Mit Vertrauen.«

Paul starrte kurz nach hinten. Noch waren keine Lichtkegel zu sehen. Nur die Geräusche der Verfolger konnte er hören. Vertrauen? Wusste Jakob überhaupt, was er da von ihm verlangte? Mit einer schnellen Bewegung setzte er ihn vor sich ab, half ihm, in den Schacht zu klettern, und ließ ihm einen kurzen, krabbelnden Vorsprung, bis er ihm folgte. Und dabei inständig hoffte, das Richtige zu tun.

MOBILE ANTONIA W. /// SMS PROTOCOL /// 07. 05. 20 /// 03:29:00**

Ungelesene Nachrichten

Liebe Toni, ich kann nicht mehr warten.
Ich muss wissen, was passiert ist und ob
es dir gut geht. Dein Handy ist die ganze Zeit aus.
Wenn ich bis morgen nichts

von dir höre, werde ich zu dir nach Hause kommen.
Es wird alles auffliegen und vielleicht muss es
das auch. Hauptsache, dir geht es gut.
Unter der Nummer kannst du mich erreichen,
bis der Club-Gast sein vergessenes Handy abholt.
Ich liebe dich. Für immer.
Dein Navid 03:29

BERLIN SCHÖNEWEIDE, 03:30 (MEZ), ALTE METALLFABRIK

Finn hatte auf den letzten Metern das Gefühl, als würde er zusammenklappen. Er konnte nicht mehr. Er hatte zu wenig gegessen, zu wenig getrunken und zu wenig geschlafen. Nur Jakob, den er seit dem Schacht auf dem Rücken trug und dessen Herzschlag er spürte, schien ihn aufrecht zu halten.

Wenn er nur wüsste, was es mit dieser Toni auf sich hatte. Er konnte Pauls Bedenken gut verstehen, aber er musste unbedingt rausfinden, warum Merks sie zu ihnen geschickt hatte. Und dafür war auf der Flucht keine Zeit.

»Geht's noch, Finn?«

Jakobs Frage riss ihn aus seinen Gedanken. Gleichzeitig drehte Paul sich zu ihnen um. »Ich kann wieder übernehmen.«

»Nee, passt schon.« Als wäre ein negativer Beweis seiner Worte nötig, stolperte er kurz, konnte sich aber gerade noch fangen.

»Hast du 'ne Ahnung, wo die uns hinführt?«

Finn schüttelte nur den Kopf. Nach dem Schacht, der immer enger wurde und in dem der Rollstuhl beinah verkantet hängen blieb, landeten sie in einem Raum, in dem es furchtbar nach nassem Papier stank. Danach rannten sie im Zickzack irgendwelche Flure entlang, durch Türen, durch modriges Wasser und durch ölige Pfützen. Es schien kein Entkommen aus dem Labyrinth zu geben.

Plötzlich schrie Jakob auf und sowohl Paul als auch Finn konnte gerade noch abbremsen, um nicht in Toni zu krachen, die einfach stehen geblieben war.

»Fuck, was soll die Scheiße?« Paul rieb sich erneut seine Beule.

Toni deutete nur auf den Kanal vor ihnen, in dem reißendes Wasser floss. »Wir müssen ein kurzes Stück schwimmen.«

»Das ist nicht dein Ernst, oder? Wie soll das gehen mit Jakob und dem Rollstuhl?«

Toni ging schwer atmend gar nicht darauf ein. »Da hinten ist ein Gitter. Da müssen wir unten durch tauchen. Und dann gleich auf der anderen Seite wieder raus. Da sind Stufen. Und dann haben wir es fast geschafft.«

Paul riss endgültig der Geduldsfaden. »Und woher weißt du das alles so genau? Woher sollen wir wissen, dass du uns nicht total verarschst und zu DENEN gehörst?«

»Zu wem? Zur Polizei?« Toni schaute erst Paul, dann Jakob und dann Finn an. In ihren Augen, die von der Handy-Lampe erleuchtet wurden, lag völliges Unverständnis, wen Paul mit ›Denen‹ meinte, dafür eine traurige Entschlossenheit, die Finn vorhin noch gar nicht aufgefallen war.

»Mein Freund Navid hat mir das erklärt. Und der lügt nie.«

Keine zwei Minuten später waren alle Vorbereitungen getroffen. Mit Pauls und Tonis Gürteln hatten sie Jakob an Finn fixiert. Ihre paar Wertsachen und die Tasche mit ihren Handys waren sicher in Tonis wasserdichtem Rucksack verstaut. Es gab kein Licht mehr, nur noch das Rauschen des Wassers.

Sie standen ganz nah beisammen, um sich wenigstens noch gegenseitig spüren zu können.

Dann sprang Toni. Finn hörte, wie sie gegen das Gitter knallte. Mit klopfendem Herzen wartete er darauf, dass sie sich von der anderen Seite melden würde – aber es passierte nichts. War es doch zu gefährlich?

»Shit.« Paul ging nervös ein paar Schritte in die Richtung des Gitters, doch ohne Licht war nichts zu erkennen.

In dem Augenblick meldete Toni sich: »Ihr könnt kommen.«

Sie schrie regelrecht, um gegen den Geräuschpegel des Wassers anzukommen. »Beeilt euch.«

Paul war als Nächster an der Reihe. »Geht das wirklich? Soll ich Jakob nicht lieber nehmen?«

Seine Stimme klang besorgt. Doch Finn wollte erstens keine Zeit mehr verlieren. Zweitens wollte er das Leben seines besten Freundes nicht noch mal aus der Hand geben. »Nein. Fang du den Rollstuhl auf. Wir ziehen das gemeinsam durch.«

»Okay, dann springe ich jetzt. Und wenn ich euch ein Zeichen gebe, schmeißt du den Rollstuhl rein. Mal sehen, ob das klappt.«

Paul sprang ins Wasser, meldete sich aber wenige Sekunden danach schon wieder. »Jetzt den Rolli.«

Finn kippte den Rollstuhl ins Wasser, doch bevor er hörte, ob Paul ihn erwischt hatte, geschah etwas anderes.

»ICH GLAUBE, ICH HAB SIE! DA VORN!«

Die Stimme ihrer Verfolger hallte von den Wänden hinter ihnen wider. Ihnen blieb keine Zeit mehr. Sie mussten springen, bevor es zu spät war.

»Bist du bereit?«

»Logo, Mann.«

Finn sprang. Das kalte Wasser stellte ihm kurz die Luft ab. Doch schon bevor er das realisierte, knallte er gegen das Gitter und zog sich und Jakob wieder nach oben.

»Alles okay, Jakob.«

Jakob hustete und Paul kam auf der anderen Seite des Gitters zu ihnen. »Ihr habt's gleich. Einfach abtauchen und auf der anderen Seite wieder hoch. Ich helfe euch.«

Da, wo sie herkamen, waren Lichtkegel zu sehen. Einer davon streifte ihn schon. Finn dachte gar nicht mehr länger darüber nach, sondern machte das, was sie vorhin genau besprochen hatten. So genau eben, wie es in zwei Minuten ging. Und bevor er wusste, was genau passierte, wurden sie schon auf der anderen Seite von Toni und Paul aus dem Wasser gezogen und auseinandergeknotet.

»Wir haben's geschafft. Wie geil.«

Finn, Jakob und Paul schlugen sich ab, nur Toni mahnte sie streng, ihr peinliches Testosterongehabe nach draußen zu verlegen. Also liefen sie weiter am Kanal entlang. Finn als Schlusslicht hinter Paul, der Jakob im quietschenden Rollstuhl vor sich herschob. Ihm war kalt, seine Klamotten klatschnass und der Müdigkeit, die ihn ständig zu packen versuchte, hatte er kaum noch etwas entgegenzusetzen. Er fühlte sich wie in Trance, es erinnerte ihn an die Zeit nach der Explosion, nur dieses Mal mit einem Unterschied: Sein Kopf war leer. Oder so zum Platzen voll, dass die Gedanken keine Chance mehr hatten, Amok darin zu laufen. Er funktionierte einfach nur noch und kam erst wieder zu sich, als er sich nach dem Überwinden eines völlig verwachsenen Ausgangs direkt an der Spree auf eine kleine Sandbank fallen lassen konnte.

Der Himmel über ihm sah aus, als würde der Morgen schon dämmern, aber es waren nur die Nachtlichter der Großstadt, die einen neuen Tag imitierten.

13.

LKA /// OPERATION PROTOCOL /// 07. 05. 20 /// 03:56:22**

»Warum beendet ihr verdammt noch mal den Einsatz?«

»Zielpersonen sind entkommen.«

»Soll das ein Witz sein, Silke? Das sind Kinder!«

»Im Dienst immer noch Frau Kessler. Die Zielpersonen haben den Einsatzradius verlassen.«

»Ich fasse es nicht. Mutiert denn das LKA zum gleichen Luschen-Verein wie meine Behörde?«

»Du kannst mich mal, Karsten. Meldest dich monatelang nicht, aber immer wenn ich was für dich tun soll, dann kommst du angeschissen. Die Zielpersonen sind vom Gelände entkommen. Meine Leute waren nicht zur Verfolgung angefordert. Am besten du lässt sie zur Fahndung ausschreiben.«

»Danke für den Tipp. Und im Dienst bitte Herr Wagner!«

MOBILE KARSTEN W. /// MESSAGE /// 07. 05. 20** /// 03:58:03

Schatz, störe dich nur ungern bei der Arbeit.
Toni ist nicht zu Hause.
Ich habe es gerade entdeckt. Hat sie dir gesagt, wo sie ist? B* 03:58

03:58 Bist du dir sicher?

Ja, sie war seit heute Morgen nicht mehr da. Ihr Bett ist unberührt. 03:59

03:59 Warum sagst du mir das erst jetzt?

Wollte dich nicht beunruhigen.
Und Toni nicht bewachen.
Sie ist immerhin fast erwachsen. 03:59

Ein Scheiß ist sie!
Wenn ihr was passiert,
03:59 bist du dafür verantwortlich.

LKA /// OPERATION PROTOCOL /// 07. 05. 20** /// 04:00:46

»Einsatzleiterin Kessler, sind Sie noch da?

»Ja.«

»Können Sie mir sagen, wie viele Personen in der Fabrik waren?«

»Die Kollegen sprechen von vier. Es war aber sehr dunkel und unübersichtlich.«

»Verdammte Sch… Danke, Silke. Ich warte noch mit der offiziellen Fahndung.«

»Warum? Wer sind die Kids überhaupt.«

»Melde mich, hast was gut bei mir.«

BERLIN PLÄNTERWALD, 05:06 (MEZ), SPREEPARK

Ausruhen war nicht, obwohl Finn sich nach ihrer Flucht aus der Fabrikruine nichts sehnlicher gewünscht hatte. Doch Toni trieb sie schon eine Stunde lang an der Spree in Richtung Norden, um ihre Verfolger endgültig abzuschütteln. Stumm, damit sie ja kein Geräusch überhörten. Seine Narbe schmerzte.

Nur kurz hatte er ihr erklären können, woher er sie kannte. Dass er sie gesehen hatte, als die Clone Identity von Merks, ihrem ehemaligen Lehrer, der mit ihr per App Kontakt aufgenommen hatte, gelöscht wurde. Es war kaum möglich, es ihr verständlich zu machen.

Das sah er ihr an, wenn er sie wie jetzt heimlich von der Seite beobachtete: Ihre Kieferknochen malmten nachdenklich vor sich hin, als würde sie sich einen Reim auf das machen wollen, was einfach nicht zu kapieren war. Aber vielleicht täuschte er sich auch. Vielleicht war ihr seine Erklärung auch völlig egal und sie war mit ihren Gedanken schon längst wieder bei diesem Navid, den sie suchte.

»Hey, ich muss mal.« Finn nickte seinem Stiefbruder nur kurz zu, der den dösenden Jakob vor sich herschob, und ließ sich zurückfallen. Er stellte sich an einen Zaun, blinzelte langsam, um den Schlaf vorgaukelnden Moment so lang wie möglich auszukosten, hob wieder den Kopf und konnte nicht glauben, was er sah. Mitten im Wald, auf einer Lichtung vor ihm, stand ein altes Riesenrad, das sich vor dem blutrot schimmernden Horizont unwirklich abhob. Er schaute schnell weg und wieder hin. Schlief er schon und träumte bereits von einer Welt, in der ein fröhliches Fahrgeschäft der größte aller Nervenkitzel war? In der es keine Parallelwelten gab und vor allem keine wahllos mordenden Verfolger, wie in so einem drittklassigen Computerspiel? Er träumte nicht, das Riesenrad stand auch nach dem x-ten Wegschauen noch da. Doch je mehr er sich darauf konzentrierte, desto deutlicher sah er auch, dass es keine Fröhlichkeit symbolisierte, sondern eine längst vergangene Zeit.

Und da überkam Finn eine unbeschreibliche Traurigkeit, weil er sich diesem Riesenrad, so blöd es auch klingen mochte, extrem nah fühlte. Seine Welt existierte auch nicht mehr. Er schaute auch nur noch ratlos auf alles, was um ihn herum passierte, und rechnete jeden Tag damit, dass jemand kam, um seine Verankerungen endgültig zu kappen. Würde er sich dagegen wehren können? Würden sie sich dagegen wehren können? Oder würden sie sich noch mal geschlagen geben müssen – wie damals vor sechs Monaten? Er fuhr sich mit dem Ärmel seines neuen, alten, aber immerhin trockenen Strickpullis übers Gesicht, um die ständig wiederkehrende Berlin-Erinnerung zu verdrängen. Und war kurz abgelenkt, weil ihm modriger Mottenkugelgeruch in die Nase stieg, der allen Klamotten aus dem Altkleidercontainer, und somit seit einer halben Stunde auch ihnen, anhaftete. Vermutlich würde es so kommen – die Anderen, die Bösen würden gewinnen, weil sie diejenigen waren, die mittlerweile ganz allein die Spielregeln bestimmten.

»Das ist der Spreepark.«

Finn fuhr vor Schreck zusammen, als Toni plötzlich unbemerkt hinter ihm stand. Er zog schnell seinen Reißverschluss zu und drehte sich zu ihr um.

»War der Freizeitpark der DDR. Man konnte da drin ’ne Zeit lang gut sprayen, bis die den Zaun erneuert haben. Ich war da ziemlich oft. Mit Navid.« Sie schwieg kurz, als würde sie überlegen, noch was hinzuzufügen. »Komm, die anderen warten.«

Finn nickte, deutete aber noch mal auf das Riesenrad hinter ihm. »Was passiert damit?«

»Abgerissen vermutlich. Oder renoviert. Keine Ahnung.« Sie holte tief Luft. »Ist mir ehrlich gesagt im Moment auch ziemlich egal. Ich will jetzt wissen, warum in dieser Nachricht stand, dass ihr mir bei der Suche nach Navid helfen könnt.«

Finn ging ein paar Schritte hinter Toni her, die in ihren dunklen, viel zu schicken Containerklamotten aussah, als wäre sie auf dem Weg zum Abiball. »Ich weiß es nicht. Ich hab seinen Namen noch nie gehört, Merks hat ihn nie erwähnt. Sorry.«

Toni starrte ihn mit müden Augen prüfend an und drehte sich dann frustriert weg. »Shit, echt.«

Schweigend gingen sie nebeneinanderher. Toni tat ihm leid, weil sie sich mit ihnen wohl genauso viele vergebliche Hoffnungen gemacht hatte, wie er sich mit ihr. »Ist Navid dein Freund? Also dein Freund-Freund?«

Sie nickte. »Beides. Alles. Ich muss ihn unbedingt finden.«

Plötzlich fing sie an zu weinen. Die Tränen platzten regelrecht aus ihr raus. Und mit einem Schlag war sie nicht mehr die taffe Frau, sondern ein verletzliches Mädchen, kaum älter als er.

Finn war völlig überfordert mit der Situation. »Was ist denn passiert?«

Toni versuchte sich zu beruhigen. »Mein Vater will ihm was antun. Oder hat es schon gemacht. Er hat eine Waffe. Ich hab es gesehen.«

»Warum das denn?« Er konnte sich keinen Reim darauf machen. »Was ist mit deinem Vater? Und was ist mit deinem Freund?«

»Ach, nichts.«

Toni putzte sich die Nase und Finn war tatsächlich für einen kurzen Moment froh, dass sie ihm nicht genug vertraute, um ihm ihre Geschichte anzuvertrauen. Denn wie könnte er sich auf die Probleme einer Fremden konzentrieren, wenn sein Kopf voller eigener Probleme war? Er animierte sie sanft zum Weiterlaufen. Paul und Jakob standen 100 Meter weiter vorn und warteten auf sie.

Da begann Toni zu reden. »Navid ist illegal hier. Er versteckt sich seit eineinhalb Jahren. In drei Wochen, sobald ich 18 bin, will ich ihn heiraten, damit er bleiben darf. Aber das will mein Vater nicht. Da bin ich mir sicher. Darum ist er mit der Waffe hinter ihm her. Er will ihn umbringen.«

»Krass.« Finn sah Toni an, erleichtert, dass sie nicht nachfragte, worauf sich dieses Krass bezog. Natürlich auf die Sache mit ihrem Vater, keine Frage, irgendwie aber auch auf die Nummer mit der Heirat. Er bewunderte diese Idee, die so komplett hirnrissig war, aber gleichzeitig bewies, wie sehr Toni ihren Freund liebte. Eine Entscheidung, die ihr Leben vermutlich verändern würde wie noch keine Entscheidung davor. Und die sie sogar gegen den Willen ihre Familie durchboxen wollte. Er überlegte kurz, ob er das für Lea auch tun würde, könnten sie dadurch wieder zueinanderfinden. Die Antwort war sofort da: Ja. Er würde alles für sie tun. ›Kein steinern Bollwerk kann der Liebe wehren, und Liebe wagt, was Liebe irgend kann.‹

Finn hing der Erinnerung an Leas und seinen Theaterauftritt kurz nach, bevor er sich wieder auf Toni konzentrierte. »Und du glaubst echt, dein Vater würde deinem Freund was antun, damit ihr nicht heiratet?«

»Ja. Und seit dieser Lehrer von euch das auch geschrieben hat, glaube ich das noch viel mehr.«

Finn brauchte einen Augenblick, bis er kapierte, was Toni gesagt hatte. »Was hat Merks geschrieben? Was genau?«

»Dass mein Vater niemandem mehr etwas antun darf. Nicht mir, nicht Navid, nicht anderen Unschuldigen.«

Finn lauschte auf das Echo, das nur in seinem Kopf stattfand. ›Er darf niemandem mehr was antun.‹

»Wie heißt dein Vater denn?«

»Karsten Wagner.«

Der Boden unter Finns Füßen begann sich zu bewegen. Er kannte den Namen. Hatte Merks ihn mal erwähnt? Kannte er ihn aus *Mind-Hack*? War Tonis Vater derjenige, der das Programm mit aller Gewalt schützen wollte? War er verantwortlich für die Bombe, für die ganzen Toten? Mussten sie IHN stoppen? Und war Toni der Schlüssel dazu?

Obwohl ihr Ex-Lehrer endgültig aufgehört hatte zu existieren, schien das Spiel um Leben und Tod noch längst nicht vorbei zu sein.

MIND-HACK /// ACTIVE ANONYM. /// 07/05/20 /// 06:05:12**

Finn genießt die Ruhe. Schon seit 10 Minuten beobachtet er Lea, wie sie von ihrem Fenstersims aus über eine blühende Obstplantage schaut. Die Aussicht ist tatsächlich das Beste an dem ganzen Zimmer. Der Rest ist klein, karg eingerichtet und ein zweites Bett deutet darauf hin, dass sie hier nicht mal alleine wohnt. Er hatte sich ein Eliteinternat immer luxuriöser vorgestellt.

Er musste sie noch mal aufsuchen, obwohl sie bei seinem letzten Besuch so unglücklich gewirkt hatte zum Schluss. Weil sie ihm nicht helfen konnte. Doch er muss einfach wissen, was Merks ihr damals heimlich in Berlin gegeben hat. Und wo die reale Lea es bis heute versteckt hält.

Nach dem Gespräch mit Toni dachte er noch, dass er einfach ihren Vater Karsten Wagner mittels Mind-Hack aufsuchen muss. Dann hätten sie den Tipp von Lea vermutlich nicht mehr benötigt. Doch diese Idee löste sich schnell in Luft auf, denn Tonis Vater weiß genau, wie er sein virtuelles Leben vor dem eigenen Programm schützt. Es existiert kein Klon von ihm.

»My ears are ringing, my throat is dry and my hands are trembling.«

Leise singt Finn ihr gemeinsames Lied, woraufhin Lea sich lächelnd zu ihm umdreht. »Ich hab doch gesagt, dass du besser tanzen als singen kannst.«

»Lust zu tanzen?«

»Mit dir immer.«

Ihr Lächeln wird zu einem gelösten Lachen und Finn spürt Glück in sich aufsteigen. Echtes Glück, kein virtuelles Gefühl. Der Abstand von zu Hause scheint dem realen Vorbild dieser Lea tatsächlich gutzutun.

»Cool, dass du wieder da bist.«

Finn geht auf sie zu. Der Wunsch, sie zu berühren, ist kaum mehr zu kontrollieren. »Dir geht's gut, oder?«

»Hm, die Leute hier sind nett. Aber du fehlst mir. Und deine Nachrichten fehlen mir auch.«

»Ich weiß. Es dauert noch ein bisschen, bis ich dir wieder schreiben kann. Aber dafür bin ich jetzt öfters hier.«

Lea nickt zufrieden und schaut wieder zum Fenster raus. Ihre Haare leuchten in der Morgensonne und ein kleiner Schatten auf ihrem Gesicht lässt ihr Muttermal wie ein Stern strahlen. Finn muss sich zusammenreißen, um sein eigentliches Vorhaben vorzubringen.

»Lea, ich kann heute nicht lang bleiben. Ich muss dich noch mal fragen, ob du dich wieder daran erinnern kannst, was Merks dir gegeben hat? Oder besser noch, wo du es versteckt hast?«

Leas Blick bleibt abgewandt, als würde sie draußen etwas fixieren. Finn ahnt, dass er auch heute keine Antwort auf seine Fragen bekommen wird.

»Wir haben uns geküsst, bevor alles«, sie fasst sich an den Kopf, »weg war. Stimmt das?«

»Hm.« Finn lässt sich in die Erinnerung an ihren letzten Kuss reinziehen. »Und das war ziemlich schön.«

Soll er der virtuellen Lea ihre gemeinsame Geschichte zu Ende erzählen, statt zu warten, bis er ihr wieder schreiben kann? Und darauf hoffen, dass die Information zu der realen Lea durchdringt und das Ende der Geschichte ein Anfang bedeutet? Vermutlich funktioniert das so rum nicht und eigentlich hat er auch keine Zeit dazu, doch wer weiß, ob und wann sie sich wiedersehen werden.

»Wir standen alle vor dem Brandenburger Tor. Jakob war da-

bei. Tarek und Gregor auch. Sie hatten sich über Merks unterhalten, als wir dazukamen.« Finn muss schlucken, als er ihre letzten Minuten rekapituliert. »Wir mussten zu ’ner Führung, aber ich hatte überhaupt keine Lust dazu. Ich wollte lieber mit dir zusammen sein. Wie den ganzen Vormittag auch schon. Allein natürlich, weil es sich so gut angefühlt hat, dich an der Hand zu halten. Dich den Berlinern als meine Freundin vorzustellen.«

Leas CI wird plötzlich nervös. Sie springt auf, geht zur Tür und wieder zurück. Finn schaut ihr irritiert dabei zu. »Lea, alles klar?«

Sie schüttelt den Kopf. »Berliner? Berliner? Kannst du dich daran erinnern, was ich zu dir gesagt habe? Dieser letzte Satz, bevor die Bombe explodierte?«

Finn schüttelt den Kopf. »Leider nicht. Ich hab dich nicht verstanden. Es war so laut und Jakob hat Blödsinn gemacht. Warum?«

Leas braune Augen wechseln ins tiefste Schwarz, als sie Finn fixiert. »Weil dieser Satz deine Frage beantworten wird. Aber er ist weg, er ist einfach weg.«

BERLIN PLÄNTERWALD, 06:20 (MEZ), SPREEPARK

Jakob saß in seinem Rollstuhl nah am Spreeufer und schaute auf das gegenüberliegende Kraftwerk, dessen Türme in der Morgensonne orangerot brannten. Finn und Paul waren einige Meter weiter gegangen, um über *Mind-Hack* Tonis Vater zu suchen. Er war ganz froh, dass er für den Moment einfach nur hier rumsitzen konnte. Er war müde, seine Amputationsnarben schmerzten, seit sie nass geworden waren, und tatsächlich klopfte auch die alte Sinnfrage »Weiterleben, oder nicht?« wieder an, von der er seit Beginn des Trips dachte, sie zwar antwortlos, aber trotzdem endgültig verscheucht zu haben. Er wusste nicht, warum sie wieder aufgetaucht war. Weil ihm ihr Vorhaben immer sinnloser erschien oder weil er mal wieder seine Grenzen gespürt hatte, als Finn ihm beim Umziehen helfen musste? Er wäre gern cooler damit umgegangen, dass sein bester Freund plötzlich auch sein Pfleger war, aber es gelang ihm nur äußerlich. Da konnte er wie immer einen coolen Spruch reißen, innerlich hatte es ihn fast zerrissen. Und genau das würde garantiert noch häufiger vorkommen.

»Wie ist das passiert?«

Jakob schreckte aus seinen Gedanken hoch und erkannte überrascht, dass Toni ihn scheinbar schon eine ganze Zeit von ihrem Platz aus beobachtete. Sie saß ein paar Meter von ihm entfernt an einen Baum gelehnt und sah so fertig aus, wie er sich fühlte. Und trotzdem irgendwie gut, extrem gut.

»Motorradunfall. War mal Stuntman.«

»Blödmann. Das kannst du deiner Oma erzählen.«

»Die ist bei dem Unfall auch ums Leben gekommen.«

Toni drehte sich kopfschüttelnd von ihm weg. Seine Taktik, die am Abend zuvor bei dieser Kellnerin aus dem Internetcafé extrem gut geklappt hatte, schien bei Toni nicht zu funktionieren. Genau das hätte er früher zum Anlass genommen, in den Angriffsmodus zu schalten und noch mal richtig durchzustarten. Doch irgendwie schaffte er das bei ihr nicht. Vielleicht weil der Zeitpunkt bescheuert war, vielleicht weil er wusste, dass sie vergeben war oder vielleicht weil er Angst vor einer Freundin hatte, die auf Augenhöhe ein extrem leichtes Spiel gehabt hätte, ihn zu durchschauen. Und genau so eine wäre

Toni gewesen. Das wollte er noch nicht, das konnte er noch nicht, konnte er es überhaupt irgendwann mal wieder? Und schon kam ihm die Frage in die Quere, wo denn dann der Sinn des Ganzen lag, wenn er anderen Leuten immer nur was vorspielen würde?

Er strich sich die Locken aus dem Gesicht. »Es war ein Unfall. Allerdings mit einer Bombe.«

Toni schaute ehrlich überrascht zu ihm zurück. »Wie, Bombe? So ein selbst gebasteltes Ding, oder was?«

»Nee, eher so ein Profi-Ding. Hier in Berlin vor sechs Monaten ungefähr.«

Es sollte lässig klingen, diese ungefähre Zeitangabe, dabei hatte er das genaue Datum noch keinen einzigen Tag vergessen. Toni aber auch nicht. »Du warst am 06. November am Brandenburger Tor? Scheiße, Mann.«

Jakob nickte. »Nicht nur ich. Finn auch. Unsere ganze Klasse.«

Er sah ihr an, wie sie nach den richtigen Worten suchte, und hoffte, dass sie nicht den gleichen Fehler machte wie alle. Tat sie nicht. Sie blieb ruhig, doch ihr Blick veränderte sich. Er ging plötzlich durch ihn hindurch, als würde sie in einer Welt hinter ihm nicht mehr nur nach Worten, sondern nach einer Erklärung für Fragen suchen, die ihr gerade durch den Kopf schossen.

»Mein Freund, Navid, wurde wegen dieses Anschlags gesucht. Das war total strange. Damals ist er auch über den Weg abgehauen, den wir vorhin genommen haben.«

Jakob blieb stumm, weil ihm die ganzen Zufälle zu viel wurden. Oder waren es keine Zufälle, dass sie irgendwie alle mit diesem fucking Ereignis verknüpft waren? Scheinbar stellte nicht nur er sich diese Frage. »Komisch, oder, dass uns ausgerechnet das irgendwie verbindet?«

Toni wollte noch etwas sagen, doch sie schüttelte den Satz wie ein Laubblatt ab, das sich in den Haaren verfangen hatte, und ging zum nächsten über. »War das nicht euer Lehrer, der das Ding gezündet hat? Und habt ihr vorher nicht gesagt, dass der es auch war, der mir über diese App geschrieben hat?«

»Ja, der virtuelle Klon von ihm.«

Toni stand auf, als wollte sie dem Bild entkommen, das sich langsam in ihrem Innersten zusammensetzte. »Aber was hatten euer Lehrer und mein Vater miteinander zu tun? Warum schreibt euer Lehrer mir, dass mein Vater niemandem mehr was antun darf?«

Da war sie also, die Frage, der sie nicht ewig aus dem Weg gehen konnten. Jakob hatte Finn vorhin genau angesehen, was er dachte und was er vor Toni sagte, und dass dazwischen ziemlich viel Spielraum für Spekulationen lag. Aber tatsächlich gab es nur eine logische Konsequenz, wer Tonis Vater, wer Karsten Wagner war.

»Die haben miteinander Geschäfte gemacht. Glaub ich.«

Jakob wich Tonis Blicken aus. Er wollte nicht derjenige sein, der ihr die ziemlich sichere Wahrheit beibringen musste.

»Wie jetzt? Was für Geschäfte? Ging es da um dieses komische Programm, von dem Finn erzählt hat? Das glaub ich nicht. Ich hab doch schon gesagt, dass der irgendwo bei der Stadt arbeitet.« Sie kam näher. »Aber jetzt mal echt: Wenn euer Lehrer das Arschloch mit der Bombe war, wer war denn mein Vater?«

Jakob verfluchte seinen Rollstuhl, der ihn daran hinderte, sich schnell aus Situationen zu entfernen. Und Paul und

Finn verfluchte er ebenfalls. Wo stecken die, verdammt? »Unser Lehrer hat das Programm *Mind-Hack* entwickelt. Er wollte aussteigen, weil es zu gefährlich wurde. Aber da hatten die Leute, die es gekauft hatten, was dagegen. Deswegen die Bombe.«

»Und mein Vater?«

Jakob wand sich einen kurzen Moment um die Wahrheit herum, dann suchte er mit seinem Blick, in dem wohl die Antwort geschrieben stand, ihre Augen. Und mehr musste er nicht tun.

Toni kapierte, was nicht zu kapieren war. Sie schlug sich die Hand vor den Mund, aber nicht aus purem Entsetzen, sondern weil ihr alles hochkam und sie sich nicht direkt vor Jakob übergeben wollte.

Finn drehte seit zehn Minuten die VR-Brille in der Hand und hoffte darauf, Paul, der neben ihm saß, würde etwas Kluges sagen. Etwas, das ihre Probleme lösen könnte. Aber Paul blieb so stumm wie er, und der Fluss vor ihnen unterstrich diese Stille auch noch mit seinen fast schon beruhigenden Bewegungen.

Damals war es anders gewesen, damals im Herbst. Da war der Fluss wild und verspielt, so wie Lea und er. Es war eine andere Stelle und eine andere Welt. Es war ein fröhliches Damals in seiner Erinnerung. Und im Nachhinein würde er sagen, dass er nie glücklicher in seinem Leben gewesen war als an seinem 16. Geburtstag.

Wie er sich wohl irgendwann an heute erinnern würde, konnte er gar nicht sagen. Ob er überhaupt jemals die Möglichkeit zum Erinnern haben würde, stand auf einem ganz anderen Blatt. Im Moment sah es nicht danach aus, denn auch wenn sie jetzt ihren Gegner mit Namen kannten, die Konstellation blieb David gegen Goliath.

»Uns bleibt nichts anderes übrig, als nach Mitte zu fahren und die Zentrale vom Geheimdienst unter die Lupe zu nehmen, oder?« Paul nahm ihr Gespräch wieder auf, als hätte es dazwischen keine Pause gegeben.

»Und du glaubst, wir laufen da an die Rezeption und sagen: Hey, wir suchen die Projektgruppe *Mind-Hack*. Und die dann so: Ja, cool, kommt rein.«

Paul stöhnte genervt auf, weil sich der Plan tatsächlich bescheuert anhörte. Ihnen fehlte nur die klügere Alternative.

»Toni kommt da rein. Ich bin mir ziemlich sicher, dass ihr Vater da arbeitet. Von wegen, der arbeitet bei der Stadt.«

»Ich kann mir halt nur nicht vorstellen, dass die Zentrale von *Mind-Hack*, von der Merks gefaselt hat, mitten in Berlin liegt.«

»Das kann ich mir auch nicht vorstellen. Aber es ist der einzige Anhaltspunkt …«

Paul kam nicht mehr dazu, seinen Satz zu beenden. Jakob rief nach ihnen und es klang verdammt dringend.

TOR BROWSER /// CHAT EXT. /// 07/05/20 /// 06:32:11**

Room: Castle – III user online

06:32:11	[@Hektor]	Wussten Sie, dass meine Tochter mit diesen Idioten aus Frankfurt unterwegs ist?
06:32:12	[winston84]	natürlich nicht / wir kümmern uns darum dass das programm

	läuft und nicht um ihre privatangelegenheiten
06:32:14 [@Hektor]	Das sind keine Privatangelegenheiten mehr!!! Es geht hier um die Staatssicherheit. Dass meine Tochter darin involviert ist, macht es nur noch schlimmer.
06:32:22 [winston84]	und was sollen wir jetzt ihrer meinung nach tun
06:32:25 [@Hektor]	Findet sie. Ich hab den Kontakt zu Toni verloren. Auch über mh. Sorgt dafür, dass ihr nichts passiert. Und helft mit, dass wir diese anderen Kids ausschalten können. Sie haben gesagt, die kommen nicht mehr weit, sobald der Khal-Klon tot ist. Schwachsinn. Wie immer redet ihr Programmierer nur Schwachsinn.
06:32:28 [winston84]	jetzt reicht's aber
06:32:28 [obrian@93]	Geht klar. Wir kümmern uns.
06:32:29 [@Hektor]	Will ich auch hoffen. Dafür werdet ihr schließlich bezahlt. Und denkt immer an den Knast, der euch blüht, falls wir auffliegen.

```
[@Hektor] hat den Chat verlassen.

06:32:32 [winston84]   was für ein arsch / was willst
                       du machen?
06:32:34 [obrian@93]   Ich muss in Khals Namen dafür
                       sorgen, dass den Kids nichts
                       passiert.
06:32:36 [winston84]   und wie /???

[obrian@93] hat den Chat verlassen.
```

BERLIN PLÄNTERWALD, 06:48 (MEZ), SPREEPARK

Toni kam Finn und Paul schon auf halbem Weg entgegen. Ihr Gesicht war tränenverschmiert und als sie die Jungs auf sich zukommen sah, machte sie auf dem Absatz kehrt und ging in die andere Richtung davon. Finn und Paul holten sie mit ein paar schnellen Schritten ein und hielten sie am Arm fest.

»Wo willst du hin?«

»Lasst mich los.«

»Erst wenn du sagst, wo du hingehst.«

»Nach Hause. Ich will meinem Vater sagen, dass ich alles weiß, und dann geh ich zur Polizei, bevor er Navid was antun kann. Wenn es nicht schon passiert ist.« Sie schluchzte auf und riss sich von beiden los. »Geht mir aus dem Weg.«

Gleichzeitig und ohne sich vorher verständigt zu haben, traten Finn und Paul einen Schritt zur Seite, als wäre Tonis Entscheidung ihr gutes Recht, ihr alleiniges Recht, in das sie ihr nicht reinzureden hatten. War es auch, aber für sie würde ihre Entscheidung das Aus bedeuten.

Paul merkte es zuerst. »Und was soll das bringen? Wird dir die Polizei glauben? Oder wird dein Vater einfach so aufhören, deinen Freund zu jagen, nur weil du dich mal zur Wehr setzt?«

Toni blieb abrupt stehen. Paul redete weiter auf sie ein. »Ich hab mir echt nicht ausgesucht, hier dabei zu sein. Aber mittlerweile hab ich kapiert, dass wir nur zusammen was gegen DIE, also gegen deinen Vater, ausrichten können.«

Finn reagierte nun auch. »Toni, bitte. Das war kein Zufall, dass wir uns begegnet sind. Auch wenn der Merks nur noch ein digitaler Klon war, er wusste, was er tat. Du brauchst uns und wir brauchen dich.«

»Ich soll also noch länger dabei zusehen, wie mein Vater das Leben von Navid zerstört? Oder das von anderen. Von euch. Von mir …« Tonis Mundwinkel zitterten. »Er ist voll das Monster.«

Sie nahmen sie in den Arm, um ihr die schreckliche Wahrheit erträglicher zu machen. Vergessen machen war unmöglich.

»Wir müssen dieses verdammte *Mind-Hack* stoppen. Darum ist das alles passiert. Und erst dann wird dein Vater Ruhe geben, weil er sich hoffentlich für sein Verhalten verantworten muss.«

»Und wie soll das gehen?«

Finn ließ Toni wieder los. »Zuerst musst du rausfinden, wo die Zentrale von *Mind-Hack* ist. Das hat Merks mir gesagt.«

Ihr Blick sprach Bände. »Ihr wollt also, dass ich meinen Vater danach frage? Das könnt ihr vergessen. Ich werde ihm die Augen auskratzen, wenn ich ihn wiedersehe.«

Finn konnte das zwar verstehen, sonderlich zielführend

wäre das Vorgehen jedoch nicht. Toni merkte das selbst. »Mal ehrlich: Wenn ich da bei ihm im Büro auftauche, wobei ich ja noch nicht mal offiziell weiß, wo er arbeitet, wird er sofort kapieren, dass etwas nicht stimmt.«

Da hatte sie recht. Ihr Auftauchen würde garantiert Alarm auslösen.

»Ich komme mit.« Unbemerkt war Jakob zu ihnen gerollt. »Wenn ein Behinderter dabei ist, fallen deine Fragen nicht so auf.«

Toni musste unwillkürlich lächeln. Und auch Finn war von seinem besten Freund beeindruckt. Aber da war noch was anderes. Ein Gefühl stieg in ihm hoch, das seinen ganzen Körper einnahm. Zunächst konnte er es nicht deuten, doch plötzlich wusste er, was es war. Sie befanden sich auf der Zielgeraden. Und merkwürdigerweise war es ein beruhigendes Wissen, dass das Ende – welches auch immer – in greifbare Nähe rückte.

BERLIN CHARLOTTENBURG, 07:20 (MEZ), VILLA WAGNER

Karsten Wagner lenkte seinen Wagen mit Karacho in die Hofeinfahrt. Was für eine beschissene Nacht hinter ihm lag. Und der kommende Tag versprach nicht besser zu werden. Alles in ihm war verkrampft und statt im Berufsverkehr nach Hause zu rasen, hätte er besser im Büro ein paar Schießübungen gemacht. Das hätte ihn entspannt. Genau wie ein Besuch bei der Kessler, die jedoch plötzlich meinte, sich als missachtete Emanze aufspielen zu müssen. Aber an dem Weg nach Hause hätte trotzdem kein Weg vorbeigeführt. Das wusste er genau. Er musste prüfen, ob Toni zurück war. Und wenn nicht, ob sie einen Hinweis hinterlassen hatte, wo sie und diese kleinen Hackfressen sich versteckt hielten.

Er konnte sich noch immer nicht erklären, was sie mit denen zu tun hatte. Woher sie sich kannten. Hatten sie sich zufällig in dieser Fabrik getroffen? Er hatte sofort ein ungutes Gefühl, als klar war, dass diese Jungs unterwegs nach Schöneweide waren.

Wagner stellte den Motor ab, zwang sich zur Ruhe und prüfte aus Gewohnheit, ob seine Waffe noch in seiner Aktentasche war. Und kaum spürte er das vertraute Metall, schweiften seine Gedanken wieder ab. Wenn Toni was passieren sollte, würde er die Jungs umbringen. Vermutlich würde er es so oder so tun, weil er nicht zulassen konnte, dass sie sein Lebenswerk zerstörten, aber falls Toni Schaden nehmen sollte, würde er keinen Augenblick mehr zögern. Vielleicht wäre die Art und Weise des Todes quälender, das könnte sein, in seinem Job standen ihm ja zum Glück die unterschiedlichsten Möglichkeiten offen. Er atmete noch mal tief ein und aus. Er musste sich beruhigen. Und jeden noch so kleinen Fehler vermeiden. In seinem Kopf bastelte er sich einen Plan für die nächsten Minuten und Stunden zusammen, wie er es während seiner Ausbildung gelernt hatte. Das beruhigte selbst in den brenzligsten Situationen. Ins Haus gehen, Tonis Zimmer nach Hinweisen durchsuchen, duschen, umziehen, den Kollegen im Büro Normalität vorspielen. Seine Frau ließ er bewusst außen vor, denn sollte die ihm gleich blöd kommen, konnte er für nichts garantieren.

Doch gerade als er dabei war, die Autotür zu öffnen, sah er im Augenwinkel eine flinke Bewegung in seinem Garten. Schnell bückte er sich, um einem unerwarteten Angriff zu entkommen. Doch es passierte nichts. Er linste vorsichtig durch die Frontscheibe und entsicherte blind seine Waffe. Wenn er was richtig gut konnte, dann das.

Fassungslos beobachtete er einen Einbrecher, der gerade dabei war, wie der übelste Anfänger über den Zaun zum Poolbereich zu steigen. Wagner öffnete leise die Autotür: Der kam ihm gerade recht.

Langsam folgte er ihm, blieb auf Abstand, beobachtete, wie er die Fensterfronten nach einer Möglichkeit zum Einstieg absuchte und dabei idiotische Zischlaute von sich gab. Und dann sah er sein Gesicht. Ein Ausländer, war ja klar. Wagner schlich näher und spielte seine Möglichkeiten durch. Er könnte ihn erschießen und sich, falls es notwendig werden sollte, auf Notwehr berufen. Er könnte ihn blutig prügeln, was seinem Aggressionsabbau ziemlich zuträglich wäre. Er könnte auch … Irritiert hielt er inne. Irgendwie kam ihm dieser Junge bekannt vor. Irgendwo hatte er ihn schon mal gesehen.

»HEY«, Wagner ging mit gezogener Waffe in die Offensive, »HÄNDE HOCH. UMDREHEN. ODER ICH SCHIESSE.«

Erschrocken fuhr der Junge rum. Seine Hände streckte er folgsam nach oben, sein Blick passte aber kein bisschen zu seiner ruckartigen Bewegung. In seinen Augen war nämlich kein bisschen Angst zu sehen, nur Freundlichkeit. Woher kannte er ihn, verdammt?

»Nicht schießen.« Der Ausländer kam langsam auf ihn zu und streckte eine Hand statt nach oben begrüßend nach vorn. »Herr Wagner, ich tu nichts. Ich bin der Freund Ihrer Tochter.«

Jetzt war ihm alles klar. »Navid?«

»Sie kennen meinen Namen?«

Wagner lächelte sein falschestes Lachen. »Klar, Toni hat mir alles erzählt.«

Er streckte seine unbewaffnete Hand ebenfalls aus und ging auf ihn zu. »Das ist ja eine Überraschung.«

Das war es auch. Eine wunderschöne Überraschung sogar. Besser als jeder Einbrecher, an dem er seine Aggressionen hätte auslassen können. Und bevor Navid seine Hand ergreifen konnte, zog er sie zurück und schlug ihm mit der Waffe in der anderen Hand erbarmungslos ins Gesicht. Navid konnte gerade noch seine Hand auf die Wunde pressen, als er schon blutüberströmt zu Boden ging.

14.

BERLIN FRIEDRICHSHAIN, 09:45 (MEZ), HOSTEL BE®LIN

Finn ging mit Paul auf das Hostel zu. Der morgendliche Verkehr auf der vierspurigen Straße wirkte nach ihrer Nacht ohne Schlaf noch bedrohlicher und war ohrenbetäubend laut, doch Finn war ganz froh darüber. Während Paul nämlich fast schon panisch ihre Umwelt im Auge behielt, durchlebte Finn die Nacht nach dem Club-Besuch noch mal, diesen wunderschönen Moment vor dem Hostel, als Lea ihn zurückhielt, sich an ihn lehnte und ihn küsste.

Ein Moment, der damals schon so unwirklich gewesen war, wie er heute noch immer schien.

»Hier links. Dann noch 100 Meter ungefähr.«

Paul war fragend stehen geblieben. »Ist das echt okay für dich, wenn wir da jetzt hingehen?«

»Klar, war ja meine Idee.«

»Na ja, aber vielleicht werden Erinnerungen wach, die dir nicht so guttun.«

Finn schüttelte nur den Kopf und ging voran. In der inständigen Hoffnung, dass es auch wirklich bei der Kuss-Erinnerung blieb.

Auf dem Schiff war er kurz zur Ruhe gekommen. Toni hatte den Kapitän eines Spreedampfers so lang bequatscht, bis der sie von der Anlegestelle am Plänterwald noch vor der offiziellen Öffnungszeit zu seiner ersten Fahrt in die Innenstadt mitnahm. Vermutlich sahen sie so mitleiderregend und bedürftig aus, dass sogar ein etwas grimmiger Berliner lieber über seinen Schatten sprang, als ihnen seine Hilfe zu verweigern. Das ruhige Schaukeln des Schiffs tat ihnen allen gut. Sie saßen in der Morgensonne an Deck und ließen Berlin an sich vorbeiziehen, als wären sie ganz normale Touristen, die das Glück hatten, ein leeres Boot zu ergattern. Für Außenstehende sah es jedenfalls so aus. Das angeblich ruhige Genießen war jedoch nichts anderes, als den eigenen Gedanken nachzuhängen.

Finn ließ sich in die Welt von Lea treiben, sah sich mit ihr zusammen den See genießen, an dem ihr Internat lag, und hätte einiges dafür gegeben, wenn ihm etwas die Sicherheit gegeben hätte, dass diese Fantasie irgendwann wahr werden würde. Doch mitten ins Schöne ploppte die hässliche Information wieder auf, dass Merks Lea weit vor allen anderen in die Sache reingezogen hatte. Als Back-up quasi, falls etwas passieren sollte. Ohne zu ahnen, dass das, was schließlich passierte, viel schlimmer war, als das, was er sich jemals vorgestellt hatte, und Lea wegen ihres Gedächtnisverlustes und ihrer digitalen Zurückhaltung ›unbrauchbar‹ für ihn werden würde. Was hatte er ihr damals in Berlin gegeben, was sie für ihn verstecken sollte? Und wo lag dieses Versteck?

Als Finn Paul darauf angesprochen hatte, waren sie sich schnell einig, dass sie dieser Spur nachgehen sollten. Und darum standen sie nun hier vor dem Hostel und hofften etwas zu finden, das die CI von Lea gemeint haben könnte.

»Ich hab keine Ahnung, was und wo wir suchen sollen.« Finn legte den Kopf in den Nacken und starrte an dem achtgeschossigen Gebäude hoch. »Bringt's was, wenn ich Lea noch mal frage?«

Paul, der Finns Blick gefolgt war, zuckte nur mit den Schultern. »Es wäre schon ein krasser Zufall, wenn sie sich ausgerechnet jetzt daran erinnern könnte, oder?«

Finn hätte ihm gern widersprochen, wusste aber nur zu gut, dass Paul recht hatte. Aber wer weiß, vielleicht war ihr Erfolg ja schon gar nicht mehr nötig, weil Jakob und Toni, die sie um 12 Uhr an der Weltzeituhr am Alexanderplatz wieder treffen wollten, die Sache allein regelten. Er konnte in diesem Augenblick noch nicht ahnen, dass das reines Wunschdenken war.

BERLIN MITTE, 09:53 (MEZ), GEHEIMDIENSTZENTRALE

Toni stand mit Jakob vor dem bewachten Eingangsportal der Geheimdienstzentrale. Sie war sicher schon tausendmal in ihrem Leben an der Baustelle vorbeigefahren, die jahrelang das Bild dieses Stadtteils geprägt hatte, ohne zu ahnen, dass sie dazu über merkwürdige Umwege einen Bezug hatte. Sie konnte sich nicht vorstellen, dass ihr Vater hier arbeiten sollte. Dass er hier etwas zu sagen hatte. Dass er von hier aus seine mörderischen Befehle gab, die sie immerhin einmal hatte mit anhören müssen.

Es konnte nicht sein. Es durfte einfach nicht sein. Ihr Vater war streng und manipulativ, das wusste sie, aber er war kein gewalttätiger Mensch. Er hatte sie noch nie geschlagen. Und jemand, der fremde Menschen einfach so opferte, würde doch auch vor häuslicher Gewalt nicht haltmachen. Oder doch? Vermochte ihr Vater diese zwei Welten derart strikt zu trennen?

Je länger sie den dunklen Bau vor sich sah und die restliche Welt um sich ausblendete, desto klarer wurde wieder das Bild, wie ihr Vater die Pistole aus dem Safe in seinem Arbeitszimmer nahm, um damit gnadenlos, skrupellos über Navid zu urteilen. Ein Fremder für ihn, die große Liebe für sie. Ein Fremder, der für ihn aber nicht fremd hätte bleiben müssen. Weil ihre Liebe groß genug gewesen wäre, sie miteinander zu verbinden.

Toni wurde aus ihren Gedanken gerissen, als Jakob sie ansprach: »Wie gehen wir vor?«

»Keine Ahnung.« Sie versuchte sich trotz Müdigkeit zu konzentrieren. »Wenn sich da drin wirklich das Büro von meinem Vater befindet und er da ist, dann wird er garantiert erst mal ausrasten, weil ich letzte Nacht nicht zu Hause war.«

»Und dann?«

»Dann wird er sich fragen, woher ich weiß, dass er hier arbeitet, und merken, dass etwas nicht stimmt. Und wenn er nicht schon weiß, wer du bist, wird er es spätestens dann wissen wollen.«

»Und dann?«

»Dann sind wir am Arsch. Du genauso wie ich.«

»Und dann?«

»Mann, hast du 'ne Repeat-Taste verschluckt, oder was?« Toni haute Jakob auf den Hinterkopf. »Deine bescheuerten ›Und dann‹-Fragen helfen echt nicht weiter.«

Jakob rieb sich gespielt schmerzverzerrt die Stelle an seinem Kopf. »Ich weiß nicht, was dein Freund für einer ist. Aber Nerven muss der echt gute haben.«

Toni streckte ihm die Zunge raus und erinnerte sich daran, dass sie das auch manchmal bei Navid gemacht hatte. Weil es zwar ihrem Ärger Ausdruck verlieh, aber gleichzeitig doch so kindisch war, dass es fast schon wieder als liebevoll durchging. Sie nahm sich vor, Jakob nächstes Mal einfach den Mittelfinger zu zeigen.

»Ich wollte nicht wissen, wie dein Vater reagiert. Das kannst du ja gar nicht wissen. Ich wollte wissen, wie wir vorgehen.« Jakob drehte sich auf seinen Rädern, damit er Toni in die Augen schauen konnte. »Sobald wir drin sind, muss ich auf die Toilette. Und wenn das nicht geht, wird mir schlecht. Du musst deinen Dad beschäftigen und ich werde versuchen, sein Büro zu finden. Wenn es da drin überhaupt einen Hinweis auf *Mind-Hack* gibt, dann garantiert dort.«

Plötzlich trat ein Polizist, der das Gebäude bewachte, zu den beiden. Vermutlich hatten sie schon allein durch ihren Aufenthalt davor Verdacht erregt.

»Kann ich euch helfen?«

»Nein, wir wollen zu meinem Vater.«

Bemüht entschlossen schob Toni Jakobs Rollstuhl an dem Polizisten vorbei zum Eingang, wo ihnen ein Pförtner hinter einer Panzerglasscheibe zulächelte.

»Wir möchten zu meinem Vater. Karsten Wagner.«

Insgeheim hoffte Toni, dass der Mann erstaunt den Kopf schüttelte, in seinem Rechner die Mitarbeiternamen durchscrollte, um ihnen dann zu sagen, dass es diesen Mitarbeiter nicht gab. Stattdessen verlangte er nur den Ausweis der beiden und griff zum Telefon.

MOBILE KARSTEN W. /// SECRET()TALK /// 07. 05. 20 /// 09:58:03**

»Wagner.«

»Herr Wagner, Askamp vom Empfang hier. Ihre Tochter steht am Eingang Nord.«

»Bitte was?«

»In Begleitung von einem gewissen Jakob Schaaf.«

»Woher zum Teufel … Lassen Sie die beiden rein. Ich bin unterwegs. Meine Sekretärin soll sich um sie kümmern.«

»Wird gemacht.«

»Und sorgen Sie dafür, dass meine Tochter und ihr Begleiter auch in 45 Minuten noch da sein werden.«

BERLIN FRIEDRICHSHAIN, 10:12 (MEZ), HOSTEL BE®LIN

Die Banane, die Finn sich unerlaubterweise vom Frühstücksbuffet stibitzt hatte, brachte seinen Magen in Aufruhr. Oder war es der Blick in den leeren, aber noch unaufgeräumten Speisesaal, in dem er damals der lächelnden Lea vor seiner versammelten Klasse gegenübergestanden hatte? Sie mit einem Berliner in der Hand, um ihm damit zum 16. Geburtstag zu gratulieren. Er wusste mittlerweile selbst nicht mehr, was ihn mehr durcheinanderbrachte: das Jetzt, das Damals oder die ständige Vermischung dieser beiden Zeiten. Wenn er es sich aussuchen könnte, würde er am liebsten heute im morgen leben. Oder eben morgen im Jetzt, sobald die Normalität zurückgekehrt wäre.

»Schon was rausgefunden?« Paul kam von der Toilette und stellte sich neben Finn. »Hast du bei dem Typ an der Rezeption nachgefragt?«

Finn nickte seinem Stiefbruder müde zu. »Der wusste aber von nichts. Angeblich wäre ihm das aufgefallen, wenn was sechs Monate liegen geblieben wäre.«

»Shit.« Paul griff sich auch eine Banane. »Und im Zimmer? Hat Lea das, was Merks ihr gegeben hat, vielleicht in ihrem Zimmer versteckt?«

»Warst du schon mal in so 'nem Hostel-Zimmer? Da gibt's keine Verstecke.«

»Unterm Bett?«

Vielleicht. Vermutlich aber nicht.

Finn ging allein und ohne Erlaubnis die drei Stockwerke nach oben – in das Zimmer 16A. Da, wo Lea mit drei anderen Mädchen aus ihrer Klasse übernachtet hatte. Paul wollte unten noch mal nachfragen, ob nicht doch was übersehen worden war. Irgendwas, eine Nachricht, eine Kleinigkeit.

Finn schlich den Flur entlang. Seine Schuhe quietschten auf dem Boden wie bei Jakob im Krankenhaus. 12A, 14A, den Weg war er damals auch gegangen, als er sie an ihrem Abend zu ihrem Zimmer begleitet hatte. 16A. Er blieb stehen und starrte auf die Tür, die sich in ihrem Rotton kein bisschen von den anderen Türen abhob. Die Banane rumorte in seinem Bauch. Er klopfte. Er brauchte dringend 'ne Dusche. Niemand rührte sich. Seine Mutter machte sich garantiert tierische Sorgen. Er legte die Hand auf die Klinke. Ob die Kinder in der Kita nebenan schon draußen spielten? Er drückte die Klinke nach unten. Plötzlich herrschte in seinem Kopf Stille. Die Tür sprang auf, das Zimmer war unbesetzt, er trat ein.

Die Erinnerungen brachen wieder über ihm zusammen. Nicht Lea dieses Mal. Tarek und Gregor sah er vor sich liegen, weil das Zimmer 1 zu 1 dem glich, in dem sie damals übernachteten. Seine Beine gaben nach. Die Müdigkeit, sein Magen, er musste sich kurz ausruhen. Rechts unten war Leas Bett. Daran erinnerte er sich. Da legte er sich hin. Da sog er den Geruch von Lea ein, der natürlich schon längst von tausend anderen Besuchern überdeckt wurde, bis die körperlichen Sehnsuchtsschmerzen kaum mehr auszuhalten waren.

MOBILE KARSTEN W. /// SECRET()TALK /// 07. 05. 20 /// 10:20:18**

»Finn Makk und Paul Spohn – genau.«

»Und hab ich Sie richtig verstanden: Terrorfahndung?«

»Das haben Sie, Herr Kollege. Ich will, dass Sie mit allen zur Verfügung stehenden Kräften nach diesen beiden jungen Männern fahnden.«

»Und welches Verbrechen wird ihnen genau zur Last gelegt?«

»Darüber kann ich keine Auskunft geben. Vertrauen Sie auf den Geheimdienst. Ich vertraue auf die gute Arbeit der Polizei.«

BERLIN MITTE, 10:21 (MEZ), GEHEIMDIENSTZENTRALE

Es roch wahnsinnig neu in dem riesigen Bau. Alles war schick und perfekt aufeinander abgestimmt, und hätte Jakob die Zentrale einer Firma im Silicon Valley beschreiben müssen, wäre die wohl ganz ähnlich ausgefallen. Er ließ sich von Toni durch die Flure schieben, um die Sekretärin ihres Vaters, Frau Sinna, die sie gerade am Eingang abgeholt hatte, von seiner körperlichen und geistigen Gebrechlichkeit zu überzeugen. Dabei war er so wach wie seit einer gefühlten Ewigkeit nicht mehr.

»Nicht so schnell, Toni. Mir ist heute nicht gut.«

»Okay.«

Es war ein Glücksfall, dass Tonis Vater noch nicht im Büro war, und den mussten sie nutzen. Natürlich würde diese Frau Sinna sie keine Sekunde aus den Augen lassen, aber sie auszutricksen war vermutlich immer noch einfacher als diesen Mann, der für seine Rollstuhlsituation verantwortlich war. Jakob hatte sich diesen Gedanken zwar verboten, aber auf dem Schiff kam er kurz durch. Wie würde er ihm entgegentreten? Er fand keine Antwort darauf. Schlagen fiel raus, anspucken fand er zu lächerlich, lautstarkes Anschreien nach kurzer Überlegung auch. Darum war es wohl besser, ihm auf andere Art und Weise wehzutun: Und zwar indem sie alles daransetzten, sein *Mind-Hack*-Baby zu zerstören.

Plötzlich blieb die Sekretärin stehen und kramte ihre Chipkarte hervor.

»Warten wir bei Tonis Vater im Büro?«

»Ihr wartet bei mir im Büro. Leider.«

Ohne ihn oder Toni eines Blickes zu würdigen, öffnete Frau Sinna die Tür zum Sekretariat und deutete auf eine elegante

Sitzecke aus Leder. »Hier. Nehmt euch zu trinken, wenn ihr was wollt.«

»Haben Sie auch was zu essen?« Jakob setzte sein unschuldigstes Lächeln auf, was jedoch lediglich eine hochgezogene Augenbraue zur Antwort bekam.

»Dachte, dir ist nicht wohl. Na gut, ich kann was kommen lassen.«

Ein erster Fehlschlag. Wäre ja auch zu einfach gewesen, wenn die Frau sie ohne Weiteres für einen kurzen Moment allein gelassen hätte. Aber genau das mussten sie schaffen. Er suchte vergeblich den Blickkontakt mit Toni, merkte jedoch sofort, dass sie von der bis eben unbekannten Arbeitsumgebung ihres Vaters völlig überwältigt war.

»Arbeiten Sie schon lang für meinen Vater?«

Tonis Stimme war brüchig, als sie diese Frage stellte. Und vermutlich war es genau diese Brüchigkeit, die die Sekretärin kurz innehalten ließ.

»15 Jahre ungefähr. Seit er in Berlin ist.«

»Wussten Sie, dass es mich gibt?«

Das zögerliche Nicken war Antwort genug. Und Toni, die urplötzlich ganz glasige Augen hatte, nahm die Taschentücher, die Frau Sinna ihr fürsorglich reichte, dankbar an.

»Sei nicht traurig, Antonia. Ihr wisst ja, wo ihr hier seid. Uns geht das allen so. Nur unsere engsten Familienmitglieder dürfen erfahren, wo wir arbeiten. Alles andere unterliegt strengster Geheimhaltung. Das liegt nicht an dir.«

Toni gab nur einen undefinierbaren Laut von sich und schnäuzte sich dann so extrem laut, dass sogar die Sekretärin irritiert lächelte. Jakob nutzte den Moment der Ablenkung, um unbemerkt in seiner Jackentasche zu kramen.

»Und was sagen dann die anderen Familien so, wenn sie erfahren, dass ihr Vater oder ihre Mutter voll die Monster sind. Weil sie Unschuldige umbringen und …«

»Was redest du da?« Frau Sinna fuhr Toni über den Mund, doch die ließ sich nicht stoppen.

»So ist es doch.« Ihre Stimme überschlug sich. »Oder was denken Sie, warum Jakob hier im Rollstuhl sitzt. Weil er zur falschen Zeit am Brandenburger Tor war, als die Bombe hochging, die von meinem Vater gezündet wurde.«

»Das ist nicht wahr.«

»Und dabei hat er Glück, dass er überhaupt noch lebt. Seine Freunde sind nämlich tot.«

»Halt den Mund, Antonia, sonst hol ich die Security.«

Jakob war kurz völlig baff, welche Wendung das Gespräch genommen hatte. Noch vor wenigen Minuten war er davon ausgegangen, alles selbst in die Hand nehmen zu müssen. Doch jetzt musste er nur noch reagieren.

Er drehte seine Augen nach hinten, was ihm in der siebten, achten und neunten Klasse jeweils einen Eintrag von Frau Sommer eingebracht hatte, machte den Mund auf und ließ sich den Schaum des Brausebonbons, das er sich heimlich unter die Zunge gesteckt hatte, übers Kinn laufen. Gleichzeitig begann er unkontrolliert zu zucken.

»Oh Gott, was hat er?« Frau Sinna klopfte ihm panisch gegen die Wange.

»Keine Ahn…« Obwohl er nichts sah, hörte Jakob, wie Toni kapierte und die schockierte Sekretärin anschrie: »Wir brauchen Eis-Packs. Er muss runtergekühlt werden. Organisieren Sie welche. Schnell. Es dauert zu lang, bis Hilfe von außerhalb kommt.«

»Ich kann euch hier nicht allein …«

»Schnell. Das sind Sie ihm schuldig. Die Anfälle hat er nur wegen dem Attentat. Es geht um Sekunden.«

Frau Sinna rannte hektisch auf den Flur, um in irgendeiner Küche das geforderte Hilfsmittel zu organisieren, während Jakob auf ein Zeichen von Toni wartete, dass die Luft rein war.

Er drehte seine Augen wieder nach vorn und wischte sich den Schaum vom Mund. »Eis-Packs bei Epilepsie? Ist das aus Grey's Anatomy?«

»Das soll ein Epilepsie-Anfall gewesen sein? Sah eher nach chronischer Blödheit aus.«

Jakob musste grinsen, bevor er direkt wieder ernst wurde. »Komm, wir müssen uns beeilen.«

MIND-HACK /// ACTIVE ANONYM. /// 07/05/20 /// 10:33:43**

Finn betritt ihre alte Turnhalle, die für eine Aufführung bestuhlt ist. Warum hier? Er wollte die CI von Lea in der Hostel-Umgebung treffen, um zu sehen, welche Erinnerungen sie daran noch hat. Doch es funktionierte nicht. Immer wieder schickte Mind-Hack ihn hierher, dahin, wo alles begann.

Dass er es überhaupt noch mal versucht, obwohl Paul zu Recht vermutet hat, dass Leas Erinnerung an das vergessene Versteck nicht ausgerechnet jetzt zurückkommen wird, liegt an dieser alles lähmenden Sehnsucht nach ihr. So extrem war sie noch nie, obwohl er die letzten sechs Monate jede Nuance dieses Gefühls durchleben musste.

Dachte er zumindest.

Schritt für Schritt bewegt er sich durch die leere Halle. Erst vor wenigen Tagen war er im realen Leben auch an diesem Ort, wo er die erste Bekanntschaft mit diesem verhassten Programm machen musste. Es kommt ihm wie Jahre vor.

Und dann sieht er sie. Auf der Bühne steht Lea. Die CI von Lea. Sie probt ihren Text. Mal wieder. Romeo ist tot. Julia weint um ihre große Liebe.

»Was ist hier? Ein Becher, in meines Geliebten Hand? Gift, wie ich seh, ist sein unzeitiger Tod gewesen. O du Unfreundlicher, alles auszutrinken, und nicht einen freundschaftlichen Tropfen übrig zu lassen, der mir dir nachhelfe! Ich will deine Lippen küssen; vielleicht hängt noch so viel Gift daran, als ich nötig habe. Deine Lippen sind noch warm …« Lea beugt sich nach unten, wo normalerweise Romeo liegen müssten. Dann greift sie nach einem imaginären Dolch. »O glücklicher Dolch! Hier ist deine Scheide, hier roste und lass mich sterben.« Theatralisch sticht sie sich den Dolch ins Herz und bricht unter Schmerzen zusammen.

In der virtuellen Halle herrscht vollkommene Stille, dann beginnt Finn zu applaudieren. »Das war cool. Du wirst echt immer besser.«

Lea steht auf und zwinkert ihm lächelnd zu. Doch gerade als sie sich für den Applaus bedanken will, verändert sich ihr Gesichtsausdruck. Sie sackt erneut in sich zusammen, als hätte der Dolch sie wirklich verletzt. Mit zwei großen Schritten ist Finn bei ihr.

»Lea, was ist los?«

Am liebsten würde er sie in seine Arme nehmen. Aber natürlich ist das unmöglich. Gleichzeitig spürt er Wind in seinem Gesicht, den es in der Halle eigentlich nicht geben darf. Und plötzlich erinnert er sich panisch daran, woher er diese Situa-

tion kennt: Genauso fühlte es sich an, als Merks' CI endgültig aufgehört hatte zu existieren.

»Lea, nein. Bitte nicht.«

Leas Stimme ist nur noch ein blechernes Flüstern. »Wenn du Mind-Hack tötest, tötest du auch mich.«

Der Wind wird stärker. Lea krümmt sich unter Schmerzen. Für Finn ein unerträglicher Anblick, obwohl er weiß, dass seine Freundin vor ihm nur aus Daten besteht. Aber es sind die Daten, die seine Sehnsucht für einen kurzen Moment stillen können.

»Lea, was kann ich tun? Sag's mir.«

»Du weißt, was du tun oder lassen musst. Es ist deine Entscheidung.«

»Verlass mich nicht.« Finns Stimme bricht. »Nicht noch mal.«

Die CI von Lea schaut ihm bittend in die Augen. »Lass mich leben, Finn. Lass uns leben.«

Die VR-Brille, die Finn trägt, füllt sich mit Tränen. Und deswegen sieht er auch nicht, wie ein fremder Mann sie vom Bühnenrand aus fasziniert beobachtet.

15.

TOR BROWSER /// CHAT INT. /// 07/05/20 /// 10:34:41**

Room: Lab1 – 11 user online

10:34:41	[obrian@93]	I tried something. Wenn es nicht klappt, müssen wir auf Plan B umsteigen und uns und unser Wissen in Sicherheit bringen.
10:34:55	[winston84]	der ist nur für den äussersten notfall gedacht
10:35:01	[obrian@93]	[winston84], kapier es endlich: An dem Punkt sind wir schon längst! Halte dich auf dem Laufenden.

[obrian@93] hat den Chat verlassen.

BERLIN MITTE, 10:35 (MEZ), GEHEIMDIENSTZENTRALE

Jakob hatte die Sicherheitskarte aufgehoben, die der Sekretärin in ihrer Panik um ihn runtergefallen war, und tastete sich mit Toni langsam auf den menschenleeren Flur hinaus. Sein ›Notfall‹ schien sich noch nicht rumgesprochen zu haben.

Irgendwo in der Nähe des Sekretariats musste das Büro von

Tonis Vater sein. So war es in der Schule, so war es in allen Filmen und Serien, so musste es verdammt noch mal auch in diesem neuen Geheimdienstgebäude sein. Nur mit Zeichen verständigten sie sich darauf, getrennt voneinander auf die Suche nach dem Büro zu gehen. Doch kaum war Jakob an der ersten Tür vorbei, hörte er von hinten ein leises Pfeifen. Er drehte sich um und Toni deutete auf ein Schild: Karsten Wagner.

Sofort war Jakob bei ihr.

»Wenn die Karte nicht stimmt, geht hier sicher ein Alarm los.«

»Soll das heißen, wir lassen's?«

»Nein, das soll heißen, wenn die Tür nicht aufgeht, müssen wir so schnell wie möglich aus dieser Bude verschwinden.«

Jakob wartete Tonis Reaktion nicht mehr ab, sondern hielt die Karte an den Türscanner. Einen Herzschlag lang blieb alles still, dann öffnete sich die Tür mit einem leisen Klicken.

Sie waren drin. Toni blieb überwältigt wie angewurzelt stehen.

»Toni, du musst dich jetzt konzentrieren. Wir müssen was finden. Irgendeinen Hinweis auf *Mind-Hack*.«

Jakob rollte zu dem Schreibtisch aus Metall, doch dort war nichts. Er sah so clean aus, als hätte daran noch nie jemand gearbeitet. Schubladen gab es keine und der Stromanschluss eines Laptops baumelte einsam an der Seite runter. Toni widmete sich in der Zwischenzeit einem Sideboard, in dem sie Akten vermutete. Doch das Schränkchen war ganz klassisch mit einem Schloss gesichert und den Schlüssel trug garantiert ihr Vater bei sich.

»Verdammt, Mann, hier ist nichts.«

»Das kann nicht sein.« Jakob schaute hektisch auf die Uhr

auf seinem Handgelenk, ob ihre Abwesenheit noch lang unentdeckt bleiben würde. »Das kann doch nicht umsonst gewesen sein. Der muss hier was haben.«

Aber tatsächlich war ihre Suche beendet. Toni trat ans Fenster, als würde sie für einen kurzen Moment den Ausblick auf Berlin genießen wollen. »Dann bleibe ich hier und warte auf ihn. Und du verschwindest wieder. Vielleicht krieg ich ja was aus ihm raus.«

Jakob rollte unwohl neben sie. Er wollte Toni keinesfalls allein lassen, allein mit ihrem Vater, doch eine andere Möglichkeit schienen sie bald nicht mehr zu haben. Wenn sie jetzt unverrichteter Dinge einfach wieder abhauen würden, wären alle nur gewarnt und ihr Kampf gegen *Mind-Hack* beendet.

Wütend strich er sich seine Locken aus dem Gesicht und hoffte, dass ihm dabei etwas Kluges einfallen würde, als sein Blick auf etwas Tischartiges fiel, das fast neben ihm stand und mit einem weißen Tuch abgedeckt war. Warum hatte er das bis jetzt noch nicht bemerkt?

Mit einer schnellen Handbewegung zog er an dem leichten Stoff und entblößte damit den 3D-Druck eines Gebäudes. »Schau mal, Toni. Warum hat der das hier stehen? Steht er auf so was?«

Toni zuckte mit den Schultern. »Vielleicht ein scheiß Hobby von ihm? Das weiß ich genau so wenig, wie wer mein Vater überhaupt ist, Mann.«

Jakob ließ sich nicht beirren, auch als Toni sich einfach wieder abwandte, um im Himmel über Berlin eine Lösung für ihr Problem zu finden. Er untersuchte das Modell und vermutete zunächst, dass es sich dabei um das Gebäude handelte, in dem sie sich befanden. Doch irgendwie passte es nicht. Er beugte sich über die Miniaturanlage, die bei näherer Betrachtung wie ein Industriegebiet aussah, bis er einen Schriftzug entdeckte, der keine Fragen mehr offenließ: ›Berlin Brandenburg Airport Willy Brandt‹.

Natürlich, das war eine kleine Ausgabe des neuen Berliner Flughafens. Und noch bevor er Toni seine Entdeckung mitteilen konnte, merkte Jakob, dass man den oberen Teil des Miniaturmodels abnehmen konnte. Es war schwerer als gedacht und er musste seine ganze Kraft zusammennehmen, weil die Hebelwirkung von seiner Position aus furchtbar schlecht war. Doch er schaffte es und hatte den oberen Teil schon zur Seite geschoben, als Toni darauf aufmerksam wurde. Sie trat neben ihn und erstarrte. Und auch Jakob wollte so gar kein cooler Spruch mehr einfallen: Unter dem Flughafen offenbarte sich ein Labyrinth aus Räumen und Fluren und in der Mitte stand das Wort, wonach sie die ganze Zeit gesucht hatten: *Mind-Hack.*

Dabei merkten sie nicht, dass sich die Tür hinter ihnen leise öffnete.

MAIL /// IP:174 887 913.XXX /// 07/05/20 /// 10:42:55**

Ungelesene Nachrichten

Von: Jankowski, Lea
Betreff: AW: Was vor Berlin war, Teil 6
An: Makk, Finn

Das ist der Satz ... FINN, DIE ANDEREN HABEN RECHT. ICH WAR HEUTE MORGEN NICHT NUR WEGEN DEINEM

SÜSSEN GEBURTSTAGSGESCHENK IN DER BÄCKEREI BEI DER EAST SIDE GALLERY.

Von: Makk, Finn
Betreff: Was vor Berlin war, Teil 6
An: Jankowski, Lea

Liebe Lea,
ich weiß gar nicht, wo ich letztes Mal aufgehört habe. Ich habe dir eine Nachricht über WhatsApp geschickt und da kann ich gerade nicht nachschauen. Aber vermutlich ist es auch egal, weil ich gar nicht weiß, ob du meine ganzen
Nachricht wird nicht vollständig angezeigt

BERLIN FRIEDRICHSHAIN, 10:59 (MEZ), HOSTEL BE®LIN

Paul saß in der blendenden Sonne vor dem Hostel. Er konnte kaum begreifen, was er vorhin erlebt hatte – heimlich auf dem Schiff, als alle anderen entspannt hatten, hatte er *Mind-Hack* getestet. Es war unglaublich. Täuschend echt, unwirklich klug und ergreifend emotional. Wer das besaß, konnte die Welt beherrschen, da war er sich nun sicherer denn je. Und wer dieses Ziel hatte, würde alles dafür tun, die Macht von *Mind-Hack* nicht mehr aus der Hand zu geben. Waren seine Zweifel die letzten Tage schon verschwunden, so hatte er jetzt im Umkehrschluss keine mehr daran, dass sie unbedingt gewinnen mussten. Gegen DIE. Gegen Tonis Vater. Gegen eine Horde Fremder, die hundertmal besser informiert und tausendmal besser ausgestattet waren als sie.

Er rieb sich über die Augen, die vor Müdigkeit und wegen der Sonnenstrahlen brannten. Doch sofort war das Bild von

Jonas wieder da, projiziert auf sein rot leuchtendes Augenlid, wie er ihm vorhin am Strand von Mallorca gegenübergesessen hatte. Sein Freund, sein ehemals bester Freund, dem er mit diesem Trip nach Berlin aus dem Weg gehen wollte. Und der wieder dabei war, wie er bis jetzt immer dabei gewesen war, egal was er getan hatte oder wo er sich versteckt hielt. Und nun hatte er sogar das Programm an ihm ausprobiert. Mit ihm. Es würde einfach nie vorbei sein, das spürte er, und auch, dass er nichts dagegen tun konnte. Genauso wenig wie Finn was dagegen tun konnte, Lea nicht zu vergessen. Oder Toni was dagegen tun konnte, nicht für Navid zu kämpfen. Aber bei den beiden war es eindeutig Liebe – und bei ihm? Finn hatte schon Liebe vermutet. Er glaubte eher: Hass? Angst? Eine Mischung aus allem, bei der durch eine chemische Reaktion etwas entstand, das sein Herz furchtbar schwer werden ließ?

Eine Schulklasse betrat angeführt von einer Lehrerin den Innenhof und unterbrach Pauls Gedankenkarussell. »Es ist schon nach elf und ihr seid immer noch nicht vollzählig. Das ist zum Kotzen mit euch.«

Die Kids äfften die Lehrerin mit lautem Gejohle nach und Paul musste kurz grinsen, weil er sich an seine eigene Klasse erinnert fühlte, bis ihm plötzlich die Uhrzeit bewusst wurde. Fuck, Finn war schon seit über 45 Minuten verschwunden.

Er sprang schnell auf und kämpfte sich einen Weg durch die Schülermenge ins Innere des Gebäudes. Er hätte ihn nicht allein lassen dürfen. Und noch weniger hätte er sich von seiner eigenen, alten Geschichte vereinnahmen lassen dürfen, für die eine Lösung noch unmöglicher schien als für die ganze Scheiße, die gerade um sie herum passierte.

Er sprintete los, weil er nicht ahnen konnte, dass die Suche nach seinem Stiefbruder bereits sinnlos war.

BERLIN FRIEDRICHSHAIN, 11:05 (MEZ), WARSCHAUER STRASSE

Mit Tränen in den Augen wich Finn Menschen aus, die ihm telefonierend, lächelnd, chattend, spielend und sich unterhaltend entgegenkamen. Wie gern wäre er einer von ihnen. Einer, der nichts wusste. Der nichts von dieser Veränderung spürte, weil sie sich schleichend und vorsichtig ins Leben tastete.

Aber so einer war er nicht mehr. Er wusste zu viel. Und darum hätte er sie warnen müssen, anschreien, weil sie die Gefahr nicht realisierten, in der sie sich längst befanden. Aber hätte das was gebracht? Hätten sie ihn verstanden? Hatte er es gleich verstanden? Hätte das Programm Schaden genommen, nur weil drei, vier Leute die Wahrheit erfuhren? Niemals.

Vermutlich machte das die wirkliche Gefahr von *Mind-Hack* aus, dass jeder was ahnte, aber niemand so genau wusste, was in dieser untrennbaren Parallelwelt aus Daten und Algorithmen vor sich ging. Und dass die meisten es auch gar nicht so genau wissen wollten. Noch nicht. Vermutlich so lange nicht, bis SIE das Kommando übernahmen oder die CIs, oder beide – mit dem Ziel, eine Gesellschaft ganz nach ihrem jeweiligen Geschmack zu formen.

Er wusste das alles. Was er jedoch nicht wusste: was er jetzt tun sollte. *Mind-Hack* töten und in Kauf nehmen, Lea, also die Lea, die ihm geblieben war, endgültig zu verlieren? Oder sich in die Masse der bewusst Unwissenden eingliedern, um den minimalen Status quo zu halten, der ihm geblieben war? Dabei seine Freunde verraten und SIE davonkommen lassen?

Es zerriss ihn fast, weil ihm keine Entscheidung richtig erschien. Leas Bitte war eindeutig und er spürte, was ihm sein Herz signalisierte: Er würde auf seine Freundin nicht noch mal verzichten können.

Finn rieb seine Wangen trocken. Ratlos und müde schaute er in den blauen Berliner Frühlingshimmel, als würden dort die Antworten auf seine Fragen stehen. Doch natürlich stand dort gar nichts. Niemand würde ihm diese Entscheidung abnehmen können. Kein Paul und kein Jakob. Von verstehen war noch gar keine Rede. Er war schließlich immer derjenige gewesen, der einen Abbruch der Aktion konsequent verneint hatte, auch wenn sie noch so aussichtslos schien. Er wollte seine Freunde rächen, die Täter zur Verantwortung ziehen … Und jetzt? Wollte er das noch?

Er brauchte Zeit zum Nachdenken, obwohl er die nicht hatte. Paul war garantiert schon auf der Suche nach ihm und Jakob und Toni würden um 12 Uhr am Alex warten. Und überhaupt nachdenken: Wo war noch Platz in dieser verrückten Welt, um in Ruhe nachdenken zu können? Und waren es überhaupt noch seine Gedanken, oder waren seine Gedanken schon in *Mind-Hack* eingespeist, bevor er sie auch nur gedacht hatte? Gab es noch eine Trennung zwischen der realen und der virtuellen Welt oder war das mittlerweile eins?

Finns Gedanken wirbelten immer schneller durch seinen Kopf und sein Gehirn war der Mixer, der sie alle zu einem ekligen Brei vermischte, an dem man hinterher nicht mal mehr ansatzweise erkennen konnte, woraus er bestand. Erst als er zum zweiten Mal schimpfend angerempelt wurde, ließ er sich vom Strom der Menschen ziellos in die Anonymität der Großstadt mitreißen.

16.

BERLIN MITTE, 11:26 (MEZ), GEHEIMDIENSTZENTRALE

Jakob war kotzübel. Das war also der Mann, der für seinen Rollstuhl und den Tod seiner Freunde verantwortlich war. Dieses schmierige, unscheinbare Arschloch, das ihm gegenübersaß und sie lächelnd einzulullen versuchte. Bei seiner Tochter schien er Erfolg zu haben, er selbst spielte ihm den Erfolg nur vor.

»Ich bin so froh, dass wir endlich in Ruhe reden konnten. Ihr versteht jetzt hoffentlich, dass das Programm ganz harmlos ist.«

Jakob nickte und wartete darauf, was Toni gleich sagen würde.

Seit ihr Vater sie vorhin überrascht hatte, indem er wie aus dem Nichts plötzlich hinter ihnen stand, war sie eine andere. Sie war nicht mehr das coole Mädchen, das jeden seiner Witze verstand und ihn dann auch noch toppte, in das er sich über kurz oder lang verliebt hätte, hätte sie nicht diesen Navid, sie war plötzlich klein und unsichtbar und kein bisschen mutig mehr.

»Das klingt ja auch alles total absurd, so was kann doch gar nicht funktionieren.«

»Tut's auch nicht. Leider. Wir sind noch ganz am Anfang. Die Chinesen sind da schon einiges weiter. Und skrupelloser.«

Jakob fasste es nicht, dass Toni ihrem Vater jedes Wort abkaufte. Er war ein Mörder, der Mörder seiner Freunde, es konnte nicht sein, dass sie das vergessen hatte. »Und der chinesische Geheimdienst hat dann die Bombe gezündet?«

Wagner nickte mitfühlend. »Ja, schrecklich war das. Für uns. Für euch. Die wollten unser Projekt mit aller Gewalt stoppen.«

»Und warum hieß es dann die ganze Zeit, unser Lehrer wär's gewesen?« Jakob suchte irgendeine Bestätigung, dass es riesengroßer Bullshit war, was der Typ da von sich gab.

»Das ging nicht anders. Wir mussten es unter Verschluss halten, sonst wären unsere beiden Nationen aufeinander losgegangen. Stellt euch das mal vor … Einen Cyberkrieg mit China wollt ihr euch nicht mal vorstellen.«

»Und das, was Finn da die ganze Zeit kontaktiert hat? Wer oder was war das?«

Wagner schenkte ihnen Kakao nach und schob den Keksteller, den seine Sekretärin vorhin extra weit von Jakob entfernt platziert hatte, näher zu ihm hin. Sie schien ihm den Trick mit dem Brausebonbon nicht so einfach verziehen zu haben.

»Das wissen wir noch nicht. Vermutlich Mitarbeiter des konkurrierenden Geheimdienstes. Das war der Grund, der einzige Grund, warum wir euch so dringend gesucht haben.«

»Ach so, ihr wolltet uns gar nicht finden, weil ihr Schiss hattet, wir stoppen *Mind-Hack*?«

Wagner begann zu lachen. Erst leise, dann immer lauter. Es klang falsch und abfällig und bedeutete wohl nichts anderes, als dass ihm die Toten völlig egal waren. Die Toten und die ganzen Verletzten, für die *Mind-Hack* bis jetzt verantwortlich war. Jakob hätte ihm am liebsten den vollen Keksteller ins Maul gestopft. Aber er beherrschte sich, weil es keinen Sinn hatte, die Situation eskalieren zu lassen. Er musste schnellstmöglich zu Finn und Paul, um ihnen zu sagen, dass die ganzen Megarechner und Speicher für das Programm unter dem neuen Flughafen lagen.

»Das ist das Lustigste, was ich seit ’ner Ewigkeiten gehört habe.« Wagner wischte sich Lachtränen aus den Augen, um es echter wirken zu lassen. »Du bist ein Spaßvogel. Wie habt ihr euch das denn vorgestellt?«

Jakob ließ das abfällige Lachen über sich ergehen und bemühte sich weiterhin, bei diesem kranken Spiel mitzumachen. Aber es fiel ihm extrem schwer. Noch dazu als er sah, wie Toni mit einem breiten Grinsen in das Lachen ihres Vaters einstieg, als wäre sie happy darüber, ihn endlich mal wieder glücklich zu sehen. Doch dieser Mann hatte nach Jakobs Meinung sein Recht aufs Glücklichsein verspielt. Darum platzierte er eine Lüge, die Tonis Vater das Grinsen aus dem Gesicht fegte. »Ach, Ihnen kann ich’s ja sagen. Mein Freund Finn hat den Code, der *Mind-Hack* stoppen kann.«

Wagners Lachen erstarb zur innerlichen Freude von Jakob auf der Stelle. »Code? Was für einen Code?«

»Na, den Code eben, den diese Person oder dieses virtuelle Etwas uns gegeben hat.«

»Ich weiß nichts von einem Code.«

Jakob merkte, dass er angebissen hatte. »Tja, manchmal wissen noch nicht mal die schlauesten Agenten alles.«

»Und wo ist der Code jetzt?«

Die Überheblichkeit war verschwunden. Tonis Vater stand die blanke Panik im Gesicht. Jakob genoss es. »Na, bei Finn. Hab ich doch schon gesagt.«

»Und wo ist dieser Finn, verdammt?«

»Keine Ahnung. Hier auf jeden Fall nicht.«

»Das seh ich auch. Ich will wissen, wo er ist!«

»Keine Ahnung. Ich war in seinen Plan nicht eingeweiht, als wir uns getrennt haben.«

Wagner stemmte sich mit einem Ruck aus seinem Sessel hoch und baute sich vor Jakobs Rollstuhl auf. »Willst du mich verarschen? Dann ruf ihn an.«

»Ich hab kein Handy dabei. Das ist bei Finn, damit uns niemand orten kann. War eine Anweisung von diesem Chinesen.«

Wagner kam ihm plötzlich so nah, dass er seinen Atem riechen und ein paar störrische Barthaarüberbleibsel sehen konnte.

»Wenn du mir nicht sofort sagst, wo dieser Finn und sein Bruder sind, wirst du die beiden nie wiedersehen.«

»Wieso? Passiert mir dann das Gleiche wie Navid?«

Toni hielt hörbar die Luft an, während Jakob den Blickkontakt mit ihrem Vater hielt. Es war kaum möglich, diesen kalten Augen nicht reflexartig auszuweichen. Ob diese Typen das in ihrer Ausbildung lernten? Oder ob sie schon von Geburt an so sein mussten, um hier überhaupt Karriere machen zu können?

»Lenk nicht ab, du kleine Ratte.«

»Muss ich aber. Weil ich mal muss. Und zwar sofort, wenn ich Ihnen nicht ins Büro pissen soll. Seit der Bombe funktioniert das da unten alles nicht mehr so richtig.«

Jakob deutete in seinen Schritt, doch Wagner ließ nicht locker. Er blinzelte nicht mal. »Weißt du, wie egal mir das ist?«

Erst als er realisierte, dass seine Tochter mittlerweile direkt neben ihnen stand, klang seine Stimme nahezu sanft: »Von mir aus. Aber in fünf Minuten bis du wieder da und dann will ich wissen, wo dieser Finn steckt. Von dir oder von dir, Toni.«

Jakob rollte zur Tür, zufrieden mit sich, es diesem Idioten auf seine Weise gezeigt zu haben.

»Du musst nicht denken, dass du hier rauskommst. Also versuch's erst gar nicht.«

Jakob ging auf diese Drohung gar nicht ein. Er wollte nämlich noch etwas anderes loswerden. »Wissen Sie, was mir gerade wieder einfiel, als Sie so vor mir standen? Ich hab Sie schon mal gesehen. Am Tag des Anschlags, kurz bevor die Bombe explodierte. Da haben Sie sich mit Merks getroffen. Und sich mit ihm gestritten. Am Hackeschen Markt muss das irgendwo gewesen sein. Ist es nicht komisch, was man sich alles merken kann? Nach der Bombe ist alles verschwommen, davor so klar wie fast an keinem Tag sonst in meinem Leben. Aber sorry, jetzt muss ich wirklich mal.«

Jakob drehte sich zur Tür und nun war er es, der grinste. Das eben war nicht notwendig gewesen, aber es tat gut. Und wenn er in den letzten Tagen was gelernt hatte, dann dass man Dinge, die einem guttun, auch umsetzen musste.

BERLIN MITTE, 11:44 (MEZ), GEHEIMDIENSTZENTRALE

Toni schaute auf Berlin runter, auch wenn sie für den tollen Blick aus dem strahlend sauberen Fenster überhaupt keinen Sinn mehr hatte. Sie tat es nur, damit sie ihren Vater nicht anschauen musste, der an seinem Schreibtisch stand und seit zwei Minuten ins Telefon brüllte. Weit entfernt sah sie den Fernsehturm am Alex wie eine Rakete in den Himmel steigen und hoffte, dass Jakob sein Ziel erreichen würde. Sie wusste genau, was er vorhatte. Sie wusste auch genau, was er über sie dachte. Sie hatte die Enttäuschung in seinen Augen gesehen, als sie den Kampf gegen *Mind-Hack,* ihn, Finn und Paul verriet, indem sie ihrem Vater und seinen Erklärungen Glauben schenkte. Zugegeben, kurzzeitig hatte sie wirklich den Wunsch in sich verspürt, dass das alles genau so stimmte. Dass ihr Vater ein Guter war und irgendwelche Unbekannten die Bösen. Sie hatte sich für wenige Minuten wieder in seinen Bann ziehen lassen, die Waffe in seinem Safe vergessen, weil er verdammt noch mal ihr Vater war und weil sie sich insgeheim nichts sehnlicher wünschte, als mit ihren Sorgen zu ihm kommen zu können. Ihre Sorgen um Navid.

Doch dann fing Jakob an, ihn zu provozieren. Und ihr wahrer Vater kam zurück. Der, der sie all die Jahre angelogen hatte, wenn es um seinen Arbeitsplatz ging. Der, der ihre Mutter schlecht behandelte und Grace entließ. Der, der ihr vorgab, wie sie zu sein hatte. Und der, der ihr nachspionierte, wenn sie seinen Ansprüchen nicht genügte. Vor allem aber war der Vater zurück, der ihr Glück mit Navid nicht wollte und der alles dafür tat, dieses Glück zu zerstören. Sie musste einfach rausfinden, ob er schon wusste, wo Navid steckte. Oder ob schon etwas passiert war, was sie kaum in Worte fassen konnte. Dafür musste sie Jakobs Enttäuschung in Kauf nehmen.

»Ich verlange Ergebnisse. … Ist mir doch egal. Sie fahnden jetzt schon seit über einer Stunde nach den beiden und haben nichts vorzuweisen? … Da können Sie sich sicher sein. Wenn Sie nicht schleunigst liefern, ist Ihre Karriere direkt jetzt zu Ende.« Mit Karacho legte ihr Vater das Telefon auf.

»Und jetzt zu dir! Bist du noch ganz bei Trost? Was hängst du mit diesen Typen ab? Woher kennst du die überhaupt?«

Toni blinzelte noch mal ins Licht und wandte sich dann mit glasigen Augen ihrem Vater zu. Sie war viel zu aufgeregt zum Weinen, aber sie wusste genau, dass Tränen bei ihrem Vater immer eine beruhigende Wirkung zeigten. »Keine Ahnung, ehrlich. Die sind gestern einfach in der Fabrik aufgetaucht.«

»Und was hast du in dem alten Schuppen schon wieder gemacht? Ich hab dir verboten, dahin zu gehen.«

»Ich hab Navid gesucht. Mann, Papa, Navid, den sie letztes Mal schon gesucht haben, das ist mein Freund.«

»Wie jetzt?« Ihr Vater tat desinteressiert erstaunt und schaute dabei ständig nur auf die Uhr. Jakobs Fernbleiben schien ihn zu beunruhigen.

Doch Toni tat so, als würde sie das alles nicht bemerken, und gestand ihm nun das, was er eh schon wusste. »Na ja, ich hab letztes Mal gesagt, dass ich Navid nur kenne, weil er kurz bei uns in der Klasse war. Das stimmt einerseits, ist aber nur die halbe Wahrheit: Wir sind zusammen, also richtig zusammen und wir wollen hier glücklich werden.«

»Ah ja. Und warum erzählst du mir das ausgerechnet jetzt? Wo bleibt der denn?«

»Weil ich Angst habe, dass du ihm was antust. Oder schon angetan hast.«

Jetzt war es raus. Und in die Offensive gehen schien tatsächlich eine Strategie zu sein. Denn plötzlich hatte Toni die Aufmerksamkeit ihres Vaters. »Wie kommst du denn auf so einen Blödsinn?«

»Ich hab dich gesehen. In deinem Büro mit der Waffe. Und du hast mit jemandem telefoniert und gesagt, dass Navid nicht entkommen darf.«

»Wann?«

»Neulich nachts. Ich war unter deinem Schreibtisch, als du nach Hause kamst.«

»Du warst was? Wie bist du da reingekommen?«

»Ich weiß, wo dein Zweitschlüssel liegt. In dem Wanderführer von Thüringen. Grace wusste das, Mama auch. Ist doch auch egal.« Plötzlich kamen ihr doch die Tränen. Echte dieses Mal, weil sie einfach nicht mehr stark sein konnte. »Kannst du mir nicht ehrlich sagen, was du über ihn weißt? Ihr wisst doch sonst alles hier!«

»Komm mal her, meine Süße.« Tonis Vater breitete die Arme aus und seine Stimme klang wieder weicher als noch vor wenigen Sekunden. Er merkte aber, dass sie zögerte. »Jetzt komm schon.«

Toni war hin- und hergerissen, dem sanften Befehl Folge zu leisten. Sie wollte es nicht tun und tat es schließlich trotzdem. Wie immer, wenn sie eine Auseinandersetzung hatten und er ihr klarmachte, dass sie im Unrecht war. So hatte ihr Verhältnis jahrelang funktioniert, bis Navid in ihr Leben trat und sie niemals wieder vor ihrem Vater einknicken wollte. Aber Navid war verschwunden, viel zu lange schon, und mit ihm auch ihre Hoffnung, dass alles gut werden würde. Kraftlos ließ sie sich in die Arme ihres Vaters sinken und roch sein Parfum und die Bügelstärke seiner Hemden. Sie schloss die Augen und Grace lächelte sie an.

»Toni, du verrennst dich da in was. Ich würde doch niemals deinem Freund was antun. Ich wusste ja noch nicht mal, dass du einen hast. Und das tut echt weh, dass du so wenig Vertrauen zu uns hast. Aber egal, das ist wohl auch unsere Schuld.«

Die Stimme von Grace flüsterte ihr zu, ihm kein Wort zu glauben.

»Navid wäre mir und Bettina wirklich willkommen. Und wenn es irgendwelche Probleme gibt mit seiner Aufenthaltsgenehmigung, so hat sich das ja damals angehört, dann kümmere ich mich drum. Ich bitte dich nur um eins: keine Hochzeit in deinem Alter und volle Konzentration auf deine Zukunft.«

Er weiß das von der Hochzeit nicht. Er kann es nicht wissen. Graces Flüstern in ihrem Kopf hörte gar nicht mehr auf.

»Ich möchte jetzt nur das mit den Jungs klären und dieser idiotischen Jagd auf unser Projekt und dann reden wir, okay? Zusammen mit Mama.«

Toni nickte mechanisch und vorsichtig, um Grace in ihrem Kopf nicht zu vertreiben, während ihr Vater liebevoll lächelnd von ihr abließ und durch die Durchgangstür im Sekretariat verschwand.

Such nach Hinweisen. Auch dein Vater macht Fehler.

Toni drehte sich hektisch um ihre eigene Achse. Was für Hinweise denn? Jakob und sie hatten doch schon alles durchsucht. Ihr Blick fiel wieder auf den Schreibtisch, wo ein aufgeklappter Laptop stand. Der war vorhin noch nicht da gewesen, er hatte ihn mitgebracht.

Mit zwei Schritten stand sie davor, der Bildschirmschoner ging nach der kleinsten Berührung aus. Doch wo sollte sie in der Kürze der Zeit auf einem vermutlich gut verschlüsselten Geheimdienst-Server Hinweise zu Navid finden? Toni bewegte die Maus auf ein Ordner-Symbol, als sich die Tür zum Sekretariat langsam wieder öffnete. Toni machte einen Satz zur Seite, doch ihr Vater sprach noch mit seiner Sekretärin. Fast im selben Augenblick kündigte sich mit einem leisen Ton eine neue Mail an, die als Vorschau auf dem Desktop erschien. Fast schon aus Gewohnheit, weil sie diesen Ton von ihrem Laptop auch kannte, linste Toni auf den Bildschirm – und erstarrte. Aber nur kurz, denn unvermittelt verdoppelte das Blut in ihren Adern die Geschwindigkeit.

Von: Silke Kessler, LKA
Betreff: Re: letzter Gefallen
An: Karsten Wagner, BND

Werden ihn bei dir zu Hause abholen. Abschiebung vorbereitet. Siehe Betreff: ALLERLETZTER Gefallen.
Ruf mich ja nie wieder an, Arschloch!
SK

»Und jetzt holen Sie den Sicherheitsmann. Der soll diesen Jungen sofort zurückbringen.«

Tonis Vater schloss die Tür und stand wieder im Raum. Hatte er was bemerkt? Er schaute sie an – skeptisch, eindringlich –, doch Toni lächelte nur gezwungen, ging auf ihn zu und fiel ihm noch mal um den Hals. »Ich bin so froh, dass du mit Navids Verschwinden und dem ganzen anderen Zeugs nichts zu tun hast.«

Toni spürte, wie er ihr lächelnd über den Rücken strich. »Jetzt wird alles wieder gut. Hab dich lieb, meine Große.«

»Ich dich auch, Pa.«

Plötzlich klopfte es an der Tür zum Flur. Wagner löste sich aus der Umarmung von Toni, strich ihr noch mal liebevoll über die Wange und öffnete einem Sicherheitsmann und seiner Sekretärin. Toni sah den beiden sofort an, dass etwas nicht stimmte.

»Er ist weg.«

»Wie, er ist weg?«

»Er ist nicht mehr auf der Toilette.«

»Das kann nicht sein. Der ist behindert. Der kann sich doch nicht in Luft auflösen.«

»Wenn ich's Ihnen sage …«

»Ich könnte kotzen. Muss man hier alles selber machen? Sorgen Sie wenigstens dafür, dass er das Gebäude nicht verlässt. Wo ist dieses verdammte Behinderten-Klo?«

Ohne sich noch mal zu seiner Tochter umzudrehen, sprintete Wagner gefolgt von seiner Sekretärin in die Richtung los, in die der Sicherheitsmann deutete. Toni schaute ihnen nach, bis sie um die erste Ecke verschwunden waren, und ging dann in die andere Richtung davon.

BERLIN MITTE, 11:52 (MEZ), GEHEIMDIENSTZENTRALE

Jakob rollte auf die Sicherheitsschleuse am Eingang zu. Er hatte verdeckt von einer riesigen Skulptur noch kurz den Schichtwechsel der Beamten abgewartet, denn er wollte keinesfalls vor ihnen stehen bleiben müssen. Wenn sie zu viel Zeit gehabt hätten, ihn zu begutachten, wäre ihnen garantiert aufgefallen, wie nervös er war. Und er war so nervös wie noch niemals zuvor. Noch nicht mal damals als Spielführer, als es um die Jugendmeisterschaft im Hockey ging. Auch nicht, als die Zwillinge auf Tareks Party tatsächlich mit ihm mitgingen. Und schon gar nicht, als er im Krankenhaus erfuhr, dass man ihm beide Beine abnehmen musste. Nur diese kranke Scheiße hier machte ihn nervös. Und dieser Wagner, der skrupelloser schien, als er es jemals einem normalen Menschen zugetraut hätte. Er musste hier raus, dringend, weil Finn und Paul sicher schon auf ihn warteten.

Jakob atmete tief durch und begann, auf die Personenkontrolle zuzurollen. Am Empfang klingelte ein Telefon, er war davon kurz abgelenkt und bemerkte zu spät, dass jemand hinter ihn trat, seinen Rollstuhl herumriss und ihn in die entgegengesetzte Richtung wegschob. »Was zur Hölle …«

Jakob protestierte und wollte gerade die Bremsen seines Rollstuhls aktivieren, als er Tonis leise Stimme hörte: »Halt die Fresse und spiel mit.«

Kurzzeitig war Jakob beruhigt, dass es nur Toni war. Doch direkt danach fiel ihm wieder ein, dass sie ja ihre eigene Agenda hatte: Nämlich ihren Freund finden und dafür waren Finn, Paul und er ihr ziemlich egal. »Bringst du mich zu deinem Vater zurück, oder was? Damit er dir sagt, wo dein Typ ist?«

»Ich hab doch gesagt, du sollst die Fresse halten.« Sie drückte den Fahrstuhlknopf und schaute sich nervös um. Und kaum ging die Tür auf, schob sie Jakob mit wenig Feingefühl über die Schwelle.

»Hey! Kannst du mir mal sagen, wo du mich hinbringst?«

Toni drückte auf den Knopf für die Tiefgarage.

»Hallo. Bist du stumm, oder was? Was machen wir da unten?«

»Wir hauen ab. Dachtest du echt, du rollst hier einfach so raus? Die suchen dich im ganzen Haus. Das eben war sicher der Anruf, dass sie dich nicht rauslassen dürfen.«

»Und du willst über die Tiefgarage raus? Glaubst du, das klappt, weil die ihren Keller offen stehen lassen?«

»Noch nicht. Aber wir machen den auf.«

»Und wie soll das gehen?«

Jakob war genervt von Tonis Alleingang und seiner Machtlosigkeit. Hätte er seine Beine noch, wäre er schon längst auf dem Weg zu Finn und Paul. Aber jetzt verlor er immer mehr wertvolle Zeit. Und Toni ließ ihn zappeln, was er am allerwenigsten ertragen konnte. Er wandte sich ab, weswegen er auch zunächst nicht den Autoschlüssel in ihrer Hand baumeln sah.

»Damit. Den hab ich ihm aus der Jacke geklaut. Und jetzt müssen wir raus hier, bevor er das merkt.«

Die Tür des Aufzugs ging auf und Toni drückte auf die Fernbedienung. In der dritten Reihe leuchteten die Frontlichter am Auto ihres Vaters auf. Jakob schaute fassungslos zwischen ihr und dem Auto hin und her. »Dein Ernst?«

»Ist wohl nicht die richtige Zeit für Witze, oder? Und jetzt komm.« Toni ging voraus, Jakob rollte ihr hinterher.

»Dass du überhaupt schon fahren kannst.«

»Kann ich nicht. Ist aber Automatik, das kann ja wohl jeder.«

Jakob wollte erst protestieren, doch dann sah er ein, dass es ihre einzige Chance war, aus dem Gebäude des Geheimdienstes zu entkommen. Also schwieg er und ließ sich helfen, auf den Beifahrersitz zu klettern. Er erklärte ihr, wie der Rollstuhl geklappt werden musste, damit er in den Kofferraum passte, und betete – ein kleines Stoßgebet nur –, dass sich das Eisentor ohne weitere Sicherheitskontrollen öffnen ließ. Tat es tatsächlich. Und kaum war es hoch genug, sauste Toni mit einem rasanten Ruck die Rampe hinauf und bog, ohne noch mal zu bremsen, unfallfrei auf die Chausseestraße ein.

17.

BERLIN ALEXANDERPLATZ, 12:12 (MEZ), WELTZEITUHR

Paul lief unruhig auf und ab. Von Finn fehlte jede Spur und Jakob und Toni waren auch noch nicht aufgetaucht. In zehn Minuten würde er eine Vermisstenanzeige aufgeben. Und es war ihm total egal, dass die Geschichte, die er dazu erzählen müsste, noch immer völlig unglaubwürdig klang.

Wo verdammt noch mal steckte sein Stiefbruder? Dass SIE ihn nicht hatten, das wusste er. Weil der Rezeptionist im Hostel Finn gesehen hatte, wie er allein weggerannt war. Aber warum? Hatte er das Versteck von Lea und Merks entdeckt und versuchte sich nun zu ihrem Schutz in einem Alleingang? Er hoffte es nicht, denn wenn Finn was passieren würde, würde er sich das nie verzeihen.

Ein Skateboardfahrer knallte knapp neben ihm mit voller Wucht auf den Boden. Pauls schreckhafter Affekt-Sprung nach links brachte Jakobs Rollstuhl fast zum Kippen, der plötzlich neben ihm stand.

»Hey, ich freu mich auch, dich zu sehen.«

»Fuck, Jakob! Endlich! Wo wart ihr so lang? Wo ist Toni?«

»Nach Hause. Die muss dort was wegen Navid erledigen. Keine Panik, ihr geht's gut. Und mir auch. Wo ist Finn?«

Paul schaute sich unwohl um. Seine Stimme zitterte vor Aufregung. »Ich weiß es nicht. Der ist vorhin aus dem Hostel abgehauen.«

»Wie abgehauen?«

»Keine Ahnung. Wie man eben abhaut. Ich weiß nicht warum und schon gar nicht wohin.«

»Shit.«

»Das kannst du laut sagen. Was sollen wir denn jetzt machen?«

Erst in dem Moment fiel Paul auf, dass Jakob eine peinliche Sonnenbrille trug, die er vorhin noch nicht gehabt hatte.

»Geil, was? Hab ich Tonis Vater aus seinem Auto geklaut.« Er lehnte sich lässig in seinem Stuhl zurück. »Willst du nicht mal fragen, wie es war?«

Paul nickte, doch ehrlicherweise wusste er nicht, ob es ihn überhaupt interessierte, was Jakob und Toni rausgefunden hatten. Solang Finn verschwunden blieb, war die Jagd auf *Mind-Hack* für ihn zweitrangig und …

Paul konnte den Gedanken nicht zu Ende denken. Jakob platzte stolz mit der Neuigkeit raus.

»Die Zentrale von *Mind-Hack* liegt unter dem neuen Berliner Flughafengelände.«

Paul brauchte einen Moment, bis er gedanklich den Weg von den Sorgen um Finn zu Jakobs Infohammer geschafft hatte. »Unter dieser Dauerbaustelle?«

»Ganz genau. Und das ist auch die Erklärung dafür, warum das 'ne Dauerbaustelle ist. Krass, oder?«

Paul ließ sich von Jakobs Jagd-Euphorie anstecken. »Das ist total krass. Und das weiß niemand?«

»Wohl nicht. Aber kann man von einem Geheimdienst ja auch mal erwarten, dass da manche Sachen geheim bleiben. Jetzt ist nur die Frage, wie wir weitermachen. Das ist vermutlich voll der Hochsicherheitstrakt.«

»Aber das muss Merks doch gewusst haben.«

»Ich hab schon gedacht, ob die Sachen, die Merks von Lea damals verstecken ließ, damit zu tun haben?«

»Vielleicht. Das könnte echt sein, Mann. Dann müssten wir nur noch das Versteck finden und wären am …«

Paul stockte. Das kurzzeitige Stimmungshoch, das gegenseitige Hochpeitschen ihres Selbstvertrauens, *Mind-Hack* doch schlagen zu können, war direkt wieder verpufft. Er setzte sich auf eine Stufe, um mit Jakob auf Augenhöhe zu sein. Und Jakob verstand die Geste, ohne dass Paul ein Wort sagen musste.

»Es wird ohne Finn keine Suche danach mehr geben, oder?« Jakob wartete die Antwort von Paul gar nicht ab. »Dann haben DIE gewonnen und alles war umsonst. Kacke, Mann!«

BERLIN MITTE, 12:41 (MEZ), BRANDENBURGER TOR

Finn wusste nicht, warum er ausgerechnet hierher zurückgekehrt war. Als hätte ihn eine unsichtbare Macht zum Ursprung seiner verzweifelten Gedanken geführt. Denn damals, vor über sechs Monaten, war er hier in der einen Sekunde unbeschreiblich glücklich gewesen und hatte in der anderen Sekunde den Anfang vom Ende seines alten Lebens erlebt.

Er schaute sich um. Nichts erinnerte mehr an die Bombe. Alle kosmetischen Schäden waren schnell beseitigt worden.

Nur an einer Stelle, direkt neben einem Mülleimer, am Rand des Pariser Platzes brannten noch einzelne Kerzen und lagen welke Blumen zur anklagenden Erinnerung an das Unbeschreibliche. Die Szenerie wirkte schäbig und passte damit fast besser zu dem feigen Attentat als das durchdesignte Mahnmal an seiner Schule.

Finn ging ein paar Schritte darauf zu. So wie damals, als er diesen Weg mit Lea gegangen war. Er spürte ihre Nähe beinah körperlich und fühlte sich einmal mehr bestätigt, dass seine Entscheidung, die er vor wenigen Minuten getroffen hatte, richtig war. ›Du bist nicht allein.‹

Nein, er würde SIE nicht davonkommen lassen, er würde alles, was er wusste, der Polizei melden. Aber gleichzeitig würde er aufhören, *Mind-Hack* zu bekämpfen. Weil es nicht sein Kampf war, sondern nur der seines ehemaligen Lehrers. Und weil er nicht mit der Alternative würde leben können, ganz auf Lea zu verzichten.

Finn nahm den Rucksack von seinen Schultern und holte die ortungssichere Tasche raus, in der ihre Handys verstaut waren. Er fischte seins heraus, grübelte noch mal kurz, ob er wirklich das Richtige tat, und beobachtete schon drei Sekunden später, wie sein Handy anging.

»Finn, Mann, was sollte das?«

Finn drehte sich ruckartig um, während Paul sich hinter ihm außer Atem auf seinen Knien abstützte. Er musste kurz an den Moment denken, als Paul plötzlich im Krankenhaus bei Jakob aufgetaucht war und ihm zum ersten Mal das gute Gefühl gegeben hatte, Brüder zu sein. Wie viele Tage war das schon her? Oder waren es Jahre? In 50 Meter Entfernung sah Finn Jakob mit hochrotem Kopf anrollen. Er sollte sich freuen, sie zu sehen, er wusste aber auch, dass Fragen kommen würden.

»Hat's dir die Sprache verschlagen? Warum bist du abgehauen, Mann? Das war scheiße gefährlich.«

Finn versuchte, mit einer Gegenfrage einer Erklärung zu entgehen. Doch natürlich, das wusste er genau, konnte er weder Paul noch Jakob auf Dauer von seiner Entscheidung ablenken. »Wie seid ihr darauf gekommen, dass ich hier bin?«

»Ich wusste, dass du nur hier sein kannst.« Jakob schloss zu ihnen auf und deutete mit einer coolen Geste auf sein Herz. »That's what friends are for. Aber jetzt sag: Was sollte der Alleingang? Hast du neue Infos?«

Finn schwieg. Wie sollte er seinen Mitstreitern verständlich erklären, dass alles, was sie die letzten Tage auf sich genommen hatten, umsonst war. Weil er gleich das tun würde, was er auch in Frankfurt hätte tun können, ohne sie alle in Gefahr zu bringen. Er deutete auf das Handy in seiner Hand. »Es ist vorbei. Ich ruf die Polizei!«

Jakob und Paul starrten Finn an, als hätten sie gerade einen Geist gesehen. »Wie vorbei? Hast du gekifft, oder was? Du hast doch immer gesagt, dass die Polizei das alles nicht glauben wird und *Mind-Hack* niemals stoppen würde.«

»Ich weiß. Das glaube ich auch immer noch. Aber bei der Polizei sind wir wenigstens in Sicherheit.«

»Das ist ein Witz, oder? Warum? Warum jetzt? Wir wissen nun, dass die Zentrale unter dem neuen Berliner Flughafen ist. Wir sind unserem Ziel so nah wie noch nie.«

Finn überging die Neuigkeit und drehte sich weg, weil er die Enttäuschung in Jakobs Augen kaum ertragen konnte. »Ich will *Mind Hack* nicht länger bekämpfen.«

»Bitte was?«

Halt suchend starrte Finn auf sein Handy. Es war bereits hochgefahren, er musste nur noch die PIN seiner SIM-Karte eingeben. Vermutlich würden dann innerhalb von Sekunden erst mal tausend fehlgeschlagene Anrufe seiner Mutter angezeigt werden, Nachrichten, SPAM-Mails und die ganzen verpassten News-Feeds seiner Social-Media-Accounts. So richtig vermisst hatte er das ganze Zeugs die letzten Tage komischerweise nicht. Nur die Profile von Lea hatten ihm gefehlt, obwohl er die alten Fotos, die darauf gepostet waren, auswendig kannte.

Jakob ließ nicht locker. »Hey, Mann, ich will 'ne Erklärung. »Ist es, weil's zu gefährlich ist? Das war's die ganze Zeit schon.«

Finn tippte blind seinen PIN-Code ein und versuchte, das Unmögliche so ruhig wie möglich rüberzubringen. »Weil das Programm vielleicht auch was Gutes hat.«

Paul verzog sein Gesicht zu einer ungläubigen Grimasse und Jakob rollte einen Meter nach hinten, als bräuchte er einen neuen Blickwinkel auf Finn. »Was denn zum Beispiel? Dass die uns in die Luft gejagt haben? Dass die alles überwachen und alle gegeneinander ausspielen? Dass die irgendwas anstreben, was man im günstigsten Fall Weltherrschaft nennen kann? Ich hab Tonis Vater in die Augen geschaut. Da war nichts von: Ey, Mann, das tut mir leid mit deinen Beinen, Bro. Dem ist das scheißegal. Der will Macht. Und der wird weiterhin alles dafür tun, diese Macht zu halten. Sag doch auch was, Paul.«

Finn verstand ihre Reaktion, weil er in ihrem Fall genauso reagiert hätte. Sogar mehrfach getan hatte, als er die anderen noch von der Dringlichkeit überzeugen musste, *Mind-Hack* und die Leute dahinter auf keinen Fall nur der Polizei zu überlassen. Aber die Vorzeichen hatten sich jetzt einfach geändert.

»Hey, Finn, ich check's echt auch nicht.« Paul legte ihm einen Arm um die Schulter. Brüder. Enttäuschung. »Jakob hat recht, wir sind fast am Ziel. Warum jetzt? Was ist im Hostel passiert?«

Finn erkannte, dass er es sagen musste. Die Wahrheit, die niemand außer ihm verstehen würde. »Ich … Es geht dabei … Ich will Lea nicht verlieren. Und wenn das Programm nicht mehr existiert, existiert Lea auch nicht mehr.«

Jakobs kurzes Auflachen klang kein bisschen lustig. »Ist nicht dein Ernst, oder?« Er wartete auf ein Zeichen von Finn, ein Augenzwinkern, dass das alles nicht so gemeint war. Es blieb jedoch aus. »Bin ich gerade in irgendeiner scheiß Sitcom, Mann? Das ist ein verdammtes Programm. Das ist kein echter Mensch, der draufgeht, wenn man ihm oder ihr den Stecker zieht. Es werden aber noch richtig viele echte Menschen draufgehen, wenn wir es nicht tun.«

Finn fühlte sich von Jakob in die Enge getrieben. »Du weißt gar nicht, wovon du redest. Ich hab mit der CI von Lea schon mehr erlebt als mit der echten. Und das hat sich gut angefühlt. Weil sie wieder da war. Weil sie wieder da ist. Und dieses gute Gefühl will ich einfach nicht mehr verlieren, okay!?«

Jakob rollte wieder auf ihn zu. »Gar nichts ist O K A Y. Fuck, merkst du nicht, dass du dein Leben von einer Technik bestimmen lässt, die du nicht kapierst? Die keiner von uns kapiert? Und trotzdem sagst du, dass du deine Zukunft mit einem scheiß Klon verbringen willst. Das ist echt zum Totlachen.«

Paul stellte sich wie ein Kampfrichter beim Boxen zwischen die beiden, als könnte er sie auf der Stelle versöhnen. »Finn, du warst dir doch immer sicher, dass die echte Lea wieder zurückkommt. Warum willst du dann an dieser Daten-CI festhalten? Das brauchst du doch gar nicht. Liegt's nicht daran, dass du einfach saumüde bist?«

Finns Stimme war nur noch ein Flüstern. »Ich kann mich darauf nicht verlassen. Was, wenn sie nicht zurückkommt?«

Er rieb sich über die Augen. »Ich kann nicht anders. Ich kann Lea nicht für alles andere opfern.«

Jakob schnaubte verächtlich aus. »Wir werden nicht vergessen.« Er deutete mit seinem Kinn abschätzig auf ein Gedenkplakat, das laminiert auf dem Boden neben den Kerzen lag. »Du vergisst gerade, Finn. Du vergisst gerade alles. Aber ich werde nicht zulassen, dass DIE gewinnen. In so einer Welt will ich echt nicht leben. Wenn's danebengeht, dann geht's eben daneben. Aber dann hab ich's wenigstens versucht und muss mir keine Vorwürfe machen.«

Jakob drehte sich von ihnen weg und rollte, ohne sich noch mal umzudrehen, auf den U-Bahn-Eingang zu.

»Du kannst das nicht allein machen. Das ist viel zu gefährlich.« Doch Pauls Ruf beantwortete Jakob nur mit seinem Mittelfinger. »Fuck, und jetzt?«

Finn sagte gar nichts mehr. Er fühlte sich wie betäubt. Das Einzige, was er körperlich noch spürte, war das permanente Vibrieren seines Handys, das ihm unzählige ungelesene Nachrichten ankündigte.

CHAT BND /// OPERATION PROTOCOL /// 07/05/20 /// 12:55:01**

Chef, Herr Wagner, wo sind Sie? Kann Sie nicht erreichen. Es ist wichtig. 12:55

12:55 In der Tiefgarage. Mein Auto wurde geklaut.

Es gibt wieder ein Handy-Signal der Zielperson Finn Makk. Sollen wir oder die Polizei einen Einsatz-Trupp schicken? 12:56

Die Fahndung liegt bereits bei der Polizei. Die sollen mit allen verfügbaren Einsatzkräften anrücken. Betonen Sie noch mal die Terrorgefahr. 12:56

Und geben Sie mir die Koordinaten durch. 12:55

BERLIN MITTE, 12:56 (MEZ), BRANDENBURGER TOR

Während Paul versuchte, Jakob nicht aus den Augen zu verlieren, las Finn seine Mails. Besser gesagt: Er las eine Mail immer und immer wieder.

»Wir können ihn nicht einfach allein in die Zentrale fahren lassen. Die bringen den um.« Paul war klar, dass Jakob gleich vom U-Bahnhof verschluckt werden würde. Eine Reaktion von Finn blieb trotzdem aus. »Ist dir das egal? Fuck, Mann, das ist dein bester Freund. Du hast dem vor ein paar Tagen noch das Leben gerettet und jetzt lässt du ihn einfach gehen?«

Wieder keine Reaktion. Paul wandte sich Finn zu und sah, wie er beinah apathisch auf sein Handy starrte.

Er packte ihn an den Schultern. »Hey, Finn, jemand zu Hause?«

»Ich bin ein riesengroßer Idiot.«

Paul hörte mit Schütteln auf.

»Die echte Lea hat mir geschrieben. Zum ersten Mal seit sechs Monaten hat sie mir auf eine Mail geantwortet.«

»Und, was schreibt sie?«

Finn schüttelte langsam den Kopf, als dürfte er seine fragilen Gedanken nicht durcheinanderbringen. »Sie hat sich daran erinnert, was sie mir kurz vor der Explosion gesagt hat. Dieser letzte Satz von ihr, den ich nicht mehr verstanden hatte. Genau hier war das. Sie wollte mir damals sagen, wo sie die Sachen von Merks versteckt hat.«

»Und wo?«

»In der Bäckerei, in der sie mir einen Berliner gekauft hat. Weil ich doch damals Geburtstag hatte.«

»In einer Bäckerei?« Paul konnte seine Irritation nicht verbergen. »Und was bedeutet das jetzt?«

»Du hattest recht. Ich werde Lea nicht verlieren, wenn wir *Mind-Hack* stoppen. Weil gleichzeitig die echte Lea zurückkommt. Und nur darauf kommt es an.«

Paul war nur froh, dass Finn wieder zur Vernunft gekommen war. »Dann los, Mann, sonst ist er weg.«

Doch Finn bewegte sich keinen Meter von der Stelle.

»Was denn noch? Wir haben nicht mehr viel Zeit.«

Unerwartet nahm Finn ihn in den Arm. »Danke, dass du das alles mitmachst. Ich glaub, ich weiß jetzt, warum dieser Jonas dich nicht vergessen kann.«

Dann sprintete er los. Auf den U-Bahnhof zu, um Jakob noch rechtzeitig zu erwischen. Paul hinterher, froh darüber, keine Sekunde über die Worte seines Stiefbruders nachdenken zu müssen.

CHAT BND /// OPERATION PROTOCOL /// 07/05/202 /// 12:59:12**

52°30’59.4”N 13°22’53.0”E 12:59

12:59 Bin in 2 Min. da!

18.

BERLIN MITTE, 13:11 (MEZ), BRANDENBURGER TOR

Wagner stellte sich zu dem Einsatzleiter der Polizei, der in seiner Montur aussah, als würde er nicht vier Jugendliche verfolgen, sondern eine weltweit gesuchte Terroreinheit.

»Haben die Zielpersonen ihre Position verändert?«

»Negativ. Stehen am Bahnsteig.«

»Wie viele sind es?«

»Können wir nicht sagen. Sind auf Ihre Anweisung hin noch nicht in das Objekt rein. Scharfschützen sind ebenfalls nicht im Einsatz.«

Wagner nickte, weil er es tatsächlich war, der den Einsatz von Schusswaffen strikt verboten hatte. Vordergründig um keine unbeteiligten Passanten zu verletzen, in Wahrheit aber, um seine Tochter zu schützen, von der er noch nicht wusste, ob sie weiter mit diesem Pack aus Frankfurt unterwegs war. Dass sie seinen Wagen geklaut hatte, regte ihn schon furchtbar auf, dass er selbst das GPS-Signal seines Autos abgestellt hatte, um nicht geortet werden zu können, machte ihn schier wahnsinnig vor Wut. Denn genau darum hatte er keine Ahnung, wo Toni sich aufhielt. Und konnte nicht so agieren, wie er es gewohnt war. Und vor allem, wie es richtig gewesen wäre, um *Mind-Hack* zu schützen.

»Das ist echt zum Kotzen.«

»Bitte?«

Wagner hatte gar nicht bemerkt, wie seine Gedanken aus

seinem Mund entwischt waren. Dementsprechend irritiert schaute er für einen Augenblick den nicht weniger irritierten Einsatzleiter an. Doch bevor er etwas erklären konnte, bekam der Polizist eine Nachricht auf sein Ohr.

»Zielperson bewegt sich. Wir verlieren sie.«

»Ja dann, worauf warten Sie: Zugriff!«

Der Einsatzleiter gab Wagners Befehl an seine Kollegen weiter: »Bahnsteig räumen. Zugverkehr einstellen. Zugriff. Und Sie warten hier.«

Der letzte Befehl galt Wagner. Der Polizist rannte los, doch Wagner wartete natürlich nicht. Er wollte dabei sein, wenn diese Kids, die seinen Leuten seit Tagen durch die Lappen gingen, endlich in die Falle tappten. Und natürlich wollte er auch seine Tochter schützen, so gut er konnte.

Er sprintete dem Polizisten in das Zwischengeschoss des U-Bahnhofs hinterher. Von überall kamen weitere Beamten dazu, die das Netz um die Verfolgten enger zogen. Alle Ausgänge waren gesichert, es gab kein Entkommen.

»Ich hab doch gesagt, Sie sollen warten, verdammt.«

Wagner musste abrupt abbremsen, sonst hätte er den Einsatzleiter zu Boden gerammt. »Warum bleiben Sie denn einfach stehen?«

»Weil wir jetzt runter zum Bahnsteig gehen. Also meine Kollegen und ich. Die verdächtige Person ist genau unter uns. Und SIE gehen zurück. Verstanden?«

Innerlich äffte Wagner die vermummte Gestalt vor sich nach. Doch nach außen hin gab er sich einsichtig, denn schließlich wusste nur er, dass von den jungen und behinderten Zielpersonen keine körperliche Gefahr ausging. Die Hundertschaft würde die drei Idioten in null Komma nichts überwältigt haben. Doch eine Sache machte ihn stutzig. »Wie, Zielperson? Ist nur eine Person da unten?«

»Nach meinen aktuellen Informationen ja.«

Der Polizist bekam erneut eine Info aufs Ohr, schaute die Treppe zum Bahnsteig nach unten, schubste Wagner zur Sicherheit hinter eine Säule und rannte dann zwei Stufen auf einmal nehmend direkt in eine obdachlose Frau rein, die ihm noch vergeblich auszuweichen versuchte. Er rammte sie zu Boden und noch bevor die Frau erstaunt aufschreien konnte, war das Menschenknäul bereits von Polizisten umringt.

Wagner erreichte die Stelle, als die mittlerweile schimpfende Frau von einer Polizistin durchsucht wurde. Er sah sofort, dass diese Person nichts mit den Kids zu tun hatte, die er eigentlich suchte. Und die Bestätigung erhielt er direkt im Anschluss, als die Beamtin der Frau ein teures Handy aus der Tasche zog.

»Hey, das ist meins, ihr Pissnelken. Das dürft ihr mir nicht wegnehmen.«

»Woher haben Sie das?«

»Geht's dich was an? Aua, das tut weh ...«

»Dann reden Sie.«

»Das hab ich gefunden. Lag da unten im Mülleimer. Und jetzt lasst mich los.«

Wagner drehte sich weg, damit ihm niemand seine Wut ansah. Waren ihm diese kleinen Hackfressen schon wieder entwischt.

BERLIN CHARLOTTENBURG, 13:13 (MEZ), VILLA WAGNER

Toni kam kurz vor dem Garagentor zum Stehen. In der Einfahrt hatte sie zwar noch einen Blumenkübel mitgenommen und die letzten 200 Meter fuhr sie falsch herum in einer Einbahnstraße, aber im Großen und Ganzen hatte die Fahrt mit dem geklauten Auto ziemlich gut geklappt. Wenn sie jetzt nur noch schneller war als die Mitarbeiter ihres Vaters …

Toni riss die Tür des Wagens auf und rannte über den Vorgarten zum Eingang. Gestern erst hatte sie ihr Zuhause verlassen, um es nie wieder zu sehen. Jetzt stand sie erneut davor. Nur eine Sache hatte sich geändert: Als Zuhause konnte und wollte sie das Haus nicht mehr bezeichnen, in dem sie aufgewachsen war.

Mit zitternden Händen schloss sie die Haustür auf, achtete nicht, wie es ihr ein Leben lang von ihrer Mutter eingetrichtert wurde und wie sie es immer befolgt hatte, auf ihre dreckigen Schuhe, sondern rannte durch die Diele und über den weißen Teppichboden des Wohnzimmers auf das Arbeitszimmer ihres Vaters zu. Wenn er Navid hier irgendwo gefangen hielt, dann da. Hektisch kramte sie den Wanderführer aus der Schrankwand und blätterte nach dem Schlüssel. Er war weg.

»Scheiße.«

Tränen stiegen ihr in die Augen. Aber nicht, weil sie dem Schlafmangel und der andauernden Anspannung nicht mehr gewachsen war. Sie weinte vor Wut. Und wütend haute sie auch ihre Faust gegen die lederbespannte Bürotür.

»Navid, bist du …«

Die Tür gab nach und schwang auf. Toni konnte es im ersten Moment gar nicht fassen, stieß sie ganz auf und trat ein. Sie sah sofort, dass ihre Vermutung richtig war. Navid war hier gefangen gehalten worden. Am Schreibtischstuhl hing aufgerissenes Paketband, auf dem Schreibtisch lag ein blutiger Knebel aus Mullbinden. Aber von Navid war weit und breit nichts zu sehen. Sie kam zu spät. Ihr Vater hatte ihren Freund bereits abholen lassen.

Toni sackte, wo sie stand, in sich zusammen und fing an, wimmernde Laute von sich zu geben. Immer lauter wurden diese Geräusche, bis sie schließlich so laut brüllte, dass ihr ganzer Körper schmerzte, als würde der Schmerz ihrer Seele nur so den Weg nach draußen finden. Sie schrie vor Trauer, weil sie Navid nun für immer verloren hatte. Sie schrie aber auch aus Entsetzen, weil jetzt der letzte Zweifel im Keim erstickt war, dass ihr Vater wirklich dieses Monster war, an dessen Existenz sie in aller Konsequenz einfach nicht hatte glauben wollte.

Plötzlich spürte sie eine Hand auf ihrer Schulter. Sie konnte nicht genau sagen, wie lang diese Hand schon da war. Aber sie war da und als ihr das bewusst wurde, drehte sie sich unter ihr weg, um ihr zu entkommen. Es war die Hand ihrer Mutter. Sie stand hinter ihr, über ihr und schaute sie liebevoll an. Liebevoll? Oder mitleidig? Oder selbstgerecht wissend, weil alles so gekommen war, wie sie und ihr Mann es im Vorfeld geplant hatten.

»Ich bin so froh, dass du wieder da bist.«

Toni ging gar nicht darauf ein. Sie musste sich räuspern, bevor sie nach dem Schreien einen normalen Ton rausbrachte: »Wo ist er?«

»Komm, du brauchst was zu essen. Ich mach dir ein Käsebrot. Das magst du doch so gern.«

Toni konnte nicht glauben, dass ihre Mutter einfach so zum Tagesprogramm überging, als wäre nichts passiert. Sie musste doch wissen, was hier abging. Sie war doch zu Hause gewesen, als Navid abgeholt wurde.

»Wo ist er? Wo ist Navid.«

Doch ihre Mutter schien nicht verstehen zu wollen. Sie bot ihr eine Hand an, um sie hochzuziehen. Toni schlug sie einfach weg. Sie wollte keine Hilfe mehr von den Menschen, die ihr Leben zerstört hatten.

»Bitte, komm mit in die Küche. Ich erkläre dir alles.«

Die sanfte Stimme ihrer Mutter macht Toni nur noch rasender.

»Was willst du mir denn erklären? Dass Papa ein Mörder ist? Dass ihr das Leben von Navid zerstört habt? Und meins gleich mit? Ich will nichts mehr mit euch zu tun haben.« Sie zitterte am ganzen Körper. »Ich hasse euch. Ich hasse dich.«

Toni musste raus aus dem beengenden Büro. Sie rappelte sich auf und versuchte, an ihrer Mutter vorbeizukommen. Doch die hielt sie am Arm fest. Kräftiger, als sie es je zuvor getan hatte.

»LASS MICH IN RUHE!«

»Du darfst mit deiner Mutter nicht so reden. Sie war diejenige, die mich befreit hat. Sie ist nicht wie dein Vater.«

Toni erstarrte. Aber nicht wegen des Inhalts der Sätze. Nur wegen der Stimme, die plötzlich aus dem Nichts kam. Es konnte nicht sein. Schlagartig verstummten alle Geräusche um sie herum. Sie fühlte sich wie in einem Vakuumbeutel gefangen. Nur ihr rasendes Herz rebellierte dagegen, weil es sich nicht einsperren ließ.

Dann sah sie Navid. Er stand in der Bürotür und grinste ihr zu. Es war ein schiefes Grinsen, weil er seinen verletzten Mund kaum zu einem Lächeln verziehen konnte. In einer

Hand hielt er eine Packung Eiswürfel, mit der anderen wischte er sich schnell ein paar kullernde Tränen aus den Augen. »Scheiße. Ich will nicht weinen. Ich bin fröhlich. Echt.«

Toni stürmte auf ihn zu und fiel ihm um den Hals. Und innerhalb von Millisekunden spürte sie wieder, wie richtig das war. Das mit Navid und ihr. Und wie wenig jemand das Recht hatte, dieses Glück anzuzweifeln. Sie drückte sich leicht von ihm weg, damit sie in seinen Augen lesen konnte. Und das, was sie las, war genau das, was sie fühlte.

»Ich liebe dich.«

»Für immer.«

BERLIN FRIEDRICHSHAIN, 13:26 (MEZ), BOXHAGENER PLATZ

Finn stürmte bereits auf die Bäckerei zu, als Paul Jakob noch half, aus dem Taxi zu steigen. Wie sie das Taxi bezahlen sollten, war Finn ein Rätsel, aber ehrlich gesagt auch ziemlich egal im Moment. Er musste Leas Versteck von Merks Sachen finden. Und er konnte nur hoffen, dass er sich auch im Detail richtig an den Morgen seines Geburtstags erinnerte. Hatte sie ihm nicht gesagt, dass sie fast bis zur East Side Gallery gelaufen war, um eine Bäckerei mit Berlinern zu finden?

Damals war er viel zu glücklich gewesen, um darüber nachzudenken, wie komisch das war. Denn zwischen ihrem Hostel und der East Side Gallery gab es mindestens fünf Back-Shops, die Lea für ein Kuchengeschenk hätte ansteuern können. Aber sie war bis zur Spree gelaufen und hatte das auch noch ganz merkwürdig betont. Und als er vor wenigen Minuten auf dem Navi des Taxis nach Bäckereien in der Umgebung gesucht hatte, war ihm dieser Name sofort ins Auge gestochen: Berliner

Pfannkuchenbäckerei. Das konnte kein Zufall sein, es durfte keiner sein, denn noch mehr Umwege würden sie garantiert nicht gehen können, ohne geschnappt zu werden.

Finn knallte gegen die verschlossene Automatiktür und las erst dann das Schild ›Geschlossen‹.

»Fuck, die haben zu.« Er drehte sich niedergeschlagen zu Paul und Jakob um.

»Gibt's irgendwo 'ne Klingel?«

Finn drehte sich wieder zurück zur Tür, suchte links und rechts nach einer Klingel und erschrak sich zu Tode, als die Scheibe plötzlich wie von Zauberhand aufglitt. »Was soll der Scheiß?«

Jakob rollte an ihm vorbei. »Hallo? Hallo, ist da jemand?«

Aus der dämmrigen Bäckerei kam kein Laut, nur der abgestandene Geruch nach fettigen Berlinern drang nach draußen. »Sollen wir reingehen?«

»Wirkt fast wie 'ne Einladung, was?«

»Oder wie eine Falle. Vielleicht sollten wir eher …«

Paul hatte noch nicht ausgesprochen, da war Jakob schon drin und drehte sich vor der alten Verkaufstheke wieder um. »Kommt ihr jetzt. Oder muss ich's doch allein machen? Hier ist niemand.«

Tatsächlich war die Bäckerei leer. Aber irgendwer musste die Tür geöffnet haben. Vermutlich die Person, die sie auch wieder zugehen ließ. Denn kaum standen Finn und Paul neben Jakob, schloss sich die elektrische Schiebetür und verriegelte sich automatisch. Sie waren gefangen.

»Scheiße, was hab ich gesagt.«

»Hallo!« Jakob wollte sich nicht einschüchtern lassen. »Hallo. Wir brauchen Ihre Hilfe!«

Finn und Paul sahen ihn fragend an, Jakob zuckte nur mit den Schultern: »Das klappt eigentlich immer. Und stimmt ja irgendwie auch. Macht euch nicht in die Hose. Wir haben schon Schlimmeres erlebt.«

Er rollte um die Verkaufstheke herum, durch einen Vorhang aus kleinen Metallkugeln, der den vorderen Bereich von der Backstube trennte.

»Mann, jetzt warte.«

Finn und Paul wollten ihm schon nach, doch kaum war Jakob hinter dem Vorhang verschwunden, kam er mit erhobenen Armen rückwärts wieder rausgefahren. Gefolgt von einem älteren Mann, der ihm einen Brotschieber aus Holz auf die Brust drückte.

»Hey, alles gut!« Paul machte mit seinen Händen eine deeskalierende Bewegung, die kein bisschen Wirkung zeigte.

»Was wollt ihr von mir? Ich hab's satt, dass ihr ständig um mein Haus rumschleicht. Ich hab mit der ganzen Sache nichts zu tun. Verstanden?«

Mit einem Schwung hob er den schweren Schieber und schlug knapp an Jakob vorbei in eine Regalwand, wo mehrere Mehlpackungen aufplatzten. Der Alte schien es ernst zu meinen.

Als er schon zum nächsten Schlag ausholen wollte, fand Jakob seine Sprache wieder. »Da verwechseln Sie uns. Wir sind heute zum ersten Mal hier. Wir suchen was, das bei Ihnen sein muss.«

»Verarscht mich nicht, ihr kleinen Wichser. Ich kenn euch doch.«

»Nein, tun Sie nicht.« Finn war ebenfalls aus seiner Starre erwacht. »Aber Sie kennen Lea, meine Freundin, die hat vor sechs Monaten was bei Ihnen abgegeben. Und das brauchen wir jetzt. Erinnern Sie sich?«

Der Mann ließ seine Waffe sinken und zum ersten Mal traute Finn sich, ihm direkt in die Augen zu schauen. Irgendwas an ihnen kam ihm bekannt vor. Er hatte sie schon mal gesehen. Er wusste nur nicht wann und wo.

»Dieses Mädchen wollte es wieder abholen. Sie hat zu mir gesagt, dass ich es an niemand sonst rausgeben darf. Und das hab ich gemacht. Nicht mal an die Polizei. Also raus hier.«

»Aber …«

»Nichts aber, ich hab gesagt, dass ihr verschwinden sollt.«

Die Stimme des Mannes wurde wieder laut und bestimmt. »Es ist seitdem schon alles beschissen genug. Ich brauche nicht noch mehr Probleme. Habt ihr gesehen, wie mein Laden von außen aussieht? Ich hab seit sechs Monaten nicht mehr geöffnet. Wenn das so weitergeht, muss ich alles verkaufen. Als ob ich was für die Bombe kann.«

Erst jetzt fiel Finn auf, dass die Schaufensterscheiben der Bäckerei von außen komplett beschmiert waren. Das war ihm vorhin gar nicht aufgefallen. Darum auch das dämmrige Licht im Inneren, das die Situation noch bedrohlicher wirken ließ.

»Und warum haben Sie uns dann reingelassen, wenn Sie eigentlich nur wollen, dass wir wieder abhauen?«

»Weil ich genug hab von euren Vorwürfen und Beschuldigungen.« Er donnerte zum Schrecken von allen die Schaufel mit einem lauten Knall vor Jakob auf den Boden. »Ich will, dass es aufhört. Ein für alle Mal.«

Paul versuchte es erneut mit beruhigenden Worten: »Es ist wirklich wichtig, dass wir die Dinge erhalten, die bei Ihnen in

Verwahrung sind. Das ist aber auch wirklich alles. Wir wollen Ihnen nichts Böses. Ehrlich.«

»Ihr Sohn hätte es auch so gewollt.« Der Satz kam Finn einfach so über die Lippen, weil er plötzlich realisierte, wen er vor sich hatte. Richard Merks in alt, den Vater ihres ehemaligen Lehrers. Paul und Jakob hielten überrascht den Atem an. Bis die Lippen des alten Mannes zu zittern begannen.

»Was Richard gewollt hätte und was nicht, spielt keine Rolle mehr. Er hat unschuldige Menschen getötet und lässt mich dafür büßen.«

»Er ist unschuldig. Er hat das Attentat am Brandenburger Tor nicht verübt. Das haben nur die Menschen behauptet, die es getan haben. Die wollen nur den Verdacht von sich ablenken.«

Der Mann stützte sich auf der Verkaufstheke ab. Er holte ein riesiges Taschentuch aus der Hose und schniefte hinein. »Das ist nicht wahr, oder? Das sagt ihr doch jetzt nur, weil ihr was von mir wollt.«

Jakob rollte auf ihn zu. »Wir, also Finn und ich, sind beide Opfer von dem Anschlag. Ganz ehrlich, wenn Ihr Sohn wirklich schuldig wäre, wäre ich jetzt sicher nicht hier und würde für seine Unschuld kämpfen.«

»Aber um seine Unschuld beweisen zu können, brauchen wir die Sachen, die Lea hier versteckt hat. Sonst schaffen wir das nicht.«

Der alte Mann schaute langsam von einem zum anderen, doch weder Finn noch Jakob konnten sagen, ob ihr Appell wirkungsvoll war. Bis er sich schwerfällig zu einer verstaubten Kasse bewegte, die seit Monaten kein Geld mehr gesehen hatte. »Ich hab davon niemandem erzählt. Nicht mal der Polizei, als die mich nach Richard befragt haben. Ich wusste ja nicht, ob ihn das zur noch größeren Hassfigur gemacht hätte.«

Er hob die Kasse an und zog eine dünne Aktentasche aus Leder hervor, die Finn nur zu gut kannte. Mit ihr hatte Merks damals gerade das Hostel verlassen wollen, als sie ineinandergerannt waren. Weil Finn so in seine Gedanken an den Kuss mit Lea versunken war, dass er ihn einfach nicht bemerkt hatte.

Merks' Vater reichte die Tasche an Finn weiter. »Richard war kein böser Mensch, das müssen die Leute erfahren.«

»Nein, das war er wirklich nicht.« Finn nahm die Tasche entgegen und öffnete sie mit einem schnellen Ruck. Er zog Pläne des neuen Flughafens Berlin raus. Es waren die Papiere, die sich damals über den ganzen Boden des Hostels verstreut hatten. Einige Stellen auf ihnen waren mit einem roten Stift markiert. Eine Festplatte und eine Sicherheitskarte befanden sich noch in der Aktentasche – und etwas, das alle drei am wenigsten darin erwartet hätten: ein Päckchen Kontaktlinsen.

19.

BERLIN SCHÖNEFELD, 14:15 (MEZ), FLUGHAFEN BERLIN BRANDENBURG

Paul hielt dem Taxifahrer zum hundertsten Mal den Umrissplan des neuen Flughafens hin. Der reagierte genervt. »Hab ich schon gesagt, das ist Parkhaus 3. Okay? Was wollt ihr da. Kein Mensch will da hin.«

»Es ist aber wichtig, dass wir genau an den Punkt kommen, der hier markiert ist.«

»Wenn ihr mich verarscht, ich sag euch … Ewig warten vor Bäckerei, jetzt hierher gefahren. 205 Euro bis jetzt. Ich will Geld, okay?«

Finn lehnte sich von hinten nach vorn. »Sie kriegen das Geld, versprochen. Wir müssen in dem Parkhaus nur schnell was erledigen, Sie warten, dann zahlen wir.«

Der Fahrer suchte im Rückspiegel seine Augen und Finn hielt dem Blick stand, so gut es ging. Vorne und rechts von sich sah er auch Jakob und Paul bestätigend nicken.

»Wir geben Ihnen unsere Ausweise als Pfand. Sie kriegen Ihr Geld. Ich schwöre.«

»Schwöre, schwöre … Wisst ihr eigentlich, dass ihr stinkt wie eine Horde Esel? Ganzes Taxi riecht nach Stall.«

Diese Tatsache ließ sich tatsächlich nicht wegdiskutieren. Finn konnte sich schon gar nicht mehr daran erinnern, wann er zum letzten Mal geduscht hatte. Und die Container-Klamotten trugen noch ihr Übriges zu dem Geruch bei. Bald würde er das nachholen. Oder auch nicht, je nachdem wie die ganze Sache gleich ausging.

Mit einem Ruck bremste das Taxi ab. Jakob hing stöhnend im Gurt. »Komfort ist in den 205 Euro wohl nicht inbegriffen, was?«

Der Fahrer ging auf die Kritik gar nicht ein. »Da vorn ist markierte Stelle.« Er deutete auf eine Ecke, an der man von ihrer Position aus einen Treppenabgang erahnen konnte. »Ich warte hier. Und jetzt Ausweis von alle. Und wenn ihr mich verarscht, hole ich Polizei.«

»Keine schlechte Idee. Die brauchen wir wahrscheinlich jetzt dann doch irgendwann.« Paul reichte ihm seinen Ausweis und stieg aus, um den Rollstuhl aus dem Kofferraum zu holen.

»Soll ich nicht da bleiben?« Jakobs Frage war nur ein Flüstern. Aber Finn realisierte sofort, dass sie ihm galt. »Ist nicht, weil ich Schiss habe. Ist halt nur Scheiße, wenn ich da drin im Weg rumstehe.«

Finn, der gerade aussteigen wollte, ließ sich noch mal ins Polster sinken. »Alle oder keiner.«

»Aber wenn die Leute von diesem Wagner da drin sind, da müsst ihr euch um euch selbst kümmern. Die nehmen keine Rücksicht. Das hab ich ihm angesehen. Und ich bin dann nur voll der Ballast.«

Finn legte seine Hand auf die von Jakob. »Hey, du Idiot, red nicht so einen Schwachsinn. Ich brauch dich. Verstanden? Darum hab ich dich ja aus dem Krankenhaus entführt, weil ich keinen Bock hatte, die Scheiße hier allein durchzustehen. Außerdem reichen die sechs Monate, die wir getrennt waren. Ich mach jetzt nichts mehr ohne dich.«

Jakob tat entrüstet. »Shit, so echt gar nichts?«

Finn kapierte sofort, worauf er anspielte, und verzog übertrieben angeekelt sein Gesicht. »Sex ausgenommen, Blödmann. Da will ich dich garantiert nicht dabeihaben.«

Jakob grinste Finn dankbar an, als Paul die Seitentür öffnete. »Beeilt ihr euch mal? Auffälliger, als hier rumstehen, geht's ja wohl wirklich nicht. Die haben sicher überall Kameras.«

Finn sagte nichts. Er wartete darauf, ob Jakob seine Meinung geändert hatte.

»Stress nicht so, Mann. Wir kommen ja schon.«

Paul und Finn halfen Jakob in seinen Rollstuhl, versprachen dem Taxi-Fahrer noch mal, dass sie auch wirklich zurückkommen würden, und machten sich zu der Stelle an Parkhaus 3 auf, die von Merks rot markiert worden war.

Sie sprachen kein Wort mehr miteinander. Nur startende Flugzeuge auf dem angrenzenden Flughafen Schönefeld durchbrachen die unwirkliche Stille.

»Hier geht's runter.« Paul war ein paar Schritte vorausgegangen. »Und da unten ist ein Kartenscanner an der Tür. Ob die Karte überhaupt noch gültig ist?«

»Müssen wir ausprobieren.«

»Und wenn die Tür aufgeht?«

»Dann gehen wir rein.«

»Fuck, Mann, so ein kleiner Hinweis, was uns da erwarten wird, wäre auch nett gewesen.«

Paul ging die Treppen nach unten. Sein Herz schlug schneller als früher beim Fußballspielen mit Jonas. Wie er gerade darauf kam, wusste er auch nicht. Den schon tausendmal gehörten Fakt, dass das Leben kurz vor Schluss angeblich noch mal an einem vorbeirauschen würde, verscheuchte er sofort wieder. »Ich mach's. Okay?«

Von oben kam die Bestätigung. Er hielt die Sicherheitskarte aus Merks' Tasche vor den Scanner und konnte kaum so schnell zur Seite gehen, wie die Tür aufsprang.

»Was ist da?«

»Ein Aufzug, der nur in eine Richtung geht: nach unten.«

Paul hatte noch nicht ausgesprochen, da stand Finn mit Jakob auf dem Rücken schon neben ihm. »Jetzt gibt's wohl kein Zurück mehr, was?«

Paul schüttelte nur den Kopf und ging als Erster durch die Lifttür. Und kaum waren Finn und Jakob ebenfalls in dem kleinen Käfig, schloss sich die Tür wieder. Sie mussten nichts mehr tun, sie konnten nichts mehr tun. In atemberaubender Geschwindigkeit schoss der Aufzug in die Tiefe.

Als er hielt und die Tür sich automatisch öffnete, traute sich keiner von ihnen, auch nur zu atmen. Doch sie standen in einem kleinen Raum bloß einer weiteren Tür gegenüber. Und einem davormontierten Gerät, das sie bisher höchstens aus Netflix-Serien kannten.

»Das ist ein Iris-Scanner.«

»Dafür also die Kontaktlinsen. Der Merks hat echt an alles gedacht.«

»Aber was, wenn die Daten von den Linsen gesperrt sind. Dann hängen wir hier fest.«

Als hätte jemand mitgehört, schloss sich die Tür des Aufzugs hinter ihnen und fuhr nach oben. Unwohl lauschten die Jungs auf das zischende Geräusch, das den Weg in die Freiheit kennzeichnete. Und als es verstummte, war es in der kleinen Kabine totenstill.

»Wir müssen es einfach ausprobieren.« Finn versuchte seiner Stimme Nachdruck zu verleihen, dabei hätte er selbst am liebsten kehrtgemacht. »Jakob, kannst du das mit den Kontaktlinsen? Du hast doch früher beim Hockey welche getragen.«

Auf seinem Rücken spürte er ein Nicken und wenig später hatte Jakob die Linsen auch schon im Auge. Finn bückte sich, damit Jakob sein Gesicht in den Scanner halten konnte. Paul drückte auf Start und ein Laser fuhr über Jakobs Gesicht. Einmal, zweimal, dreimal …

»Jetzt komm schon.«

Viermal.

»Meine Augen tränen total, die Teile brennen voll, vielleicht klappt's deswegen nicht.«

Fünfmal.

»Das wird nichts. Shit!«

Gerade als Jakob sein Gesicht aus dem Scanner nehmen wollte, damit Finn sich wieder aufrichten konnte, hörte Paul die Tür ganz leise klicken. Er drückte dagegen und öffnete sie einen Spalt, durch den sofort helles LED-Licht strahlte.

»Wir sind drin. Verdammte Scheiße. Wir sind in der Zentrale von *Mind-Hack*.«

»Und jetzt?«

»Jetzt suchen wir irgendeinen Rechner, an den wir diese Festplatte anschließen können. Und dann hoffen wir einfach, dass es das war und wir wieder abhauen können.«

Paul schob die Tür weiter auf, damit sie besser sehen konnten, wo sie waren.

Ein endlos langer, weißer Flur breitete sich vor ihnen aus. Links und rechts gingen Türen ab.

»Siehst du jemanden?«

»Kein Mensch. Nur Türen.«

»Oh Mann, bis wir die Räume alle durchsucht haben, das dauert ja ewig.«

Doch schon nach den ersten Metern merkten sie, dass die Suche so lang nicht dauern würde. Alle Türen waren verschlossen und die Sicherheitskarte von Merks funktionierte an keiner einzigen. Bis Paul sich gegen eine Tür lehnte, die einfach nachgab und ihn völlig unvorbereitet in einen dunklen Raum stolpern ließ. Wobei dunkel gar nicht stimmte, denn als seine Augen sich an die schwächeren Lichtverhältnisse gewöhnt hatten, sah er überall um sich herum kleine Lämpchen aufleuchten.

Während er sich wieder aufrappelte, hatte Finn bereits den Lichtschalter gefunden. Der Raum wirkte wie ein Labor, weiß und antiseptisch, nur die Wände bestanden komplett aus Rechnern und Servern, die geräuschlos ihre Arbeit verrichteten.

»Das ist es also.« Jakob schaute sich entgeistert um und ließ sich von Finn auf einem Tisch absetzen, der in der Mitte des Raumes stand. »Deswegen mussten Tarek und Gregor sterben.«

Finns Herz wurde plötzlich schwer. Jakob hatte recht: Wegen dieses ganzen Wahnsinns hatten ihre Freunde sterben müssen. Und nichts, was sie jetzt gleich taten, würde die beiden jemals wieder zurückbringen. Oder Lea wieder zu ihrem Gedächtnis verhelfen. Im besten Fall würde die Wahrheit ans Licht kommen. Merks wäre rehabilitiert. Vielleicht würden sogar einige Personen dafür büßen müssen, was sie zu verantworten hatten. Aber mehr würde ganz bestimmt nicht passieren. Weil niemand da draußen bereit war, zu hinterfragen, warum das alles passieren konnte.

Paul reichte Finn die Festplatte aus der Tasche. »Ich hab keine Ahnung, wo du die ansteckst. Hier gibt's ja tausend Möglichkeiten.«

Jakob deutete über Finns Schulter auf einen Rechner, der größer als die anderen war. »Vielleicht da?«

Finn ging zwei Schritte quer durch den Raum, als er hinter sich plötzlich eine Stimme hörte: »Keinen Schritt weiter, oder ich erschieße euch jetzt sofort.«

Aus den Augenwinkeln sah er an Jakobs und Pauls Panik im Gesicht, dass sie verloren hatten.

»Dreh dich um. Und Hände nach oben.«

Finn tat, wie ihm gesagt wurde. Er hob die Hände, drehte sich langsam um seine eigene Achse und stand dem Mann gegenüber, den Jakob ihnen als gnadenloses Monster beschrieben hatte: Karsten Wagner. In seiner rechten Hand hielt er eine Pistole auf sie gerichtet, mit der Linken hatte er eine Frau in seiner Gewalt, die Finn noch nie gesehen hatte.

»Lassen Sie los, Sie tun mir weh.« Die Frau versuchte sich erfolglos, aus Wagners Griff zu winden.

»Halt's Maul. Hättest du nicht versucht, mich reinzulegen, würden wir jetzt auf einer Seite kämpfen. Bring mir die Festplatte.«

Er gab der Frau einen Stoß, der sie in Richtung Finn stolpern ließ. Finn konnte seinen Blick aber nicht von Wagner abwenden. Wie oft hatte er sich früher die Situation ausgemalt, wie er dem Verantwortlichen für das Attentat irgendwann mal gegenüberstehen würde. In seinen Gedanken damals war es Merks. Aber jetzt bekam er keinen Ton raus, weil jedes Wort an diesen Typen verschwendet gewesen wäre. Stattdessen reichte er der Frau die Festplatte.

»Ihr kleinen Racker, dachtet ihr wirklich, ich mach's euch so einfach? Ihr habt's mir einfach gemacht, weil ihr tatsächlich hierhergekommen seid. Aber da hat euch euer bescheuerter Lehrer ganz schön in die Falle tappen lassen. Komm her …«

Hektisch winkte er die Frau zu sich, um ihr die Vernichtungsdateien abnehmen zu können.

»Und jetzt kommt ihr langsam hier raus.« Er winkte sie mit seiner Pistole auf den Flur. »Ich will die Sauerei nicht hier drin haben. Los, los, du nimmst den Krüppel.«

Die letzte Anweisung galt Paul, der Jakob auf den Rücken nahm. Finn ging als Erster an Wagner vorbei, dann folgten Paul und Jakob. Sie hatten untereinander keine Zeit mehr, sich zu verständigen. Aber worüber auch? Wagner schien es ernst zu meinen und es gab für sie keine Möglichkeit zur Flucht. Sie hatten es vergeigt, sie waren zu unvorsichtig gewesen, vermutlich war es doch ein Fehler gewesen, nicht direkt zur Polizei gegangen zu sein. In Sekundenbruchteilen schossen Finn tausend Dinge durch den Kopf, die sie hätten anders machen sollen. Aber komischerweise regte er sich gar nicht auf. Er war ganz ruhig und wartete darauf, dass seine Gedanken bei Lea stehen bleiben würden.

»Halt! Winston, mach die Tür da auf. Da drin stört's niemanden.«

Finn blieb stehen, doch nichts passierte. Bis er kapierte, dass hinter ihm etwas nicht so lief, wie Tonis Vater sich das vorgestellt hatte. »Komm sofort zurück.«

Die Frau, die er vorher noch in seiner Gewalt gehabt hatte, rannte den Flur zurück zum Lift. Und Wagner ging ihr mit gezogener Waffe nach. »Was soll das? Ich krieg dich so oder so. Wenn du jetzt abhaust, ist das nur ein kleiner Aufschub.«

Sie beobachteten, wie die Frau hektisch die erste Tür öffnete und den Aufzug holte. Dann fiel der erste Schuss. Finn, Paul und Jakob zuckten vor Schreck zusammen, während Wagner seine Schritte beschleunigte. Noch ein Schuss. Die Betonwände verstärkten den Schall ins Unerträgliche. Das Projektil prallte am Türrahmen ab.

Finn stellte sich zu Paul. Seine flüsternde Stimme war höher als sonst, aber es war ihm im Moment kein bisschen peinlich. »Was sollen wir tun, der Typ bringt uns um!«

»Wir müssen hier abhauen.«

»Aber wohin? Hier gibt's nicht mal was zum Verstecken. Wir sitzen in einer verdammten Falle.«

Wieder ein Schuss. Noch einer. Wagner ballerte wie von

Sinnen auf die Tür des Lifts, doch es half nichts. Die Frau hatte es geschafft, vor ihm zu flüchten. Er drehte sich zu ihnen um. Sein Gesicht war hassverzerrt. Ohne zu zögern gab er einen weiteren Schuss ab, der Finn nur um Haaresbreite verfehlte. Schreiend rannten die Jungs zurück in den Raum, aus dem sie gekommen waren. Aber spätestens dort waren alle Hoffnungen auf ein Entkommen begraben.

»Verabschiedet euch schon mal.« Wagners Stimme war um einige Grade kälter als vorhin.

»Aber die Frau weiß, dass wir hier sind. Wir werden vermisst. Unsere Eltern …« Pauls Rettungsversuch wurde mit einem falschen Lachen von Wagner quittiert.

»Macht euch keine Sorge. Die ›Frau‹ hat das Ganze programmiert. Die wird einen Teufel tun, mich zu verraten.«

Wagner ging zwei Schritte auf Finn zu und hielt ihm die Pistole an den Kopf. »Kannst dich bei deinem Lehrer bedanken, wenn du ihn triffst.«

»NEIN!« Jakob und Paul schrien gleichzeitig los, doch Wagner drückte unberührt ab.

Und da spürte Finn zum ersten Mal körperlich, wie lang ein Augenblick sein konnte.

»Scheiße. Verdammt!«

Finn lockerte seine zusammengepressten Augen. Es war nichts passiert. Wagner hatte seine ganze Munition bereits verballert, als er seiner Widersacherin nachjagte. Doch bevor Finn oder Paul reagieren konnten, lag ein neues Magazin in seiner Hand. Und in null Komma nichts war die Waffe wieder geladen.

Es war vorbei. Und Finn nahm mit einem tapferen Blick zu Paul und Jakob Abschied, die keine Reaktion zeigten. Vermutlich weil keine Reaktion passend gewesen wäre. Seine Lippen formten ein ›Bis gleich‹, als Wagner ohne Vorwarnung niedergerannt wurde. Er stürzte zu Boden, die Pistole schlitterte davon, ein dunkelhaariger Typ fixierte ihn auf dem Boden.

Finn kapierte zunächst gar nichts mehr, bis er Toni auf sich zukommen sah. In ihren Augen blitzte eine Entschlossenheit auf, die nichts Gutes erahnen ließ. Nichts Gutes für ihren Vater.

»Alles okay mit euch?«

Bevor sie eine Antwort geben konnten, bückte Toni sich nach der Waffe und richtete sie auf die beiden Männer am Boden.

»Navid, du kannst ihn loslassen. Ich hab sie.«

Der junge Typ drehte sich zu Toni und den Jungs um. Trotz der Anstrengung, Wagner überwältigt zu haben, lächelte er sie an.

»Hey, schön euch kennenzulernen.«

»Darf ich vorstellen: Das ist Navid, mein Freund.«

Finn und Paul grüßten nur völlig überwältigt mit einer lässigen Handbewegung. Jakob räusperte sich. »Cooler Auftritt, Mann. Wie seid ihr hier reingekommen?«

»Die Türen standen auf. Soll ich die nehmen?« Navid ließ Wagner mit einer blutigen Nase am Boden liegen und stellte sich neben Toni. Dabei deutete er auf die Pistole in ihren Händen. Toni schüttelte aber mit dem Kopf.

»Das krieg ich schon hin.« Tonis Stimme war kalt, als sie ihren Vater, der sich hochrappeln wollte, in die Schranken verwies. »Du bleibst sitzen.«

»Mensch, Antonia, jetzt leg die Waffe weg.«

»Ich hab gesagt: Bleib sitzen.«

»Schon gut.« Wagner tat einsichtig. »Navid, wenn du willst, kann ich da ein paar Sachen in die Wege leiten, dass du in Deutschland bleiben kannst. Das war's doch, was ihr wollt, oder?«

Toni gab ihm keine Antwort. Aber es war ihr deutlich anzusehen, wie schwer es ihr fiel, eine Waffe auf ihren Vater gerichtet zu halten.

»Tonilein«, seine Stimme wurde immer sanfter, »du kannst mir doch vertrauen. Ich wollte immer nur das Beste für dich. Für die Familie. Glaub mir bitte. Ich liebe dich doch.«

»Sei ruhig.« Toni schniefte ein paar Tränen weg.

»Jetzt gib mir bitte die Waffe, meine Kleine. Das willst du doch gar nicht. Du willst mit Navid glücklich werden. Und dafür sorg ich. Du kannst deinem Dad vertrauen.«

Wagner streckte die Hände nach seiner Pistole aus und Finn hatte kurz Angst, dass Toni auf das Geschwafel reinfiel. Aber sie wischte sich mit dem Ärmel ihres Hoodies nur über die Augen und straffte ihren Oberkörper.

»Du bist nicht mehr mein Dad. Ich hab dich schon aus meinem Leben gestrichen. Geblieben ist da nur ein schwarzer Fleck in meinen Erinnerungen. Du denkst jetzt sicher: Die labert nur. Kannst du ruhig denken. Ich weiß aber, dass es stimmt. Weil ich dich nicht mal mehr hassen kann. Dafür bist du mir schon viel zu egal. Du bist niemand mehr für mich. Doch, du bist wie 'ne Person aus den Nachrichten, für die ich mir zehn Sekunden lang wünsche, dass sie die gerechte Strafe für ihre Verbrechen bekommt. Und die ich danach wieder vergesse. Weil sie für mein Leben total unwichtig ist. Das bist du!«

Wagner war kurz sprachlos. Dann stemmte er sich mit einem Ruck hoch und stürmte auf Toni zu.

»Gib mir jetzt die Waffe! Du hast keine Ahnung, worum es hier geht.«

Bevor Wagner Toni erreichen konnte, stellte Paul sich ihm in den Weg und stoppte ihn mit einem einzigen Faustschlag mitten ins Gesicht.

»Der ist für Finn. Und der …« Paul holte noch mal aus, doch Wagner ging bereits zu Boden. »Sorry, Jakob, der nächste wär für dich gewesen.«

»Schon gut.« Jakob winkte beeindruckt ab und warf Paul vom Tisch aus ein herumliegendes Kabel zu. »Hätte gar nicht gedacht, dass du das draufhast. Und Toni: Krass geile Ansage. Hätte ich nicht besser machen können.«

»Dann bin ich ja froh, Doofkopf.« Toni lächelte Jakob durch ihre Tränen hindurch an und lehnte sich an Navid, der Jakob streng inspizierte.

»Hey, Mann, bist du der, auf den ich eifersüchtig sein muss? Toni hat die ganze Fahrt hierher von niemand anderem geredet.«

»Ich denke schon. Noch ein, zwei Tage und sie gehört mir.«

»Dann hol ich meine Kumpels, okay?! Die lassen dir die Luft aus den Rädern.«

»Könnt ihr mal aufhören mit dem Quatsch.« Toni musste widerwillig lachen. »Und obwohl ich niemandem gehöre, hab ich mich schon entschieden. Sorry, Jakob.«

Jakob tat geknickt, als Paul sich zu Wort meldete. »Hallo, wir haben hier vielleicht noch was zu erledigen. Schon vergessen?«

Er warf Finn die Festplatte zu, die er dem schimpfenden, aber mittlerweile gefesselten Wagner aus der Jackentasche entnommen hatte.

»Dann bringen wir's jetzt wirklich zu Ende, ja?« Ohne noch weiter zu warten, steckte Finn die Festplatte an einem Rechner an. Zunächst tat sich nichts, doch plötzlich begannen alle Lämpchen an den Servern und Rechnern rot zu blinken.

»Das werdet ihr büßen. Ich werde euch jagen, bis …«

Paul stopfte Wagner mit seiner eigenen Krawatte den Mund und beobachtete mit den anderen fasziniert, ob an den Geräten noch etwas Spektakuläres passierte. Tat es nicht. Nach ungefähr einer Minute fuhr sämtliche Hardware sich selbst runter, die Lämpchen erloschen und *Mind-Hack* war tot.

Finn drehte sich erleichtert zu den anderen um. »Ist jetzt wohl an der Zeit, die Polizei zu rufen, oder?«

»Ich vermute mal, das hat euer Taxi-Fahrer schon erledigt. Der steht oben und heult jedem die Ohren voll, dass ihr ihn verarscht habt.«

»Oh Shit, dem schulden wir jetzt sicher schon 300 Euro. Hat zufällig jemand so viel Geld dabei?«

Finns rhetorische Frage löste zwischen den fünf Freunden scheinbar eine Gedankenübertragung aus, denn nach und nach richtete jeder von ihnen seinen Blick auf Wagner, der sich wütend stöhnend zurück auf den Boden fallen ließ.

20.

BERLIN SCHÖNEFELD, 15:21 (MEZ), FLUGHAFEN BERLIN BRANDENBURG

»Ich hab 324 Anrufe von meinem Vater und noch mal 96 von deiner Mum.« Paul hielt Finn zum Beweis sein Handy hin. »Die waren echt voll am Durchdrehen.«

Finn nickte konzentriert, er hatte gerade versucht, die Polizeiautos zu zählen, die mittlerweile vor Parkhaus 3 standen. Sie selbst saßen in Nummer 53, weiter war er wegen Paul nicht gekommen. War ja aber auch egal, es waren auf jeden Fall jede Menge.

Vor ihnen am Boden saßen Toni und Navid auf dem Boden und wirkten dabei so glücklich, als hätten sie gerade einen Festivalbesuch hinter sich. Nur als Wagner vorhin abgeführt wurde, musste Navid Toni trösten. Doch das machte er so liebevoll und gut, dass sogar Jakob neidlos zugeben musste, dass die beiden ein ziemlich perfektes Paar abgaben.

»Und du glaubst, die CI von Merks hatte keinen Zugriff auf seinen Vater, weil es von dem keine CI gab? Weil er nicht online aktiv ist?«

Finn nickte, weil es für ihn die einzige logische Erklärung dafür war, warum ihr Ex-Lehrer den Umweg über sie gemacht hatte. Aber eigentlich wollte er auch gar nicht mehr darüber nachdenken. »Jakob, alles klar?«

»Alles bestens«, kam es aus dem Rettungswagen zurück, in dem er gerade behandelt wurde. Seine Narben hatten sich wegen der Feuchtigkeit und der Anstrengung und dem vielen Sitzen total entzündet. Doch anstatt einen Ton zu sagen, hatte er die Schmerzen einfach ertragen. Lang wäre das nicht mehr gut gegangen, hatte ihm zumindest die Notärztin gesagt, in die er natürlich direkt wieder schockverliebt war.

»Wisst ihr schon, was ihr jetzt macht?« Finn füllte Toni und Navid Tee nach, der zwar nach nichts schmeckte, aber irgendwie der leckerste Tee war, den sie jemals in ihrem Leben getrunken hatten.

»Ehrlich gesagt: keine Ahnung.« Toni hob ratlos ihre Schultern. »Einfach nur gucken, dass Navid in Deutschland bleiben darf und wir nicht wieder getrennt werden.«

Navid drückte sie an sich. »Meine Pflegeeltern haben wohl 'ne Möglichkeit gefunden, wie ich meinen Meldefehler bei der Asylbehörde wiedergutmachen kann. Wird schon irgendwie klappen.«

»Und ich sag gleich aus, dass du uns das Leben gerettet hast. Dann musst du eine Aufenthaltserlaubnis bekommen, oder wie man das auch immer nennt.«

Die Kommissarin, die sie, gleich als sie aus dem Keller gekommen waren, kurz befragt hatte, war unbemerkt wieder zu ihnen getreten. Ihr Gesicht war ein einziges Fragezeichen.

»Das mit der weiteren Befragung muss noch warten. Ich muss mir erst mal einen Überblick verschaffen, weil ich noch nicht im Ansatz kapiere, worum es hier genau geht. Und irgendjemand hat schon wieder die Presse informiert, die mir jetzt am Hals hängt.«

Finn unterdrückte ein Grinsen, weil er genau wusste, wer das war. Er. Über seine Mutter, weil sie Bedenken hatten, dass Wagner als Geheimdienstagent die ganze Sache unter den Teppich kehren könnte, wenn's sonst keine Kontrolle mehr gab.

»Und was heißt das jetzt für uns?« Jakob streckte seinen Kopf aus dem Krankenwagen.

»Dass ihr gehen könnt. Wir haben eure Personalien aufgenommen und ich melde mich bei euch in den nächsten Tagen.«

»Echt jetzt?«

Auf Finns Handy, das Paul Tonis Vater samt den 300 Euro aus der Jackentasche entnommen hatte, kam eine neue Nachricht an. Darum hörte er der Antwort der Polizistin auch gar nicht mehr richtig zu. Er stieg erst wieder ein, als Toni Paul fragte, was sie denn jetzt vorhätten.

»Nach Frankfurt zurück. Also in Leipzig mein Auto holen, wenn das noch da ist, und dann nach Frankfurt zurück. Berlin reicht erst mal wieder. Oder, Finn?«

Finn konnte das Lächeln in seinem Gesicht gar nicht mehr abstellen.

»Ähm, Finn«, Paul winkte vor seinem Gesicht, »alles klar?«

Finn nickte. »Ich komm nur nicht direkt mit nach Frankfurt. Lea hat mir gerade geschrieben. Sie will, dass ich sie am Bodensee besuchen komme.«

»Das heißt, sie erinnert sich wieder komplett an euch?«

Finn konnte gar nichts mehr sagen, so sehr freute er sich, dass sein größter Wunsch in Erfüllung zu gehen schien.

»Wie cool, echt. Aber deine Mutter bringt mich um, wenn ich dich nach alldem hier allein da runterfahren lasse. Das geht nicht.«

Finn wusste, dass Paul recht hatte. Aber er konnte keinen Umweg über Frankfurt machen, er musste zu Lea. Er wollte sie in den Arm nehmen und von ihr in den Arm genommen werden wie damals in Berlin. Weil er genau das nicht mehr wollte: diese ständigen Erinnerungen an damals. Der letzte Kuss vor der Bombe, die letzte Umarmung vor der Explosion, das letzte Lächeln, bevor sich alles veränderte … Es war endlich Zeit für neue, reale Erinnerungen.

»Ich fahre ja nicht allein. Ich fahre mit Jakob.«

»Vergiss es.« Jakob wurde gerade von zwei Sanitätern in seinen Rollstuhl gesetzt. »Ich hab keine Zeit. Erinnert ihr euch noch an Melly aus diesem Café? Die will mich treffen.«

»Und wenn ich dir sage, dass Lea voll die hübschen Mitschülerinnen hat?«

»Dann sag ich: Okay, bin dabei. Wann geht's los?«

Finn hielt Jakob lachend die Hand zum Einschlagen hin, dann bahnten sich die fünf Freunde einen Weg durch die ganzen Polizeiabsperrungen, einen Weg durch das Chaos und einen Weg zurück in ihr Leben.

TOR BROWSER /// CHAT INT. /// 08/05/20 /// 00:04:17**

Room: NEW ROOM – II user online

00:04:17	[OBrianOBrain]	Winston, gut in Peking angekommen?
00:04:19	[watson]	watson ab sofort / ja / gleich im flieger nach hongkong
00:04:20	[OBrianOBrain]	Sehr gut, Watson. Die erwarten dich/uns schon sehnsüchtig. Alles dabei?
00:04:24	[watson]	alles dabei was ich noch kopieren konnte / sobald die unterschrieben haben kann mind-hack 5.0 starten
00:04:27	[OBrianOBrain]	Dann bis gleich. Freu mich drauf, dich endlich persönlich kennenzulernen!

[OBrianOBrain] hat den Chat verlassen.

Epilog

Die Sehnsucht nach Normalität – sie taucht tatsächlich immer dann auf, wenn das Chaos zu groß wird. Und trotzdem fühlt sich irgendwas nicht ganz stimmig an. Was ist normal? Schon seit er in Berlin losgefahren ist, rumort es in seinen Gedanken. Es hat mit seinem Stiefbruder zu tun. Und mit dessen naiver Hoffnung, seine Freundin und seinen besten Freund nicht für immer an das Chaos zu verlieren. Finn hat gekämpft und er hat gewonnen. Und es war nicht zu übersehen, was das für ihn und sein Leben bedeutet.

Fuck it all
We killed it tonight
We killed it tonight
We stay awake!

Es hat auch etwas damit zu tun, was Jonas ihm bei seinem einmaligen Ausflug in die Welt von *Mind-Hack* gesagt hat. Was dazu passt und was ihm seither nicht mehr aus dem Kopf gehen will. Wie ihm Jonas und dieses ganze virtuelle Treffen nicht mehr aus dem Kopf gehen will.

Dieser Strand, an den zu denken er sich seit drei Jahren verbot, der aber aussieht, als wäre die Zeit stehen geblieben. Ist sie vermutlich auch, weil Jonas genau wie er nur die Fotos von damals auf seinem Handy gespeichert hat.

Er sieht ihn ganz vorn am Wasser liegen. Im Sand. An ihrer Stelle. Was für ein merkwürdiges Gefühl das ist. Obwohl er weiß, dass es so unecht ist wie eins seiner Konsolenspiele, rast sein Herz.

Während er zu ihm geht, rechnet er nach, wie viele Monate ihr letztes Treffen her ist. Weihnachten vor zwei Jahren, als alles schon kaputt war zwischen ihnen. Seither hatten sie nur geschrieben, weil er jedes Treffen immer noch rechtzeitig abblocken konnte.

Er bleibt knapp hinter ihm stehen. Erwachsener sieht er aus. Vielleicht auch, weil er nicht mehr ganz so abgemagert ist wie bei ihrer letzten Begegnung. Seine Haare klemmen hinter den Ohren, über der Lippe schimmern Barthaare, es steht ihm verdammt gut.

Er setzt sich neben ihn, weil er keine Ahnung hat, wie er das Gespräch eröffnen soll. Aber schon die Nähe fühlt sich so bekannt an, dass seine Nervosität fast wie von allein verschwindet.

Der unechte Jonas kommt ihm zuvor. »Bleibt wohl der beste Platz der Welt, was?«

Die Stimme ist anders, alles andere atemberaubend gleich.

»Warst du noch mal hier?«

»Einmal. Als die Sache mit meiner Schwester zu Ende war.« Er macht eine Pause, als würde er sich nicht trauen, das Kommende auszusprechen. Das ist kein Klon, das muss der echte Jonas sein.

»Ich hätte dich gern früher getroffen. Es tut mir wirklich schrecklich leid, was ich getan habe.«

»Das musst du nicht immer wiederholen. Ich hab deine Entschuldigung akzeptiert. Ist okay.«

Der Klon schaut ihn an, als will er prüfen, ob er die Wahrheit gesagt hatte. »Bist du glücklich, Paul?«

Die Frage überrascht ihn. »Schon. Klar. Warum auch nicht.«

Er hört selbst, dass die Antwort ziemlich dünn klingt.

»Weil du traurig aussiehst. Und weil deine Songs traurig klingen, die du bei SoundCloud hochlädst.«

»Du hörst dir meine Songs an?«

»Na klar. Ich will auf keinen Fall den Kontakt dahin verlieren.« Jonas tippt auf Pauls Herz und die Berührung, die es nicht gibt, elektrisiert ihn.

»Du hast mal eins über den Brunnen geschrieben, aus dem du dich befreien konntest. Down in the fountain. Weißt du, welches ich meine?«

Paul nickt, natürlich weiß er das. Es ist das persönlichste Lied, das er bisher geschrieben hat.

»Was ist damit?«

»Ich glaube, es ist nicht ehrlich. Du bist noch nicht ganz raus. Du denkst, du wärst es. Aber du bist es nicht. Du hast zwar die Sonne im Gesicht, aber du stehst oder hängst noch auf der falschen Seite der Mauer. Eine natürliche Barriere zwischen dir und allen anderen, um jederzeit wieder abtauchen zu können. Weg von der Bildfläche, rein ins Wasser.«

»So ein Schwachsinn. Ich glaube nicht, dass du …«

Der Jonas-Klon hört gar nicht hin, sondern redet einfach weiter.

»Ich wollte dir nur sagen, dass ich gern der wäre, der dich

endgültig über die Mauer zieht. Dem du die Hand reichst, bevor du in einem unachtsamen Moment von einer dieser glitschigen Leitersprossen abrutschst.«

Er verliert sich kurz in den bekannten, dunklen Augen, die ihm trotz der Virtualität das Gefühl geben, als könne ihm nie was Schlimmes passieren. »Und wer versichert mir 'ne weiche Landung auf der anderen Seite der Mauer? Ich sehe nämlich nicht, was da ist. Wiese, Kies, ein weiterer Abgrund?«

Jonas nimmt seine Hand und er spürt es. Genau wie das Meerwasser an seinen Füßen.

»Vielleicht ist der Aufprall auf der richtigen Seite kurz unangenehm. Das kann schon sein. Dafür wartet hier etwas auf dich, was du am Ende deines Auswegs vergeblich suchen wirst: das Leben. Und ich.«

Das aggressive Hupen eines Audi-Fahrers reißt Paul aus seinen Gedanken. Er lässt den Raser vorbeiziehen, schaut den Rücklichtern hinterher, die ihn wie rote Pfeile anlachen, und weiß plötzlich, was er zu tun hat. Er darf nicht in die heimelige Normalität zurückkehren, die auf Dauer niemals das halten kann, was sie während durchlebter Chaostage versprochen hat. Wie Finn muss auch er jetzt kämpfen. Gegen seine Angst, verletzt zu werden. Für die Möglichkeit, sein Herz wieder für andere öffnen zu können. Um das zu tun, worauf es ankommt: hemmungslos zu lieben und sich hemmungslos lieben zu lassen.

Gerade noch rechtzeitig tritt er auf die Bremse, wechselt nach rechts auf den Verzögerungsstreifen und folgt den blauen Autobahnschildern, die ihm den schnellsten Weg nach Köln weisen.

© Ruven Breuer

Hansjörg Nessensohn, geboren 1976 am Bodensee, studierte Angewandte Medienwissenschaft in Thüringen und lebt seit 2006 in Köln. Parallel zu seinen Jugendromanen schreibt er Drehbücher – u. a. für die Fernsehserie *Hubert ohne Staller* – und arbeitet an der Verfilmung seines Debüts *Und dieses verdammte Leben geht einfach weiter.* Welche Auswirkungen das Schreiben von Büchern auf das eigene Leben hat, wurde er bei einer Lesung mal gefragt. Zumindest im Fall von *Delete me* ist die Antwort ganz einfach: Sein Voice Assistant steht mittlerweile im Keller.